비극의 비밀

우리시대의
명강의
0 0 4

비극의 비밀

운명 앞에 선 인간의 노래, 희랍 비극 읽기

강대진 지음

문학동네

이 책은 2012년 가을부터 2013년 봄까지 약 6개월 동안 문학동네 커뮤니티(네이버 카페)에 연재했던 글들을 묶은 것이다. 그리고 그 바탕이 된 것은 몇 년 전에 『풋,』이라는 청소년 문예지에 실린 글들이다. 그것을 이번 기회에 확장하거나 어떤 꼭지는 새로 써서 연재하였고, 연재된 글을 아주 조금만 다듬어서 이렇게 책으로 묶어내게 되었다.

내가 연재 글에서 했던, 그리고 그 결과물인 이 책에서 하려는 얘기는 사실 내가 제일 좋아하는 것, 즉 공부 얘기다. 조금 잘난 척하는 것으로 보일 수도 있겠지만, 거기에는 어떤 사연이랄 게 있다. 원래, 그러니까 내가 아직 젊은이로 간주되던 시절에 제일 좋아하던 것은 책 얘기였다. 읽으면서 좋았던 책 내용을 요약해서 남에게 들려주고, 남에게도 비슷한 얘기를 듣고, 더러 책을 서로 빌려주기도 하는 것이다. 그 무렵 나의 책 얘기를 들어주던 이들은 주로 나의 학생들, 고전어를 배우겠다고 모인 착한 학생들이었다. 사실 어찌 보자면 일종의 권력행사였는지도 모르겠다. 학생의 입장에서는 수업중에 선생이 하는 말을 막을 수도 없고, 그냥 꼼짝없이 들어야 했을 테니 말이다. (아, 불쌍한 나의 포로들!) 학생들에게도 말했었다. 나는 책 얘기를 하고 싶어서 선생이 된 것 같다고. 사실 술자리 같은 데서 책 얘기를 꺼냈다가는 좌중의 주의를 끄는 데 실패하는 것은 기본이고, 잘못하면 분위기 망친다는 비난을 받기 쉽지 않은가. 어렵게 얘기를 시작해도 중간에 다른 사람이 끼어들어 이야기를 다른 데로 끌어가버리는 경우도 많고. 반면에 성실하고 착한 학생들이 조용히 경청하는 강의실이란 얼마나 환상적인 환경인가!

한데 요즘은 책 얘기를 하기가 좀 어려워졌다. 내가 더는 책 많이 읽는 분들의 속도를 따라갈 수 없기 때문이다. 별로 부지런한 학자라고 할 수는 없지만 어쨌든 나도 전공 공부를 안 할 수는 없는데, 읽지 못한 자료가 너무나도 많아서다. 그래도 다행인 것은 내 전공이 옛날 책을 다루는 것이고, 그것도 모두에게 기본이 되는 중요한 전적들이어서 내가 공부한 것을 얘기해도 그럭저럭 '책 얘기'가 된다는 점이다.

내가 공부 얘기를 꺼내는 까닭에는 추억도 좀 있다. 혹시 내가 번역한 어떤 책을 보신 분은, 나에게 희랍어를 처음 가르쳐주었던—지금은 세상을 떠난—선배에게 바친 헌사를 보셨을 것이다. 그 형은 뒤풀이 자리 같은 데서 얘기가 좀 엉뚱하게 간다 싶으면, '에이, 그냥 공부 얘기나 하자' 하면서 방향을 틀고는 했었다. (사실은 '방향을 바로잡았다'고 쓰고 싶다.) 너무 공부, 공부 하니 좀 지겨울지도 모르겠다. 예전에 어떤 친구가 내게 물었다. 공부가 재미있냐고. 그때는 '그냥 직업이니까 하는 거지, 뭐' 하고 지나갔지만, 사실 나로서는 '공부도 안 하려면 대체 왜 사나?' 싶다. 그러니 나의 공부 얘기는 내가 좋아하던 책 얘기이고, 내가 사는 얘기이기도 하다.

또하나, 내가 공부한 것을 나누고자 하는 이유는 나의 '망각 능력'이 경악스럽기 때문이기도 하다. 근래에, 나와 공부를 계속해온 분들과 함께 단테의 『신곡』을 꼼꼼히 다시 볼 기회가 있었다. 전에도 두

번 읽었고, 이번이 세번째였다. 한데 놀라운 것은 굉장히 중요한 내용들을 내가 전혀 기억하지 못하고 있다는 점이었다. 여러분은 어떠신가? 우리가 사는 육반구의 반대쪽에 수반구가 있고, 거기 연옥산이 솟아 있으며, 그 꼭대기에는 아담과 하와(이브)가 추방된 이후 주인 없이 비어 있는 에덴동산이 있다는 걸 기억하시는지? 거기에 망각을 일으키는 레테 강물이 흐르고 있다는 내용을 읽는 순간, '나는 연옥에 닿기도 전에 레테 강물부터 마신 모양이군!' 하는 생각이 들었다. 전부터도 그런 줄 알고는 있었지만 다시 한번 확인하고 나니, 내가 지금 아는 것들을 다 잊기 전에 얼른 남에게 알려주기라도 하자는 생각이 다시, 급하게 일어났다.

다들 짐작하고 계실 테니 말 꺼내기도 좀 우습지만, 나는 범용한 사람이다. 무슨 남다른 통찰력이나 심오한 사상을 갖춘 것도 아니고, 어려운 이론을 능란하게 부리는 것도 아니다. 그저 고전어를 조금 공부했고, 옛 문헌과 관련 자료 글들을 조금 읽었을 뿐이다. 요즘 옛 학자들의 글을 읽으면서, 참 고맙다는 생각을 자주 하게 된다. 한 세대 전, 두 세대 전, 혹은 백여 년 전 학자의 글을 읽으면서, '이렇게 훌륭한 관찰과 분석을, 이렇게 좋은 글로 남겨주었구나!' 생각하는 것이다. 이 좋은 학자들에게서 조금 배운 것을 여러분과 나누고 싶다. 어차피 나는 어려운 얘기를 못하는 사람이니, 내용도 아주 쉬울 것이다. 이 책에 나오는 내용 정도는 모두에게 상식이 되어서, 훨씬 높은 수준의 이야기들이 오가는 데 그저 밑바탕이나 되었으면 하는 게 나의 바람이다. 모쪼록 독자께서 글들을 재미있게 읽어주셨으면 싶다.

강대진

차례

일러두기

1. 희랍어 고유명사는 국립국어원의 지침을 따르지 않고, 서양고전학자들이 옳다고 여기는 바대로 표기했다. 가장 큰 차이는 희랍 문자 윕실론(Υ, υ)의 발음 표기를 '위'로 했다는 것, 그리고 자음 두 개가 잇따라 나오는 경우 둘을 모두 살려 썼다는 점이다. 그래서 예를 들어, 흔히 '오디세우스'라고 적는 이름을 '오뒷세우스'로, '히폴리토스'라고 적는 이름을 '힙폴뤼토스'로 적었다. 이런 표기법은 희랍어 원전 번역의 권위자인 천병희 교수도 사용하고 있다.

2. 이 책에서 인용한 비극 원문들 중 소포클레스의 「오이디푸스 왕」과 「안티고네」만 강대진의 번역(민음사 판)이고, 나머지는 모두 천병희의 번역(도서출판 숲 판)을 강대진이 원문 대조하여 조금씩 고친 것이다.

나는 이 책에서 희랍 비극의 주요 작품들을 소개하려 한다. (희랍은 보통 '그리스'라고들 부르는 나라다. 그 나라 사람들은 자기 나라를 헬라스 Hellas라고 부르는데 이것을 비슷한 발음의 한자로 표기한 것이 '희랍希臘'이다. 스스로 '도이칠란트'라고 부르는 나라를, 한자 표기를 좇아 '독일'이라고 부르는 것과 마찬가지다.) 대개 대학에서 강의할 때는, 희랍 비극을 읽기 위해 알아야 하는 사항들을 2회 정도에 걸쳐 먼저 설명하지만, 글이 좀 지루해질 우려가 있어서 여기서는 곧장 작품으로 들어가고, 필요한 사항은 그때그때 조금씩 설명하기로 하겠다.

나의 강의 경험에 비추어볼 때, 독자/청중의 수준은 늘 고르지 않기 마련이고, 그냥 독자는 아무런 정보도 갖고 있지 않다고 가정하는 게 가장 편하기에 이번에도 그런 가정하에 진행할 터이니 수준 높은 독자들께선 양해하시기 바란다.

고전은 어렵다

희랍 비극 작품들은 일반적으로 '고전'이라고 불리는, 옛 시대의 뛰어난 작품군(群)에 속한다. 사람마다 자기 나름대로 고전에 대한 개념을 세워 갖고 있겠지만, 정리하는 의미에서 먼저 고전이 지닌 가치와 그것을 읽는 이유, 읽는 방법에 대해 생각해보자. 방금 말했다시피 고전은 대체로 발표된 지 시간이 꽤 지난, 옛 시대의 뛰어난 작품들로, 지성인이라면 반드시 읽어야 하는 것으로 되어 있는 글이다. 이런 고전 작품들은 창작하는 사람들에게는 새 작품을 짜는 데 모범이 되어주고, 남의 작품을 평가하는 사람들에게는 판단의 기준이 되어준다. 한편 일반인의 입장에서 고전의 가장 중요한 역할은 소통의 기반이 되어준다는 점이다. 우리가 살아가면서 서로 소통하기 위해서는 공통으로 알고 있는 것이 있어야 한다. 고전은 소통을 위한 공동 재산이다. '소통'이라면 대개 동시대인 사이의 일로 생각하기 쉽지만, 때로는 과거와의 소통도 있다. 우리는 옛사람들의 글을 읽으며 그들과 소통한다. 한데 이 소통을 위해서는 그 옛사람들이 알고 있던 것을 알아야 하는 경우가 종종 있다. 그것은 그 전 시대 작품이기 쉽고, 이런 식으로 우리는 저 위 세대까지 거슬러올라가게 되어 있다.

하지만 사실 '고전'이란 말은 거의 모든 사람에게 부담스럽다. 이 단어가 대개의 독자에게 뜻하는 것은 '꼭 읽어야만 한다고 생각하지만 엄두가 나지 않는 작품'이거나, '시작은 했지만 마치지 못한 미완의 프로젝트'거나, 아니면 '겨우 다 읽기는 했지만 왜 좋은지는 확신이 서지 않는 작품'이기 쉽다. 내가 보기에 보통의 독자는 99퍼센트 이상 이 세 부류의 어딘가에 속한다. 그런데 특히 세번째 부류에 속한 사람들은 그 사실을 잘 인정하지 않는 것 같다. 대체로 독서 경력이 길고, 자신의 문학적 감수성에 자부심을 갖고 있으며, (적어도) 약간의 지적 허영심이 있는 사람들이다. 우리 사회의 전반적인 분위기도 이런 태도를 부추긴다. 뭔가 모른다고 인정하는 것이 대단히 부끄러운 일로 되어 있다는 점이다. 그래서 좋다는 작품을 읽고 나서 전혀 좋은 점을 느끼지 못해도, 내놓고 그렇다고 말할 수가 없다. 설사 그 사실을 공개한다 해도 어디서 무슨 도움이 오는 것도 아니다.

나의 의도는, 이런 상황을 조금이라도 바꿔보자는 것이다. 머뭇거리는 사람에겐 출발에 필요한 몇 가지 지침을 주고, 시작한 사람에게는 도중에 어떤 어려움이 있는지, 그것을 어떻게 넘어설지 가르쳐주고, 전체를 읽고도 좋은 점이 무엇인지 확신이 서지 않는 사람에게는 다른 이들이 어떤 것을 좋은 점으로 꼽는지 가리켜 보이는 일이다. 물론 넓은 의미의 고전 전체를 내가 다룰 수는 없기에, 흔히 '고전적 고대(classical antiquity)'로 지칭되는 희랍과 로마의 문화적 전성기에 관심 범위를 한정하고 있다. 이 시기에도 다뤄야 할 여러 분과가 있지만, 이번 기회에는 범위를 아주 좁혀서 희랍 비극만, 그것도 중요한 몇 작품만 소개하기로 한다.

희곡 읽기가 부담스러운 이유

비극. 이것도 어려운 과제다. 일단 희곡이라는 틀 자체가 사람들에게 부담을 준다. 나 역시 옛날엔 희곡 읽기가 부담스러웠다. 왜 그랬던 것일까? 요즘에야 비극을 가르치면서 그 이유를 짐작하게 되었다. 희곡, 그러니까 연극 대본은 매우 불친절한 문학 형식이다. 소설과 비교해보자. 소설은 대개 장면 묘사가 아주 잘되어 있다, 그냥 따라 읽기만 하면 저절로 장면들이 눈앞에 그려진다. 희곡은 완전히 딴판이다. 있는 것은 대사뿐이니, 대화의 배경은 어떠한지, 등장인물은 어떤 모습에 어떤 옷을 입고 있는지, 이 대사는 어떤 표정 어떤 톤으로 말해야 하는지 모두 독자가 알아서 보충해야 한다. 그러니까 내게 희곡이 부담스러웠던 것은, 바로 그 작업을 해야 하는 게 나도 모르게 싫었기 때문이다.

하지만 희곡은 우리에게 매우 큰 자유를 준다. 대사만 정해졌을 뿐 나머지는 우리 마음대로 할 수 있는 것 아닌가? 그래서 나는 학생들에게, 혹시 밤에 잠이 오지 않으면 한번 여러 가지로 목소리를 바꿔가면서 대사를 읽어보라고 추천한다. 그리고 대본 여백에 장면 묘사, 표정 지시를, 원한다면 카메라 각도까지 적어넣어보라고. 그러면 그대로 영화 대본이 된다고. 소설가나 드라마 작가, 영화 작가가 되려는 사람에게 희곡 읽기는 좋은 훈련이 될 거라고. 나는 비극 읽기를 부담스러워하는 독자에게도 먼저 스스로 이런 암시를 하라고 충고하고 싶다. "좋은 기회다. 신나게 변형하고 내 멋대로 꾸며보자!"

형식에 주목하라

자, 이제 희곡이라는 형식이 주는 기본적 부담감은 벗어났다고 해보자. 하지만 희랍 비극은 예사 희곡이 아니다. 특정 시대의 특정 상황에서 독특한 방식으로 상연되던 것이다. 그 특별한 점을 알지 못하면 또 몇 걸음 못 간다. 하지만 그에 대한 자세한 설명은 본문 중에 하기로 했으니, 여기서는 기본적인 입장만 밝히자. 바로, 형식에 주목해야 한다는 점이다. 나는 이것이 그동안 희랍 비극 이해를 막아온 가장 큰 걸림돌이라고 생각한다.

물론 국내에서 희랍 비극에 대한 이해가 부족한 다른 이유도 있다.

그중 중요한 것으로, 그동안 희랍 비극 전집이 없었다는 점을 지적할 수 있다. (우리는 늘 동아시아 세 나라를 비교하기 좋아하는데, 일본은 말할 것도 없고, 내가 알기로 중국에도 이미 문화혁명 이전에 희랍 비극 전집이 나와 있었다. 문화혁명 때 그 번역자들과 작품들이 무사했는지는 알 수 없지만.) 한국에서 희랍 비극이 완역된 것은 21세기 들어서서도 10년 정도 지난 시점의 일이다(2009년 천병희 역). 하지만 우리가 어떤 장르에 대해 잘 알기 위해 꼭 전집이 있어야 하는 것은 아니니, 이것이 가장 큰 장애는 아니었다. 그보다, 우리가 희랍 비극에 대해 그동안 잘 몰랐던 것은 어떤 기본적 태도의 문제 때문이었다. 즉, 형식에 별 관심을 두지 않았다는 점이다. 내가 늘 하는 말이긴 하지만 거듭거듭 강조한다. 어떤 분야에서든 아마추어의 수준을 넘어서려면 형식에 주목해야 한다!

그리고 형식이 등한시된 이유는,—욕을 먹더라도 이렇게 말하는 수밖에 없다—이전엔 희랍 비극을 희랍어로 읽은 사람이 거의 없었기 때문이다. 희랍어로 읽어야만 드러나는 형식이 있고, 그것을 공부한 전공자가 다른 이들에게도 가르쳐주어야 하는데, 일단 그렇게 읽은 사람이 없으니 가르칠 사람도 없고, 결국 아는 사람이 거의 없었던 것이다.

여기서 와글와글 욕하는 소리('겨우 희랍어 조금 안다고 뻐기는 거냐?' '잘난 척이 역겹다!' 등등)가 들리는 듯하니 해명을 좀 해야겠다. 조금 전에도 그랬지만, 나는 늘 고전이 어렵다는 것을 강조한다. 한데 고전을 소개하는 글들을 보면 좋은 점만 잔뜩 나와 있지, 그게 사실은 읽기 굉장히 어렵다는 건 전혀 비치지도 않는다. 그래서 그 글에 '낚인' 독자들이 고전 읽기를 시도하지만 곧 좌절하게 된다. 물론 필자들이

고전 읽기의 어려움을 밝히지 않은 데는 여러 가지 이유가 있을 것이다. 장점만 소개하기에도 지면이 부족했을 수도 있고, 잠재적 독자를 미리 겁주어 쫓아버릴 필요는 없다는 생각에서일 수도 있고, 글쓴이 자신은 굉장히 뛰어난 독자여서 전혀 어렵지 않게 읽었기 때문일 수도 있다. 하지만 나는 적어도 지면이 충분하다면, 이 점을 강조해야 한다고 생각한다. 거듭 말하지만 고전은 읽기 어렵다.

(넓은 의미의) 고전을 읽기 어렵게 만드는 요소를 두 가지만 꼽자면, 아마도 (문학사적, 지성사적) 맥락과, 형식이 아닌가 싶다. 맥락 문제는 지금 여기서 자세히 언급하기 곤란하니, 일단 형식에 대해서만 조금 더 얘기하자. 형식적 측면 중 적어도 일부는 번역에서는 잘 드러나지 않는다. 예를 들어 비극을 읽으면서, 이 작품이 사실은 장음과 단음이 일정하게 반복되는 어떤 운율(단장 3보격iambic trimeter)에 맞춰 쓰인 것이라는 점을 의식하는 사람이 몇이나 될까? 운율이 뭐 그리 중요하냐고? 그러면 이것은 어떤가? 비극에서는 대화 장면과 합창 장면이 교대되는데, 대화와 합창은 운율이 다르다. 한데 이따금 등장인물 두 사람의 대화에서 한 사람은 단조로운 대화 운율로 말하고, 다른 사람은 자유로운 서정적 운율(합창의 운율)로 노래하는 경우가 있다. 이를 어떻게 해석할 것인지? (에우리피데스의 「알케스티스」에서 끌어온 예다. 나중에 자세히 이야기하자.) 아무 차이도 없을 거라고? 당신이라면 이유도 없이 의사 전달 방식을 달리하겠는가?

행(行)수의 문제도 있다. (아이스퀼로스 「자비로운 여신들」 중) 배심원들의 표결 장면에서 검찰측과 변호인측이 번갈아 말한다면 이것에는 어떤 의미를 부여해야 하는지. 다른 대사는 모두 두 줄씩인데, 마지막에만 세 줄을 말했다면 이것은 무슨 뜻으로 보아야 하는지. 중요하지도 않은 것을 시시콜콜 따진다고? 우리에게 필요한 것은 바로 그 '시시콜콜함'이다. 독자들은 '오레스테이아 3부작'에서 이러한 '콩알 헤아리기(bean counting)'의 위력을 보게 될 것이다. (아이스퀼로스 「테바이를 공격하는 일곱 영웅」에도 비슷한 사례가 나오는데, 혹시 잊을지 몰라서 여기 적어놓는다.)

여기서 다시 문제는 번역으로 돌아간다. 방금 말한 이 '형식성'을 포착하려면 옆에 행수가 쓰인 번역이 있어야 한다. 그리고 그것은 희랍어 원전에서 직접 옮긴 번역에서나 가능하다. 꼭 전집이 아니라도 일단 몇 작품만이라도 원전 번역이 있어야 했다. 한국에서는 1983년 천병희 역(『오이디푸스 왕, 안티고네』, 문예출판사)에서야 약간 가능성이 생겼다. 그리고 이제 전집이 나왔으니 희랍 비극 이해의 가능성은 더 커졌다. 번역만으로 안 되는 부분은 전공자들이 노력해서 채워줘야 한다. 독자들은 지금 그 '노력'(혹은 안간힘)을 보고 있는 중이다.

들어가는 말로서는 이 정도면 충분하니 일단 마쳐야겠다. 하지만 형식에 대해 몇 가지만 더 얘기하자. 위에서는 좀 세게 말하느라고, 번역에서 잘 드러나지 않는 형식을 앞세웠는데, 일단 원전 번역이 확보되면 쉽게 포착할 수 있는 다른 형식적 측면들도 있다. 어떤 장면이 전체의 중심에 놓여 있는지, 각 인물에게 배당된 대사의 분량은 얼마만큼인지, 논쟁에서 먼저 말하는 사람은 누구인지, 필요한 배우의 수는 몇인지 하는 문제들이다. 이런 문제들은 일단 그게 중요하다는 의식만 갖추면, 답 찾기는 별로 어렵지 않다. 중요한 것은 이런 형식으로 작가가 전하려는 게 무엇인지이다. 이러한 '형식성'과 작가의 의도 문제는 차차 구체적인 사례들과 함께 논의하기로 하자.

한편 답 찾기가 쉽지 않은 다른 문제들도 있다. 이것들은 '내용'과

얽혀 있어서 그냥 '형식'이라고 말하기 좀 곤란한 것들인데, 각 장면의 역할은 무엇인지, 각 등장인물의 기능은 무엇인지 하는 것 등이다. 이는 이야기를 어떻게 짜나갈 것인지 하는 문제와 관련되어 있는데, 이것 역시 구체적 사례에서 보기로 하자.

우리가 다룰 첫 작품은 '오레스테이아 3부작' 중 「아가멤논」이다. 되도록이면 작품 전체를 원전 번역으로 읽고 다음 부분을 보시기 바란다. 추천 번역은 천병희 역, 『아이스퀼로스 비극 전집』(도서출판 숲, 2008)에 들어 있다. 혼자 읽어서 어디까지 얻어낼 수 있는지 자신을 시험할 기회이기도 하다.

아이스퀼로스의
「아가멤논」

핏빛 카펫을 밟고 들어간 왕은 다시는 살아서 나오지
못할 것이다. 그 피는 일차적으로 아가멤논이 흘릴
피다. 하지만 더 깊이 보자면 그것은 그가 트로이아
에서 뿌린 적들의 피, 그의 전우와 부하들의 피, 도
시 함락 과정에서 흘린 민간인들의 피, 나아가 이 집
안에서 전대부터 가족 간에 벌어진 살육의 피다. 거
기에는 아비에게 죽은 딸 이피게네이아의 피도 섞여
있을 것이다.

아이스퀼로스의 「아가멤논」

지겨워도 챙겨야 하는 기본 사항들

이 작품은, 보통 '오레스테이아 3부작'이라고 부르는 세 작품 중 첫째 것이다. 다들 이론적인 설명은 싫어한다지만 그래도 이름 뜻은 알아야 하니, 설명을 좀 하겠다. (읽기 싫은 독자는 이 부분을 건너뛰기 바란다.) 요즘은 어떤 극단이든 장기 흥행을 목표로 삼겠지만, 희랍 비극은 그렇지 않았다. 그것은 도시국가 아테나이의 국가행사에서 단 한 번 상연하는 것을 목적으로 만들어졌으며(그러니 '희랍 비극'이라기보다 '아테나이 비극'이라는 게 더 정확한 표현이겠다), 몇 명의 작가가 경쟁하는 꼴을 갖췄다. 디오뉘소스 축제에서 세 명의 작가가 각기 네 작품을 출품하여 1, 2, 3등을 정했던 것이다. 그 네 작품 중 하나는 사튀로스 합창단이 등장하는 우스운 내용의 극(사튀로스satyr극. 풍자satire극과는 다른 것이다)이고, 나머지 세 편은 비극 작품이었다. 그 세 편의 비극을 묶어서 '3부작(trilogy)'이라고 부르는데, '오레스테이아 3부작'은 지금까지 전해지는 유일한 3부작이다. (다른 작품들은 모두, 함께 발표된 두 작품은 없어지고 3부작 중 하나만 전해지는 것들이다.) 3부작들은 내용이 서로 연결되는 경우도 있고 그렇지 않은 경우도 있는데, '오레스테이아 3부작'은 비극 세 편의 내용이 서로 연결되어 있는, 이른바 '내용상의 3부작'이다. (이따금 테바이와 관련된 소포클레스의 비극 세 편, 그러니까 「오이디푸스 왕」「콜로노스의 오이디푸스」「안티고네」를 묶어서 '테바이 3부작'이라고 부르기도 하지만, 그것은 그냥 내용이 서로 이어지니까 그렇게 부르는 것이고, 이들은 원래 다른 시기에 따로따로 발표된 것이므로—이야기 순서상 맨 마지막인 「안티고네」가 제일 먼저 발표된 것으로 보인다—진정한 의미의 3부작은 아니다.)

'오레스테이아 3부작'을 이루는 세 작품은, 「아가멤논」「제주祭酒를 바치는 여인들」「자비로운 여신들」이다. 이중 맨 앞의 것은 아르고스 왕 아가멤논이 트로이아전쟁에서 돌아와 자기 부인의 손에 죽는다는 내용이다. 두번째 것은 약 7년 뒤에 아가멤논의 아들 오레스테스가 이웃 나라에서 돌아와, 아버지의 죽음을 복수하고자 어머니를 죽인 사건을 다룬다. 마지막 것은 어머니를 죽인 오레스테스가 복수의 여신들에게 쫓겨다니다가 아테나이에 이르러 재판을 받고 풀려난다는 내용이다. (혹시 이런 설명을 스포일러로 여기는 독자가 있다면, 옛사람들은 전체 줄거리를 다 알고 연극을 보러 갔다는 사실을 위안으로 삼기 바란다. 대체로 옛사람들이 즐겁게 여겼던 것은, 예상치 않았던 일이 갑자기 일어나는 것—영화감독 히치콕의 용어로 '서프라이즈'에 가깝다—이 아니라, 예상된 일이 자기가 예상하는 대로 일어날지 여부—'서스펜스'에 가깝다―였다.)

사실 비극 읽기를 「아가멤논」으로 시작하는 데는 약간의 부담이 있다. 처음에 이 장르에 익숙하지 않은 독자가 읽자면 길이가 좀 짧았으면 좋겠는데, 이 작품은 길이가 매우 길다. 전체가 1700행 가까이 되는데, 다른 작품들은 보통 1400행 내외이니, 평균적인 작품에 비해 20퍼센트 남짓 더 긴 셈이다. 물론 이유는 있다. 내용이 연결되는 세 작품 중 맨 앞의 것이니 이어지는 작품들을 위해 준비해야 할 게 많다는 점이다. 대신 뒤의 두 작품은 각각 1100행이 채 되지 않아서, 세 작품을 평균하면 오히려 다른 작품들보다 짧은 쪽이다.

합창의 기능을 이해하지 못하면 비극 작품을 읽을 수 없다

작품 시작은, 왕궁의 지붕 위에 자리잡은 채 트로이아에서 봉화가 오는지 지키고 있는 보초의 독백이다. 밤을 지새워야 하는 자기 신세를 한탄하고, 뭔가 숨기는 듯한 태도로 나라의 상태를 걱정하던 그는, 곧 트로이아 함락을 알리는 봉화를 보고는 기뻐한다. 이어서 코로스(choros, 춤도 추었으니 '가무단'이 더 나은 이름이겠지만, 그냥 익숙한 용어로 '합창단'이라고 하겠다)가 등장하며, 트로이아 원정군이 떠날 때 어떤 일이 있었는지를 노래한다. 원정 성공을 예고하는 독수리 전조와, 아가멤논이 딸 이피게네이아를 신에게 제물로 바친 사건이 주된 내용이다.

여기까지가 254행이고 두 장면이 지나갔다. 내용은 별것 없다. 트로이아 함락을 알리는 봉화가 도착했다는 것뿐이다. 합창단이 등장했

• 조반니 바티스타 티에폴로, 〈이피게네이아의 희생〉 부분, 1770년, 개인 소장.
아가멤논은 트로이아 원정 때 순풍을 얻기 위해 딸 이피게네이아를 희생으로 바쳤다. 이 사건은 클뤼
타임네스트라에게 큰 충격을 주었고, 결국 그녀는 남편을 죽여 복수하기로 결심했다. 그림 중앙 흰 수
염의 인물이 아가멤논이다. 그는 딸의 목을 칼로 찌르려 하고 있다. 제단 주변에는 여성들이 엎드려 울
고 있다. 반면에 남성들은 멀뚱멀뚱 보고 있는데, 전쟁과 그 희생에 대한 남성과 여성의 차이를 보여주
는 듯하다. 공중에는 아르테미스 여신이 이피게네이아 대신 제물이 될 사슴을 가져오고 있는데, 클뤼
타임네스트라는 이 기적을 인정하지 않았던 듯하다.

지만, 이들은 아직 무슨 일이 일어났는지 의식하지 못하고 있다. 만일 작품을 직접 읽는 사람이 여기까지 도달했다면, 나는 그 사람의 인내심을 칭찬할 것이다(결코 빈정거리는 게 아니다). 우리말 번역으로 10쪽이 넘는데, 읽어나가기가 쉽지 않기 때문이다. 가장 큰 문제는 합창단이 지금 노래하는 게 도무지 무슨 의미가 있는지 이해하기 어렵다는 점이다. 자, 여기서 '형식적 측면'을 하나 짚고 넘어가자. 희랍 비극은 대화 장면과 합창이 번갈아 나오는 구조로 되어 있어서, '대화(또는 독백)–합창–대화–합창⋯⋯' 하는 식으로 진행된다. 오늘날의 뮤지컬이 이와 유사한 형식이니, 희랍 비극이야말로 뮤지컬의 '원조'인 셈이다.

대화 부분과 합창 부분은 운율뿐 아니라 방언도 다르고 기능도 다르다. 대화 부분은 다소 단조로운 반복적 운율(오페라의 서창敍唱, recitative과 유사하다)로 되어 있고, 비극이 상연되던 앗티케 지역의 방언을 사용한다. 반면에 합창 부분은 매우 자유로운 서정시 운율로 되어 있고, 기이하게도 가사가 대체로 앗티케와 적대적인 지역, 도리스 방언(쉽게 말하면, 스파르타 방언) 형태로 되어 있다(완전히 그 방언을 따라간 것은 아니다). 대화에서는 사건의 진행이 있지만, 합창에서는 그 사건의 배경을 소개하거나, 앞에 있었던 사건을 평가하기도 하고, 뒤에 이어질 내용을 미리 예시하기도 한다. 사실 이 두 부분은 상당히 이질적인 것으로, 어쩌면 원래는 서로 다른 장르에 속해 있다가 나중에 섞인 건지도 모르겠다. 대화 장면이 사건을 보여준다면, 합창은 그것의 의미를 생각하게 한다. 오늘날의 많은 표현예술에서 그와 비슷한 진행을 볼 수 있으니, 음악이건 무용이건 영화건 빠르고 긴장된 부분과 느리고 풀어주는 부분이 번갈아 나오는 게 일반적이고, 그 첫 사례가 바로 희랍 비극이다.

또하나 이 작품에서 합창이 하는 역할은, 서사시 이래의 전통이 된 '사태 한가운데로(in medias res)'라는 이야기 구성법과 관련이 있다. 작품이 시작되면 얼른 핵심으로 진입한 다음에 그 앞뒤를 채워넣는 방식이다. 『일리아스』가 '아킬레우스의 분노'를 향해 속도감 있게 진행한 다음에 트로이아전쟁의 시작 부분과 결말을 채워넣은 것처럼, 이 작품은 '아가멤논의 귀환과 피살'이라는 핵심 사건을 향해 전진하면서 그 배경을 합창을 통해 소개하는 것이다. 그러니 작품을 읽다가 합창이 나오면 그것의 기능과 의미를 생각하고, 때로는 그것이 전하는 이미지를 즐기시기 바란다. 지금 여기서 언급한 합창의 기능을 이해하지 못하면 비극 작품 읽기가 매우 힘들어진다. 특히 아이스퀼로스의 작품들이 그러하다. 후대의(예를 들면, 에우리피데스의) 것에 비해 합창이 훨씬 많이 들어가 있기 때문이다.

(여기서, 직접 작품을 읽는 독자를 향한 격려의 말씀 한 자락. 당신이 합창 부분에서 어려움을 느꼈다면 그것은 매우 당연한 일이다. 당신은 정상이다. 나도 처음에 그랬다. 당신이 어려움에 처했던 것은 합창의 기능을 몰랐기 때문이다. 몰랐으면 어떤가, 이제부터 알면 된다. 한편, 당신이 만일 합창 부분을 단번에 쉽게 소화했다면 나는 당신을 매우 칭찬한다. 당신은 보통 사람의 수준을 넘는 고도의 문학적 감각을 갖춘 사람이다. 진심이다.)

합창 부분의 이상한 표기는 무슨 뜻인가

한꺼번에 너무 많은 것을 설명해서 짜증이 날지 모르겠는데(사실은 직접 읽을 때의 짜증을 줄여주려고 이러는 것이다), 합창 부분에 대해 설명할 게 하나 더 있다. 직접 작품을 읽는 독자라면 합창 부분이 여러 단락으로 나뉘어 있고, 그 앞에 '좌1' '우1' '좌2' '우2'라고 적힌 것을 보았을 테고, 대체 이게 뭔가 싶었을 것이다. (매 학기 내 수업을 듣는 학생 중에, 그게 뭔지 설명을 청하는 사람이 한 명 정도는 반드시 있다.) 합창단의 노래는 대개 두 덩이씩 짝지어져 있고, 그것들에 똑같은 운율조합(調合)이 사용된다. 그러니까 숫자가 같은 것끼리, 예를 들어 '좌1'은 1절, '우1'은 같은 멜로디에 가사만 바꾼 2절이라고 생각하면 되겠다(좌2가 어떤 멜로디의 노래 1절이라면, 우2는 같은 멜로디에 가사만 다른 2절이다). 따라서 숫자가 같으면(예를 들어, 좌1과 우1은) 행수도 같다. 그런데 왜 '좌–우'인지? 사실 이것은 약간 편법이다. 원래 희랍어로는 strophe, anti-strophe라는 것인데, 각각 '(한쪽으로) 돌기' '반대로 돌기'라는 뜻이다. 합창단은 무대 앞의 둥그런 공간(오르케스트라)에서 춤을 추며 노래를 부르는데, 1절은 이쪽으로, 2절은 저쪽으로 움직이면서 불렀다는 뜻이다. 그 움직임이 정말로 먼저 왼쪽으로, 그다음엔 오른쪽으로였는지는 모르지만, '우–좌'로 써도 이상하기는 마찬가지이니, 그냥 '좌–우'로 적는 것이다. 영어에서는 strophe라는 말이 긴 시(詩)의 단락을 의미하는 말(연聯)로 쓰이기 때문에, anti-strophe를 '대련(對聯)'이라고 하는 분도 있는데, 한자를 잘 모르는 세대를 상대로 한참 설명해야 하니 이것도 어려운 일이다. 나는 그냥 천병희 선생님의 제안대로 '좌–우'라고 부르고 있다.

거의 아무 장치도 없는 무대

무대와 기술적 장치에 대해서도 잠깐 얘기하자. 대개 극작품을 소개할 때 '막이 열리면……'이라는 표현을 쓰기 쉽다. 하지만 희랍극에는 막이 없었던 것 같다. 이러한 특징은 극이 끝맺는 방식과도 연관이 있다. (뒤에 더 얘기하자.) 그리고 조명도 없다. 훤한 대낮에 희랍의 따가운 햇살 아래서, 변변한 무대장치도 없이 거의 모든 것을 관객의 상상으로 해결해야 하는 상황이다. 표정 연기라는 것도 없다. 배우들은 가면을 쓰고 나오기 때문이다. (사실 표정 연기가 보편화된 것은 카메라가 발명되고 클로즈업이 가능해진 이후일 것이다. 물론 작은 규모의 실내극이 출발점일 수는 있다.) 또 지금 등장한 인물이 누구인지 관객으로서는 알 수 없으니, 대개 첫번째 등장인물은 자신이 누구인지를 처음 몇 행 안에 소개한다. (나중에 에우리피데스가 이 관행을 어떻게 역이용하는지 보자.)

「아가멤논」의 합창단도 노래를 시작한 지 30행 정도 지나서 이렇게 자기들을 소개한다.

> (…) 우리는 육체로 의무를 다할 수 없는 늙은이들이라
> 당시의 구원대에도 참가하지 못하고
> 뒤에 처졌고, 힘은 어린애 같아서
> 이렇게 지팡이에 의지하고 다닌다네. (72~75행)

그리고 다른 사람이 등장하면 대개 먼저 등장한 사람이 그 인물의 신분을 관객에게 알려주는 발언을 한다. 한편 배우의 숫자는 최대 셋

뿐이다. 따라서 이 작품에서 첫 장면에 나온 보초 역을 했던 사람이 나중에 어떤 역을 하는지 생각해보면 거기서도 상당한 재미가 도출될 것이다.

앞에서 희곡은 독자에게 큰 재량권을 준다고 했는데, 아마 직접 작품을 읽은 사람은 첫 대사 앞에 작은 글씨로 쓰인 '무대 전면에 궁궐이 보이고 보초가 그 지붕에서 하늘을 보고 있다'는 내용을 읽었을 것이다. 하지만 이것은 작품 내용을 보고 후대 사람들이, 독자를 위해 넣어준 것이다. 우리에게 전해지는 옛 사본들에는 그런 내용이 일체 없다. 심지어 어떤 대사가 누구의 것인지 적혀 있지 않아서, 학자들 사이에 대사 배당을 놓고 의견이 엇갈리는 경우도 있다. 그러니 독자는 무대배경에 대해 마음대로 상상해도 좋다. 그저 왕의 집이 있기만 하면 된다. (이것은 희랍극의 거의 유일한 배경이다. 에우리피데스 극에는 이 유일한 배경인 왕궁이 불타는 장면이 이따금 나오는데, 바로 이것이—니체의 주장대로—에우리피데스가 비극을 죽였다는 증거라 말하는 학자도 있다.)

왕비는 왜 봉화가 온 길을 읊는가

합창단이 트로이아전쟁이 시작될 때의 일을 노래하는 사이에, 왕비인 클뤼타임네스트라가 나와서 제단마다 제물을 바친다. 그 이유를 묻는 합창단에 그녀는 트로이아가 함락되었다는 소식을 전하고, 그 증거로 봉화가 전해진 경로를 30행 넘게 읊어댄다. 마키스토스 산, 멧사피온 산, 고르고피스 호수, 아이기플랑토스 산, 아라크나이온 산. 신화와 고전으로 단련된 사람에게도 생소한 지명들이다. 모름지기 컴

퓨터 모니터의 한 면을 넘지 않는 것이 글쓰기의 기본예절이거늘, 처음 듣는 지명들을 한 쪽 반이나 읽으라니! '고전은 지루해'파(派)에 속하는 독자는 그냥 건너뛰거나, 책을 집어던지기 쉽다. (이 부분을 건너뛰지 않고 다 읽은 사람이 있다면, 나는 그를 존경한다. 이것도 진심이다.)

여기서 세 가지 점에 주목하자. 첫째, 목록시는 여러 시대, 여러 문화에서 즐기던 것이고, 우리나라에도 있었다. 판소리 「흥부가」를 보자. 〈제비 노정기〉. 제비가 강남에서 돌아오는 길을 읊어낸다. 또 흥부네 아이들이 먹고 싶어하는 음식의 목록, 박에서 나온 재물들의 목록, 흥부네 아이들이 해 입은 옷의 목록 등등. 준비가 안 된 분들은 한번 이 기회에 찾아 읽어보시라. '이렇게 재미있는 것을 몰랐다니!' 할 것이다. (나중에 흥부가 탄 박에서 흥부의 '둘째 마누라'도 나오니 기대하시라.) 하지만 그런 장르는 이미 '여러 물 간 것'이라고? 〈독도는 우리 땅〉이란 노래를 아시는지? 한번 흥얼거려보시라. '대구, 명태, 거북이……' 사실 이 노래는 전체가 목록으로 되어 있다.

주목할 점 둘째. 목록 부분은 시인이 자기 재주를 뽐내는 대목이기도 했다. 앞에 말한 것처럼 비극은 운문이고, 그 운을 맞추는 것은 쉬운 일이 아니다. 일반명사라면 다른 단어로 바꾸면 된다지만, 고유명사들은 그럴 길이 없다. 그 '뻣뻣한' 고유명사들을 엄격한 운율의 틀에 유연하게 맞춰 넣었다. 아는 사람만이 알아보고 칭찬할 솜씨다.

셋째, 그리고 가장 크게 주목할 점. 여기 나온 봉화 길은 그냥 물리적인 길이 아니라 하나의 상징이다. 이 작품에서 아가멤논 가문의 불행은 트로이아 왕가의 재앙과 나란히 비교되고 있어서, 어찌 보자면 두 가문의 재앙이 이 작품 안에서 거의 '평행 구조'를 이루고 있다. (나는 이게 『오뒷세이아』의 이중 구조를 본받은 것이라 본다. 『오뒷세이아』

에서는 계속, 아가멤논 가문의 재난과 오뒷세우스 집안의 사건이 비교되고 있다. 「아가멤논」에는 오뒷세우스에 대한 언급이 뜬금없이 한 차례—840행—나오는데, 나는 이것이 『오뒷세이아』의 영향을 암시하는 것이라고 믿는다. 나는 무엇이건 고전과 비슷한 대목만 나오면, 그게 고전에서, 특히 서사시에서 영향을 받은 것이라고 주장하는 버릇이 있으니, 이것도 믿거나 말거나다.) 이 두 왕가의 재난을 이어주는 것이 바로 이 봉화 길이다. 말하자면 트로이아의 재앙이 봉화를 타고 희랍으로 번지고 있는 것이다. 이 불은 잠시 후에 다른 상징과 결합하여 아가멤논 궁전의 화덕 곁에 서게 된다.

외로운 귀향자 아가멤논

봉화 길 소개를 마친 왕비는 다음으로, 희랍군이 무사 귀향하기 위해 피해야 할 위험들을 나열한다. 신전을 약탈하지도 말아야 하고, 바다의 풍랑도 피해야 하고…… 트로이아전쟁의 전말을 아는 관객이라면 그녀의 걱정 또는 기대가 적중했음을 알아챘을 것이다. 희랍군은 트로이아 함락 과정에서 여사제 겁탈 사건 때문에 아테네 여신의 노여움을 사고, 그래서 풍랑을 만나 큰 피해를 입는다.

합창단이 전쟁의 원인으로 돌아가, 헬레네의 가출 사건과 긴 전쟁으로 인한 백성들의 원한을 노래하는 사이, 아가멤논의 전령이 도착하여 트로이아 함락을 전한다. 간밤에 봉화가 왔는데, 다음날 바로 전령이 도착한다는 것은 당시의 교통 사정을 고려할 때 있을 수 없는 일이지만, 희랍 비극에서는 보통 하루 안에 모든 사건이 완결되기 때문에 말하자면 시간이 '압축되어' 있다. 사실 오늘날에도 영화는 보통 90분 정도에 모든 얘기를 마친다. 영화적 압축을 위해서는 조명이나 분장, 자막, 여러 편집 기술이 사용되지만, 그런 장치가 없었던 옛 비극에서는 모든 것을 관객의 상상력과 관용에 의지하고 있다.

　트로이아의 상황을 묻는 합창단에 전령이 전하는 그림은 다소 뜻밖이다. 『일리아스』에 그려진 영웅들의 멋진 전투는 간데없고, 현실적인 전쟁터의 지겨운 일상이 구질구질 전해진다. 여름은 쪄 죽을 정도로 덥고, 겨울에는 새도 얼어 죽을 정도로 춥다. 옷에는 이가 득실대고 바닥에선 습기가 올라온다.

우리의 고생과 불편한 잠자리에 관해서 말하자면
어찌 탄식하지 않을 수 있겠습니까? 늘 그날 몫의 고생이 있었지요.
좁은 갑판 통로에서 아무렇게나 잠을 잤으니까요.
하나 육지에서는 고생이 한층 더 심했지요.
우리는 적의 성벽 가까이서 야영을 했는데
하늘에서는 이슬이 내리고 풀이 난 땅에서는
습기가 올라와 한시도 편할 때가 없었고
우리의 털옷에는 이가 바글바글했지요.
그리고 겨울이 되면 어떻고요. 새도 얼어 죽을 정도랍니다.
그만큼 견딜 수 없는 추위를 이데 산의 눈이 가져다주니까요.
더위는 또 어떻고요! 한낮이 되어 바다가 낮잠을 잘 때면
물결은 잔잔하고 바람이라고는 한 점도 없지요. (555~566행)

먹는 얘기는 하지 않았지만 그것도 보나마나 형편없었을 것이다.

여기서, 날렵한 솜씨로 단번에 적을 쓰러뜨리는 영웅들의 무용담이 나오지 않는 것은 왜인가? 물론 전하는 사람이 신분이 낮은 사람이어서 그럴 수 있다. (마라톤과 살라미스에서 싸웠던 아이스퀼로스 자신의 경험이 여기 반영되었다는 해석도 있다.) 그리고 앞에 합창단이 노래한, 백성들 사이에 퍼진 은근한 원한도 이런 사정과 관련이 있을 것이다. 하지만 그보다 중요한 것은 이 묘사가 아가멤논을 전설적인 영웅에서 일상인으로, 곧 여자에게 죽을 힘없는 존재로 만들어준다는 점이다. 우리는 이 3부작의 두번째 작품 끝 부분에서 오레스테스가 갑자기 대소변도 가리지 못하는 어린아이로 변하는 것을 보게 될 것이다. 그는 어머니의 꿈에 나온 뱀 아기가 되어, 어머니의 가슴에 독니를 박아야 하기 때문이다. 각 주인공은 우선, 자신이 행하거나 당하는 일에 걸맞은 신분을 새로 얻어야만 한다.

합창단은 다시 전령에게 메넬라오스가 아가멤논과 함께 돌아오는지 묻는다. 관객이 모두 아는 대답이 나온다. 풍랑을 만나 많은 배가 파선되고 모두가 흩어졌으며 아가멤논의 배만 돌아왔다는 것이다. 그냥 지나치기 쉽지만 사실 이것은 왕비에게 중요한 정보다. 아가멤논은 외로운 귀향자다. 그를 도와줄 사람은 아무도 없으니, 계획을 실행하기 더없이 좋은 여건이다.

합창단은 헬레네의 결혼이 가져온 불행한 결과를 노래하고, 오만을 경계하기를 촉구한다. 얼핏 보기에 이 노래는 트로이아 왕가의 불행을 노래하는 것 같지만, 다시 생각해보면 그대로 아가멤논의 집에도 해당된다. 헬레네의 자매인 클뤼타임네스트라가 가져올 불행과, 잠시 후에 보게 될 아가멤논의 '오만' 때문이다.

• 피에르 나르시스 게랭, 〈아가멤논을 살해하려는 클뤼타임네스트라〉, 1822년, 프랑스 파리 루브르 박물
관 소장.
여기서는 아가멤논이 목욕중에 죽는 게 아니라, 자다가 죽는 것으로 그려졌다. 그림 중앙을 차지한 클
뤼타임네스트라는 증오에 찬 표정을 짓고 있으며, 그 왼쪽의 아이기스토스는 자신이 직접 행동하지 않
고 여자를 뒤에서 조종하고 있다. 그는 이 그림에서도, 「아가멤논」에 묘사된 것과 유사하게 '여자 뒤에
숨어 우쭐대는' 인간이다.

'피의 길' 카펫 장면

이제 전령이 퇴장하고 아가멤논이 등장한다. 합창단이 그를 반긴다. "오오 왕이여, 트로이아의 정복자여!" 아가멤논이 간략히 경과를 보고하고, 현안 처리의 기본 입장을 밝힌다. 거기에 클뤼타임네스트라가 나와서 말을 시작한다. "아르고스의 시민들이여, 이 자리에 와 계시는 원로들이여!" 어떤가? 이상한가, 그렇지 않은가? 아무 설명도 없는 희곡 작품을 읽으려면, 이 대목에서 이상하다고 느낄 수 있는 능력을 길러야 한다. 남편이 10년 만에 집에 돌아왔다. 정상적인 아내라면 남편에게 달려가야 한다. 혹시 점잖게 행동해야 하는 귀족이라서 그럴 수 없다면 적어도 남편에게 인사말 정도는 건네야 한다. 한데 여기서 여주인공은 남편을 향해서가 아니라 합창단을 향해 발언하고 있다. 자신의 말이 맞지 않았냐고, 그리고 자기는 정숙하고 충실하게 집을 지켰노라고.

이런 이상한 태도에 대해 물론 기술적인 설명도 가능하다. 애당초 희랍극에는 배우가 한 명뿐이었다. 두번째 배우를 도입한 사람은 바로 아이스퀼로스다. 독자들은 아마 (물론 현대에도 1인극이 없는 것은 아니지만) 한 명의 배우로 어떻게 연극이 진행될 수 있었는지 의아할 것이다. 그게 가능했던 것은 합창단장이 거의 배우 역할을 했기 때문이다. 그래서 나중에 배우 숫자가 늘어났을 때도 합창단장은 합창단을 대표하여 배우와 대사를 (복잡한 서정시 운율이 아니라, 단조로운 대화 운율로) 주고받는다. 하지만 아이스퀼로스는 배우 숫자를 늘려놓고도 대체로 배우끼리 대화하는 것보다는, 한 배우가 먼저 합창단과 얘기를 나누고, 이어 다른 배우가 또 그렇게 하는 쪽을 선호했다. 여기서 클뤼타임네스트라의 행동도 그런 경향과 일치한다. 하지만 이 장면에서 곧이어 부부 사이의 대화가 이어지는 것을 보면, 여기 클뤼타임네스트라의 첫 발언이 남편에게 향하지 않는 데는 까닭이 있다고 보아야 할 것이다. 즉, 그녀는 남편이 진심으로 반갑지 않은 것이다.

그다음 장면이 저 유명한 '카펫 장면'이다. 이제 클뤼타임네스트라는 남편에게 강권하여 자줏빛 카펫을 밟고 안으로 들어가게 한다. 아가멤논은 여러 가지 이유를 들어 사양하지만 결국 뜻을 굽힌다. 클뤼타임네스트라의 마지막 논변은 트로이아 왕 프리아모스라면 그냥 밟고 들어갔으리라는 것이다. 이 말에 경쟁심을 느꼈는지, 아니면 전쟁과 귀로의 고생에 지쳐서인지, 왕은 그냥 논쟁을 포기하고 아내의 뜻에 따르고 만다. 이 사건의 일차적인 의미는, 이제 합창단이 걱정하고 경고하던 오만이 이루어졌다는 점이다. 그는 너무 부유해서 값비싼 (당시 자주색 염료는 같은 무게의 금과 바꿀 정도였다) 직물을 발로 짓밟고 망가뜨리고도 괘의치 않을 정도다! 그는 이제 재앙을 당할 것이다.

이 대목에서 '뭐, 별 대단한 장면도 아니구먼!' 하고 생각할 독자도 있을 것이다. 정말 그런가? 여기서 중요한 것은 이 카펫의 색깔이다. 많은 학자들이 이 카펫을 '피의 길'로 생각한다. 핏빛 카펫을 밟고 들어간 왕은 다시는 살아서 나오지 못할 것이다. 그리고 어찌 보면 이 빛은 간밤에 도착한 재앙의 불빛이고, 이 길은 왕가를 태울 불의 길이다. 독자들은 앞으로 영화 작품 따위에서 자줏빛 융단 비슷한 것이 나오면 그 역할과 상징을 잘 생각해보시기 바란다. 대개는 전통에 기대어 의미 있게 사용한 장치일 것이다. (예를 들면, 희랍 감독 앙겔로풀로스의 〈위대한 알렉산드로스O Megalexandros〉—국내 회고전 때 제목은 '알렉산더 대왕', 더러 '구세주 알렉산더'로 소개되기도 했다—에서, 알렉산드로스의 왕관이 자줏빛 대좌 위에 모셔진 장면 다음에 그의 신비한 실종이 그려진다.)

그 피는 일차적으로 아가멤논이 흘릴 피다. 하지만 더 깊이 보자면 그것은 그가 트로이아에서 뿌린 적들의 피, 그의 전우와 부하들의 피, 도시 함락 과정에서 흘린 민간인들의 피, 나아가 이 집안에서 전대부터 가족 간에 벌어진 살육의 피다. 거기에는 아비에게 죽은 딸 이피게네이아의 피도 섞여 있을 것이다. 잠시 후에 보겠지만 아가멤논의 죽음은 수많은 원인이 모여서 이룬 매우 복합적인 것이다. 지금 이 장면은 그 이유들을 하나의 이미지로 단번에 보여준다. 아가멤논이 들어가고 난 후에 아마 하녀들은 그것을 말아서 문 안으로 거두어들였을 것이다. 거의 집이 하나의 거대한 짐승이고 그것이 핏빛 혀를 내밀어 먹잇감을 잡아들인 형국이다.

그러면 이 대목에서, 앞글에서 우리가 주목할 '형식성'으로 꼽았던 것을 한번 챙겨보자. 이 작품의 중심은 어디인가? 바로 이 카펫 장면이다. 이 부분에 아가멤논이 처음이자 마지막으로 나오고, 부부 대면 장면도 이것이 유일하다. 그러면 이 장면에 없는 것은 무엇인가? 작품을 읽을 때는 있는 것뿐 아니라, 당연히 있어야 하는데 없는 것에도 주목해야 한다. 여기 없는 것은 반가움의 표현이다. 10년 만에 마주친 부부는 서로에 대해 가졌던 그리움도, 당연히 보여야 할 반가움도 전혀 표현하지 않는다. 그것을 대신하는 것이 말 겨루기다. 보통 배우 간의 대화 장면을 잘 짜지 않는 아이스퀼로스가 이 대목은 약 15행의 '한 줄씩 말하기(stichomythia)'로 구성했다. 맑은 아내가 시작하고 아내가 끝낸다. 보통 마지막 말을 하는 사람이 이긴 사람이다. 아가멤논은 물리적인 패배에 앞서 말의 싸움에서 진다.

> 아가멤논: 다투기를 바라는 것은 여자에게는 어울리지 않는 일이오.
> 클뤼타임네스트라: 하나 승리를 양보하는 것도 행운을 누리는 자에
> 게는 어울리는 일이죠.
> 아가멤논: 이 입씨름에서의 승리가 그대에게는 그토록 중요하단 말
> 이오?
> 클뤼타임네스트라: 양보하세요. 일부러 져주신다면 이긴 자는 그대
> 니까 말이에요.
> 아가멤논: 그대의 뜻이 그렇다면 좋소. 누구든지 좋으니
> (…) 이 신발의 끈을 지체 없이 풀도록 하라. (940~945행)

캇산드라의 역할—아가멤논 살해의 다중 원인

아가멤논은 안으로 들어가면서 자신이 데려온 여자를 잘 돌보라고 명한다. 아폴론에게서 예언력을 부여받은 캇산드라다. 작품을 직접 읽지 않고 줄거리만 대충 아는 사람들은 이 여인이 등장한다는 사실조차 모르기 쉽다. 사실 관객들도 이 여인이 누구인지 궁금했을 것이다. 그녀는 왕과 왕비가 얘기를 나누는 동안 한쪽에 그냥 서 있었다. 이제야 한 대목이 지나가고, 그녀의 존재가 주목을 받는다. 하지만 이때까지도 관객들은 그녀에게 얼마나 큰 역할이 예정되어 있는지 몰랐을 것이다.

잠깐 남편과 함께 안으로 들어갔던 클뤼타임네스트라는 다시 나와

서 캇산드라에게 안으로 들기를 명한다. 하지만 캇산드라는 움직이지 않는다. 여주인은 상대가 희랍말을 알아듣지 못하는 것으로 생각하고 그냥 안으로 들어간다. 여기서 놀라운 일이 일어난다. 캇산드라가 입을 연 것이다. '이게 뭐 이상한 일이라고!' 하는 분은 원문의 행수를 확인하시라. 캇산드라가 첫 발언을 하는 것은 1072행에서다. 다른 작품 같았으면 끝나기까지 불과 300행 정도 남은 시점이다. 희랍극에는 대사 없는 등장인물이 꽤 많기 때문에 관객들은 이쯤 됐으니 캇산드라도 그런 인물인 줄 알고 있었을 것이다. 관객들은 곧장 왕의 죽음이 보여질 것을 기대했을 것이다. 한데 그 사건은 뒤로 미뤄지고 예상 밖의 인물이 발언한다.

캇산드라의 대사 분량도 놀랍다. 200행 가까이다. 별것 아니라고? '타이틀 롤'을 맡은 아가멤논의 대사와 비교해보라. 이 '주연' 배우의 대사는 100행이 채 안 된다. 반드시는 아니라도 대체로, 대사의 분량은 인물의 비중에 비례한다. 그러면 이 작품에서 캇산드라의 역할은 무엇인가? 이 여자는 왜 여기에 와 있는 것인가? 그녀의 역할은 세 가지 정도로 생각할 수 있다. 하나는 안에서 일어나는 일을 관객에게 전달해준다는 것이다. 희랍 비극에서는 끔찍한 장면은 무대에 직접 올리지 않는 전통이 있다. 살인이나 자살 등은 보통 무대 뒤에서 일어나고 전령의 보고로 간접적으로만 전달된다. 하지만 이 작품에는 전령의 보고가 없다. 사건이 일어나기 직전에 이 예언녀의 입을 통해 안에서 일어나는 일이 모두 드러났기 때문이다.

캇산드라의 다른 역할은, 이제 곧 일어날 살인 사건을 단순 치정극 이상의 것으로 만들어준다는 점이다. 사실 이것이 현대에 이 이야기를 무대에 올리는 사람들이 빠지기 쉬운 함정인데, 이 살인은 그냥 바람난 부인이 남편을 죽이는 것이 아니다. 물론 맨 처음 파수꾼의 발언을 들으면 곧 있을 살인의 핵심이 애정 문제라고 생각할 수 있다. 하지만 차차 합창단의 노래들을 듣다보면 이게 그렇게 단순한 문제가 아니라는 것을 알 수 있다. 아가멤논은 전쟁을 위해 딸을 죽였다. 그 행위는 인간의 양심도, 신들의 분노도 불러왔다. 사실 아가멤논이 딸을 희생으로 바친 것은 아르테미스의 노여움 때문이었다. 신의 분노 때문에 드린 희생이 다시 신들의 분노를 산다는 것은 이해하기 어렵지만 옛 희랍인들이 보기에 문제들은 이렇게 복잡하게 얽혀 있다.

독자의 짜증을 유발할 위험이 있긴 하지만, 그래도 여기서 좀더 설명을 하는 게 좋겠다. 사실은 트로이아전쟁 자체가 '손님을 보호하는' 제우스의 뜻에 따라 일어난 것이다. 파리스가 메넬라오스의 집에 와서 접대를 받다가, 주인이 외조부 상을 당하여 집을 비운 사이에, 주인의 부인(헬레네)을 데리고 도망쳤기 때문이다. 옛 희랍의 풍습에서 한번 서로 접대를 주고받은 사이에는 특별한 관계가 성립되어, 두 사람은 '손님-주인 관계(xenos)'가 된다. 그후에 상대에게 해를 끼치면 '손님을 보호하는(Xenios)' 제우스의 징벌을 당하게 되어 있다. 따라서 메넬라오스가 군대를 모아 파리스의 나라를 공격하는 것은 제우스의 뜻을 따른 일이다. 한데 제우스가, 그 전쟁이 성공적으로 끝나리라고 보여준 전조가 아르테미스의 노여움을 산 것이다. 새끼(보통 전하기로, 아홉 마리) 밴 어미 토끼를 (제우스의 상징인) 독수리가 잡아먹는 전조였다. 전쟁이 9년 끌다가 10년째에 트로이아가 함락되리라는 뜻이다. 한데 그것을 보고 '짐승들의 여주인' 아르테미스가 분노한 것이다. 한 신이 정의를 이루기 위해 보인 전조가 다른 신의 노여움을 사서 인간이 그 죄갚음을 해야 한다는 것이 우리에게는 불합리해 보이지만, 옛사람들은 세상이 그런 식으로 돌아간다고 보았다. 한데 이제 그 죄갚음(이피게네이아를 희생으로 바친 일)이 다시 다른 신들의 노여움을 샀단다. 신들의 뜻은 인간으로서는 가늠하기 어려운 일이다.

더구나 긴 전쟁은 백성들의 희생을 낳고, 그래서 은근히 원한을 샀다. 그러니 이제 벌어진 아가멤논 살해는 수없이 얽힌 원인들에 의한 것이다. 거기에 더하여 이 집안에는 동족 살해의 원한이 전통처럼 내려오고 있다. 이 마지막 요소를 드러내는 것이 예언녀의 역할이다. (아가멤논의 아버지 대에 형제끼리 처절한 다툼이 있었다. 아가멤논의 아버지 아트레우스는 자기 동생의 자식들을 잡아 아비에게 먹였다. 동생인 튀에스테스가 자기 형 아트레우스의 아내와 정을 통하고, 그의 왕권을 빼앗으려 했기 때문이다.) 그녀는 아직 집안에 떠돌고 있는 피냄새를 느끼고, 살해된 아이들의 모습을 본다. 이 환각에 의해 아가멤논의 죽음이 지닌 다른 의미가 하나 더 드러났다. 이제 곧 일어날 살인은 옛 살인에 대한 죄갚음인 것이다.

그녀의 발언은 처음에는 의미를 알 수 없는 외침으로, 조금 지나서는 노래로, 마지막에는 누구나 알아들을 수 있는 일상 어법으로 발전해간다. 이렇게 형식적으로 점점 명확한 전달 방식으로 나아가면서, 아가멤논의 죽음도 점차 확실한 것으로, 그 원인도 점차 또렷한 것으로 발전해나간다. 형식과 내용의 놀라운 일치이다.

자기 운명을 이미 알고 있는 예언녀지만, 캇산드라는 쉽게 문 안으로 들어서지 못한다. 다가서다 멈추고, 다가서다 멈추기를 몇 번. 그녀는 결국 자기 죽음을 복수해줄 자가 나타나기를 기원하며 안으로 들어가고, 거기서 죽는다. 캇산드라의 역할 중 가장 상징적인 것은 바로, 여기 와서 죽는 것이다. 그녀는 말하자면 간밤에 불의 형태로 전

달된 저주가 다시 인간의 모습으로 재현된 것이다. 두 왕가를 이어주는 저주는 그냥 물리적인 불길에 의해서뿐 아니라, 인간의 모습을 하고 직접 아가멤논 곁에 배를 타고 와 이렇게 왕가의 중심부에 도착한 것이다. 그녀가 죽는 곳은 화덕 곁이다. 멀리서 온 저주의 봉화의 종착지로 맞춤하다.

이미 너무 많은 듯도 하지만, 캇산드라의 역할은 아직 하나 더 남아 있다. 바로 다음 세대에 아폴론의 복수를 불러오는 일이다. 죽으러 집 안으로 들어가기 전, 그녀는 합창단에, 자기가 아폴론의 애인이 되어주기로 약속하고 예언력을 받았다는 사실을 밝힌다. 그녀는 자신의 예언자 복장이 아무 도움도 되지 않는다며 그것을 뜯어 던지고 안으로 들어간다. 이제 그녀는 아폴론의 애인이 되겠노라고 약속하던, 아직은 예언녀가 아니던 옛날 상태로 돌아갔다. 이제 이 '애인'의 죽음에 대해 아폴론은 복수하게 될 것이다. 우리는 다음 작품에서 오레스테스에게 복수를 명한 이가 아폴론임을 알게 될 것이다. 너무 심한 해석이라고? 좋은 작품이라면 모든 부분에 역할과 의미가 있어야 한다.

아이기스토스의 뒤늦은 등장—악순환은 쉽게 끝나지 않는다

안에서 비명이 들리고, 합창단은 이 일에 개입할지 말지 망설인다. 결국 그들은 아는 것보다는 바라는 것에 따라, 아무 일도 아닐 것이라는 쪽으로 결론을 낸다. 그사이 아가멤논과 캇산드라가 죽는다. 원래 합창단은 중심적인 사건에 개입하지 않는 것이 원칙이다. 그래서 합창단은 힘없는 노인이나, 적극적으로 행동하기 곤란한 여인들로 구성된 경우가 많다. 합창단이 이따금 조언(助言)으로써 사건의 방향을 돌리는 경우는 있는데, 우리는 다음 작품에서 그런 사례를 발견하게 될 것이다.

이제 모든 사건은 끝났다. 클뤼타임네스트라가 나온다. 독자들이 가진 텍스트에는 문이 열리고 그 안으로 시신들이 보인다고 되어 있겠지만, 어쩌면 여기서 작은 이동무대(ekkyklema)를 이용하여 시신들을 밖으로 끌어내 보였을 수도 있다. 희랍극에서는 끔찍한 장면들은 무대 위에서 바로 보여주지 않고, 그 결과만 이런 식으로 보여주는 것이 관행이다. 클뤼타임네스트라는 자신이 남편에게 그물을 씌우고 세 번이나 쳐서 죽였다고 자랑한다. (아가멤논은 보통 목욕중에 그물 비슷한 천으로 싸여 도끼, 또는 칼에 죽은 것으로 전해진다.) 그녀는 그 천을 들고 나와 대중에게 보여주기까지 한다. 앞으로 한번 더 재연될 장면이다. 그 그물은 음모의 그물이고, 트로이아에 드리웠던 것과 같은 운명의 그물, 이 집안을 옭아매온 저주의 그물이기도 하다.

합창단은 그녀를 독사라고 비난한다. 그녀는 자기를 여자 취급 하지 말라면서, 살인의 이유를 댄다. 딸 이피게네이아의 죽음, 아가멤논의 바람기(트로이아에서 여러 여자와 관계한 것) 등. 그러다가 마침내 무서운 말이 나온다. 자기는 집안에 떠돌던 복수의 악령이 아내의 모습을 하고 나타난 것이라고.

> 그대는 이것을 나의 소행이라고 믿고 있구려.
> 하지만 나를 아가멤논의 아내라고 생각하지 말아요.
> 무자비한 향연을 베푼
> 아트레우스의 악행을
> 복수하는 오래고 사나운 혼령이
> 여기 죽어 있는 자의 아내 모습을 하고 나타나
> 어린것들에 대한 보상으로, 마지막을 장식하는 제물로서
> 이 성숙한 어른을 죽인 거예요. (1497~1504행)

하지만 이 대화 마지막에 그녀는 이제 그만 복수의 악순환이 그치기를 소망한다.

> 여기 이것만 해도 거두어들일 게 많아요. 불행한 수확이에요.
> 재앙은 이만하면 족해요. 이젠 피 흘리는 것만은 피하도록 해요.

존귀한 노인들이여, 집으로 돌아들 가세요. 그대들의 행동이

고통을 가져다주기 전에. 우리는 일이 일어난 대로 받아들여야 해요.

이 고통이 이제 충분한 것이라면 우리는 그냥 받아들여야 해요.

(1655~1659행)

벌써 그녀는 다음 작품에 보여줄 '노쇠한' 모습을 보이기 시작한 것일까? 하지만 이 소망이 이루어지는 것은 그녀 세대가 아니라 그다음 세대에서일 것이다.

작품의 끝은 약간 지리멸렬해 보인다. 클뤼타임네스트라의 도도한 '임무 완수' 선언에 뒤이어, 왕비의 애인인 아이기스토스가 궁 밖으로 나온다. 그는 자기 관점에서 다시 한번 아가멤논의 죽음의 의미를 밝힌다. 그것은 위 세대에 있었던 동족 살해에 대한 보복이라고. 하지만 이것은 이미 캇산드라가 밝힌 것이다. 아이기스토스가 그걸 되풀이하는 이유는 무엇인가? 대체 이 인물이 등장하는 이유는 무엇인가? 사실은 그가 등장하는 것 자체가 꽤 놀라운 일이다. 그의 첫 발언은 1577행에서다. 아니, 다른 작품 같으면 이미 200여 행 전에 끝이 났어야 하는데, 새로운 인물이라니! 그는 피의 복수의 악순환을 보여주는 인물이다. 클뤼타임네스트라는 그 악순환이 자기 대에서 끝나기를 소망했다. 하지만 그 단절이 이뤄지는 작품 「자비로운 여신들」에 닿으려면 아직 한 작품을 더 거쳐야 한다. 방금 일어난 대사건의 의미를 이해하지 못하고, 그 의미를 자기식으로 축소하는 편협한 인물. 그의 등장은 어리석은 인간들 사이에서 악순환이 쉽게 끝나지 않을 것을 암시적으로 보여준다.

이제 합창단은 자신들의 극적 역할을 망각한 듯, 보통의 합창단이 그러듯이 사건의 바깥에 머물러 있지 않고, 칼을 들고 이 찬탈자와 싸울 태세를 보인다. 하지만 클뤼타임네스트라가 나와서 싸움을 말리고 자기 애인을 데리고 안으로 들어간다. 대사건의 결말로서는 싱거울지 모르지만, 다른 두 작품이 기다리고 있기 때문에 이 정도에서 끝나는 것이 좋다.

클뤼타임네스트라에게는 남자가 필요치 않다

이 작품의 중심인물은 누구인가? 당연히 클뤼타임네스트라다. 그녀는 거의 처음부터 끝까지 무대를 지키며 중심적인 역할을 한다. 사실 그녀는 거의 남성적인 영웅이다. 우리는 그녀가 뻔뻔하게 '거짓말'을 하는 장면을 두 번 보게 되는데, 한 번은 봉화 소식을 전하면서 자기가 그동안 아무 남자도 끌어들이지 않았다고 합창단 앞에 공언한 것이고, 또 한 번은 돌아온 아가멤논에게 같은 말을 한 것이다. 이 장면들을 두고, '이 여자 참 뻔뻔하군!' 하고 지나가기 쉽지만, 사실 그 말들은 거의 거짓말이 아니다. 클뤼타임네스트라는 거의 남자고, 다른 남자가 필요치 않은 존재다. 마지막 장면에 그녀의 애인이라는 자가 나와서 뻐기지만, 합창단이 그를 남자로 여기지 않는 것도 당연하다. 그녀는 아가멤논이 트로이아에 가서 큰 군대를 지휘하고 있는 것 자체에 질투를 느꼈을 것이다. 그녀는 거듭 '대장부 같은 여자'로 불리고, 그녀는 자기가 여자라는 것을 내세우면서도 사실은 여자만도 못한 남자들을 거듭 비웃고 있다. 말하자면 이 작품에서 남녀의 성역할이 도치되어 있는데, 나중에 이 3부작의 마지막 작품을 보면 확연히 드러나겠지만 이 작품들에는 제의적인 성격이 강하고, 그 '제의'의 초반에 어떤 질서의 역전(逆轉)이 보이는 것은 당연하다.

한데 이 작품에 동원된 배우는 모두 몇 명인가? 세 명이다. 어느 장면에 세 명의 배우가 등장했나? 카펫 장면이다. 아가멤논이 등장해서 클뤼타임네스트라와 대화를 나누다가 집 안으로 들어갔고 클뤼타임네스트라도 곧 들어갔는데, 그후에 캇산드라가 갑자기 말을 시작했다.

그러면 역할 배당은 어떻게 했을까? 첫 장면의 보초 역할을 했던 사람이 전령 역할도, 아가멤논 역도, 아이기스토스 역도 했을 수 있다. 남성 역할은 모두 한 배우에게 몰아주고, 여성 역할인 캇산드라 역만 별도의 배우가 하는 것이다. 그러면 이상한 아이러니가 생긴다. 피살된 아가멤논과 그를 죽인 아이기스토스 역을 같은 배우가 하기 때문이다. 한편, 두번째 배우와 세번째 배우가 번갈아 나오게 역을 배정하는 방법도 있다. 보초-아가멤논-아이기스토스를 한 배우가 연기하고, 전령-캇산드라를 다른 배우가 연기하는 것이다. 이 경우에도 아가멤논과 아이기스토스 역이 한 배우에게 맡겨진다. 또, 다소 여성적인 아이기스토스 역을 캇산드라 역을 했던 배우에게 배정하는 방법도 있는데, 이렇게 해도 죽는 자와 죽이는 자가 일치하는 아이러니가 생긴다. 사실 이런 것은 옛 관객은 전혀 생각하지 않았던 효과일 텐데, 오늘날 대본으로 읽는 우리에게는 어쩌면 이 세계의 불합리성을 드러내는 이런 기이한 측면이 보이게 되었다.

벌써 글이 길어져서 더는 계속하기가 힘들다. 아이스퀼로스 특유의 '고통을 통한 깨달음'이라는 주제도 여러 대목에서 찾을 수 있지만, 다른 기회에 언급하기로 하자. 다음에 다룰 작품은 「제주를 바치는 여인들」이다. 결국 남의 글을 보더라도 일단 자신이 직접 읽는 것이 좋다. 예습을 권고한다.

아이스퀼로스의
「제주를 바치는 여인들」

이 작품은 「아가멤논」과 거의 같은 구조로 되어 있다. 이 반복의 의미는 무엇인가? '피의 복수'의 무한 반복성을 보여주려는 것이다. 클뤼타임네스트라는 남편이 딸을 죽인 것에 대한 복수로 그를 죽였다. 오레스테스는 어머니가 아버지를 죽인 것에 대한 복수로 어머니를 죽인다. 그러면 오레스테스는 어찌 될 것인가? 또다른 피의 복수가 뒤따르는 것이 당연하지 않은가? 이 악순환의 고리를 어떻게 끊을 것인가?

아이스퀼로스의 「제주를 바치는 여인들」

이제 '오레스테이아 3부작'의 두번째 작품을 보자. 이 작품은 사실 제목부터 무슨 뜻인지 전하기가 어렵다. '제주(祭酒)'라는 말은 사전에 실려 있기는 하고, 한자를 보면 무슨 뜻인지도 알겠다. 하지만 젊은 세대는 대개 한자를 모르는데다가, 이 말이 일상적으로 쓰이는 것도 아니라서 입말로 사용할 때는 또 좀 설명을 해야 한다. '제물로 바쳐진 술'이란 뜻이다. '제주를 바치는 여인들'이란 제목은 희랍어 '코에포로이(Choephoroi)'를 그대로 옮긴 것이다. (천병희 교수께서도 도서출판 숲 판본 이전에서는 희랍어 제목을 그대로 사용했었다.) 원래 희랍어 코에(choe)는 '붓다(cheo)'에서 온 말로 '부어 바친 제물(drink-offering)'이라는 뜻이고, 포로이(phoroi)는 '나르다(phero)'에서 온 말로 '나르는 사람들'이란 뜻이다. 희랍 비극의 제목은 합창단의 신분에서 딴 것이 많은데, 이 작품에서는 아가멤논의 무덤에 액체로 된 제물을 바치러 가는 하녀들의 합창단이 나오기 때문에 이런 제목이 붙었다. (우리말 구약성서 번역자들이 사용하던 비슷한 말로 '관제灌祭'라는 단어가 있는데, 이것도 이해시키기 어려운 말이다. '부을 관灌'을 쓴다.)

이 작품은, 아가멤논이 살해된 지 약 7년 뒤에 그의 아들 오레스테스가 고향으로 돌아와서 자기 어머니를 죽여 복수하는 것을 주된 내용으로 한다.

머리카락과 발자국으로 사람을 알아본다고?

먼 땅으로 피신해 있던 오레스테스가 성인이 되어 돌아온다. 아버지의 무덤에 머리카락을 바치다가 여인들이 다가오는 것을 보고 몸을 숨긴다. 무리를 이끄는 이는 오레스테스의 누이 엘렉트라다. 그녀는 아버지 무덤에 제물을 바치며 오라비가 돌아오기를 기원하다가, 거기 놓인 머리카락과 그 앞의 발자국을 발견한다. 그녀는 자기 것과 똑같은 그 머리카락이 자기 오라비의 것이라고 확신한다. 또 발자국에 자기 발을 대어보며 그것이 꼭 들어맞는 것을 확인한다. 그때 오레스테스가 무덤 뒤에서 나와서 자기 신분을 밝힌다. 그는 자신이 고국을 떠날 때 그녀가 입혀 보냈던 짐승 무늬 옷을 꺼내 보인다(혹은, 입고 있던 옷을 가리켜 보인다). 이 확실한 물증을 본 엘렉트라는 동생을 부둥켜 안고 기뻐한다.

이 장면은 아리스토텔레스가, 비극이 단순한 구성을 벗어나기 위해 꼭 있어야 하는 것으로 꼽았던 두 가지 요소 중 하나를 보여주는 것으로 유명하다. 바로 '알아보기(anagnorisis)' 장면이다. 이 장면은 이

후에도 계속 변형되면서 다른 작가들에서도 문제가 될 것이다. 아리스토텔레스는 '알아보기'와 함께 '분위기 반전(peripeteia)'이 일어나면 좋다고 했는데, 지금 이 장면도 그 이전까지의 슬프기만 하던 분위기가 조금 가시게 하는 데 도움이 되기는 한다. (물론 음침한 분위기가 완전히 사라지는 것은 아니다.)

한데 머리카락과 발자국으로 사람의 신분을 확인하다니, 이게 가능한 일인가? 머리카락은 그냥 넘어가자, 이 집안만의 특징이 있을 수도 있으니. 발자국은 대체 무엇인가? 물론 이 집안 사람들의 발 모양이 특이할 수는 있다. 그리고 희랍에 손발로 어떤 사람의 신분을 확인하는 전통이 있기는 하다. 하지만 정상적인 상황이라면 신발을 신고 있을 터이니, 그 특이한 발의 모양이 흙 위에 남을 길이 없다. 그러면 여기서 작가가 이렇게 무리한 장치를 사용하는 이유는 무엇인가? 여기서 중요한 것은 엘렉트라가 오라비의 귀향을 기원한 다음에 곧바로 발자국을 발견했고, 그것을 밟아갔다는 점이다. 그녀는 자취를 하나씩 밟으며 따라간다. 한 걸음, 두 걸음. 그것은 무덤 뒤까지 이어진다. 모퉁이를 도는 순간, 그 뒤에 숨어 있던 발자국 주인과 마주친다. 돌아오기를 기원했던 바로 그 오라비다! 기원이 이루어졌다. 이것이 발자국 밟기의 효과다.

(하지만 나는 마음의 평화를 위해, 발자국 확인 부분이 후대에 끼워넣어진 것interpolation이라는 주장도 있음을 밝혀두어야겠다. 그것도 850쪽에 이르는, 우리말로 번역하면 거의 2000쪽은 될 엄청난 분량으로 「아가멤논」 주석서를 쓴 프랭켈E. Fraenkel이 앞장선 주장이다. 하지만 내가 좇는 해석을 지지하는 많은 유력한 학자들이 있으니, 나는 그들 뒤에 숨어서 '발자국 밟기'의 효과를 즐기련다.)

하계의 힘을 빌려 오레스테스가 뱀이 되다

이제 두 사람은 저승의 신들과 죽은 아버지에게 도움을 빈다. 이 작품은 희랍 비극 중에서 가장 어두운 작품으로 평가받는데, 그 이유 중 하나가 바로 이 장면이다. 남매와 합창단은 무덤 앞에서 아가멤논의 원혼을 부르고 또 부른다. (170여 행에 이르는 이 긴 노래는 '대애탄가 大哀歎歌, kommos'라고 불린다.) 그 의식이 끝나자 오레스테스는 여인들이 무덤을 찾아온 이유를 묻는다. 엘렉트라가 클뤼타임네스트라의 악몽을 소개한다. '그녀는 뱀 아기를 낳고, 그것에게 젖을 물렸다가 가슴을 물어뜯기는 꿈을 꾸었다. 젖에 핏덩이가 섞여 쏟아지고, 클뤼타임네스트라는 비명을 지르며 깨어났다. 그녀는 그 악몽을 저승의 남편이 보낸 것으로 생각해서, 원혼을 달래기 위해 무덤에 제물을 보냈다.' 이야기를 들은 오레스테스는 그 꿈이 자기 모습을 보여준 것이라고 생각한다. 그는 자기가 그 꿈속의 뱀이 되겠노라고 선언한다. 작품의 중심에 어떤 장면이 있는지 살펴보라고 충고했었는데, 혹시 확인하셨는지? 이 작품의 중심은 바로 오레스테스가 꿈속의 뱀이 되겠노라고 다짐하는 장면이다. 이제 아가멤논의 원혼은 따로 필요하지 않다. 오레스테스가 그 원혼의 역할을 대행할 것이다.

오레스테스는 임무를 향해 떠나기 전에 자기가 행할 바를 미리 그려본다. 상대가 아버지를 죽일 때 계략을 썼으므로, 이 복수에도 계략이 사용되어야 한다. 그들은 나그네 행세를 하며 아이기스토스를 찾아갈 것이다. 그 집의 문지기는 나그네를 받아들이려 하지 않겠지만, 결국은 안으로 들어갈 수 있을 것이고, 아이기스토스가 다가와 신분을 묻는 질문을 채 마치기도 전에 자신이 그를 죽이리라는 것이다. 이 예상 속에 없는 것은 무엇인가? 클뤼타임네스트라가 집에 돌아온 아가멤논을 맞이하는 장면에서 그랬듯이, 여기서도 없는 것, 말하지 않은 것이 중요하다. 이 부분에 없는 것은 바로, 어머니에 대한 언급이다. 잠시 후에도 보겠지만, 아들은 어머니와 대면하는 사태를 최대한 늦추고 싶어한다.

유모는 왜 오레스테스의 어린 시절을 회상하는가?

이제 작품의 절반이 지나갔다. 이 작품은 앞부분은 거의 한 덩어리인, 무덤 앞에서 벌어진 정적인 장면으로 되어 있고, 뒷부분은 매우 활발한 움직임이 있는 동적인 여러 장면들로 이루어져, 대조적인 구성을 보인다. 뒷부분을 구성하는 것은 대칭형으로 균형이 잘 잡힌 네 개의 장면이다. 양 끝에는 오레스테스와 어머니의 만남이 있다. 그 사이에는 유모와 아이기스토스가 가고 오는 장면이 끼여 있다.

그들 일행은 왕궁을 찾아간다. 오레스테스는 친우 퓔라데스와 함께 문을 두드린다. 오레스테스는 되도록 남자가 나오기를 바라지만, 그의 기대와는 달리 클뤼타임네스트라가 나온다. 모친 살해의 문제를 주인공은 한사코 뒤로 미루고 피하려 하지만, 시인의 뜻은 다르다. 그는 주인공을, 그게 가능한 첫 장면에 어머니와 대면케 한다. 하지만 아들이 어머니를 바로 죽이는 것으로 꾸미지는 않았다. 다른 할 일을 남겨두고 어머니부터 죽였다간, 어머니를 죽였다는 끔찍한 사태에 대해 반추하고 회한에 잠길 시간 여유가 없게 된다. 모친 살해의 충격을 크게 하려면, 다른 과제가 다 끝날 때까지 그것을 미뤄두어야만 한다.

사태가 예상과 달리 전개되었지만, 오레스테스는 당황하지 않고 제 역할을 한다. 자기가 오레스테스의 죽음을 전하러 온 것으로 가장한다. 클뤼타임네스트라는 집안에 재앙이 끊이지 않는 것을 개탄하고, 아들에게 품었던 희망이 사라진 것을 슬퍼하면서 이들을 집 안으로 맞아들인다. 한데 여기서 클뤼타임네스트라가 표현한 슬픔은 남들 앞에서 꾸며낸, 거짓된 감정일까? 물론 잠시 후에 등장하는 유모는 그녀가 속으로는 웃고 있다고 주장한다. 하지만 적어도 이 장면에서 우리는 아들 잃은 어머니의 감정이 그다지 거짓되다는 느낌은 받지 못한다. 아마 그녀는 아들이, 그저 자기를 위협하지만 않으면, 어디선가 잘 살기를 원했을 것이다.

곧 늙은 유모가 궁 밖으로 나온다. 아이기스토스를 불러오기 위해서다. 그녀는 클뤼타임네스트라가 속으로는 아들의 죽음을 기뻐하고 있다고 비난하고, 자기가 오레스테스를 기르면서 고생했던 것을 회고한다. 그때 그는 변도 가리지 못하는 아기였고, 자기가 그 치다꺼리를 하느라 고생을 많이 했단다. 이 유모의 역할은 대체 무엇인가? 이제 곧 아버지를 위해 어머니를 죽여야 하는, 비극 사상 가장 극단적인 선택에 직면한 비장한 인물을 두고, 오줌 싸고 똥 싸던 어린 시절을 들취내는 이유는 무엇인가? 우선 희랍 비극에는 이따금 우스운 인물이 등장한다는 점을 지적해야겠다. 「아가멤논」에 등장한 전령도 비슷한 성격을 갖고 있었다. 이런 인물은, 비극의 음울한 분위기에 짓눌린 관객에게 잠깐 숨을 돌릴 여지를 마련해준다. 어떤 학자는 비극이 발생하던 초기에는 아직 희극이 제대로 발전하지 않아서, 비극에도 희극적인 요소가 들어 있었다고 주장한다. 희극과 비극의 거리는 이후에 점차 벌어지다가, 에우리피데스에서 다시 가까워진다는 것이다. (참고로 말하자면, 조금 전에 나온 문 두드리는 장면도 희극에 자주 등장하는 것이다. 대표적인 사례가 아리스토파네스의 「구름」에 나오는 장면이다.)

한데 내가 보기에 이 회고는 숨 돌리기보다 더 중요한 기능을 숨기고 있다. 이것은, 오레스테스가 뱀 아기로 변화하는 데 결정적인 장치인 것이다. 아가멤논이 죽기 전에 대영웅의 자리에서 (전령의 현실적인 전장 묘사를 통해) 보통 인간의 지위로 내려와야 했듯이, 오레스테스도 어머니 꿈속의 뱀 아기가 되기 위해서는 우선 아기가 되어야 한다. 유모의 회고가 그 단계를 채워준 것이다.

여기서 합창단은 유모를 부추긴다. 아이기스토스에게 가서, 아무 위험도 없으니 호위병 없이 오라고 전하라는 것이다. 일반적으로 합창단은 사건 진행에 영향을 주는 행동은 하지 않는 것으로 되어 있으니, 유례없는 개입이다. 아마도 트로이아에서 끌려온 것으로 보이는 이 여인들은 일종의 원령일지도 모른다. '트로이아에서 전해진 재앙의 불길'이 마지막으로 타오른 것일까?

유모가 아이기스토스를 부르러 가는 데 시간이 걸리므로, 그동안 합창단은 신들의 도움을 청하고 오레스테스의 성공을 기원하는 노래를 부른다. 시간이 걸리는 사건이 진행되는 동안 다른 이야기로 공백을 메우는 것은 서사시 이래의 전통이다. 합창단이 걱정하는 것 중 하나는 오레스테스가 어머니를 죽일 수 있는지이다. 그들은 그에게 충고한다. 상대가 '내 아들아' 하고 부르면, '아버지의!'(천병희 역에는 그냥 호격으로 되어 있으나, 직역하면 소유격patros이다)라고 대답하라는 것이다.(828~829행) 어머니의 아들이 아니라, 아버지의 아들이라고 대답하란 뜻이다. 우리는 합창단이 예상한 것과 거의 같은 상황이 벌어지는 걸 보게 될 것이다.

• 〈아이기스토스를 살해하는 오레스테스〉, 기원전 510년경, 앗티케(Attike) 펠리케(pelike)의 그림, 오스
  트리아 빈 예술사박물관 소장.
  중앙에 수염 없는 젊은이로 그려진 오레스테스가 오른쪽의 아이기스토스를 공격하고 있다. 아이기스
  토스는 이미 양쪽 옆구리에서 피를 뿜고 있다. 왼쪽에서는 클뤼타임네스트라가 도망치고 있다.

말 없던 퓔라데스는 왜 갑자기 입을 열었나?

이제 아이기스토스가 도착한다. 오레스테스가 죽었다는 소식에 대한 그의 공식적 입장 역시, '그다지 반갑지 않다'이다. 이것은 어떻게 보아야 할까? 학자들 사이에서는 대체로, 위선이라는 해석이 강세이다. 「아가멤논」에 등장했을 때의 야비함과 경박함에 비해서, 이 두번째 작품의 아이기스토스는 제법 점잖게 그려진 듯도 하다. 그러나 그의 '슬픔'은 겨우 네 행 안에 제한되어 있다. 그의 더 큰 관심사는, 그 소식이 확실한 것인지이다. 의구심을 품은 채 안으로 들어간 그는 곧 살해되고 만다. 잠시 후 있을 또하나의 살해 장면에 비해 싱겁기 그지없다. 그는 이 작품에서 별 의미 있는 인물이 아닌 것이다. (하지만 이 사람을 빼버릴 수는 없다. 그는 신화 속에 확고히 뿌리박은 인물이다. 그리고 아가멤논의 두 살해자 중 누구를 먼저 죽일지는 이후 작가들의 작품 구성에서 중요한 고려 사항이 된다.)

하인 하나가 달려나와 그의 죽음을 확인한다. 하인은, 다른 건물에 있는 것으로 설정된 듯한 클뤼타임네스트라를 부른다. 그의 외침은 주목할 만하다. "죽은 자들이 산 자를 죽이고 있다!"(886행) '죽은 자'가 산 자를 '죽이는' 사례는 비극에 드물지 않다. 여기서 더 중요한 것은 '죽은 자들'이라는 복수(複數)형이다. 그렇다. 오레스테스는 이중으로 '죽은 자'이다. 죽었다고 알려진 사람이면서, 죽은 아버지의 대역이기도 하니까. 클뤼타임네스트라의 첫 반응은 저항의 각오다. 그녀는 도끼를 찾는다. 잠시나마 그녀는 남편을 죽이던 그 옛적의 여걸로 돌아가는 듯하다. 하지만 결국 그녀는 젊은이들에게 제압된다.

그다음 장면이 놀랍다. 어머니가 아들 앞에 가슴을 드러낸 것이다.

어린 그에게 젖 먹였던 그 가슴을 보아 자기를 죽이지 말라고 빈다. (옛사람들에게 있던 관행이다. 탄원할 때 그 근거가 되는 어떤 물건을 내보이거나 사람을 내세우는 것이다. 우리는 『일리아스』에서 헥토르의 어머니가 아들에게, 어서 피하라고 애원하면서 젖 먹이던 가슴을 드러낸 것을 기억한다.) 그 순간 오레스테스는 마음이 약해진다. 어머니를 죽이기가 두렵다고 토로한다.

　여기서 다시 놀라운 일이 벌어진다. 이제까지 900행에 이르도록 한마디 대사도 하지 않았던 퓔라데스가 입을 연 것이다. 어머니를 죽이라던 신탁을 기억하라고, 신들을 적으로 만들면 안 된다고. 그러니까 단 세 줄의 대사를 위해 이 인물은 이제까지 입을 다물고 있었던 것이다. 우리는 이미 앞 작품에서 캇산드라가 예기치 않게 입을 여는 것을 보았다. 하지만 그녀는 그래도 극 중간에 등장한 인물이다. 반면에 퓔라데스는 첫 장면부터 무대 위에 있었다. 그런 인물이 이제까지 한마디도 하지 않았으므로, 관객들은 그가 '대사 없는 등장인물'인 줄 알았을 것이다. 한데 이제 전체의 90퍼센트 가까이 진행한 시점에 그가 마침내 입을 뗀 것이다. 이 갑작스런 발언으로, 그가 전하는 말의 무게는 보통 이상의 것이 된다. 사실 어머니를 죽인다는 과제는 누구라도 정면으로 대하기 힘든 것이다. 오레스테스는 복수를 맹세하면서도 계속 '어머니'라는 표현은 피해왔다. 왕궁에 도착했을 때도, 가능하면 먼저 아이기스토스와 마주치기를 원했었다. 하지만 이제 막다른 골목에 다다랐고, 그는 흔들린다. 그 순간 신이 개입한다. 아폴론에 빙의된 듯 갑자기 입을 연 동료를 통해서다.

　한데 클뤼타임네스트라가 가슴을 드러낸 데는 더 깊은 이유가 있다. 클뤼타임네스트라의 이 행동은 그녀의 악몽을 현실화하는 장치인

• 〈클뤼타임네스트라의 죽음〉, 기원전 340년경, 파이스툼(Paestum) 암포라(amphora)의 그림, 미국 로
스앤젤레스 게티 박물관 소장. ⓒRémi Mathis / Wikimedia Commons
나그네 모자를 뒤로 젖힌 오레스테스가 어머니를 찌르려고 칼을 들고 있다. 클뤼타임네스트라는 가슴
을 내보이며 아들에게 탄원하고 있다. 「제주를 바치는 여인들」에 나온 장면을 충실히 그렸다. 오른쪽
위에는 머리와 팔에 뱀을 두른 복수의 여신이 나타나고 있다.

것이다. 아들은 꿈속의 뱀 아기가 되기로 결심했다. 유모는 그를 아기로 만들었다. 어머니는 그에게 젖가슴을 내밀었다. 이제 그 가슴에 금속으로 된 독니를 박으면 꿈은 현실이 된다.

하지만 끔찍한 사건은 항상 무대 뒤에서 이루어지는 비극의 관례에 따라, 오레스테스의 모친 살해는 집 안에서 일어난다. 합창단이 앞날을 걱정하는 사이, 오레스테스는 문을 열어 두 시신을 내보이고, 자기 아버지를 살해하는 데 쓰인 천을 대중 앞에 들어 보인다. 목욕중인 아가멤논을 덮었던 이 천은, 이 집안에 덮친 재앙을 상징하는 일종의 그물이다. 하지만 자신의 복수를 정당화하는 그에게 뱀으로 머리를 두른 복수의 여신들이 보이기 시작한다. 합창단이 우려하던 일이 일어났다. 합창단은 오레스테스를 망아지로 비유하며, 그가 주로(走路)를 벗어나지 않기(794행 이하)를 기원했었다. 이제 그는 자신이 '주로를 벗어나는'(1023행) 것을 느낀다. 그는 달려나간다, 아폴론의 도움을 구하러, 델포이를 향해.

시인은 왜 같은 구조를 또다시 사용했나?

이 작품은 「아가멤논」과 거의 같은 구조로 되어 있다. 거기서 우리는 한 남자(아가멤논)가 집에 돌아오고, 곧 그 남자와 한 여자(캇산드라)가 죽는 것을 보았다. 두번째 작품에서 우리는 다시 한 남자(오레스테스)의 귀향에 뒤이어, 한 남자(아이기스토스)와 한 여자(클뤼타임네스트라)의 죽음을 보게 된다. 그리고 두 작품 모두, 끝 부분에 살해자는 큰 천을 들고 나와 자신의 행위가 옳았음을 입증하려 애쓴다. 이 반복의 의미는 무엇인가? '피의 복수'의 무한 반복성을 보여주려는 것이다. 클뤼타임네스트라는 남편이 딸을 죽인 것에 대한 복수로 그를 죽였다. 오레스테스는 어머니가 아버지를 죽인 것에 대한 복수로 어머니를 죽인다. 그러면 오레스테스는 어찌 될 것인가? 이제까지의 진행을 볼 때 또다른 피의 복수가 뒤따르는 것이 당연하지 않은가? 이 악순환의 고리를 어떻게 끊을 것인가? 바로 여기서 세번째 작품에 대한 기대가 발생한다. 우리는 새로운 해결책을 3부작의 마지막 작품에서 보게 될 것이다.

글을 마치기 전에 배우의 역할 분담에 대해 생각해보자. 극 중간쯤에, 엘렉트라는 집 안으로 들어가서 상황을 살피기로 한다. 그러고는 작품이 끝날 때까지 다시 나오지 않는다. 그러면 엘렉트라 역할을 했던 배우는 무엇을 했을까? 그녀는 클뤼타임네스트라의 가면을 쓰고 나와서 오레스테스에게 죽임을 당했다! 아마도 아이기스토스 역할 역시 같은 배우가 했을 것이다. 죽은 자가 산 자를 죽이는 모순은, 죽이는(혹은 적어도, 죽이려는) 자와 죽는 자가 같은 배우에 의해 연기된다는 모순과 동행하고 있다.

한데 모친 살해의 책임은 누가 져야 하는가? 이 작품은 아폴론의 책임을 크게 강조한다. 그 신은 오레스테스에게, 아버지의 죽음을 복수하지 않으면 문둥병 비슷한 질병에 걸리고, 복수의 여신들에게 쫓기리라고 예언했다. 오레스테스는 이 신탁에 매여 어쩔 수 없이 모친 살해를 감행한다. 그 자신의 고뇌와 성격은 크게 두드러지지 않는다. 학자들이, 희랍극은 성격극이 아니라고 하는 이유도 여기 있다. 그러나 어쨌든 인간은 자기 행위의 결과를 스스로 감당해야 한다. 우리에게는 불합리해 보이지만, 인생은 그렇게 불합리하다는 것이 옛사람들

의 생각인 듯하다. 물론 다음 작품이 불행한 청년의 짐을 덜어주기는
한다. 그 결말은 다음 글에서 보자.

아이스퀼로스의
「자비로운 여신들」

인간사회가 유지되기 위해서는 끝없는 피의 복수는 어디선가 중단되어야 한다. 그러기 위해서는 재판 제도가 도입되어야만 한다. 그런 중대한 제도가 도입되려면, '아버지를 위해 어머니를 죽여야만 하는' 오레스테스 같은 극단적인 상황에 처한 인물이 나와야만 한다. 그의 결행에 신들의 신탁과 명령이 개입되어야 하고, 신들 사이의 대립도 있어야 한다. 핵심은 인류 사회를 유지하기 위해, 피의 복수를, 악순환을 끊는 것이다. 오레스테이아 3부작은 인류 역사에서 사고가 비약하는 순간을 재현해 보인 것이다.

아이스퀼로스의 「자비로운 여신들」

'오레스테이아 3부작'의 세번째 작품인 「자비로운 여신들」을 살펴보자. 여러 가지 접근법이 있겠지만, 20세기 후반에 아주 강력한 흐름 중 하나였던 여성주의 쪽 주장을 중심으로 얘기를 진행해보겠다. 핵심은, 아버지를 위해 어머니를 죽인 오레스테스가 무죄 방면되는 내용의 이 작품이 '여성의 권리를 짓밟고 남성의 지배를 정당화하는지'이다. 미리 얘기하자면 그런 주장은 핵심을 잘못 짚었거나, 아니면 (아마도 자기 이론을 세우기 위해) 고의로 핵심을 무시한 것이다. 이 작품에서 중요한 것은 남성과 여성의 권력투쟁이 아니라, 옛 제도와 새 제도의 융화이다.

그리고 이 작품은 대체 어떻게 상연되었는지, 연출상의 문제가 여럿 있어서 관심을 모으고 있다. 또한 시간과 장소가 중간에 바뀐다는 점에서 특이한 작품이기도 하다. 작품의 전반부는 매우 움직임이 많고, 빠르게 교체되는 여러 개의 장면으로 구성되어 있고, 후반부는 한자리에서 일어나는 재판과 설득의 장면으로 상대적으로 정적인 모습이다. 어찌 보자면 「제주를 바치는 여인들」과는 반대로 되어 있다.

여사제는 왜 델포이의 역사를 길게 읊어대는가?

어머니를 살해하고 고국을 떠난 오레스테스는, 세번째 작품이 시작되는 시점에 델포이에 가 있다. 하지만 첫 장면은 매우 평화스럽다. 우선 여사제가 나와서, 이전에 그 성지를 지배했던 신들을 차례로 부르며 아침기도를 드린다. 처음 그곳을 차지했던 신은 가이아고, 그다음은 테미스, 다음은 대지의 딸 포이베다. 이렇게 세 여신이 차례로 물려가며 지배하던 성지는 4대째에 남신인 아폴론에게 주어진다. 포이베가 아폴론의 생일선물로 그곳을 물려준 것이다. 여사제는 다른 신들에게도 기원을 드리는데, 그중에는 주변 동굴과 샘의 요정들, 예부터 이곳을 지켜온 신들이 포함되어 있다.

이 기도의 의미는 무엇인가? 희랍 지역의 종교 체계가 원래는 여신 중심이었다가 인도유럽족의 도착과 더불어 남신 중심으로 재편되었다는 것은 거의 모든 학자가 인정하는 바이다. 따라서 위에 언급한 여성주의 쪽 해석이 나올 여지가 있는 건 사실이다. 하지만 이 작품에서 강조되는 것은 평화로운 계승이다. 물론 폭력적인 다른 판본도 있다. 아폴론이 퓌톤이라는 뱀을 활로 쏘아 죽이고 그 땅을 차지했다는 것이다. 하지만 시인은 이 작품에서 그 판본을 따르지 않았다. '작가가 일부러 폭력과 강탈을 숨기려고 이야기를 날조했다'고 볼 사람도 있

• 〈오레스테스의 정화〉, 기원전 380년경, 아풀리아(Apulia) 크라테르(Krater)의 그림, 루브르 박물관 소장.
중앙에 칼을 뽑아든 채 앉아 있는 오레스테스 위로, 한 손에 월계수를 지닌 아폴론이 새끼 돼지를 잡아
피를 뿌리며 정화 의식을 행하고 있다. 왼쪽에는 짧은 머리를 한 복수의 여신들이 잠들어 있고, 클뤼타
임네스트라의 혼령이 그들을 깨우고 있다.

을지 모르겠다. 하지만 작품 내에서 언급되지 않는 신화 내용은 작품 해석에 끌어들이면 곤란하다. '작품에 나오지 않은 신화라면, 없는 것으로 생각하라.' 이것이 해석의 원칙이다.

옛 여신이 새 세대의 남신에게 자리를 물려주었다. 하지만 이 여사제는 오래된 자연의 신들에게도 기도를 드린다. 이 첫 장면은 작품 마지막에 이루어질 조화와 타협을 미리 보여주고 있다.

아폴론이 옛 신들을 대하는 태도를 어떻게 볼 것인가?

어쨌든 이렇게 여러 신을 불러 기도하고 성소로 들어간 여사제는 곧 네 발로 기어서 나오고 만다. 신전 안에 끔찍한 존재들이 있어서다. 한 청년이 피 묻은 칼을 들고 탄원하는 자세로 앉아 있고, 그 주위에는 복수의 여신들이 잠들어 있었던 것이다. 그들은 검은 피부에, 역겨운 숨결을 내뿜으며 눈에서는 역겨운 액체를 흘리고 있다. 여사제는 아폴론께 이 일을 맡아달라며 무대를 떠나버린다.

그러자 신전 문이 열리고 그 내부가 보인다. 아마 오레스테스를 에워싼 복수의 여신들을 싣고서 작은 이동무대가 바깥으로 나왔을 것이다. 아이스퀼로스는 시각적 효과를 극대화한 작가로 알려져 있다. 지금 이 작품에 나온 복수의 여신들도 너무나 끔찍한 모습을 하고 있어서, 아이들이 기절하고 여성들이 유산했다는 등 여러 뒷얘기가 있다. (사실 여자들이 극장에 갈 수 있었는지는 아직 결론이 나지 않은 문제다.) 한데 지금 이 합창단이 처음 모습을 보인 장면은 도대체 어떻게 연출했을지 짐작하기가 어렵다. 합창단 구성원 12명이 모두 이동무대에 타고 있으면 너무 무거워서 당시 기술로는 그걸 제대로 움직이기 어려웠을 것이다. 가장 합리적인 방법은 옴팔로스(델포이에 모셔진, 세계의 중심을 상징하는 돌)를 붙잡고 있는 오레스테스만 이동무대 위에 있고, 복수의 여신들은 그 이동무대가 밖으로 나올 때, 잠에 취한 듯 흐느적거리며 따라 나와 그 주변에 다시 쓰러져 잠드는 것일 듯하다.

다르게 보는 학자들도 있다. 복수의 여신들은 건물 안에서 잠든 채 잠꼬대 소리만 밖으로 흘러나오고, 나중에야 잠에서 깨어 밖으로 나온다는 것이다. 이런 주장을 하는 학자들은, 이 작품이 상연된 시기가 아직 무대배경(skene)이 발명된 지 얼마 안 된 시점이라는 것을 강조한다. 이전에 없이 관객의 시야를 차단하는 이 새로운 장치를 효과적으로 이용하자면, 건물 안에서 소리만 흘러나오는 게 더 나았으리라는 것이다. 이런 주장이 맞다면, 오레스테스를 태운 이동무대만 밖으로 끌려나오고, 문 안쪽에서 복수의 여신들의 잠꼬대가 계속 들리는 식으로 진행되었을 것이다.

거기에 아폴론이 등장한다. 이미 오레스테스에게 모친 살해를 명한 바 있는 이 신은, 젊은이를 격려하는 한편 아직 잠들어 있는 복수의 여신들에 대해 험담한다. 그리고 청년에게 아테나이로 가서 아테네의 신상을 껴안고 재판을 요구하라 지시하며, 헤르메스에게 그를 맡긴다.

이들이 떠나자 클뤼타임네스트라의 혼령이 나타나서 복수의 여신들을 깨우고 추격을 종용한다. 이 역시 놀라운 장면이다. 죽은 자의 혼령이 무대에 등장했기 때문이다. 극중 인물과 현실의 존재를 구별하는 데 익숙하지 않은 옛사람들은 이 혼령의 등장에 매우 놀랐을 것이다. 심오한 문학작품을 낳은 시대 사람들을 너무 얕본다고 생각할 사람도 있겠지만, 당시 모든 사람의 사고 수준이 그렇게 높았다고 보는 것은 무리일 것이다. (원시적 사고에서 영적인 존재에 대한 믿음과 공포가 어떤 효과를 갖는지는 고릴라 연구자 다이앤 포시Dian Fossey가 악령 가면을 쓰고 밀렵꾼들을 쫓아냈다는 일화에서 확인할 수 있다.)

꿈속에서 뭔가를 쫓는 듯 끙끙대던 복수의 여신들이 하나하나 깨어난다. 이들이 이동무대를 이용하지 않았다고 보는 학자들은, 이 합창단이 정연하게 대열을 이루지 않고 무질서하게 오르케스트라로 내려섰을 것으로 본다. 이런 해석은 아폴론이 이들을 '목자 없는 가축 떼'(196행)에 비유한 것에 잘 맞아 들어간다. 이들은 이제 억울함을 토로하는 노래를 부른다. 비극의 첫 합창(등장가parodos)치고는 매우 늦은 출발이다. 「아가멤논」에서는 40행째에, 「제주를 바치는 여인들」에서는 22행째에 첫 합창이 나왔었다. 복수의 여신들은, 젊은 신들이 연로한 자신들의 권리를 짓밟고, 옛날에 주어진 정당한 몫을 빼앗았다고 원통해한다. 이들의 노래가 겨우 35행째 이어지는 사이에 다시 아폴론이 등장한다. 그는 활로 위협하며 그들을 내쫓는다. 자기 신전을 더럽히지 말라고. 그러면서 특히 그들의 외모가 흉측함을 지적한다.

(…) 그대들은 들었겠지,

그대들이 (…) 신들에게

얼마나 미움받는지? 그대들의 외모(morphe) 하나하나가

그것을 말해주고 있소. (…) (190~193행)

이 부분에서 아폴론의 태도는 어떠한가? 찬성할 만한가? 독자들은

• **〈복수의 여신들을 쫓아내는 아폴론〉**, 기원전 370년경, 아풀리아 크라테르의 그림, 이탈리아 나폴리 국립고고학박물관 소장. 중앙 오른쪽에 오레스테스가 옴팔로스를 붙잡고 있다. 그의 오른손에는 칼이 들려 있고, 나그네 모자는 벗겨진 상태다. 왼쪽에선 월계관을 쓰고 왼손에 활과 화살을 지닌 아폴론이 오른손을 뻗어 왼쪽에서 날아드는 복수의 여신을 막고 있다. 아폴론 밑에는 신탁을 내릴 때 사용하는 세발솥이 그려져 있다. 그 왼쪽에선 열쇠를 허리에 찬 여사제가 놀란 듯한 동작을 하며 달아나고 있다. 맨 오른쪽에선 투창을 두 개 지닌 아르테미스가 사냥개들과 함께 먼 곳을 바라보는 듯한 자세를 취하고 있다.

'주인공'인 오레스테스에게 감정적으로 동조하고 있을 터이니, 그 오레스테스를 쫓는 여신들이 싫을 수도 있겠지만, 객관적으로 보자면 그들은 그저 임무를 수행하고 있을 뿐이다. 따라서 아폴론의 태도는 여성주의 진영의 주장을 입증해주는 듯도 보인다. 한데 중요한 것은 아폴론의 생각이 아니라, 작가의 생각이다. 그는 이 아폴론을 어떻게 그리고 있는가? 품위 있게? 전혀 아니다. 이 점은, 아테네 여신이 복수의 여신들을 대하는 태도와 비교하면 분명해질 것이다.

아테네 여신의 태도는 어떠한가?

이제 복수의 여신 합창단은 오레스테스의 흔적을 뒤쫓기 시작한다. 이들이 우르르 나가면서 무대와 오르케스트라가 모두 비어버린다. 잠시 후 배우와 합창단이 다시 등장하면, 이들은 다른 장소, 아테나이에 와 있다. 장소 변화가 있는 특이한 극이다. 잠깐 사이에 일꾼들이 나와서 무대에 약간의 변화를 가했을 수도 있지만, 그냥 같은 배경을 놓고 다른 장소로 생각해주기를 요구했을 수도 있다.

아마 그사이에 시간도 상당히 흐른 것으로 상정된 모양이다. 오레스테스는 여신상을 껴안고 있다. 그는 자신이 이미 정화되었다고 주장하며, 아테네 여신의 도움을 청한다. 거기에 복수의 여신들이 도착한다. 그를 에워싸고 준엄함과 공정함, 권위를 강조하면서, 상대가 결코 달아나지 못하리라고 '묶는 노래'를 부른다. 66행이나 되는 상당히 긴 노래로, 일종의 주문(呪文) 격이다. 죄를 벌하는 것은 그들의 정당한 몫이다. 하지만 이들도 여신상의 성스러움을 나눠 가진 젊은이에게 손댈 수는 없다. 도망자는 달아날 수 없고, 추적자는 목표를 앞에 두고도 건드릴 수 없는 상황. 이는 이 3부작이 제기한 문제가 이전 방식으로는 해결될 길 없음을 보여주는, 매우 상징적인 장면이다.

거기에 아테네가 등장하여 합창단이 누구인지 묻는다. 여신들 같지도 않고 인간 같지도 않기 때문이다. 그러면서 덧붙인다.

그러나 아름답지 않다고 해서(amorphon) 이웃을 모욕하는 것은
정의와도 거리가 멀고 법도에도 어긋나는 것이오. (413~414행)

그러고는 양쪽의 얘기를 다 들어보고자 한다. 여신들은 오레스테스에게 맹세를 시켜서 그를 정죄(定罪)하려 하지만, 아테네는 옛 방식인 맹세의 효력을 부인한다. 그러자 복수의 여신들은 아테네에게 재판을 맡긴다. 여기서 아테네의 태도는 어떠한가? 품위 있고 공정하다. 남성 신의 대표라고 할 만한 아폴론과 얼마나 비교되는가! 여성을 공격하려는 작품이 여성 신을 이렇게 그렸겠는가?

아폴론의 재판 변론은 어떠한가?

오레스테스는 자신의 행동이 아폴론의 지시에 따른 것이라면서 아폴론을 증인으로 부른다. 아테네 여신은 양쪽의 원한을 사지 않도록 결정을 해야 하는데, 이런 일은 혼자 심판할 수 없다며 시민들 중 가장 유능한 자들을 뽑아 오겠노라고 나간다. 그사이 합창단은 정의를 지키는 데 두려움이 얼마나 효과적인지를 노래한다. 아폴론과 배심원들이 들어오고 재판이 시작된다. 처음에는 오레스테스가 스스로 변호하지만 곧 아폴론이 나선다. 그는 자신이 항상 제우스의 뜻에 따라 예언한다고 주장하며, 선서조차 제우스보다 강하지 않다고 선언한다. 이 말은 조금 전에 아테네가 배심원들에게 선서를 시킨 것을 암시한 것이다. 무조건 자기편을 들라는 뜻이다. 그는 도중에 '여자는 밭이고 남자는 씨'라는 식의 발언을 해서 이 역시 많은 비난을 사고 있다. 그의 말도 험하다. 합창단의 반박에 잘 대구할 수 없자, 거의 욕설을 퍼붓고 있다. "오오, 신들이 싫어하는 몹시 가증스런 괴물들이여!" 그러면서 아테나이 시민들을 매수하려 한다. 이번 재판이 잘 끝나면, 아테나이에 큰 축복을 주겠다고. 하지만 아테네 여신은 그 말을 무시하고 바로 표결을 시킨다.

그녀는 이 재판정이 앞으로도 계속 있게 될 것이고, 여기서 외경심과 두려움이 정의를 지키게 되리라고 선언한다. 복수의 여신들이 사용하는 용어다. 그녀는 선서를 두려워하라는 말로써 표결 개시 발언을 마친다. 아폴론에 대한 간접적인 대답이다.

배심원은 몇 명인가?

이 작품에서 중요한 쟁점 중 하나는 '배심원이 모두 몇 명인가'이다. 이 문제는 아테네 여신이 어느 정도까지 표결에 개입했는지와 연관되어 있다. 여신은 자신이 오레스테스를 위해 투표하겠다면서, 곧바로 '가부동수(可否同數)라도 무죄'라고 선언하고 항아리의 돌을 쏟아 확인하게 하는데, 여기서 그녀가 실제로 투표를 했는지, 아니면 '가부동수면 무죄'라는 선언이 그 '투표'에 해당되는 것인지가 문제다. 학자들은 작가가 그 답을 교묘한 장치로써 보여준다고 해석한다. 자, 여기가 바로 저 '쩨쩨하고 시시콜콜한' '콩알 헤아리기'가 얼마나 대단한 힘을 발휘하는지 보여주는 대목이다.

투표가 시작되자, 합창단장과 아폴론은 번갈아가며, 자기에게 투표하는 게 좋을 거라고 한마디씩 하는데, 두 행으로 된 이런 위협이 모두 10번 나온다.

합창단장: 내 그대들에게 이르노니, 어떤 방법으로도 우리 일행을

모욕하지 마시오.

　　우리는 그대들의 나라에 위해를 가할 수도 있어요.

아폴론: 나도 명령하겠소. 그대들이 나와 제우스의 신탁을 존중하
고,

　　그것으로부터 열매를 빼앗지 말라고. (711~714행)

이런 식으로 합창단장 한 번, 아폴론 한 번, 다시 합창단장 한
번…… 그렇게 10번이 지나고 나면, 마지막으로 합창단장이 3행으로
된 발언을 하고, 아테네의 '가부동수' 발언이 이어진다. 11번째, 합창
단장의 발언은 이렇다.

　　젊은 그대가 노파인 나를 짓밟으니

　　나는 재판의 결과를 듣고자 기다리고 있어요,

　　이 도시에 화를 낼 것인지 결정을 유보한 채. (731~733행)

이 11번의 발언의 의미는 무엇인가? 다른 발언은 모두 2행으로 되
어 있는데, 마지막 발언이 유독 3행으로 되어 있는 것은 무슨 이유에
선가? 아무 의미도 없을 거라고? 작가가 바보라고 가정하면 우리가
작품에서 얻을 것은 아무것도 없다. 우리는 되도록 작가가 대단한 사
람이라고, 매 장치마다 의미가 있다고 해석해주는 것이 좋다. 그것이
작품에서 최대의 이익을 끌어내는 길이다.

학자들은 매번 발언이 있을 때마다 그 발언자 쪽에 한 표씩이 던져
진다고 해석한다. 발언이 2행으로 되어 있는 것은, 첫 행에 앞으로 나
가서 조약돌을 넣고, 둘째 행에 들어오기 때문이라는 것이다. 대결은

팽팽하다. 이쪽이 한 표, 저쪽이 한 표. 다시 이쪽 한 표, 저쪽 한 표. 그래서 마지막으로 합창단장이 발언하기 전까지 득점은 5 대 5이다. 거기에 합창단장이 마지막 발언을 하는 사이에 6 대 5가 된다. 그런데 그녀의 발언은 3행이므로, 투표자가 나가서 투표하고 들어오고도 시간이 남는다. 그 마지막 한 행 동안 아테네 여신이 앞에 나가 선다는 것이다. 따라서 아테네가 자신도 투표하겠다고 하면서 가부동수면 무죄라고 발언한 것은, 실제로 투표도 해서 6 대 6을 만들고, 거기에다 그 경우 어떻게 할지 '유권해석'까지 덧붙인 게 된다. 그러니 배심원은 모두 11명이었고, 투표 결과는, 아테네는 빼고 인간 투표자들만 계산하면 사실은 복수의 여신들이 이긴 것이다. 만일 이것이 무리한 해석이라고 주장하는 사람이 있다면, 그는 이보다 나은 해석을 제시해야 할 것이다. 아마 어려울 것이다.

어쨌든 무죄로 방면된 오레스테스는 아테네에게 감사를 표하면서, 앞으로 아르고스가 아테나이의 동맹이 될 것이라고 선언하고 길을 떠난다. 한데 아폴론은? 그는 언제 떠났는지 알 수도 없게 슬그머니 나가버렸다. '남자를 높이는' 작가가 이런 식으로 한단 말인가?

핵심은 재판 제도의 성립이다

이제 패배한 복수의 여신들은 분노한다. 아테나이 땅을 불모로 만들겠다고 위협한다. 아테네 여신은 그들을 달랜다. 그들이 패한 것이 아니라고. (하지만 그들이 '사실상' 이겼다고까지 말하지는 않는다. 그런 발언은 일종의 맹세로 간주될 것이고, 상대에게 공격의 빌미가 될 것이다.) 또 앞으로 그들에게 제물을 바치고, 특별한 성소를 마련해주고 시민들이 큰 명예를 바칠 것이라고. 여신들은 처음엔 상대의 말을 들을 생각조차 하지 않는다. 아테네 여신의 (대화 운율로 된) 설득에 그들은 감정 가득한 노래로 답한다. 이들의 노래는 같은 가사로 재차 반복되는데, 이러한 반복은 그들의 고집과 동시에, 막다른 골목에 이른 그들의 처지를 보여준다. 그들 역시 별다른 대안이 없는 것이다.

무서운 기세로 탄식과 저주, 위협을 뱉어내던 복수의 여신들도, 거듭되는 아테네 여신의 권고에 점차 누그러진다. (이 설득의 과정은 매우 길다. 약 270행으로 작품 전체의 약 4분의 1에 달하는 분량이다. 그만큼 설득이 어려웠다는 뜻이리라.) 아테네 여신의 설득 방법은 매우 현명하다. 상대가 사용하는 용어를 쓰면서 그들을 달래고, 그들이 지적하는 점을 해명한다. 극의 마지막은, 온 시민이 횃불을 들고 새로 모시게 된 여신들을 성소로 인도하는 장면으로 되어 있다. 어쩌면 연극을 보던 시민들이 모두 일어나 행진했을지도 모른다. 왕의 피살과 음울한 모친 살해로 이어지던 3부작은 마지막에 옛것과 새것이 화합하는 장면으로, 도시의 번영을 축복하는 행렬로 끝난 것이다.

여기서 아테네가 옛 여신들을 상대로, 말하자면 '사기를 친' 것은 아닐까? '어머니 없이 태어난, 아버지의 딸'로서 남성의 지배를 정당화해준 것은 아닐까? 하지만 복수의 여신들이 주장하는 옛날식 정의라는 것도 건설적인 건 아니다. 그녀들이 따른 원칙은 '눈에는 눈, 이에는 이(talio)'라는 편협한 원칙이다. 사실은 3부작을 이루는 앞의 두 작품에서도 이런 원칙에 따라 행동이 이뤄졌었다. 하지만 인간사회가 유지되기 위해서는 이런 끝없는 피의 복수는 어디선가 중단되어야 한다. 그러기 위해서는 재판 제도가 도입되어야만 한다. 그런 중대한 제도가 도입되려면, '아버지를 위해 어머니를 죽여야만 하는' 오레스테스 같은 극단적인 상황에 처한 인물이 나와야만 한다. 그의 결행에 신들의 신탁과 명령이 개입되어야 하고, 신들 사이의 대립도 있어야 한다. 그가 유죄인지에 대해도 완전히 의견이 엇갈려야 한다. 그래서 가부동수가 나온 것이다. 그래도 여성 비하라고? 그런 면이 아주 없지는 않을 것이다. 하지만 핵심은 인류사회를 유지하기 위해, 피의 복수를, 악순환을 끊는 것이다. 오레스테이아 3부작은 인류 역사에서 사고가 비약하는 순간을 재현해 보인 것이다.

오레스테이아 3부작은 기원전 458년에 상연되어 아이스퀼로스에게 1등상을 안겨주었다. 극장에서 이 작품의 마지막 부분이 상연되는 것을 본 사람이라면, 표결까지 갈 것도 없이 이 작품이 1등이라고 생각했을 것이다. 19세기 영국 시인 스윈번(A. C. Swinburne)은 아마도 이 작품들이 희랍 비극 중 최고일 것이라고 했고, 나도 혹시 이 작품들이 최고가 아닐까 생각한다. 독서 경력이 긴 청중을 상대로, 어떤 작품이 최고라고 생각하는지 표결에 부치면 대개 「오이디푸스 왕」과 「안티고네」가 반씩 나온다. 나도 물론 소포클레스의 작품 하나하나가 모두 명편이라는 것은 인정한다. 그렇지만 세 작품이 한데 묶여 짜인 데서 오는 묵직한 중량감, 눈에 드러나는 현상 밑에 거의 심연까지 뻗은 듯 깊고 넓게 퍼지고 얽힌 원인들에 대한 인식, 도무지 해결책이 없을 듯 막다른 골목에서 돌연 비약하는 상상력과 그 결과인 새 제도에 대한 지지, 그리고 무엇보다도 이 모든 것을 예기치 못한 인물들의, 예상을 넘어선 발언과 행동을 통해 보여주는 솜씨 때문에 나는 이 작품에 감탄한다. 나의 경탄을 다른 이들과 나누고 싶다.

소포클레스의
「엘렉트라」

작품 내에서 일종의 정의가 이루어지긴 하지만, 그 정의를 실행하는 개인들도 대가를 치른다고 보아야 할 것이다. 틀림없이 신들은 이 사건에 개입했다. 하지만 그렇다고 인간 개개인의 책임이 사라지지는 않는다. 그 행동은 정의를 이루기 위해 꼭 필요한 것이었지만, 그것이 개인을 행복하게 만들지는 못할 것이다. 아마도 시인은, 이것이 인간의 운명이고, 인간이 처한 조건이라고 보는 듯하다.

소포클레스의 「엘렉트라」

소포클레스, 3대 비극 작가 중 두번째 인물

미리 설명했어야 하는데, '독자들의 짜증'이 두려워 뒤로 미뤘던 얘기를 먼저 해야겠다. 이른바 '희랍의 3대 비극 작가'라 불리는 시인들이 있다. 앞서 소개한 아이스퀼로스가 그 하나고, 나머지 둘은 소포클레스와 에우리피데스다. 지금 우리에게 온전한 작품이 전해지는 비극 작가는 이 셋뿐이다. 아이스퀼로스 이전에도 테스피스(Thespis)나 프뤼니코스(Phrynikos) 같은 작가들이 작품을 썼고, 그에 대한 관객들의 반응도 전해지긴 하지만 작품 자체는 전해지지 않는다. 이 '빅 쓰리' 이후 작가들의 작품도 전해지지 않는데, 에우리피데스 이후에는 비극 대회도 약해지고, 작품도 그다지 좋지 않아 이 세 시인의 작품이 자주 재상연되다보니 이렇게 되었다는 게 학자들의 설명이다.

그 세 명 중 그래도 가장 널리 알려진 인물이 소포클레스다. (나와 친하게 지내는 후배 선생이 국내 유수한 어떤 대학의 매우 이름 높은 모 과 대학원생들에게 희랍의 3대 비극 작가를 아는지 물었더니, 소포클레스 한 사람의 이름이 겨우 나왔다고 한다.) 어쨌든 이 세 비극 시인은 모두 기원전 5세기에 활동했는데, 이들의 연대를 정하는 재미있는 기준이 있다. 페르시아의 엄청난 함대에 맞서서 희랍군이, 비교도 안 되는 소수의 해군으로 적을 격퇴한 살라미스해전(기원전 480년)이 그것이다. (대개 아시겠지만, 다레이오스Darius의 군대가 기원전 490년에 마라톤에 상륙했다가 아테나이를 주축으로 하는 소수의 희랍 육군에 패해 돌아간 후, 이 페르시아 왕은 설욕을 노리며 열심히 준비했지만 중간에 세상을 떠나고 말았다. 그래서 그의 아들 크세륵세스Xerxes가 대군을 모아 쳐들어온 것이 2차 페르시아전쟁이고, 그 전쟁의 결정적 전환점이 된 것이 바로 살라미스해전이다.) 아이스퀼로스는 그 해전에 군인으로 참여했으며(약 40세), 소포클레스는 그 해전에서 승리한 것을 축하하는 행사에서 소년 합창단원으로 활동하였고(약 15세), 에우리피데스는 살라미스해전이 있던 날 밤에 살라미스 섬에서 태어났다(1세)고 한다. 마지막 사항이 아무래도 지어낸 듯 '우연의 일치'가 너무 심한데, 어쨌든 이것은 세 작가의 나이 차이가 대충 어느 정도인지 가늠하는 기준이 된다. 아이스퀼로스와 소포클레스는 약 한 세대 차이, 소포클레스와 에우리피데스는 약 반 세대 차이로 삼촌과 조카 정도의 나이 차가 있다. (다른 자료들을 참고해서 조정해보면, 세 사람의 출생 연대가 모두 3~4년씩 위로 올라간다.)

소포클레스는 매우 장수하였고, 자기 조카 세대인 에우리피데스보다 오히려 몇 달 더 살았다. 그는 기원전 5세기 초반에 태어나서 4세기로 접어들기 직전에 죽었으니, 희랍의 문화적 전성기인 기원전 5세기는 '소포클레스 시대'라고 해도 괜찮을 듯하다. 그는 비극 경연 대회에서 여러 차례 우승했고, 장군으로 선출된 적도 있다. 평소에 작품 쓰던 사람이 장군 노릇을 제대로 했을지 의구심이 생길 수도 있지만, 혼자서 모든 일을 다 처리하는 것은 아니고 다른 동료 장군들도 아홉이나 더 있었으니 큰 문제는 없었을 것이다. (당시 아테나이에서는 시민 전체를 인위적인 10개의 부족으로 나누고 매년 각 부족에서 장군을 한 명씩 선출했었다.)

그의 작품은 지금 일곱 편이 온전하게 전해지는데, 전에 말했듯이 하나하나 모두 명작으로 꼽힌다. 독자들은 얼른 '세계 최고의 비극' 「오이디푸스 왕」을 보고 싶겠지만, 나로서는 우선 「엘렉트라」를 살펴보자고 제안한다. '오레스테이아 3부작'과 같은 주제를 다루는 것이니, 그 작품의 여운이 가시기 전에 비교하는 게 좋을 듯해서다. 핵심적인 내용은 「제주를 바치는 여인들」에서와 같다. 아가멤논의 아들 오레스테스가 외국에서 돌아와서, 자기 누이와 힘을 합쳐 아버지의 원수를 갚는다는 것이다. 한데 소포클레스뿐 아니라 에우리피데스도 같은 주제, 같은 제목의 작품을 남겼다. 그 점 때문에 더욱 지금 여기서 이 작품을 살펴보는 게 좋다. 셋을 비교해 각 시인의 특성을 알아볼 수 있기 때문이다.

남성적 세계관을 보여주는 도입부

매번 돌려 말하는 수고를 덜어줄 전문용어 하나만 배우고 시작하

자. 비극에서 합창이 나오기 전 부분을 '프롤로고스(prologos)'라고 한다. 요즘에는 그냥 아무 글에서나 맨 앞부분에 '프롤로그'라는 말을 써서, 이걸 '들어가는 말' 정도의 뜻으로들 알고 있지만, 이 말은 원래 비극 작품의 첫 부분을 가리키는, 상당한 수준의 전문어였다. 나로서는 어쨌든 우리말 번역어를 생각해야 하므로 일단 '도입부'라는 말을 쓰고 있긴 한데 너무 인상이 약하다. 하지만 달리 대안이 없으니, 앞으로 '도입부'라는 말이 나오면 이런 전문적인 뜻으로 썼다고 이해해주시기 바란다.

소포클레스 「엘렉트라」의 도입부는 한 사내가 오레스테스에게 아르고스를 소개하는 것으로 시작한다. 조금 더 들어보면, 이 사람은 옛날 엘렉트라에게서 어린 오레스테스를 받아 다른 데로 데려다 키워준 사람이다. ('어린이 데리고 다니는 사람'이란 뜻의 paidagogos—'교육학 pedagogy'의 어원—인데, 보통 '가정교사'라고 옮기지만 일시적으로 고용된 사람이 아니라 대개는 그 집안의 가복家僕이다.) 그는 이제 성인이 된 오레스테스와 그의 친우 퓔라데스를 데리고 고향으로 돌아온 참이다. 「제주를 바치는 여인들」도 남자들의 도착으로 작품이 시작되었다. 이 작품을 접한 사람들은 모두 당연히, 옛 대가의 작품을 떠올리고 두 작가의 첫 장면을 비교했을 것이다. 새로운 점은 무엇인가? 가정교사라는 존재다. 전에 없던 이 인물은 남자들의 특성을 강조한다. 그는 젊은이들에게 행동(dran)을 촉구한다. 기회(kairos)를 놓치지 말라고, 지금이 과업(ergon)을 이룰 절호의 시점(akme)이라고. 이런 단어들은 모두 남성들의 용어, 그들의 태도와 세계관을 반영한다.

(주의가 좀 분산되긴 하겠지만, 두 가지를 기억해두는 게 좋겠다. 희랍에서 말logos—원칙, 명목—과 행동ergon—사실—의 대비는 매우 일반적인 것

이긴 하지만, 특히 소피스트의 등장과 함께 더욱 두드러지게 되었고 그것을 가장 강조한 저작이 투퀴디데스의 『펠로폰네소스 전쟁사』이다. 소포클레스의 작품들은 대부분 발표 연대가 알려져 있지 않은데, 지금 여기 나온 이 대비에 근거를 두고, 펠로폰네소스전쟁이 시작된 이후의 작품이 아닌가 추정하는 학자가 있다. 잊지 않기 위해 강조해둘 또하나의 사항은, 이 작품의 첫 부분이 소포클레스의 말년 작품 「필록테테스」와 매우 비슷하다는 점이다. 그 작품은 노회한 모사꾼 오뒷세우스가 순진한 젊은이 네옵톨레모스에게 속임수를 전수하는 구도를 취하고 있다. 「엘렉트라」의 늙은 종은 그 오뒷세우스와 유사한 데가 있다.)

그의 말을 받아, 오레스테스는 자신이 이미 아폴론의 신탁을 받았다고 밝힌다.

> 어떻게 하면 아버지의 살해자들에게
> 원수를 갚을 수 있을지 알아보려고 내가
> 퓌토의 신탁을 찾았을 때, 포이보스께서,
> (…) 이렇게 명령하셨소이다.
> 무장하지 말고 혼자서 방패도 군대도 없이
> 계략으로 은밀히 정당한 살육을 손수 집행하라고 말이오.
> (32~37행)

얼핏 보기에 아무 문제도 없어 보인다. 위의 인용문은 천병희 역인데, 사실 나로서는 마지막 행을 좀더 직역에 가깝게 고치고 싶다. "계략으로써, 정당한 손으로 살육을 훔쳐내라고." 여기 동원된 계략(dolos), 훔쳐내기(klepsai) 등은 잠시 후 합창단의 노래와 엘렉트라의 발언을 통해 좀 다른 색깔을 부여받게 될 것이다.

게다가 오레스테스가 델포이에 가서 던졌다는 질문 자체가 학자들 사이에 의구심을 불러일으키고 있다. 그의 복수는 당연히 모친 살해를 포함할 것이다. 따라서 그가 이 복수를 감행해야 할지 말지 물은 게 아니라, '어떻게' 복수할 것인지 방법만 물은 것은, 그가 이미 복수할 마음을 굳혔다는 뜻이고, 어머니를 죽이겠다고 스스로 결정한 상태였단 말이다. '문둥병'까지 동원한 신의 압박 때문에 어쩔 수 없이 어머니를 죽여야 했던 아이스퀼로스의 주인공과는 얼마나 다른가!

그는 늙은 종에게 아이기스토스의 집으로 들어가서 거짓말을 하도록 지시한다. 우선 신분을 속일 것, 그리고 오레스테스가 죽었다는 소식을 맹세하고서 전할 것. 독자들은 대개 주인공 편을 들고 싶겠지만, '주인-손님 관계를 보호하는(Xenios) 제우스'의 뜻을 어기라는, 그리고 신들 앞에 신성한 맹세를 조작하라는 이 지시는 당시의 관객에게 불길한 예감, 혹은 적어도 석연치 않은 인상을 남겼을 것이다.

오레스테스는 명목과 사실을 대비하는, 그리고 남성들의 태도를 보여주는 말로 첫 발언을 끝낸다. 희랍어를 병기한 단어들이 주목할 지점이다.

내가 말(logos)로는 죽으나 실제(ergon)로는 구원받아
명성을 얻게 된다면 그쯤이야 무슨 고통이겠소.
생각건대 이익(kerdos)만 된다면 어떤 말도 나쁘지 않을 것 같소.
(59~61행)

(…) 노인이여, 그대는 가서

그대가 맡은 일을 행하도록 하시오.

우리 두 사람은 나아갈 것이오. 기회(kairos)가 왔고,

그것이야말로 남자들이 하는 모든 사업(ergon)의 가장 위대한 감독자이니까. (73~76행)

이미 도입부 분석이 길어졌지만 아직 언급할 것이 남아 있다. 늙은 종은 집 안에서 어떤 여자가 신음하는 듯한 소리를 듣는다. (아마도 일행은 조금씩 움직이며 대화를 나누었을 것이고, 그사이에 좀 먼 데서 왕궁 앞에까지 이른 것으로 설정되었겠다.) 오레스테스는 그것이 엘렉트라의 울음소리가 아닌가 하는 생각에, 더 들어보기를 원한다. 하지만 나이든 멘토는 먼저 신의 명령을 이행해야 한다고 주장한다. 결국 일행은 그 자리를 떠난다.

위의 요약은 천병희 역의 대사 배당을 따른 것이고, 그런 배당이 다수 의견인 듯하다. 하지만 대사 배당을 어떻게 할 것인지 학자들 사이에 완전히 합의가 이루어진 것은 아니다. 꽤 많은 학자들이, 울음소리를 좀더 들어보자는 대사(80~81행)를 늙은 종에게, 그냥 가자는 대사를 오레스테스에게 돌리고 있기 때문이다. 그렇게 되면 오레스테스는 누이의 고통에 그다지 신경을 쓰지 않는, 좀 무신경한 인물이 된다. 물론 독자들은 주인공이 이런 사람이 아니길 바라고, 그냥 다수 의견을 좇고 싶겠지만, 뒤에 그가 누이에게 신분 밝히는 걸 한사코 미루는 대목, 그녀의 기쁨을 자꾸 가라앉히려는 태도 등을 보면, 다른 해석이 더 나은 게 아닌가 싶기도 하다. 지금 이 기회를 그냥 지나침으로 해서, 남매가 다시 마주치기 위해서는 앞으로 1000행 정도나 지나가야 한다. 시인이 여기 이 짧은 장면을 끼워넣은 데는 아무 의도도

• 존 콜리어, 〈아가멤논 살해 직후의 클뤼타임네스트라〉, 1882년, 영국 런던 길드홀 아트 갤러리 소장.
아가멤논이 칼에 죽었는지 도끼에 죽었는지는 판본에 따라 다르다. 소포클레스 「엘렉트라」에서 여주인
공 엘렉트라는 자기 아버지가 어머니의 도끼에 죽은 것으로 회고한다. 그림 속의 클뤼타임네스트라는
'오레스테이아 3부작'에 그려진 것처럼 당당하고 도도한 태도를 보이고 있다.

없었을까? 아무 효과도 기대하지 않는 장면이라면 굳이 그걸 넣을 이유는 없었을 것이다. 나는 이 장면이, 결정적이라고는 할 수 없어도 매우 큰 중요성을 띤다고 생각한다. 이 장면은 남녀의 서로 다른 태도를 보여주고, 엘렉트라의 더할 수 없는 슬픔과 고통, 그리고 거기서 솟아날 그녀의 영웅성을 보여주기 위한 것이다.

남성적 밝음과 여성적 어두움

남자들의 장면이 지나가고 나면 여성들의 장면이 한동안 이어진다. 우선 엘렉트라가 나와서 자신의 슬픔과 고통을 노래하고, 합창단이 등장하여 그녀에게 공감하며 위로하는 노래를 교환한다.

이미 힌트가 주어졌지만, 이 대목에서 뭔가 이전 작품들과 다른 점을 느끼지 못하셨는지? 그렇다. 엘렉트라의 첫 발언이 노래라는 점이다. 이미 읽은 '오레스테이아 3부작' 식으로 하자면 여기에 합창단의 노래(등장가parodos)가 나와야 한다. 물론 엘렉트라의 독창이 끝나면 바로(아마도 독창이 진행되는 중에) 합창단이 들어오기는 한다. 하지만 그들의 노래는 독립적인 게 아니다. 그 등장가는 엘렉트라와 노래를 주고받으면서 대화를 나누는 것처럼 되어 있다. 이 합창단은 역할이 매우 축소되어 있다. 등장가는 배우와 나눠 부르고, 극 중간에 부르는 노래(정립가stasimon)는 겨우 세 번인데 그나마도 뒤로 갈수록 분량이 쪼그라들고 있다. (소포클레스의 작품 내에서는 「안티고네」 「오이디푸스왕」 「엘렉트라」의 순으로 합창단의 노래 분량이 줄어들고 있는데, 이것이 희랍 비극 전체의 변화 양상과 일치한다고 보는 학자도 있다.) 이 합창단은 독립적으로 노래하기보다는 여주인공과 노래 대화(애탄가)를 나누는 걸 더 좋아한다. 앞으로도 이런 노래 대화가 두 번 더 나온다.

전문어가 몇 개 나와서 약간 어려운 느낌이 들겠지만, 요지는 별것 아니다. 그냥 합창단이 다른 작품에 비해 노래를 적게 하고, 하더라도 여주인공과 노래를 교환하는 경우가 많다는 얘기다. 이런 짜임은 우리로 하여금 여주인공에게 더욱 주목하게 한다. 그래서 이 작품의 주제는 '여주인공의 성격 탐구'라고 하는 학자까지 있다.

다시 작품 첫 부분 노래들로 돌아가자. 엘렉트라의 노래는 강렬한 감정으로 시작된다. 의지할 데 없는 주인공들이 자주 그러하듯, 세계 구성물들을 부른다.

오오 신성한 빛이여,
그리고 대지와 같은 몫을 지닌 대기여! (86~87행)

이미 시간이 꽤 흘렀건만, 그녀는 아버지의 죽음을 잊지 못한다. 그 피살의 끔찍한 양상을 기억한다. 저승과 복수의 신들을 부른다.

그를 나의 어머니와, 그녀와 잠자리를 같이하는 아이기스토스가
나무꾼들이 참나무 다루듯
피투성이 도끼로 머리를 쪼갰습니다. (97~99행)

아아 하데스와 페르세포네의 집이여,
아아 지하의 헤르메스여, 존귀하신 저주의 여신이여,
신들의 준엄한 딸 에리뉘에스 여신들이여! (110~112행)

앞에 나온 장면의 분위기와 얼마나 다른가! 앞에선 그냥 지나왔는데, 잠깐 다시 가정교사의 상황 묘사로 돌아가보자.

> 벌써 찬란한 햇살이 우리를 위해
> 새들의 아침 노래들을 맑게 깨우고 있고,
> 별들의 어두운 밤은 떠나가버렸으니까요. (17~19행)

햇살은 밝게 빛나고, 새들은 즐겁게 지저귄다. (혹시 이 작품이 그날 상연된 작품 중 첫 번째 것이라면, 당시의 관객들은 극 내용과 공연 현장의 상황이 일치하는 것을 느꼈을 것이다.) 어둠의 그림자는 어디에도 없다. 「엘렉트라」를 둘러싼 큰 쟁점 중의 하나는 이 작품이 모친 살해를 정당화하고 있는지 아닌지이다. 그리고 전자를 지지하는 학자들이 즐겨 내세우는 '증거'가 바로 이 구절이다. 이 작품은 시종일관 밝은 분위기를 유지하며, 마지막 장면까지 그렇다는 것이다. 하지만 나는 과연 그런지 의구심을 갖는 쪽이다. 첫 장면은 밝게 시작하지만, 적어도 작품 전체가 그런 것은 아니다.

여성 '영웅' 엘렉트라

합창단은 고귀한 가문의 딸들(129행)로 설정되어 있다. 그들은 한편 엘렉트라의 슬픔과 고통에 공감하나, 다른 한편 그녀에게 자제를 권고한다. 그들은 신들이 정의를 이룰 것을 믿는다. '그러니 자제하라!' 비극의 합창단은 늘, 몸을 낮추고 일신을 보존하기를 권한다. 여기서도 마찬가지다. "이것을 참으라, 강자들과 다투지 말기를."(219~220행) 펠로폰네소스전쟁에서 두드러졌던 '강권(强權) 정책(power politic)'의 표어이기도 하다.

한데 이 노래는 그냥 감정만 전하는 것이 아니다. 우리는 거기서 몇 가지 정보를 얻어낼 수 있는데, 오레스테스가 그동안 계속 누이와 연락을 주고받았다는 것도 그중 하나이다. 그는 늘 고향이 그립다고 하면서 돌아올 결심을 하지 못하고 있다.(171~172행) 앞으로 자주 보게 될 아이러니다. ('아이러니'라는 말은 여러 가지 의미로 사용되는데, 가장 간단한 뜻은 '반어反語'지만, 비극과 관련해서는 '관객과 등장인물의 지식의 격차에 의해 생기는 효과'라고 알아두시면 되겠다.) 우리는 이미 오레스테스가 돌아온 것을 알고 있지만 여주인공은 그렇지 못하다. 이제 우리는 잠시 후에 더욱 강력한 '비극적 아이러니(tragic irony)'를 만나게 될 것이다.

이 노래들에서는 또 아가멤논을 죽인 자들이 어떻게 행동했었는지, 이 국왕 살해자들이 엘렉트라를 어떻게 대해왔는지도 그려진다. 그들은 계략(dolos, 197행)으로 왕을 죽였다. 아이스퀼로스도 강조했던 대목이다. 하지만 조금 전에 오레스테스가 계략을 사용하겠다고 선언했으므로 이제 조금 느낌이 달라진다. 살인자들의 인상이야 별로 달라질 게 없지만 오레스테스의 태도에 대해서는 의구심이 슬슬 생겨난다.

여기서 엘렉트라가 결혼하지 않았다는 사실(165, 187행)도 드러난다. '오레스테이아 3부작'에서도 그랬던 것 같으니 일반 독자의 눈에는 이 점이 별로 두드러져 보이지 않을 것이다. 하지만 학자들은 이 구절이 혹시 에우리피데스에 대한 비판, 또는 반박이 아닌가 의심하고 있다. 「엘렉트라」를 둘러싼 또하나의 큰 쟁점은, 이 작품이 에우리피데스의 같은 제목 작품보다 먼저 나온 것인지, 그 반대인지이다. (에우리피데스가 나이로는 아래지만, 둘의 활동 시기가 많이 겹친다.) 에우리피데스는 엘렉트라가 결혼한 것으로 꾸몄다. 그 놀라운 발명(왜 놀라운지는 나중에 설명하겠다)을 소포클레스가 되돌리고 있다는 것이다.

합창단과의 노래 대화는, 행불행의 기준은 안락함에 있지 않다는 여주인공의 선언으로 끝난다. 그녀를 특징짓는 단어들은 정의(dike), 수치(aidos), 경건함(eusebeia)이다. 그녀는 진정한 비극적 영웅이다.

> 그자들이 정의에 따라
> 죽음으로 죽음을 되갚지 않는다면
> 수치와 경건함은 인간들 모두에게서
> 사라져버리고 말 테니까요. (247~250행)

겨우 250행까지 설명했는데 이미 글이 꽤 길어졌다. 소포클레스의 작품으로는 우리가 다루는 첫번째 것이어서이기도 하고, 에우리피데스 「엘렉트라」와의 비교 때문이기도 하다. 다음 부분으로 넘어가기 전에, 합창단의 노래를 지칭하는 전문어들이 좀 어렵다고 느꼈을지도 모르는 독자를 위해, 다시 한번 용어를 정리해보자. 합창단이 통로(parodos)로 들어오면서 부르는 노래는 '등장가(희랍어로는, 통로 이름을 따서 parodos)'라고 부른다. 무대와 객석 사이의 둥그런 공간, 즉 오르케스트라에 자리잡고 부르는 노래는 '정립가(停立歌, stasimon)'라고 하며, 아무 때든 등장인물과 노래를 교환하며 일종의 대화를 나누는 것은 '애탄가(kommos)'라고 부른다. ('가슴을 두드리며koptein 부르는 노래'라는 뜻이다. 대개는 슬픔을 표현할 때 취하는 방식이어서다.)

크뤼소테미스, 영웅을 두드러지게 하는 보통 사람

앞서 지적했던 두 가지 쟁점, 즉 여기서 모친 살해가 정당화되는지와, 이 작품이 에우리피데스「엘렉트라」보다 먼저 나온 것인지를 생각하면서, 그리고 아이러니와 여성 영웅의 면모에 주목하면서 계속 읽어나가자.

소포클레스를 소개할 때는 가장 유명한 작품「오이디푸스 왕」을 앞세우는 게 보통이지만,「엘렉트라」를 앞세우는 것도 나쁘지 않다. 둘 다 시인의 중기 작품으로, 구조가 아주 잘 짜여 있기 때문이다.「엘렉트라」의 중심부가 특히 그렇다. 여기에는 이 불행한 집안의 여성 셋이 차례로 등장한다. 무대를 거의 떠나지 않는 엘렉트라를 중심으로, 그녀의 대화 상대가 바뀌는 데서 장면을 나누어보자면 '크뤼소테미스 장면-클뤼타임네스트라 장면-크뤼소테미스 장면', A-B-A의 꼴이다. 각 장면은 두 부분으로 되어 있다.

첫번째 크뤼소테미스 장면은 말다툼으로 시작해서 타협으로 끝난다. 우리가 앞서 본 대로 엘렉트라는 왕궁 문밖에 서 있다. 그녀는 이제 비탄을 그치고 조금 차분해졌다. 합창단에 자신의 상황을 설명한다. 그녀의 고통은 무엇보다도, 자신이 자기 아버지를 죽인 자들과 한집에서 살아야 한다는 점이다. 그들은 그녀를 지배하고, 그녀가 먹고 입고 안락을 누리는 것은 온전히 그들의 자의에 맡겨져 있다. 그녀는 자기 아버지가 누려 마땅했을 것을 원수가 누리는 것을 본다. 그녀의 어머니도 파렴치하기 그지없다. 남편 죽은 날을 보란 듯이 기념한다. 딸이 슬퍼하면 악담과 욕설을 퍼붓는다. 오레스테스만이 희망인데 그는 계속 계획만 짤 뿐 돌아오질 않는다. 이 장면의 역할은 무엇인가?

이제 악당들의 모습이 '오레스테이아 3부작'에서보다 훨씬 입체적인 것이 되었다. 시인은 이들이 죽어 마땅한 자들로 보이기를 원했던 것일까? 그럴 수도 있고, 아닐 수도 있다.

한 가지, 이 대목에서 일반 독자들이 그냥 지나치기 쉬운 정보가 나온다. 아이기스토스가 지금 들판에 나가 있다는 사실이다. (에우리피데스 「엘렉트라」에도 그렇게 되어 있으니, 이것 역시 그 작품에 대한 암시일 수 있다.) 이것은 보기보다 중요한 정보인데, 바로 이 외출로 해서 이 작품에서 벌어지는 두 살해의 순서가 뒤바뀌기 때문이다. 우선 가까이 있는 사람, 즉 클뤼타임네스트라가 먼저 희생되고, 그녀의 정부는 그다음 차례가 된다. 그리고 이것은 어머니를 죽인 뒤에 자식들이 후회할 시간이 확보되는지와, 복수의 여신들의 등장 여부에 영향을 끼친다. 이에 대해서는 나중에 좀더 논의하자. (물론 아이스퀼로스 작품에서도 아이기스토스는 다른 곳에 있었지만, 먼저 불려와서 죽임을 당했다. 시인은 여기서 관객들이 그런 식의 진행을 기대하도록 유도한 것일 수도 있다. 에우리피데스의 작품이 먼저라면 관객들은, 소포클레스의 작품이 에우리피데스와 아이스퀼로스 중 어느 쪽을 따라 할 것인지 주시했을 것이다.)

이 엘렉트라 앞에 동생 크뤼소테미스(Chrysothemis)가 나타난다. 그녀는 자기 언니가 현재의 권력자들과 불화하는 것을 비판한다. 그런 태도 때문에 그녀가 구박을 받는다고. 속생각을 드러내는 것은 힘을 갖춘 다음에나 하는 거라고. 이름부터 '법을 황금같이 여기는 이'라는 뜻인 이 인물은 「안티고네」에 등장하는 이스메네와 더불어, 여성 영웅을 돋보이게 하는 일종의 배경 역할을 한다. 엘렉트라가 '어리석음', 행동, 정의를 택하는 동안, 그녀는 '영리함', 말, 이익을 취한다.

클뤼타임네스트라의 꿈

크뤼소테미스는 이제 엘렉트라에게 더 심한 재앙이 닥치고 있음을 알린다. 그녀가 비탄을 계속하면 저들이 그녀를 먼 곳의 지하 감옥으로 보내버릴 것이라고. (많은 사람이 이 대목에서 「안티고네」를 떠올릴 텐데, 사실 이 작품은 「안티고네」와 여러모로 비슷하다.) 엘렉트라는 어서 그 일이 닥치길 기원한다. '보고 싶지 않은 자들에게서 멀리 있는 게 차라리 낫다!' 다시 한번 현실적인 충고가 주어지고, 다시 한번 영웅적 반박이 이어진다. 하지만 그 말다툼의 끝에 화제는 다른 데로 옮겨간다. 엘렉트라가 자매의 손에 들린 제물에 주목했기 때문이다. 그것은 어머니가, 죽은 아가멤논의 무덤에 보내는 것이다.

이야기는 '오레스테이아 3부작'의 길을 따라간다. 이 클뤼타임네스트라 역시 아이스퀼로스의 여주인공처럼 악몽을 꾸었다. 아가멤논이 클뤼타임네스트라와 결혼하기 위해 돌아와, 왕홀(笏)을 화덕에 꽂았더니 그것이 자라나 온 나라에 그늘을 드리웠다는 내용이다. 별로 악몽 같지 않다고? 희랍의 화덕이 어떻게 생겼는지, 어디에 놓였는지를 안다면 단번에 성적(性的)인 해석이 떠오를 것이다. 그것은 현대인들이 생각하는, 쉽게 옮길 수 있는 휴대용 물건이 아니라, 집 안 한가운데에 위치한 성스러운 장소로 거의 집 자체를 상징하는 것이다. 또한 거기는 여성의 자리이기도 하다. 따라서 이 꿈은, 자기가 죽인 남편이 자신과 성적인 결합을 했다는 뜻이다. 죽은 사람이 꿈에 보이기만 해도 불길한 느낌을 갖기 마련인데, 그런 이와의 내밀한 결합이라니! 누구라도 그것을 죽음의 예고로 여기지 않을까? 물론 약하게 해석하는 방법도 있다. 문제 된 왕홀은 지금 아이기스토스가 지니고 있는 것이다. 따라서 새로운 후계자, 즉 오레스테스가 나타나 그것을 빼앗을 것이고, 그의 집안이 번성하리라는 뜻일 수 있다. 그렇다 해도 이것은 찬탈자 부부에게 좋지 않은 소식이다. 그래서 어떻게든, 그 꿈을 보낸 (것으로 추정되는) 혼령을 달래려 한다.

(약간 다른 이야기를 하자면, 이와 비슷한 꿈이 헤로도토스 『역사』 1권에 기록되어 있다. 메디아 왕이 꿈을 꾸었는데, 자기 딸의 사타구니에서 포도나무가 자라 온 아시아를 덮었다는 내용이다. 메디아를 정복할 외손자, 퀴로스의 탄생을 예고하는 태몽이다. 「안티고네」를 설명할 때 다시 얘기하겠지만, 소포클레스는 헤로도토스와 친분이 있었고, 그의 저작 내용을 상당히 잘 알고 있었던 듯하다. 이왕 말 나온 김에 하나 더. 이 메디아 왕은 그 꿈과 더불어 다른 꿈도 꾸었는데, 딸이 소변을 보자 온 아시아에 홍수가 나는 것이었다. 이 꿈은, 『삼국유사』에 나오는 김유신의 누이, 보희가 꾼 꿈과 유사하니, 두 이야기가 공동의 원천에서 비롯되었을 가능성이 있다.)

엘렉트라는 여동생에게, 적들이 보내는 제물은 던져버리고 대신 자신과 그녀의 머리칼, 그리고 자기 허리띠를 무덤에 바치라고 권한다. 그리고, 아버지가 지하에서 돌아와 자신들을 도와주기를 기원하라고. 동생은 언니 말을 따르기로 한다. 다만 합창단에, 그 사실이 어머니에게 전해지지 않도록 함구해달라고 부탁한다. 어쩌면 이 부탁은 합창단의 역할 축소와 관련이 있을 것이다. 에우리피데스의 작품들에서 합창단의 몫이 줄어드는 데는, 숨겨야 할 음모가 점점 많아지기 때문이라는 설명도 있다. 비밀을 지키자니 다수의 증인이 곁에 있는 것은 점차 부담스러워지고, 그래서 합창단은 점점 장면들을 구별하는 막(幕) 정도로 기능이 줄어들었다는 것이다.

펠롭스의 전차 경주, 해석하기 어려운 합창

이제 크뤼소테미스는 무덤을 향해 떠나고, 합창단은 희망을 노래한다. 방금 들은 꿈 이야기는 그들에게 용기를 주었다. 정의의 여신과 복수의 여신이 이 집에 찾아올 것이다.

여기까지는 문제가 없다. 일반적으로 소포클레스의 합창은 그 역할과 맥락이 아주 분명하다. 아이스퀼로스의 경우처럼, 왜 여기서 이런 노래를 하는지 알기 어려운 경우는 매우 드물다. 한데 여기서 일반 독자로서는 따라가기 힘든 대목이 하나 돌출한다. 마지막에 갑자기 펠롭스의 전차 경주를 언급하기 때문이다. 아가멤논 집안의 조상인 펠롭스는 아내를 얻기 위해 장인 자리와 전차 경주를 벌였고, 승리를 위해 상대의 마부를 매수했으며, 경주 과정에서 상대를 죽게 하고, 나중에는 그 마부까지 죽였다. 합창단은 그 죽음 이후로 이 집안에 고통과 치욕이 떠나지 않는다는 내용으로 노래를 마무리한다.

대체 이 노래의 의미는 무엇일까? 학자들은 대체로 펠롭스의 전차 경주 일화에 계략과 살인이라는 요소가 들어 있음을 지적한다. 그 사건이 저주를 낳았듯, 계략을 이용하여 살인을 저지른 클뤼타임네스트라 커플 역시 저주 속에 삶을 마치리라는 예언이라고. 하지만 잠시 후에 이 노래의 내용과 유사한 전차 경주가 그려지고, 그것이 계략으로 사용되어 새로운 살인의 기회를 주니, 이 새로운 전차 경주-계략-살인도 저주와 고통을 낳는다는 뜻이 될 수 있다. 물론 등장인물로서의 합창단이 의식적으로 이런 예언을 하고, 그 예언이 적중하는 일은 있을 수 없다. 합창단으로서는 이제 꿈 얘기를 듣고 구원자가 오리라는 희망을 가지게 되었고, 그래서 이 집안의 저주가 끝나리라는 기대도 갖게 되었으며, 그래서 그 고통의 시초가 된 사건이 생각나서 노래한 것이겠다. 하지만 이 기회를 이용하여 시인은 미묘한 색깔을 칠해넣었다. 작품 마지막에 겉으로는 아무 끔찍한 일도 일어나지 않지만, 앞에서부터 쌓여온 이런 미묘한 분위기들은 이 작품의 결말을 그냥 밝기만 한 것으로 놓아두지 않는다.

혹시 이런 논의들이 독자에게는 약간 어렵게 느껴질지도 모르겠다. 문맥이 모호하기도 하거니와, 모친 살해의 정당성 문제가 걸려 있어서 이런저런 해석 가능성들을 살펴보는 중이다. 어쨌든 독자들은 이 거장의 작품 모든 부분이 속속들이 파헤쳐지고 의미가 밝혀졌다고 생각하진 마시기 바란다. 특히 그의 합창들에는 여전히 풀리지 않는 부분들이 상당히 남아 있다.

여신의 분노에 대한 새로운 설명, 클뤼타임네스트라의 불경스런 기원

합창이 끝나자 클뤼타임네스트라가 궁에서 나온다. 어떤 학자는 앞에 나온 합창의 마지막 부분이 맥락에 맞지 않는다며, 이렇게 된 이유는 그때 이미 클뤼타임네스트라가 나오고 있어서 합창단이 위축되었기 때문이라고 설명한다. (하지만 그 부분이 맥락에 잘 맞는다고 주장하는 학자도 있다.)

그녀가 딸을 발견하고, 밖에서 가족을 욕하는 것을 나무라는 데서 모녀간의 설전이 시작된다. 클뤼타임네스트라는 자신이 아가멤논을 죽인 것이 정당한 행동이었다고 주장한다. 그것은 이피게네이아를 희생으로 바친 것에 대한 보복이었다고. 남의 부인을 구하자고 자기 딸

• 〈펠롭스의 전차 경주〉, 기원전 410년경, 암포라의 그림, 이탈리아 아레초 국립고고학박물관 소장.
소포클레스 「엘렉트라」에서 합창단은 갑자기 펠롭스의 전차 경주를 상기하는데, 그 함축이 무엇인지는
불분명하다. 그림에서 펠롭스는 오이노마오스가 추격해오는지 뒤를 돌아보고 있다. 펠롭스의 자세가
매우 사실적인 데 반해, 그 곁에 선 힙포다메이아의 자세는 달리는 마차 위에 있다고 믿기 어려울 만큼
안정되어 있다. 그녀는 한 손을 들고 놀라는 듯한 동작을 취하고 있는데, 그녀 앞에 아프로디테가 비둘
기 한 쌍을 보내어 이들의 사랑이 이루어지리라고 예고한 것 때문으로 해석된다. 비둘기들은 짝짓기중
이다.

을 죽인 남편에 대한 증오와 앙심이 여전하다. 36행에 이르는 이 긴 논변에, 엘렉트라는 더 긴 (54행이나 되는) 반박을 가한다. 그녀가 제시하는, 아가멤논이 딸을 바치게 된 연유는 이전 시인이 소개했던 것과는 전혀 다르다. '오레스테이아 3부작'에서는, 어미 토끼를 잡아먹는 독수리 전조가 아르테미스의 비위를 건드렸다는, 이해하기 어려운 이유가 소개되어 있었다. 이번 것은 좀 단순한 종류다. 즉 아가멤논이 신성한 숲에서 사슴을 사냥한데다가, 그걸 자랑까지 해서 여신의 노여움을 샀다는 것이다. 여기에도 여전히 어떤 신적 강제라는 요소가 들어 있긴 하지만, 신들이 인간사에 간여하는 방식, 인간으로서는 이해 불가능한 신들의 뜻은 두드러지지 않는다.

엘렉트라는, 클뤼타임네스트라가 남편을 죽인 이유를 그녀의 부정(不貞)에서 찾는다. 그녀가 자기 정부에게 설득되어 왕을 죽였다는 것이다. 이 '치정살인설'의 증거로, 클뤼타임네스트라가 죽은 남편의 자식들을 박대한 사실이 적시된다. (여기서 잠깐 클뤼타임네스트라가 아이기스토스에게 자식을 낳아주었다는—588행—요소가 떠올랐다 사라진다. 에우리피데스에서는 좀더 강하게 나타나는 요소이다.) 남편을 죽인 것이 죽은 딸 때문이라면, 집안의 원수와 결혼한 이유는 무엇인지 따져 묻는다. 사실 우리가 클뤼타임네스트라를 위해 변호해주자면 못할 것도 없겠다. 여자 혼자 힘으로는 복수를 할 수 없으므로 남자를 끌어들인 것이고, 그후로는 자기를 지키기 위해 전남편의 자식들을 멀리한 것이라고. 하지만 이 어머니는 딸이 부끄러움을 모른다고 비판하는 정도에서 다툼을 마무리짓고 싶어한다.

클뤼타임네스트라가 얼른 말다툼을 끝내려 한 이유는 신에게 기원을 드리기 위해서다. 일반적으로 희랍 비극의 무대에는 왕궁 앞에 신상이 모셔져 있고, 거기서 기원을 드리는 사례가 꽤 많이 발견된다. 클뤼타임네스트라가 신상 앞에 제물을 바치고 기도를 드리는 데서, 이 삽화(揷話, epeisodion)의 두번째 부분이 시작된다.

다시 여기서 전문어 하나를 배우자. 희랍 비극은 대화 장면 한 번, 합창 장면 한 번 하는 식으로 대화와 합창이 교대된다는 것에는 이제 익숙해졌겠다. 그리고 합창단이 등장하기 전에 나오는 첫 대화 장면을 '도입부(prologos)'라고 한다는 것도 앞에 말했다. 도입부 이후의 대화 장면들은, 마지막 합창 다음 것만 제외하고는 모두, 합창과 합창 사이에 놓이게 되는데, 이런 장면들을 '삽화'라고 부른다. 희랍어로는 epeisodion('에피소드'라는 말의 어원임)이라고 하는데, 이 말은 epi(덧붙여)+eis(~안에)+ode(노래)에서 나온 것으로, 결국 '노래와 노래 사이에 끼인 것'이란 뜻이다. 우리말로는 천병희 선생님의 제안에 따라 '삽화(揷話)'라고 부르고 있다. '중간에 삽입된 그림'이란 뜻의 '삽화(揷畵)'와는 한자가 다르니 주의하시기 바란다. 극의 마지막에는 대개 합창 장면에 이어지는 대화 장면이 놓이는데, 이 부분 다음에는 합창이 없기 때문에 이것은 '노래와 노래 사이에 끼인 것'이 아니고, 따라서 삽화가 아니다. 이 부분은 '결말부(exodos)'라고 부른다. 이 역시 좀 약한 번역어지만 아직 좋은 대안을 찾지 못했다.

클뤼타임네스트라는 자기 소원을 분명하게 밝히지 않고 그저 자기 뜻을 이뤄달라고만 말한다. 아마 목소리도 되도록 낮춰 작게 말했을 것이다. 일반적으로 고대의 관행은, 신을 향한 기원도 공적인 자리에서 큰 소리로 드리는 것이었다. (따라서 예수께서, 골방에 들어가 혼자 기도하라고 권고했을 때, 그것은 사람들에게 놀라운 제안으로 여겨졌을 것이다.) 클뤼타임네스트라가 차마 공개적으로 입 밖에 내지 못하는 소원은, 자기를 죽이러 올 수도 있는 아들, 오레스테스의 죽음이다. 그 밖에도 그녀는 두 가지를 더 빈다. 하나는 자신의 꿈이 불길한 것이라면 적들에게 돌아가게 해달라는 것이고, 다른 하나는 자신들의 부와 행복이 계속되게 해달라는 것이다.

클뤼타임네스트라, 기도의 '응답'을 받다

클뤼타임네스트라가 기도를 마치고 들어가기도 전에, 한 노인이 등장한다. 그는 오레스테스가 죽었다는 소식을 전한다. 이 부분을 어떻게 생각하시는지? 희랍 비극을 충분히 즐기려면, 각 인물이 등장하는 시점이 어떤 의미를 갖는지 늘 주시해야 한다. 방금 클뤼타임네스트라는 아들이 죽기를 기도했다. 기도를 마치자마자 그 아들이 죽었다는 소식이 왔다. '신의 응답이다!'

사실 우리는 지금 이 소식을 전하는 이가 누구인지 알고 있다. 이미 도입부에서 본 가정교사다. 그는 그런 소식을 전하라는 임무를 부여받았고, 지금 그것을 실행하는 중이다. 하지만 등장인물(클뤼타임네스트라)은 그 사실을 모른다. 여기서 앞에 말한 아이러니가 발생한다. 관객과 독자는 등장인물이 갖지 못한 지식을 갖고, 그들을 위에서 내려다볼 수 있다. 하지만 이런 특권에는 부작용도 있다. 우선 좀 약한 것으로, 등장인물이 느꼈을 적시(適時)성, 신께서 응답하셨다는 확신에 동참하기 어렵다는 점이다. 좀 심중한 다른 부작용은, (등장인물이 느낀 것과는 다른 의미에서) 정말로 신들이 이 사건에 개입했을지도 모르는데, 그 가능성을 간과하게 된다는 점이다. 도입부에서 오레스테스는 가정교사를 보내어, 자기가 죽었다는 거짓말을 전하도록 했다. 하지만 그 거짓 소식이 전해지는 정확한 시점은 그들이 정한 것이 아니다. 가정교사로서는 그냥 아무 때나 심부름꾼이 도착하기 적절해 보일 시간을 택해 온 것일 텐데, 그것이 마침 클뤼타임네스트라가 불경스런 기원을 마친 시점이었다. 이런 깊은 논의가 대체 무슨 의미가 있나 하는 사람도 있겠지만, 이것은 이 작품에서 모친 살해가 신들에게 지지를 받는지 판단하는 데 중요하다. 여기 보이는 절묘한 '우연의 일치'는 신들의 의지를(따라서 시인의 뜻을) 반영하는 것이기 쉽다.

오레스테스의 찬란한 '죽음'

다시 작품 내용을 따라가보자. 클뤼타임네스트라가 오레스테스의 죽음을 기원하고, 곧이어 그의 '죽음'이 전해지는 대목부터다.

노인은 지금 자신이 보는 집이 아이기스토스의 것인지, 지금 앞에 있는 여인이 그의 부인인지 물은 후, 자신이 가져온 소식을 전한다. 그에 대한 두 여인의 반응은 완전히 상반된 것이다.

> 가정교사: 오레스테스가 죽었습니다, 간단히 말씀드리자면.
> 엘렉트라: 아아 불쌍한 나여! 오늘 나는 파멸하였구나!
> 클뤼타임네스트라: 뭐라고요, 나그네여, 뭐라고요? 이 여자 말은 듣지 마세요. (673~675행)

경악하는 엘렉트라를 무시하고, 무정한 어머니는 더 자세한 설명을 요구한다. 그에 부응하여 노인은 80행이 넘는 보고를 쏟아놓는다. 오레스테스가 참여했던 운동경기에 대한 상세한 묘사다. 희랍 문학사에는 좀 특이한 현상이 있으니, 한 시대에는 한 가지 장르만 번성한다는 점이다. 그래서 기원전 8~7세기에는 먼저 서사시가, 이어서 7~6세기에는 서정시, 5세기에는 비극과 희극이 번성하게 된다. 한데 이렇게 중요한 두 장르가 번성하고 난 뒤에 나타난 비극은 앞서 발전한 두 개의 장르를 자신 안에 포괄하게 되었다. 서정시의 성과를 반영한 부분은 합창이다. 한편 서사시의 성과를 반영한 부분은 바로 여기 보이는 것과 같은 전령의 보고다. 서사시는 대개 영웅들의 행적을 전하는 것이고, 그들의 위업을 보여주는 가장 중요한 두 영역이 전장과 경기장이니, 지금 이 부분은 내용적으로도 서사시의 후예로서 손색이 없다.

노인의 전언에 따르면, 오레스테스는 델포이에서 벌어진 경기에서 첫날 네 가지 종목에 출전하여 모두 상을 받았다. 그의 모습은 눈부셨고,(684행) 그는 헬라스 군대를 이끌었던 아가멤논의 아들로 소개되어 갈채를 받았다. 불상사는 경기 두번째 날에 일어났다. 전차 경주 날이다. 노인은 각각의 출전자를 자세히 소개한다. 이어서 위치 배정을 위한 제비뽑기, 출발, 질주, 반환점 돌기 등 모든 것이 소상히 그려진다. 어떤 학자는 이 보고를 두고 '사상 최초의 스포츠 르포'라고까지 했다. 경주자들이 일곱번째 바퀴를 돌고 있을 때 사고가 발생한다. 전차 두 대가 충돌해서 결국 그 여파로 거의 모든 전차가 서로 부딪쳐 부서지게 된 것이다. 여기서 오레스테스가 죽는 것일까? 아니다. 그는 마지막 스퍼트를 위해 힘을 아끼며 맨 뒤에 달리고 있었고, 그 덕에 연쇄 충돌을 피할 수 있었다. 이제 남은 것은 오레스테스와 아테나이 출신 경주자뿐이다. 그들은 세 바퀴를 더 달렸고, 거듭거듭 선두가 바뀌었다. 하지만 마지막 순간 오레스테스의 전차 바퀴가 반환점 기둥에 부딪혔고, 젊은이는 고삐에 얽힌 채 끌려가면서 이리 튀어오르고 저리 곤두박질치다 결국 죽어버렸다. 바퀴가 기둥에 부딪히는 순간부터 젊은이의 시신이 수습되는 데까지만도 15행 정도나 된다. 정말 자세한 묘사다.

이 눈부시고 가슴 아픈 장면은 대체 무슨 의미일까? 그저 클뤼타임네스트라를 속이기 위해서라면 그냥 짧게, 전차 경주중에 사고로 죽었다고 하면 될 것이었다. 자신이 전하는 소식에 신빙성을 더하기 위해서였을까? 그래도 좀 과한 데가 있다. 혹시 이 작품의 물리적인 중심이 어디인지 살펴보셨는지? 작품 전체는 1510행이고, 따라서 중심은 750행 부근이다. 바로 오레스테스가 '죽음'을 맞는 대목이다. 나는 이 장면이 이 작품에서 이루어질 오레스테스의 '정신적인 죽음'을 보여준다고 생각한다. 어머니를 죽임으로써 그는 도덕적으로 정서적으로 죽은 사람이 될 것이다. 앞에 소개했던 쟁점과 관련해서, 나는 시인이 모친 살해를 그저 정당한 것으로 그리지는 않았으리라고 본다. (사실 일급의 작가라면 그렇게 단순한 입장을 취하진 않을 것이다.) 여기 소개된 오레스테스의 찬란한 '죽음'이 그런 해석의 한 가지 근거가 될 것이다.

이 박력 있는 '스포츠 르포'는 심지어 냉정한 어머니, 클뤼타임네스트라의 마음까지 흔들어놓았다.

오오 제우스여, 이 일들을 뭐라고 해야 하나요? 행운이라고
할까요, 아니면 끔찍하지만 이익이라고 할까요?

내 자신의 불행으로 내 목숨을 구한다면 그것은 괴로운 일이지요.
(766~768행)

일시적이지만 그녀는 아들의 죽음을 '자신의 불행'이라고 규정하기까지 했다. 하지만 곧 해방감이 다시 전면으로 나선다. 그녀는 잠재적 복수자에 대한 두려움을 벗어나 이제 편안히 살 수 있게 되었다. 그녀는 절망에 빠진 엘렉트라를 조롱하고, 이 좋은 소식을 전한 노인을 접대하기 위해 안으로 데려간다. 엘렉트라는 동생의 죽음을 슬퍼하고, 자기 신세를 비통해한다. 이제 그녀는 다시는 집 안으로 들어가지 않겠노라고, 문 앞에서 시들어 죽겠노라고 결심한다. 누가 그녀를 죽인다 해도 그녀에게는 오히려 자선이다. 그녀는 삶에 미련이 없다.

합창단이 그녀의 비탄에 동참한다. 노래 대화 형식의 애탄가다. 그들은 신들의 정의를 아쉬워하고, 엘렉트라를 위로하려 애쓴다. 그녀는 특히 자신이 동생의 장례를 치러주지 못한 것을 애통해한다.

다시 일어서는 여성 영웅

다음은 두번째 크뤼소테미스 장면이다. 절망에 빠진 엘렉트라 앞에 여동생이 즐거운 모습으로 나타난다. 아버지의 무덤에 제물이, 우유와 꽃, 머리털이 바쳐져 있더라고, 오레스테스가 돌아온 것이 틀림없다고. 하지만 엘렉트라는 '환상'에 빠진 동생을 딱하게 여긴다. '오레스테스의 죽음을 현장에서 목격한 사람이 왔다. 그 제물은 오레스테스를 기념하려는 누군가가 바쳤을 것이다.' 도입부 내용을 기억하는 독자라면 그것을 오레스테스가 바쳤음을 알 것이다. 진실을 잡은 쪽은 동생이고, 환상에 빠진 것은 오히려 엘렉트라 자신인데, 정작 본인은 사태를 반대로 생각하고 상대를 불쌍히 여기기까지 한다. '비극적 아이러니'가 무엇인지 소개할 때 모델로 사용할 만한 상황이다.

새로이 '진실'을 듣고 좌절한 크뤼소테미스에게 엘렉트라는 놀라운 제안을 한다. 이제 자기들만 남았으니 둘이서라도 아버지를 위해 복수하자는 것이다. 설득이 쉽지 않으리라 예상해서인지 논변이 꽤 길다.(44행) '성공하면 결혼도 할 수 있고, 명성도 누리게 될 것이다.' 앞에서도 엘렉트라는 자신이 결혼하지 못한 것을 탄식했었는데, 희랍 사회에서 결혼하지 않은 여자는 설 자리가 없었으니 당연한 일이다. (상속 문제를 예로 들자면, 대개 여성도 유산을 물려받을 수 있었지만, 본인이 직접 받는 게 아니라 그녀의 아들이 받게 되어 있었다. 아직 결혼하지 않았거나 아들이 없는 여자라면, 상속 요건이 충족될 때까지 그 유산은 친척이 관리했다.)

크뤼소테미스는 거절한다. 그것은 여자로서는 할 수 있는 일이 아니다. 저들은 어떤 신의 도움을 받는 것 같다. 그 시도는 구원과 이익은커녕 불명예스러운 죽음을 가져올 것이고, 이 가문의 대를 완전히 끊어버릴 것이다. '그러니 이제라도 약자로서 강자들에게 복종하라!' 상황은 다시 첫번째 크뤼소테미스 장면으로 돌아간다. 자매는 삶의 원칙을 놓고 논쟁을 벌인다. '영리함'과 '어리석음', 이익과 정의, 비겁함과 용기가 충돌한다. 결국 엘렉트라는 동생에게 결별을 선언한다. 혼자서라도 복수를 감행하겠다 한다. 그녀는 또하나의 안티고네다.

사람들은 보통 비극(悲劇)이 '슬픈 극'이라고 생각하고 있기 때문에 등장인물에게 닥친 불행의 크기와 거기서 비롯된 고통의 깊이에 초점을 맞추는 경향이 있다. 하지만 희랍 비극이 강조하는 것은 불행과 고통보다는 그 속에서 인간들이 어떻게 다시 일어서는지이다. (이것은 애당초 희랍어로 '비극tragoidia'이라는 말 속에 '슬프다'는 뜻이 들어 있지 않기 때문일 수도 있다. 원래 tragoidia는 '염소노래'라는 뜻이다. 아마 당시 희랍인들에게 비극이 무엇이냐고 묻는다면, '비극 경연 대회에서 상연되는 극'이라고 대답했을 것이다. 사실 해피 엔딩인 비극 작품도 많이 있다. 이미 우리는 「자비로운 여신들」에서 행복한 결말을 한 번 보지 않았던가!) 지금 이 작품에서도 우리는 불행의 압도적인 무게를 뚫고 일어서는 엘렉트라의 영웅적 면모에 주의를 기울여야 한다.

엘렉트라의 슬픔과 기쁨

합창단이 엘렉트라를 칭찬하고 그녀의 행복을 비는 사이에, 심부름꾼으로 가장한 오레스테스가 나타난다. 손에는 오레스테스의 유골이 담겼다는 단지를 들고 있다. 또하나의 '기도 응답'이다. 합창단이 방금 저승의 아가멤논에게 소식이 가기를 기원했기 때문이다. 그 노래가 끝나자마자, 클뤼타임네스트라의 꿈속에서 아가멤논이 그랬듯, 그의 아들이 돌아왔다. '죽은 자'의 귀환이다.

엘렉트라는 자신의 사라져버린 희망이 남긴 마지막 흔적을 품에 안아보려 한다. 단지를 달라고 간청하여, 안고는 내어주지 않으려 한다. 그녀의 탄식은 우리 가슴을 울린다. 소리 내어 읽어볼 만한 대목이다.

• 헤르만 비센, 〈유골 단지를 들고 슬퍼하는 엘렉트라〉, 1858년, 덴마크 코펜하겐 뉘 카를스베르 미술관 소장.

근대의 작품이지만 상당히 고전적으로 만들어졌다. 엘렉트라는 단지 안에 오레스테스의 유골이 들어 있다고 믿고 슬퍼하고 있다. 왼쪽 다리는 무게를 버티고, 오른쪽 다리는 쉬고 있어서, 고대 조각상들이 취하는 전형적인 자세를 보이고 있다.

"아아 인간들 중 내게 가장 소중하던 이의 기념물이여,

오레스테스의 생명의 잔재여! 너를 보낼 때의 희망들과는

얼마나 달리 나는 너를 맞는 것인가!

오늘 나는 너를 하나의 무(無)로서 손에 들고 있구나,

아이야, 내가 너를 집에서 떠나보낼 때 너는 눈부셨었는데."

(1126~1130행)

"(…) 그러나 그것들을 너와 나의

불운의 신이 앗아가버렸구나.

그는 너를 이렇게 나에게 보냈구나, 더없이 사랑스런

모습 대신 재로서, 쓸모없는 그림자로서." (1156~1159행)

그녀의 말과 행동에서 그녀가 자기 누이라는 것을 알아챈 오레스테스는 더이상 가장(假裝)을 유지하지 못한다. 그녀의 처지를 동정하고, 그 불행을 잘 몰랐던 것을 자책한다. 제발 단지를 빼앗지 말아달라는 그녀를 달래서, 자신이 오라비임을 밝힌다. 그 증거는, 아버지에게서 물려받은 인장(印章) 반지다. 남자들 사이의 계약 도구인 이 물건은 다른 두 작가의 오레스테스가 보여주는 신체적 증거보다 훨씬 추상적이고 남성 세계에 더 가깝다. 하지만 어쨌든 이것은 엘렉트라의 마음에 잘못 찍힌 인상(印象)을 지우고 새로운 진실을 압인(壓印)하기에 적절한 장치이다.

이제 남매는 재회의 기쁨을 노래한다. 하지만 자세히 보면 노래하는 것은 엘렉트라뿐이다. 그녀가 서정시 운율로 길게 노래하면, 오레스테스는 단조로운 대화 운율로 짧게 답한다. 그는 누이를 침묵시키

려 애쓴다. 제발 조심하라고. 민감한 학자들은 오레스테스의 기쁨이 누이만큼 크지는 않다고 읽는다. 하지만 우리는 그를 이해할 수 있다. 임무가 완수되기까지는 아직 멀고, 적들은 너무나 강력하다. 더구나 그 적들은 바로 지척에 있지 않은가!

집 안에 들어갔던 노인이 나온다. 오누이가 분별없이 기쁨을 표현하는 것을 나무란다. 지체 없는 행동을 촉구한다. 다시 남성적 태도다. 엘렉트라는 이 노인이 누구인지 알아보지 못한다. 오레스테스의 설명을 듣고서, 옛적 자신이 어린 동생을 맡겨 멀리 떠나보냈던 사람임을 알게 된다. 다시 좀 과도해 보이는 기쁨과 감사의 표현. 어떤 학자는 엘렉트라가 고통과 복수심 때문에 고상한 면모를 잃었다고 본다. 이 해석을 따르자면, 엘렉트라가 가장 믿었던 충직한 인물을 알아보지 못하는 것도, 지나치게 기쁨을 표현하는 것도 모두 정상적 상태가 아님을 보여주는 증거이다.

노인은 지금 집 안에 남자들이 없음을 알린다. '지금은 행동할 때다!' 남자들은 집 앞의 신상에 경배를 드리고 안으로 들어간다. 엘렉트라 역시 아폴론께, 적들의 불경을 응징해달라고 기원하고 집 안으로 따라 들어간다. 하지만 우리의 마음은 불편하다. 얼마 전에 클뤼타임네스트라도 이 신상들에 기도를 드렸었기 때문이다. 그녀의 기원이 불경스러운 것이라면, 지금 이 기원 역시 그런 게 아닐까?

무서운 자녀들, 아이러니와 모호함

이제 합창단은 두 젊은이를 아레스에, 복수의 여신들에 비유한다.

이 짧은 합창 뒤에 엘렉트라가 다시 밖으로 나온다. 합창단과 노래 대화를 나눈다. 그녀는 외출한 아이기스토스가 돌아오는지 망을 보기 위해 나온 것이다. 그사이, 안에서는 아들이 어머니를 죽이고 있다. 안에서 외침 소리가 들리면, 그것을 두고 엘렉트라가 자기 생각을 밝힌다. 그렇게 해서 기이한 대화가 이루어진다. 무대 뒤의 어머니는 자기 앞의 오레스테스가 아니라, 무대 위의 딸과 맞서는 듯하다. (대화상대가 채 한 행을 끝내기도 전에 다른 사람이 말을 시작하기 때문에 중간에 행을 바꾸었다. 이런 것을 '반 행씩 말하기antilabe'라고 한다.)

> 클뤼타임네스트라: 내 아들아, 내 아들아,
>   이 어미를 불쌍히 여겨다오!
> 엘렉트라: 자기는 그애도,
>   그애를 낳은 아버지도 불쌍히 여기지 않은 주제에!
> (…)
> 클뤼타임네스트라: 아아, 맞았구나!
> 엘렉트라: 한번 더 쳐라, 네가 할 수만 있다면!
> (1410~1415행)

희랍 비극에서, 끔찍한 장면은 무대 뒤에서 행하는 것이 관례라고 전에 설명했었다. 한데 여기서 시인은 그 관행을 이용해 기이한 효과를 이뤄낸다. 무대 위의 인물이 무대 뒤의 인물에게 행동을 지시하고, 안에서 나는 소리에 응답하고 사건을 거의 '중계'하는 것이다. 위에 인용된 마지막 문장은 보통 엘렉트라가 동생에게 하는 말로, 어머니를 향한 증오가 얼마나 깊은지 보여주는 것으로 해석된다. 이것이 엘

렉트라의 윤리적 전략을 보여주고, 그게 이 비극의 핵심이라고 하는 학자도 있다. 하지만 이 대사의 방향을 달리 보는 학자도 있다. 죽어 가는 어머니에게 '당신에게 방어할 힘이 있거든, 전에 아버지에게 했듯이 다시 한번 칼을 써보라!'는 뜻이라고. 하지만 그렇게 읽는다 해도 엘렉트라의 증오와 복수심이 크게 적어진 걸로 보이진 않는다.

1단계 목표를 이룬 오레스테스가 나와서 노래 대화에 참여한다. (어머니를 죽인 끔찍한 행동을 두고 이렇게 표현하는 것을 용서하시기 바란다. 이 작품에서 모친 살해는―적어도 겉보기로는―별일 아닌 듯 슬며시 지나가고 있다.) 하지만 그는 이제 아폴론의 신탁에 의혹을 품은 듯도 보인다.

> 엘렉트라: 오레스테스야, 그 일이 어떻게 되었느냐?
> 오레스테스: 집 안의 일은
>   잘되었어요, 아폴론의 신탁이 옳았다면. (1424~1425행)

이때 아이기스토스가 돌아온다. 엘렉트라가 그를 먼저 발견하고, 젊은이들을 안으로 들여보내려 한다. 하지만 오레스테스는 잘 알아보지 못한다. 어쩌면 그는 지금 혼란 상태일지도 모른다.

> 엘렉트라: 소년들이여, 어서 다시 들어가지 못하겠느냐?
> 오레스테스: 그자가 어디에
>   보이나요? (1429~1430행)

아이기스토스는 오레스테스가 죽었다는 소식을 들었고, 그것을 눈

으로 확인하고자 한다. 그의 지시에 따라 문이 열리고 천에 덮인 시신이 보인다. (아마 작은 이동무대가 이용되었을 것이다.) 아이기스토스는 오레스테스가 유골 상태로 왔다는 소식을 듣지 못했는지, 그것이 오레스테스의 시신인 줄 안다. 자신이 친족이므로 애도를 바치겠노라고 위선을 떤다. 오레스테스는 심부름꾼인 척, 아이기스토스에게 천을 들칠 기회를 넘긴다. '이것을 보고 다정한 말을 건네는 것은 당신의 몫이오.' 아이러니 가득한 장면이다. 아이기스토스가 천을 벗긴다. 그의 눈에서 무지의 베일이 벗겨지는 순간이다. 그 앞에 누워 있는 이는 클뤼타임네스트라다! 조금 전, 그는 사람들이 오레스테스의 시신을 보고서 복종심을 더욱 굳히길 바랐다. 오레스테스가 신들의 질시를 받아 죽었다고 했다. 이제 그 말들은 모두 자신에게 돌아왔다. 그는 신들과 정의에 복종해야 할 것이다.

아이기스토스는 앞에 서 있는 젊은이가 오레스테스임을 알아챘다. 너무 늦은 깨달음이다. 그는 위엄을 잃지 않으려 애쓴다. 과거 아가멤논의 부주의를 조롱하고, 자기를 밝은 데서 죽이라고 버틴다. 하지만 오레스테스는 그를 집 안에서 죽이려 한다. 아버지가 죽은 바로 그 자리에서 죽일 것이다. 아이스퀼로스식의 기나긴 가문의 저주, 거의 이해할 수 없게 뒤얽힌 여러 원인들을 배제하고, 이 사건의 의미를 한 번의 살인에 대한 한 번의 복수로 규정하려는 듯하다. 일행이 모두 문 안으로 들어가고, 합창단은 고통 끝에 자유가 온 것을 짧게 노래한다. (극 마지막의 짧은 합창은 행진가 운율anapaistos로 되어 있어서, 보통 정식 합창으로 계산하지 않는다.)

구조에 대해 잠깐 언급하자면, 작품 중심에 잇달아 세 여성이 등장하는 A-B-A형 삽화들이 지나고 나면, 남성들이 등장하는 두 장면이

• 샤를 오귀스트 반 덴 베르게, 〈천을 들쳐 클뤼타임네스트라의 시신을 발견하는 아이기스토스〉, 1823
년, 개인 소장.
뒤에는 벼락을 든 제우스가 그려져 있어서, 이 모든 일이 제우스의 뜻에 따른 것이란 암시를 주었다.
소포클레스 「엘렉트라」에서는 여러 신상이 있고 그 가운데 아폴론도 모셔진 것으로만 되어 있고, 제우
스 상도 함께 있었는지는 분명치 않게 되어 있다.

잇달아 나온다. 하나는 오레스테스의 유골 단지 장면이고, 다른 것은 복수 장면이다. 이 두 장면은 모두, 죽은 줄 알았던 사람이 살아 있다는 것을 확인하게 되는 진행이어서 어떤 학자는 두 장면이 '극적인 각운(dramatic rhyme)'을 이룬다고 표현하기도 했다. 구조가 튼튼한 작품이다.

이 작품은 모친 살해를 정당화하는가?

논의가 좀 중복되는 감이 없지 않지만, 앞에서부터 주목해온 작품 해석 문제를 마지막으로 정리해보자. 아들이 어머니를 죽이는 것이 이 작품에서 비판되는지, 아니면 옹호되는지. 그것을 정의의 실현으로 보는 학자들은 도입부가 아주 밝은 분위기로 시작된다는 것을 강조한다. 어려서 떠난 본향에, 철들고 처음 도착한 젊은이 앞에 아침햇살은 밝게 빛나고, 새들은 즐겁게 노래한다. '이제 이 집안에 드리웠던 어둠이 가시고, 밝은 새날이 온다는 뜻이다!' 소포클레스가 클뤼타임네스트라를 아이기스토스보다 먼저 죽게 한 것도 이런 해석의 근거로 쓰인다. 다른 두 작가는 아이기스토스가 먼저 죽는 것으로 해놓았기 때문에, 어머니를 죽이고 나서 작품이 끝나기까지 시간이 남아, 그사이에 후회와 고통이 뒤따르게 되고 또 복수의 여신들이 나타날 여지가 있었다. 하지만 소포클레스에서는 어머니를 죽인 후에도 아직 해야 할 일이 있기 때문에, 그럴 틈이 없다. 이것은 작가가 모친 살해의 정당성 문제가 제기되는 걸 피하려 했기 때문이라는 것이다. 이런 입장을 따르는 학자들은 이 작품이 엘렉트라의 굳은 의지와 경건함,

승리와 해방을 보여준다고 주장한다.

한편 다른 학자들은, 위와 같이 보기엔 엘렉트라가 너무 음울하게 그려졌다는 것을 지적한다. 자기 어머니를 한번 더 찌르라고 외치는 장면도 그렇고, 아이기스토스의 시신을 개와 새의 밥이 되게 하겠다고 다짐하는 것(1488행)도 마찬가지다. '작가가 이렇게 그린 것은 지금 벌어지는 장면에 찬성하지 않기 때문이다!' 이 학자들에 따르면, 복수의 여신들에 대한 언급이 여러 차례 있는 것도 결국 이들의 등장을 암묵적으로 예고하는 것이다. 마지막에 아이기스토스가 펠롭스 자손들의 고통을 언급한 것(1497행)도 가문의 저주가 계속되리라는 예고일 수 있다.

아마도 우리는, 이 작품 내에서 일종의 정의가 이루어지긴 하지만, 그 정의를 실행하는 개인들도 대가를 치른다고 보아야 할 것이다. 고귀한 여성의 성격이 극단화되고 자신이 '복수의 여신'이 되어 있는 것을 보면, 작가는 이 복수극을 단순한 서사시적 성취로 그리지는 않은 듯하다. 오레스테스의 행태도 서사시적 영웅과는 거리가 멀다. 어쩌면, 그의 죽음이 찬란하고도 안타깝게 그려졌을 때 그는 정말로 죽었던 것인지도 모른다. 그가 품에 안고 온 것은 어떤 의미에서 자신의 진짜 유골이었을 수 있다. 우리가 마지막에 보는 그는 이미 확신과 판단력을 잃어가고 있다.

이 작품은 엘렉트라가 등장하는 비극 중에서 가장 많이 상연된다. 다른 두 작품에 비해 좀더 독립적이고 완결적이기 때문이다. 하지만 현대에 이 작품을 무대에 올리는 연출가들은 대개 결말을 에우리피데스에게서 빌려다 쓴다. 아이기스토스의 죽음까지, 그리고 그후 남매가 어떤 감정을 가질지 확실하게 보여주어야 한다고 생각해서일까?

하지만 소포클레스는 우리가 보는 것 같은 결말을 택했다. 왠지 모호하고 아직 무슨 일인가 더 벌어질 것 같은, 그후의 일을 궁금하게 하는 방식이다. 이런 결말은 모친 살해의 정당성 문제를 확실하게 밝히지 않은 것과 관련이 있을 것이다. 틀림없이 신들은 이 사건에 개입했다. 하지만 그렇다고 인간 개개인의 책임이 사라지지는 않는다. 그 행동은 정의를 이루기 위해 꼭 필요한 것이었지만, 그것이 개인을 행복하게 만들지는 못할 것이다. 아마도 시인은, 이것이 인간의 운명이고, 인간이 처한 조건이라고 보는 듯하다.

다른 중요한 문제, 즉 에우리피데스의 「엘렉트라」와 이 작품 중 어느 것이 먼저 만들어졌는지는 다음 장에서 또하나의 「엘렉트라」를 다루면서 '알아보기' 장면과 함께 생각해보기로 하자.

에우리피데스의
「엘렉트라」

주인공들은 제 행동의 결과에 어쩔 줄 몰라하고, 그
것이 도덕적으로 정당한지, 신들은 그 행동을 지지하
는지도 불분명하다. 시인은 거듭해서 우리의 예상을
뒤엎고, 주의를 분산시키고, 주인공들과 자신을 동일
시하는 걸 방해한다. 인간의 운명에 대한 깊은 통찰
과 심오한 메시지를 원하는 사람들에게는 너무 가볍
고 되바라진 것으로 보일 작품이다. 하지만 이전 세
대 작품들과는 다른 기준에서 보아야 하는, 새로운
장르의 것이다. 새 장르에는 새 잣대가 필요하다.

에우리피데스의 「엘렉트라」

계속해서 '오레스테이아 3부작'과 같은 주제를 다루는 에우리피데스의 「엘렉트라」를 살펴보자. 이 집안의 비극이 너무 오래 다뤄져서 좀 지겨울 수도 있지만, 세 비극 작가가 모두 같은 소재로 작품을 썼기 때문에 서로 비교하기 좋다.

중심적 줄거리는 다들 알고 있다. 즉 아가멤논의 아들 오레스테스가 외국에서 돌아와, 자기 아버지를 죽인 어머니와 그녀의 정부를 죽여 복수한다는 내용이다.

새로운 비극, 또는 멜로드라마

이 작품은 독자를 당혹게 한다. 독자들은 보통 비극 작품에서 어떤 슬픔과, 거기에 부수되는 어떤 감동을 느끼기를 기대한다. 한데 이 작품은 그런 기대를 배반한다. 여기에는 아이스퀼로스의 작품에서처럼 가문의 저주에 휘말려 어머니를 죽여야 하는 인물이 나오지도 않고, 소포클레스의 작품에서처럼 시련 속에 복수의 날만을 기다리는 굳은 의지의 인물이 등장하지도 않는다. 앞의 두 작가의 작품에서는 새로운 살인이 일종의 정의로 제시되지만, 에우리피데스의 작품에서는 정의의 칼을 받아야 하는 '악인'들이 온화하고 예의바르게 그려져 있으며, 오히려 '정의의 집행자'들이 극단적이고 집착이 너무 강한, 혹은 확신 없는 나약한 인물로 그려지고 있다. 이는 모두 작가가 이 작품을 이전 비극들과는 다른 종류의 것으로, 거의 비극이 아닌 다른 장르의 것으로 만들고 있기 때문이다. 이 작품은 관객의 감정에 호소하는, 관객을 놀라게 하고 충격을 주는 데 중점을 둔 일종의 '멜로드라마'인 것이다. 그러니 독자가 어느 지점에서 슬픔을 느낄지, 어디서 감동을 받아야 하는지 당혹하는 것도 당연하다.

놀라운 등장인물, 놀라운 배경, 설명적인 도입부

이 작품은 놀라운 발명들로 가득하다. 도입부부터 찬찬히 살펴보자.

극이 시작되면 한 인물이 등장하여 독백을 펼친다.

"이 나라의 오래된 들판이여, 이나코스의 흐름이여!" (1행)

이 사람은 누구인가? 의상을 보니, 귀족은 아닌 듯하다. 혹시 (소포클레스의 「엘렉트라」가 먼저 나온 것이라면) 소포클레스의 경우처럼 가정교사인가? 한데 그의 대사도 독자들로서는 이제까지 겪어보지 못한 특이한 것이다. 그는 아가멤논이 트로이아로 원정을 떠난 데서부터, 트로이아 함락, 아가멤논의 귀향과 죽음을 차례로 언급한다. 그후 아이기스토스가 아가멤논의 왕권과 아내를 차지한 것, 노복이 오레스테스를 빼돌린 것, 아이기스토스가 엘렉트라를 결혼시키지 않고 죽이려 했으나 클뤼타임네스트라가 구해준 일 등을 회고한다. 별로 특이하지 않다고? 그리 길지 않은 이 회고 속에 고유명사가 몇 개나 나오는지 확인해보라. 고유명사의 수는 거기 담긴 정보량과 비례하기 쉽다. 한데 이렇게 줄줄이 상황을 설명하는 이유는 무엇인가? 사실 이것은 에우리피데스의 비극을 처음 읽는 사람들에게만 신기한 일이다. 그의 특징 중 하나가 바로 이런 식의 '설명적 도입부'이기 때문이다. 비극 작가들은 모두 신화의 내용을 소재로 삼았다. 그래서 후대로 갈수록 사용 가능한 신화가 줄어든다. 이미 남들이 이용한 이야기를 다시 쓰기는 힘들기 때문이다. 그래서 에우리피데스는 다른 방법을 사용했다. 신화를 자기식으로 바꾼 것이다. (물론 다른 작가들도 크든 작든 비슷한 일을 하긴 한다.) 하지만 그럴 경우 관객이 이야기를 따라올 수 없는 경우도 있다. 그래서 그 어려움을 넘어서기 위해 발명한 것이 이런 식의 설명적 도입부이다.

한데 이 사람은 누구인가? 아마 당시의 관객들 역시, 대체 이 사람이 누구인지 몰라서 안달이 났을 것이다. 일반적으로 첫 등장인물은 몇 행 안에 자기 신분을 밝히는 게 관례이기 때문이다. 그는 34행째에 가서야 자기 신분을 밝힌다. 그는 엘렉트라의 남편이다. 그가 신분을 밝히는 순간, 관객들은 다시 경악했을 것이다. 엘렉트라에게 남편이 있다니! 민간어원설이긴 하지만 일반적으로 엘렉트라(Elektra)라는 이름은 부정어 'a-'에 '결혼 침대'를 뜻하는 'lektron'이 결합한 것으로, '결혼하지 않은 여자'를 의미한다고 알려져 있다. 다른 두 작가의 엘렉트라도 모두 아직 결혼하지 않은 상태였고, 특히 소포클레스의 여주인공은 그런 상황을 크게 비탄하지 않았던가!

관객이 놀라거나 말거나 엘렉트라의 남편은 계속 상황을 설명한다. 자기는 영락한 귀족의 후예이며, 자기가 왕의 사위로 발탁된 이유는 바로 그것이라고. 만일 아이기스토스가 권력 있는 사위를 얻을 경우 아무래도 그 집안에서 아가멤논의 죽음을 복수할 자가 나오기 쉽기 때문이다. 하지만 그는 자기 '아내'에게 손을 대지 않고 일종의 '위장 결혼' 상태를 유지하고 있다. 자기는 그럴 자격이 없다고 생각하고, 또 오레스테스가 나중에 사실을 알고 괴로워할까봐 그랬다는 것이다.

한데 그의 직업은 아직 드러나지 않았다. 물론 독자들은 작품 시작 부분 대사 앞에 '농부'라고 쓰인 것을 보았을 테니, 이미 그의 직업을 알고 있을 것이다. 하지만, 이것은 사실 현대의 우리에게 매우 불리한 장치이다. 옛사람들이 궁금했을 일에 대해 함께 궁금해하고, 놀랐을 대목에서 같이 놀랄 수가 없기 때문이다. 그의 직업은 79행에 가서야 나온다. 그는 소를 몰고 들판으로 가서 씨를 뿌릴 참이다. 거기에 이르러서야 관객들은 무대에 설치되어 있는 배경 건물이 무엇인지 이해하게 된다. 그것은 궁벽한 시골의 허름한 농가였던 것이다.

현대의 텍스트를 앞에 놓고 있는 독자로서는 이런 설명이 우스울지도 모르겠다. 작품 시작 부분에 이미 쓰여 있는 것을 해설이랍시고 늘어놓으니 말이다. 하지만 그것은 독자의 이해를 돕기 위해(또는 연출을 돕기 위해) 나중에 생겨난 편집상의 한 관행이다. 고대의 사본들에는 그런 설명이 붙어 있지 않았다. 또 당시 관객들이 배경에 대해 궁금증을 가질 수밖에 없는 다른 이유가 있으니, 그때의 무대배경은 거의 언제나 왕궁이었기 때문이다. 현대의 우리는 거의 모든 직업, 모든 부류의 인물이 등장하는 극에 익숙해져 있다. 하지만 고대의 관행은 달랐다. 희랍 비극의 주인공들은 모두 왕족, 귀족, 영웅, 혹은 신이었던 것이다. 사실 보통 사람이 등장하는 비극이 생겨난 것은 신분제가 무너진 다음이다(물론 희극은 달랐다). 흔히 말하기로, 부르주아 극이 나타난 것은 부르주아 계급이 사회의 주류가 된 다음이라고 하는데, 마찬가지 사정을 보여주는 설명일 터이다.

혹시, 이미 다른 비극들에도 낮은 신분의 인물들이 나오지 않았느냐고 반론을 제기할 분이 있을지도 모르겠다. 물론 우리는 (전령은 별도로 하고) 파수꾼, 유모, 여사제, 가정교사 등이 등장한 것을 보았다. 하지만 이들은 여기 등장한 농부처럼 자기의 배경(농가 따위)을 따로 갖추지도 않았고, 여러 장면에 등장하지도 않았다. 반면에 에우리피데스는 남들이 가지 않은 길로 갔고, 이런 경향은 그의 다른 작품에서도 찾아볼 수 있다. 이 책에서 다루지는 않지만, 에우리피데스가 「헬레네」에서, 자신이 발명한 인물에게 버젓한 이름까지 부여하고, 상당히 큰 배역을 맡기는 걸 볼 수 있다. 요즘이야 인물들이 완전히 가공의 존재이지만, 희랍 비극에서 그런 '대담한 혁신'은 기원전 5세기 말 아가톤(Agathon)에 이르러서야 처음 시도된다. (플라톤의 대화편 『향연』은, 이 신진 작가가 비극 경연 대회에서 우승한 것을 기념하는 잔치를 배경으로 삼고 있다.)

• 〈아가멤논 무덤가의 오레스테스와 엘렉트라〉, 기원전 4세기 후반, 파이스툼 크라테르의 그림, 스페인
국립고고학박물관 소장. ©Marie-Lan Nguyen / Wikimedia Commons
엘렉트라의 머리가 짧은 것과 그녀의 발밑에 물동이가 넘어져 있는 것으로 보아 에우리피데스의 「엘렉
트라」에 나온 인물이다. 하지만 그녀가 아가멤논의 무덤에 가 있는 것, 거기서 오레스테스를 만난 것,
왼쪽 위에 팔에 뱀을 두른 복수의 여신이 나타난 것은 아이스퀼로스의 판본을 따랐다.

영웅이 아닌 주인공들

이어 엘렉트라가 머리에 물동이를 이고 등장한다. 대왕가(王家)의 딸이 물동이를 이고 있는 것은 더이상 놀랄 일이 아니었을까? 농부의 아내가 되었으니 그럴 수도 있다고 이해는 되었겠다. 사실 소포클레스의 엘렉트라도 집에서 하녀처럼 부림을 당했다니 유사 예가 없는 것은 아니다.

그녀는 자기 신세를 한탄한다. 놀라운 것은 이 첫 대사에 아버지에 대한 언급이 너무나 미약하다는 사실이다. 아니, 엘렉트라라면, 이른바 '엘렉트라 콤플렉스'라는 용어가 생길 정도로 아버지에게 집착했다는 인물 아닌가? 하지만 이 엘렉트라는 소포클레스의 주인공과는 영 다른 인물이다. 그녀가 이렇게 비천한 일을 하겠다고 나선 주된 이유는 (남편을 위해 아내로서 역할을 다하기 위해서이기도 하지만) 아이기스토스의 만행을 알리기 위해서다. 그녀는 자신의 비참함을 거의 과시하고 있다. 그녀의 농부 남편은 클뤼타임네스트라가 딸의 생명을 구해주었다고 보고했건만, 이 딸은 자기 어머니가 '완전히 타락'했다고, 자기를 집에서 쫓아냈다고 비난한다. 새로 낳은 자식들만 보살피고 있다는 것이다. 이 작품에서는 아이기스토스의 자식들이라는, 소포클레스 「엘렉트라」에서는 별로 두드러지지 않은 주제가 보다 분명하게 드러난다. 이 요소는 나중에 좀더 중요하게 쓰일 것이다.

농부는 그녀를 보고, 그런 일은 하지 않아도 좋다고 말린다. 엘렉트라는 그를 신과 같은 친구로 여긴다며, 할 수 있는 한 노고를 같이 하겠다는 뜻을 밝힌다. 이 부분만큼은 정말 서로를 걱정하는 시골 부부를 보는 듯한 느낌이다.

둘이 각기 자기 할 일을 향해 떠나자, 이번엔 오레스테스가 등장한다. 그는 필라데스에게 자기 상황을 설명한다. 사실 늘 같이 행동해온 사람에게 이제 와서 이런 설명을 할 필요는 없을 듯한데, 어쨌든 이것도 '설명적 도입부'의 일부다. 그는 간밤에 아버지의 무덤에 가서 머리털과 양의 피를 바쳤으며, 지금은 누이를 찾아 이 변방으로 왔다. 누이에게서 성내(城內)의 사정을 알아보려는 목적도 있고, 여기라면 사태가 급해졌을 때 도망치기도 쉽기 때문이다. 도망이라니! 아버지의 원수를 갚기 위해 목숨 바쳐 싸워야 하는 것 아닌가? 하지만 이 오레스테스도 아이스퀼로스의 주인공과는 다른 인물이다.

그는 누군가 만나길 기대한다. 농부든 하녀든 자기 누이가 정말 여기 사는지 물어보려는 것이다. 앞으로 보겠지만 이 오레스테스는 아는 것이 전혀 없다. 성내의 사정은 누이에게 알아보려 하고, 그 누이가 사는 곳은 다른 누군가에게 알아보려 한다. 그는 엘렉트라가 물을 길어 돌아오는 것을 보고는 하녀인가 싶어, 뭔가 정보를 얻어듣고자 길섶에 숨어 엿본다. 정보를 얻기 위한 단계가 점점 더 많이 설정되고 있다.

엘렉트라는 돌아오면서 혼자 노래를 부른다. 전반부는 자신의 고통에 대한 한탄이, 후반부는 아버지의 비참한 죽음에 대한 비탄이 주된 내용이다. 아니, 시작부터 여주인공의 노래라니! 여기는 합창단이 등장가를 부르며 나타날 대목이 아닌가? (물론 소포클레스의 「엘렉트라」에도 등장가 이전에 여주인공의 독창이 있었다. 하지만 여기서는 분량이 거의 두 배로 늘어 있다.) 사실은 이것도 에우리피데스의 특징 중 하나다. 배우의 몫이 커지면서 점차 합창단의 역할을 흡수하고, 그 영역을 줄여가는 것이다. 일이 이렇게 된 것은 에우리피데스 극이 일종의 '가

정극'이 되어가고 있기 때문이다. 여전히 왕과 영웅들이 등장하긴 하지만 그 내용은 부르주아 가정의 일상사와 다를 바 없게 되었다. 그러니 합창단은 이제 여염집 응접실에 들어온 불청객 꼴이다. 한편 (앞의 글에서 설명했던 것이지만) 다른 이유도 있으니, 바로 에우리피데스 극에 계략을 짜는 장면이 많이 나온다는 점이다. 계략과 음모의 특징은 비밀스러움인데, 합창단 15명의 존재는 거기에 큰 방해가 된다. 그러니 이들은 되도록 없는 듯 보이는 게 낫겠다. 그래서 에우리피데스의 후기 비극에서 합창은 점차 삽화들을 나눠주는 막 같은 것이 되어가고 있다. 소포클레스의 「오이디푸스 왕」에서 보이는 것같이, 작품 전체와 맞물려 돌아가는 유기성은 이제 기대할 수 없다. 바로 그런 이유 때문에 이 작품에서도 합창단이, 아름답긴 하지만 내용적으로는 엉뚱한 노래를 부르는 것이다. 첫째와 둘째 정립가를 보라! 대체 왜 이 노래가 이 시점에 불리는 것인지 의아할 정도다.

이제 이 고장 여인들로 이루어진 합창단이 등장한다. 엘렉트라와 노래를 주고받는다. 배우의 역할이 커졌으므로, 등장가조차도 완전히 합창단만의 것이 아니다. 여인들은 헤라 축제에 함께 가자고 권한다, 옷과 장식품을 빌려주겠노라고. 하지만 엘렉트라는 거부한다. 자신의 가난을 또다시 과시한다. 그 궁핍함은 자주 그렇듯, 여기서도 어머니가 누리는 안락함(210~211행)과 대비된다. 질투심 때문인지 그녀의 증오는 특히 어머니를 향해 있다. "내 어머니를 베어 죽일 수만 있다면 내가 죽어도 좋아요!"(281행) 할 수 있으면 한번 더 찌르라던 소포클레스의 여주인공 못지않다.

지연되는 '알아보기', 일상으로 내려온 신화적 인물들

이 시점에 오레스테스가 뛰쳐나온다. 여인들은 놀라 달아난다. 잠시 후에 농부 장면에서 다시 확인하겠지만, 희랍에서는 고전기까지도 남녀의 영역이 서로 구분되어 있었고, 일반적으로 여성들은 외간 남자와 접촉이 금지되어 있었다. 오레스테스는 달아나는 엘렉트라를 붙잡는다. 여기서 '알아보기' 장면이 펼쳐질 것인가? 아이스퀼로스의 경우라면 이쯤에서 오누이가 서로를 알아보았을 것이다. 아닌 게 아니라 둘이 주고받는 대사도 그런 기대를 불러일으킨다.

> 엘렉트라: 가시오! 그대가 손대서는 안 되는 사람들에게 손을 대지
> 마시오!
> 오레스테스: 나는 그대에게만은 누구보다도 손댈 권리가 있소.
> (223~234행)

오레스테스의 이 발언은 곧 자기 신분을 밝히겠다는 예고로 들린다. 하지만 그는 결단하지 못한다. 그저 자신이 오레스테스의 소식을 가져온 심부름꾼이라고 둘러댄 것이다. 그는 일단 누이의 사정을 듣는다. 이 대화는 여주인공의 자기중심성을 확인해준다. 그녀는 오라비에게 전해주도록 자신의 수척함을 '과시'하고, 짧게 잘린 머리칼을 내보인다. 자신의 결혼을 '죽음이나 다름없는' 것으로 규정하고, 전에 결혼하기로 되어 있었던 카스토르에 대한 아쉬움을 내비친다. 농부 남편의 천성을 칭찬하긴 하지만, 그가 오레스테스에게 해코지당할 것을 두려워해서 그렇게 행동한다는 의혹도 품고 있다.

이어서 오레스테스는, 그녀의 오라비가 돌아오면 어떻게 해야 하는지를 묻는다. 이 작품의 오레스테스는 누이에게 하나하나 지시를 받아야 하는, 주견 없고 의지박약한 인물이다. 그의 발언은 늘 가정(假定)의 형태를 취하고, 그가 행하는 것은 늘 연습뿐이다. 한데 그가 의지하려는 누이도 아무 대책이 없기는 마찬가지다. 이런 식이다. 질문: 어떻게 아버지의 살해자를 죽일까? 대답: 대담하게. 다행히 이들에게는 어린 오레스테스를 빼돌렸던 노복이 있다. 그는, 서로 알아보지 못하는 이 남매를 연결시켜줄 것이고, 우연 덕분이긴 하지만 복수의 길도 열어줄 것이다.

오레스테스가 죽음을 피했던 시절이 상기되자, 얘기는 자연스럽게 아가멤논의 죽음으로 돌아간다. 합창단도 옛이야기를 듣고 싶어한다. 하지만 엘렉트라가 중점을 두는 것은 자신의 고통이다. 자신의 험한 옷, 더럽고 누추한 집, 직접 옷감을 짜고 물을 긷는 사정, 사교생활에서의 고립. 이런 것을 동생에게 전해달란다. 그 와중에 그녀는 다시 한번, 자신이 한때는 카스토르와 약혼한 사이였음을 밝힌다. 한편 그녀의 궁핍함은 다시 어머니의 호사와 대비된다. 프뤼기아의 전리품, 아름다운 보좌, 아시아에서 온 하녀들, 이데산(産) 외투, 황금 브로치 등. 에우리피데스 작품의 특징 중 하나는, 일상에 쓰이는 물건들이 많이 언급된다는 점이다(이것은 희극의 특징이기도 하다). 신화 속 인물들은 현실로 내려왔다. 그저 부유한 보통 사람, 생활인일 뿐이다. 아이기스토스는 완전히 시정잡배같이 그려진다. 그는 일쑤 술에 취해 아가멤논의 무덤을 짓밟고, 그 비석에 돌을 던져댄다. 오레스테스가 아버지의 무덤을 지켜주러 돌아오지 못하리라고 조롱한다. 하지만 엘렉트라는 오라비의 능력을 믿고 있다.

"아버지께서는 프뤼기아를 함락하셨거늘 그애가 혼자서

하나뿐인 적을 죽일 수 없다면 이는 참으로 수치스런 일이에요.

그애는 아직 젊고 더 훌륭한 아버지에게서 태어났는데 말이에요."

(336~338행)

하지만 사실 이 말을 곁에서 직접 듣고 있는 오라비는 그럴 능력이 없다. 아이러니다.

시인은 관객의 주의를 분산시킨다

남매가 얘기를 나누는 동안 농부가 돌아온다. 그는 자기 아내가 외간 남자들과 어울리는 것을 나무란다. 엘렉트라는, 그들은 오레스테스가 보낸 사람이라고 해명한다.

> 농부: 그런데 그들이 가져온 오레스테스의 전갈이란 게 무엇이오?
> 엘렉트라: 그애는 내가 얼마나 고생하는지 알아보고 오라고 그들을
> 보냈어요.
> 농부: 그 고생이라면 일부는 그들이 보고 있고, 일부는 그대가 알렸
> 겠지. (353~355행)

엘렉트라의 자기중심성은 고질적이고, 남편도 그걸 알고 있는 모양이다. 이 '쿨한' 농부는 손님들을 집 안으로 모셔 들인다. 그의 대사를 보니, 독자들에게는 놀랍게도, 오레스테스에게 종자(從者)들이 딸

려 있는 모양이다. 엘렉트라는 동생이 떠돌이거나 노예살이를 하고 있으리라고 했는데, 실제는 전혀 다르다.

여기서 오레스테스는 거의 사색에 잠겨 독백한다. 대체 사람을 평가할 때 무엇을 기준으로 삼아야 하는지. 이 가난하고 영락한 인물에게 고결한 성품이 깃들어 있는데, 귀하고 부유한 집안 자식들은 그렇지 못하기 때문이다. '사람을 무엇으로 판단해야 하는가? 부(富)가 기준은 아니다. 그렇다고 가난한 사람이 다 훌륭한 것도 아니다. 전장에서의 행동을 보고 판단할 일도 아니다. 힘 좋은 것도 기준이 못 된다. 직접 접촉해보고 성격을 판단해야 한다.' 한데, 이 음미와 반성이 30행 넘게 이어지니, 이것이 곧 아버지를 위해 어머니를 죽여야 하는 비극적 인물을 제대로 그린 것인지 의구심이 생긴다. 하지만 이것도 에우리피데스의 전략 중 하나다. 바로, 관객의 관심을 일관되게 한 방향으로 인도하지 않고 이리저리 다른 데로 끌고 간다는 것이다. 어찌 보면 오늘날의 '해체적인' 작품들과도 유사한데, 그래서 결국 작품 성격이 순전히 비극적인 게 되지 않으니, 이런 점에서 학자들은 그의 작품 중 여럿을 '희비극(tragicomedy)'으로 분류하기도 하는 것이다. 우리는 에우리피데스의 '대표작'「메데이아」에서도, 남편에게 복수하기 위해 자식을 죽이게 될 여자가, '첫째, 둘째……' 하면서 조직적인 논증을 펼치는 걸 보게 될 것이다.

(다시 여기서 나는 마음의 평화를 위해, 이 부분 중간중간 15행 정도—위에 작은따옴표에 묶인 내용—를 지워야 한다고 주장하는 학자들이 있음을 기록해야만 하겠다. 하지만 뛰어난 학자 중에, 텍스트를 전해지는 대로 그냥 두어야 한다는 이들도 꽤 있고, 우리로서는 작품이 좀더 '해체적'인 것으로 보이는 게, 그래서 에우리피데스의 특성이 더 많이 드러나는 게 낫지 않은가

싶다. 나는—교육적 효과를 위해—텍스트를 그냥 두자는 쪽이다. 그래도 다행인 것은, 서양고전학의 전통이, 원저자의 것인지 의심스러운 문장이라도 일단 그냥 인쇄하고 거기 별도의 표시만 하는 쪽이어서, 어떤 원문 편집자의 편집본을 보더라도 전래의 텍스트가 그대로 있다는 점이다. 나 정도의 교양 선생이 지지하든 말든, 텍스트는 그대로인 것이다!)

여기서 잠깐 '가정불화'가 발생한다. 엘렉트라가, 누추한 집으로 손님을 들인 것에 대해 남편을 나무랐기 때문이다. 남편은 손님들의 관용과 고결함을 믿지만, '한때는 부유층' 아내의 생각은 다르다. 그래도 대책이 있긴 하다. 아버지의 노복으로 오레스테스를 구해준 이가 국경 가까이서 가축을 돌보며 살고 있기 때문이다. 엘렉트라는 남편으로 하여금, 그 노복에게 가서 손님 접대에 필요한 것을 좀 가져오도록 전하게 한다. 농부는, 그래도 자기 집에 하루 정도 손님 접대할 음식은 있다고, 부자든 가난뱅이든 일단 배부르면 마찬가지라고 항변하고, 길을 떠난다. 이것이 그의 마지막 장면이다. 농부 역을 했던 배우는 노복의 모습으로, 나중에는 전령의 모습으로 돌아올 것이다. 그래도 이 역이 그냥 사라지는 건 아니다. 극 마지막에 그에게 상당한 배려가 주어지기 때문이다. 시인은 자기가 창조하여 긴하게 사용한 인물을 잊지 않고, 보답한다.

엉뚱한 합창, 단절된 사건들

이제 심부름에 오가는 시간이 필요하니, 그 사이를 합창단의 노래가 메운다. 노래 주제는 트로이아전쟁이다. 우선 전사들을 데려간 배들을 찬양한다. 아킬레우스와 아가멤논을 실은 배를 돌고래와 바다 요정들이 동행했었다. 그다음엔 이 요정들이, 헤파이스토스가 아킬레우스를 위해 만든 무장을 갖고 아킬레우스를 찾아다녔다는 내용이 나온다. 이어서 아킬레우스의 방패에 어떤 그림이 그려져 있었는지를 묘사한다. 『일리아스』에 나오는 것 같은 온 세상의 축도(縮圖)는 아니다. 우선 가장자리에는 페르세우스가 고르고의 머리를 들고 헤르메스와 함께 날아가는 장면이 있다. 방패 중앙에는 태양과 성단들이 있다. 이어서 투구, 가슴받이, 칼에 새겨진 그림들을 보고한다. 다시 독자가 어리둥절할 대목이다. 도대체 이 노래는 현재 벌어지고 있는 사건과 무슨 연관이 있단 말인가? 물론 마지막에 억지로 맥락을 맞춰놓기는 했다. 그런 훌륭한 무기를 지닌 아킬레우스를 아가멤논이 이끌었는데, 그 왕을 클뤼타임네스트라가 죽였다, 신들이 그녀에게 보복하실 것이다. 하지만 55행 중에 아가멤논의 죽음과 그것에 대한 복수 언급은 겨우 7행뿐이다. 이미지들의 연결이 있기는 하다. 오레스테스는 아킬레우스처럼, 페르세우스처럼 싸울 것이고, 상대는 고르고처럼 목이 베이리라. 하지만 이제 합창단은 역할이 축소되었다. 그들은 그저 아름다운 노래로 삽화들을 나눠주는 막처럼 되어버렸다. 그들에겐 더 이상 '이상적 관객'으로서 현재 벌어지는 일에 수준 높은 논평을 가할 능력이 없다. 그들은, 자신의 정보의 원천이 무엇인지까지 밝혀야 신뢰를 얻을 수 있는 현실 속의 인물들이다.

이 합창에는 한 가지 빠진 것이 있다. 이피게네이아를 제물로 바친 사건이다. 다른 두 작가의 작품에는 이 사건이 초반에 언급되었다. 한데 에우리피데스의 작품에는, 농부의 '설명적 도입부'에도, 첫 두 합창에도 그 내용이 들어 있지 않다. 이는 한편으로 이 작품이 사실성을 추구하고 있기 때문이다. 무구를 갖출 경제력이 없는 가난한 농부, 궁벽한 시골의 아낙네들은 먼 집결지에서 일어난 사건을 직접 보았을 리 없다. 하지만 다른 한편 이것은 시인이 옛 사건과 현재의 사건을 연결시키지 않으려 했기 때문이기도 하다. 사실 시인이 그쪽으로 선택했으면, 그 사건 역시 등장인물이 다른 데서 들은 것으로 꾸며서 보고하고 노래하게 만들 수도 있었다. 그 사건은 나중에 클뤼타임네스트라에 의해 언급된다. 하지만 그녀의 말은 살인자의 자기변명으로 들리기 쉬우니, 다른 작품들에서처럼 주의를 끌기 힘들다. 시인은 사건들을 연결시키기보다는 끊어놓고 있다.

감정을 배제한, 무덤덤한 '알아보기' 장치

이어 집안의 노복이 도착한다. 그는 늙은 몸으로 언덕길을 오르기가 힘겨웠다고 불평한다. 이런 작은 장치들이 모여서 극 전체를 사실적인 것으로 만든다. 비극은 신화에서 현실로 내려오는 중이다. 그는 자신이 가져온 '음식들의 목록'을 읊는다. 젖 먹던 새끼 양 한 마리, 화관(음식은 아니다), 특별히 고른 치즈, 향 좋은 포도주. 희극에 자주 나오는 목록이다. (나는 아리스토파네스 「개구리」에 나오는, 페르세포네가 헤라클레스를 위해 준비한 음식들의 목록을 보시라 추천한다.) 비극은 희극에 다가가고 있다. 노복은 음식들을 안으로 들이라고 말한다. 하지만 이 음식들은 접대에 쓰이지 못할 것이다. 이 작품은 거의 서사시적으로 같은 주제들을 반복하고 있다. 손님들은 거듭 초대되지만, 접대는 거듭 지연되고 결국 무산될 것이다.

노복은 눈물을 닦는다. 엘렉트라는 그가 자기의 고통 때문에 슬퍼하는 것인지 묻는다. 그녀는 늘 자기를 앞세우는 인물이다. 오라비와 아버지는 그다음이다. 늙은 종은, 자신이 오는 길에 아가멤논의 무덤에 들렀노라고 보고한다. 이 작품의 또하나의 특징: 장소가 많기도 하다! 한데 그 장소들은 모두 서로 멀리 떨어져 있다. 중심 배경은 도성에서 멀리 떨어진 시골이다. 노복은 거기서 멀리 더 구석진 곳에 산다. 그 두 지점 사이 어딘가, 관객의 시야 밖에 아가멤논의 무덤이 있다. 앞으로 우리는 아이기스토스가 머물고 있는 들판 어딘가와, 클뤼타임네스트라가 떠나온 어딘가의 왕궁에 대해 들을 것이다. 마지막에 인물들은 무대 밖 어딘가로 모두 흩어질 것이다. 사건들은 단절되고, 장소들은 분산되어 있다.

노복은 그 무덤에서, 누군가가 바친 제물과 머리카락을 발견했다고 보고한다. 그는 그것이 오레스테스의 흔적일 수 있다며, 엘렉트라에게 한번 확인해보기를 권한다. 우선 그 머리카락을 그녀의 것과 비교해보라 한다. 하지만 엘렉트라는 일단, 자기 동생이 아이기스토스가 두려워 몰래 숨어들었을지도 모른다는 추정을 거부한다. 그녀의 생각 속에 동생은 매우 용감한 전사이다. (하지만 관객은 그 '용감한' 동생이 언제라도 도망칠 태세라는 걸 알고 있다.) 그러면서 남녀의 머리털은 서로 다르다고, 또 혈통이 달라도 머리털은 비슷할 수 있다고 공박한다.

노복은 이어, 무덤가에 남은 발자국에 그녀의 발을 맞춰보자고 제안한다. 엘렉트라는 다시, 무덤 주위는 돌로 되어 있으니 거기 발자국이 남을 수 없다는 것, 그리고 남녀의 발은 크기가 다르다는 것을 들어 반박한다. 「제주를 바치는 여인들」에서 주인공들의 힘의 원천이었고 '알아보기'에 결정적인 역할을 했던, 그리고 소포클레스의 「엘렉트라」에서 크뤼소테미스에게 '오해'를 촉발하고 아이러니를 가능하게 했던 무덤은 이제 보이지 않는 구석으로 밀려났다. 그뿐 아니라, 그것을 연결고리 삼아 성사될 수도 있었던 '알아보기'는 엘렉트라의 합리성에 막혀 무산되었다.

노복은 마지막으로, 혹시 엘렉트라가 오레스테스를 보면 그녀가 직접 짰던 그의 의복을 알아볼 수 있지 않을까 하는 의견을 내놓는다. 엘렉트라는, 자신은 동생이 떠나갈 때 아직 어린아이여서 직물을 짤 수 없었으며, 설사 직물을 짰다 하더라도 이제 동생은 어른이 되었을 테니 어린아이 옷을 입었을 리 없다고 반박한다. 여기 반박된 세 가지 '알아보기' 장치는 아이스퀼로스가 사용했던 것으로, 에우리피데스는 그것을 인용하며 약간의 조롱으로 관객에게 즐거움을 주었다. 한데 그보다 중요한 것은, 작품 전체의 성향에 맞춰서, 여기서 남매 사이의 신체적 유사성, 공동의 기억, 정서적 유대감이 사라졌다는 점이다. 흩어진 장소들처럼, 단절된 사건들처럼, 가족 구성원 간의 연관도 끊어져버렸다. 이제 어찌할 것인가? 남매는 영영 서로 알아보지 못하는 것인가? 시인은 다른 장치를 동원한다.

이제 오레스테스가 집에서 나온다. 노복과 손님은 서로를 관찰한다. 노인은 젊은이가 겉보기로는 귀인 같지만, 성품은 다를지도 모른다고 의심한다. 젊은이는 상대의 노쇠함과 노예 같은 외모를 조롱조로 지적한다. 줄거리 진행과 상관없는 이런 대거리는 비극이라는 고상한 장르의 특성을 조롱하는 듯도 하다. 하지만 겉보기를 의심하고 가치를 제대로 평가하려던 노력은 뜻밖에 상대의 숨겨진 신분을 찾아낸다. 젊은이의 주위를 돌며 유심히 살피던 노인이, 이 젊은이가 엘렉트라의 동생이라고 선언한 것이다. 그가 증거로 지목하는 것은 젊은 이의 눈썹 사이에 난 흉터다. 그는 어렸을 때 집 안에서 사슴을 쫓아 다니며 놀다 넘어져 그 흉터를 얻었다. 엘렉트라는 기뻐하며 동생을 껴안고, 동생도 기뻐한다. 하지만 우리는 그 동생이 이미 한참 전에 엘렉트라의 노래를 들었고, 그래서 상대의 신분을 알고 있었다는 사실을 안다. 그는 왜 자기 신분을 진작 밝히지 않은 것일까? 아무래도 이 동생은 우유부단하거나, 적어도 조심성이 지나친 사람인 듯하다. 시인은 오누이의 '알아봄'을 최대한 뒤로 미루고, 그것도 최대한 감정이 적게 실릴 무덤덤한 증거를 이용했다. 두 사람이 공유한 신체적 특징이나, 먼 땅으로 떠나 다시 만날 수 있을지도 불분명한 동생을 위해 누이가 마지막 선물로 짜준 옷 같은 것은 모두 배제되었다. 동생은 그저 혼자 놀다가 혼자 다쳐 흉터를 얻었을 뿐이다. 그 흉터를 알아본 사람도 혈연이 아니라 타인이다. 그 자리에 함께 있었다는 누이는 그 사건에 대한 기억조차 없다. 엘렉트라로서는 그저 충직한 노복의 말이니까 믿을 뿐이다.

흉터라는 '알아보기' 장치의 함의를 알려면 '원조' 흉터에 대해 알아야 한다. 바로 오뒷세우스의 흉터다. 그 연유는 이렇다. 오뒷세우스가 태어났을 때 그의 외할아버지가 찾아왔다. 그는 아이 이름을 지어주고, 나중에 그 아이가 나이가 차면 외가로 보내라고 했다, 선물을 많이 주겠노라고. 세월이 흘러 적당한 나이가 되었을 때, 아이는 외가를 찾아간다. 거기서 외삼촌들과 함께 멧돼지 사냥에 나간다. 소년은 창을 겨누며 용감하게 앞장서 달려나갔으나, 맹수가 더 빨랐다. 거기서 그는 다리를 다쳤고, 흉터를 얻게 되었다. 삼촌들은 짐승을 처리하고 아이를 잘 치료해주었으며, 소년은 선물을 받아 집으로 돌아가서는 부모에게 모든 사정을 다 이야기해주었다. 잘 자리잡은 집안, 후계자의 탄생, 명명(命名), 성장, 가풍과 재산의 승계, 가족 간의 유대와 상호 배려, 소통 같은 요소들이 잘 어우러진 아름다운 일화다. 그 모델과 대조할 때, 오레스테스의 흉터는 어떠한가? 관공서에서 발행된 신분증인 듯 거기에는 아무 기억도, 감정도 담겨 있지 않다. 당사자는 어쩔 수 없다는 듯 자기 신분을 받아들이고, 마지못해서인 듯 기쁨을 표현한다. 그나마 몇 행 되지도 않는다(3.5행). 오히려 합창단의 기쁨의 노래가 더 길다(10행).

> 엘렉트라:　　　　　드디어 네가 나타났구나!
> 　　　　　뜻밖에 너를 만나는구나!
> 오레스테스:　　　　나도 드디어 누나를 만나는군요.
> 엘렉트라: 나는 생각지도 못했구나!
> 오레스테스　　　　나도 바라지 못하던 일이에요.
> 엘렉트라: 네가 정말 그애냐?
> 오레스테스:　　　　나만이 누나의 동맹군이에요. (578~581행)

　그에게는 (미래에 대한 계획과 방침 역시 없지만) 과거에 대한 기억도, 가문의 전통에 대한 의식도 없다. 그는 한 번도 자신을 '아가멤논의 아들'이라고 선언하지 않는다. 그런 표현을 쓰는 것은 그를 과거와 '억지로' 연결시키는 노복뿐이다.(571행) 그는 남이 부여하는 신분을 그저 받아들일 뿐이다, 떠밀려서 주인공 역을 맡은 듯.

• 〈오레스테스와 엘렉트라〉, 1세기경, 대리석 조각상, 로마 루도비시 빌라 출토, 이탈리아 로마 국립박물관 알템프스 궁전 소장. ⓒ Marie-Lan Nguyen / Wikimedia Commons

일명 '루도비시 군상(Ludovisi group)'이라고 부르는 것 중 일부이다. 두 사람의 표정이 아주 슬퍼 보이지는 않아서 작별 장면이라기보다는 재회 장면인 듯하지만, 그렇다고 아주 밝은 표정도 아니어서 다른 해석의 여지가 있다. 왼쪽의 오레스테스는 누이보다 작게 그려져 있다. 작별 장면이라면 누이가 동생을 외국으로 빼돌리고, 옷도 짜서 입혀 보냈다는 아이스퀼로스의 판본을 따른 것이고, 재회 장면이라면 오레스테스가 누이의 도움을 기대하고 찾아오는 에우리피데스의 판본과 어울린다. 그 경우 오레스테스는 아직 충분히 성장하지 않았지만 복수를 위해 급히 귀국한 것으로 볼 수 있겠다.

'악인'들의 관대함과 온화함을 이용하다

이제 오레스테스는 노복에게 방법을 묻는다, 어떻게 해야 아버지의 죽음을 복수할 수 있을지. 또 그에게 우호적인 세력이 있는지, 누구와 함께할지, 시간은 언제가 좋은지, 어디에 가야 원수들을 만날 수 있는지. 요컨대 그는 무엇 하나 아는 게 없다! 노복이 전하는 상황은 절망적이다. 의지할 친구는 전혀 없다, 모든 것이 그의 손과 운수에 달렸다. 호위병이 많이 있으니 성벽 안으로 들어가면 안 된다.

하지만 우연의 도움일까? 노인은 이곳으로 오는 길에, 야외에 나와 있는 아이기스토스를 보았다. 그는 들판 가까이 말 목장에 있다. 요정들에게 제물을 바치기 위해서다. 시민들은 동행하지 않았고, 하인들만 함께 있다. 오레스테스 일행은 우연히 그곳을 지나는 척하다가, 아이기스토스가 그들을 초대하면 그 기회를 이용하기로 한다. 그는 지나는 사람을 초대할 것이 확실시되는 호의적인 성품이다!

이제 계획의 1단계는 지나갔다. 클뤼타임네스트라 문제가 남아 있다. 한데 그녀는 남편과 동행하지 않았다. 시민들의 눈이 부담스러운 것이다. 이 찬탈자 커플은 오랜 세월이 지났는데도 여전히 민심을 모으지 못한 모양이다. 한데, 어머니 문제에 대한 남매의 논의는 무정하고도 거침없다.

> 오레스테스: 어떻게 해야 내가 그녀와 그자를 한꺼번에 죽일 수 있을까요?
>
> 엘렉트라: 어머니를 죽이는 일은 내가 준비하겠다. (646~647행)

엘렉트라는, 자기가 아들을 낳았다고 속여서 왕비를 유인하자고 제안한다. 그녀는 어머니가 자신을 틀림없이 방문하리라고 확신한다. (이 여인 역시 딸의 부탁을 거절하지 않을 게 분명한, 정 깊은 어머니다!) 왕비가 일단 집 안으로 들어서면, 살아서는 나오지 못할 것이다. 엘렉트라는 노복에게, 먼저 오레스테스를 아이기스토스 있는 곳으로 안내하고, 이어서 클뤼타임네스트라에게 거짓 소식을 전하도록 한다. 길을 떠나기 전에 세 사람은 제우스와 헤라, 저승의 아버지, 대지의 여신을 불러 도움을 청한다. 엘렉트라는 동생에게 남자답게 행동하기를 요구한다. 그리고 일이 실패하면 자결하겠다는 뜻을 밝힌다. 적들이 그녀를 처벌하고 욕되게 하는 일은 없을 것이다. 그녀는 모든 면에서 희미한 오레스테스에 비해서, 그래도 꽤 강단 있는 여자다.

작품의 물리적 중심을 확인하셨는지? 전체 길이는 1359행이고, 중심은 680행 부근, 즉 남매가 계략을 짜는 장면이다. 방금 우리는 그 중심을 지나왔다. 그 계략이 어떻게 실행되는지, 그후에는 어떤 일이 일어나는지 계속 살펴보자.

아무도 믿지 않는 신화

오레스테스가 거사를 위해 떠나고 나서, 합창단은 다시 아름답지만 맥락을 벗어난 노래를 부른다. 아가멤논의 선대(先代)에 일어났던 황금 양(羊) 사건이 주제다. (물론 천병희 역의 주를 읽은 사람은 전체 내용을 알고 있겠지만) 「아가멤논」에 대한 글에서는 이 사건의 마지막 부분만 소개했었는데, 지금 이 노래는 그 앞의 사정을 조금 더 밝히고 있다. 판(Pan) 신이 황금 털을 지닌 새끼 양을 아트레우스에게 가져다 주었다는 것, 튀에스테스가 아트레우스의 아내와 정을 통하고 그 양을 얻어다가 사람들 앞에 내놓았다는 것, 그러자 제우스가 별의 길과, 해와 새벽의 얼굴을 거꾸로 돌렸고, 그때부터 해가 서쪽으로 달려가게 되었다는 것이다. (이전까지는 천체가 서쪽에서 동쪽으로 움직였던 것으로 상정되어 있다.) 한데 이 노래 내용은 몇 가지 요소를 빼고 조금씩 건너뛴 것이다. 형제 사이에, 황금 양털 가죽을 가진 사람이 왕권을 차지하자는 약속이 있었다는 것, 튀에스테스가 그것을 갖고 나타나자 아트레우스가 제우스께 탄원했다는 것, 그리고 천체들이 이전 방향과 반대로 돌아가는 기적에 힘입어서 아트레우스가 왕권을 차지했다는 것 등이 이 노래에서 빠뜨린 요소다. 「아가멤논」에서는 그다음에 있었던 아트레우스의 복수극, 즉 화해하자며 형제를 불러놓고는 그에게 제 자식의 고기를 먹였다는 내용만 중요하게 다뤄졌었다. 여기서는 그 앞의 내용을 전하면서, 인간 사이의 약속, 신을 향한 탄원은 (아마도 일부러) 빼놓았다. 이 작품은 사건들을 연관짓기보다 되도록 단절시키고 있다.

가문의 저주가 끝을 향해 가는 이 시점에 그것의 시초를 더듬어보는 것은 사실 서사시 이래의 전통에 걸맞다. 문제는, 합창단조차도 이 이야기의 진실성을 믿지 않는다는 점이다. 그들은 자기들도 노래 내용을 믿는 것은 아니며, 그저 소문으로 그렇게 들었을 뿐이라 한다. 하지만 이 이야기의 효용이 없진 않다고 주장한다. 즉, 이런 이야기가 인간들로 하여금 신을 섬기도록 만드는 데 도움이 된다고. 결과적으로, 「아가멤논」에서는 국왕 살해의 깊은 원인 중 하나로 꼽혔던 일이 이 작품에서는 현재의 사건과 아무 연관도 없는 것이 되고 말았다. 물론 마지막에 억지로 맥락을 맞춰놓기는 했다. 클뤼타임네스트라가 그 신화의 교훈을 잊고 남편을 죽였다는 것이다. 이 노래는 이제 곧 일어날 사건에서 신화적 배경을 박탈하고, 그것이 그냥 일상의 수준에서 일어난 일이며, 깊고 깊은 원인은커녕 그저 인간의 앙심과 불만에 기인한 것임을 보여주고 있다.

친절하고 호의적인 '악인', 불경스러운 '정의파'

곧 멀리서 고함 소리가 들리고, 소리가 점점 커진다. 엘렉트라는 일이 틀렸다고 생각해서, 자결을 할까 말까 어쩔 줄 모른다. 합창단의 의견을 구한다. 그녀는 소포클레스가 그린 것 같은, 혼자서라도 복수를 단행하려는 의지 굳은 처녀가 아니다. 나약하고 조급하고 거의 신경질적인 인물이다.

하지만 곧 사자가 달려와 아이기스토스의 죽음을 전한다. 한데 엘렉트라는 그를 알아보지 못한다. (사실 이 사자는, 조금 전에 엘렉트라의 남편으로, 그다음엔 노복으로 나왔던 배우가 다른 가면을 쓰고 나온 것이다.) 상대의 말도 얼른 알아듣지 못한다. 그녀는 두려움에 판단력을 잃었다. 그녀는 자신에게 맡겨진 신화적 역할에 걸맞지 않은 인물이다.

> 엘렉트라: 그대는 대체 누구요? 그대가 전하는 말을 내가 어떻게 믿는단 말이오?

사자: 나를 보고도 모르시겠습니까? 나는 그대 오라비의 시종입니다.

엘렉트라: 오오 더없이 소중한 친구여, 두려운 나머지 내가 그대의 얼굴을

알아보지 못했구려. 이제야 그대가 누군지 알겠어요.

뭐라고 했지요? 내 아버지의 가증스런 살해자가 죽었나요? (765~769행)

실제로 현실에서 이런 일이 많이 일어나기 때문에, 사실성을 강화하기 위해 이렇게 그렸다는 해석도 있다. 하지만 나로서는 강한 해석에 마음이 더 끌린다.

이제 사자는 사건의 전말을 펼쳐 보인다. 아이기스토스의 죽음으로는 세 작가의 작품 중 가장 자세히 묘사된 것이다. 마치 독립된 또하나의 대본인 양, 직접화법도 여러 차례 등장한다. 사건의 배경은 매우 목가적이다. 마차 두 대가 나란히 달릴 수 있을 정도로 넓은 도로, 길에서 멀지 않은 곳에 자리잡은 물기 많은 정원(희랍인들의 낙원의 이미지), 화관을 엮다가 나그네를 초대하는 주인. 오레스테스 일행은 자신들이 텟살리아 출신으로서, 제우스께 제물을 바치러 올림피아에 가는 길이라고 꾸며댄다. 주인은 자신도 요정들께 제물을 바치는 중이라며, 같이 잔치를 즐기고 내일 떠나라고 강권한다. 손님들의 손을 잡아 이끈다. 이 인물은 도시를 떠나 야외에 나와서 기분이 풀어진 것일까? 아니면 자기 전력(前歷)을 알고 수군대는 사람들 사이에서 소외감을 느끼다가, 이제 모르는 사람들과 있게 되니 마음이 편해진 것일까? 어쨌든 여기 그려진 그의 모습은 죽어 마땅한, 사악한 인간으로는 보이지 않는다.

주인은 손님에게 목욕을 권하지만 손님들은 이미 강물에 목욕했다고 사양한다. 자신들은 제물을 바칠 준비가 되었다고. 에우리피데스의 인물들은, 「아가멤논」에서 클뤼타임네스트라가 사용한 중의법을 잘 익혀서 '재활용'하고 있다. 지난번의 아가멤논처럼 아이기스토스도 '제물'이 될 것이다. 제사를 위한 준비와 의식 진행 과정이 자세히 그려진다. 다시 희극에나 나오는 자잘한 기물들이 그려진다. 제물 그릇, 제물 바구니, 화덕, 솥. 제단에 보리를 뿌리고, 기도를 드리고, 제물을 잡는다. 주인은 손님들도 동참하기를 권한다. 두 젊은이가 제물 짐승을 해체한다. 주인은 희생물의 내장을 살펴본다. 불길한 조짐이 보인다. 오레스테스는 상대를 안심시키며, 제물의 가슴을 열겠노라고 더 큰 칼을 요구한다. 아이기스토스가 다시 내장을 자세히 보고 있는 사이, 오레스테스는 그의 목덜미를 내리친다. 놀란 하인들이 창을 들고 반격하려는 순간, 오레스테스는 자기 신분을 밝히고, 다행히 늙은 하인 중 하나가 그를 알아본다. (다시 한번 타인이 오레스테스에게 신분을 부여하였다.)

제사 과정의 꼼꼼한 기록(과정을 틀리면 제사 효과가 없어지므로)과 인물들의 직접화법까지 사자는 서사시의 기법을 숙지하고 있다. 하지만 인물들의 행동은 서사시적이지 않다. 물론 이해된다. 다른 오레스테스들도 계략을 이용했었다. 하지만 이번 아이기스토스는 동명(同名)의 다른 인물들과는 다르다. 과연 자기를 초대한 사람을, 신성한 제사 자리에서, 그것도 등뒤에서 치는 것이 옳은 일일까? '그렇다'고 답하기 쉽지 않은 상황이다.

• 〈아이기스토스를 죽이는 오레스테스와 필라데스〉, 기원전 5세기 말, 아풀리아 오이노코에(oinochoe)의 그림, 루브르 박물관 소장. ⓒ Marie-Lan Nguyen / Wikimedia Commons

보좌에 앉은 아이기스토스를 두 젊은이가 죽이고 있다. 두 사람이 동시에 아이기스토스를 공격하는 그림은 매우 드물다. 도기 그림 중에, 에우리피데스의 작품에 나온 것처럼 야외에서 제물을 살피는 상대를 가격하는 장면은 없는 듯하다.

졸렬한 보복, 쓸모없는 시신

합창단은 오레스테스의 승리를 축하하는 노래를 부른다. 젊은이를 올림피아 경기 우승자에 비긴다. 불의한 자들을 죽인 것은 정당한 일이다. 이제 적법한 왕이 다스릴 것이다. 처음으로 맥락에 맞는 노래다. 하지만 너무 짧다. 겨우 14행이니, 이것이 그저 에우리피데스에서 합창의 비중이 줄었기 때문이라고 하는 것만으로 설명이 될지 모르겠다.

승자들이 돌아온다. 엘렉트라는 기뻐하며 동생과 필라데스에게 화관을 씌운다. 오레스테스의 승리가, 트로이아를 함락한 아버지의 아들에게 걸맞은 것이라 찬양한다. 하지만 우리는 아들의 행동이 전혀 서사시적이지 않았음을 알고 있다.

오레스테스는 아이기스토스의 시신을 옮겨왔다. 그것을 누이에게 넘겨준다. 엘렉트라는 시체를 향해 조롱을 퍼붓는다. 희랍 비극 사상 최악의 것으로 꼽히는 연설이다. 그가 아가멤논을 죽인 게 얼마나 무도한 짓이었는지는 전혀 언급되지 않고, 그의 아내가 정숙하지 않았다는 것, 지체 높은 여인과 결혼하면 쥐여살게 된다는 것, 재산을 믿고 우쭐해봤자 얼마 못 간다는 것, 그가 곱상한 외모로 여자들과 어울렸다는 것 등 사소한 욕설뿐이다. (불)경건, 정의 따위 윤리적 용어가 이따금 쓰이지만 전혀 두드러지지 않는다. 학자들은 대부분, 엘렉트라가 그리는 아이기스토스의 모습은 그저 그녀의 몽상일 뿐이라고 보고 있다.

이미 흉터 장면에서 오뒷세우스의 경우와 비교했지만, 지금 이 장면도 오뒷세우스가 보여주는 서사시적 자제력과는 거리가 멀다. "노파여, 마음속으로만 기뻐하시오. 자제하고 환성을 올리지 마시오. 죽은 자들 앞에서 뽐내는 것은 불경한 짓이오. 여기 이자들은 신들이 내린 운명과 그들 자신의 못된 짓에 의하여 제압된 것이오."(『오뒷세이아』 22권 411~413행)

이제 아이기스토스의 시신은 집 안에 들어 감춰진다. 우리는 이 시신이 어떻게든 이용되기를 기대하게 된다, 소포클레스에서와는 반대로 클뤼타임네스트라가 정부(情夫)의 시신을 보고 놀랄 것을. 하지만 그런 일은 일어나지 않는다. 여자는 남자의 죽음을 알지도 못한 채 죽을 것이다. 살았을 때 남의 시선 때문에 함께하지 못한 이 커플은 죽어서도 격절되어 있다. 이 작품에서는 모든 장소, 인물, 사건이 상호 연관 없이 낱낱으로 흩어져 있다.

신탁에 대한 불신, 불안정한 설득

그때 멀리서 무엇인가 다가온다. 엘렉트라는 이번엔 아이기스토스를 돕기 위한 원군이 오는 게 아닌가 두려워한다. 그러다가 그것이 마차를 탄 클뤼타임네스트라 일행임을 알게 되자, 다시 기세와 미움이 되살아난다. 여기서 오레스테스는 갑자기 어머니를 죽이는 게 두렵다고 토로한다. 엘렉트라는 동생을 설득한다. 클뤼타임네스트라가 아버지를 무자비하게 죽였다는 것, 아폴론의 신탁이 복수를 명했다는 것 등을 앞세운다. 오레스테스는 아폴론을 비판하고, 신탁의 진실성을 의심한다.

오오, 포이보스여, 이토록 지혜롭지 못한 것을 신탁으로 내리시다 니······ (971행)

어떤 악령이 신의 모습을 빌려 나를 속인 것이라면? (979행)

나는 그 신탁이 제대로 내려진 것이라고 믿을 수 없어요. (981행)

하지만 비겁자가 되지 말라는 누이의 말에 그는 결국 운명을 받아 들인다.

이것이 신들께 좋아 보인다면
그렇게 될지어다! 나의 싸움은 달지 않고 쓰구나! (986~987행)
(마지막 구절과 관련하여 학자들 사이에 논란이 있다. 천병희 역도 단국대 출판부 판에는 '쓰고도 달콤하구나'로 되어 있었지만, 도서출판 숲 판에서는 위의 인용문과 유사하게 옮겼다.)

「제주를 바치는 여인들」에서는 퓔라데스의 한마디가 오레스테스를 움직였었다. 그 한마디는 900행 동안이나 견고하게 유지되어온 침묵 에서 천둥처럼 터져나온 것이었고, 흔들리던 젊은 왕자가 가문의 저 주를 스스로 짊어지게끔 떠받치고 밀어갈 권위를 지닌 것, 거의 운명 의 힘 같은 것이었다. 반면에 여기서 오레스테스를 설득하는 엘렉트 라는 어떠한가? 그녀의 갑작스런 감정 변화, 결의(決意)에서 공포로, 다시 환호로, 다시 두려움으로, 거기서 다시 증오와 질투심으로, 짧은 시간에 너무나 여러 차례 방향을 돌리는 그 감정의 출렁임은 여기 이 설득을 미덥잖게 만든다. 오레스테스가 누이의 복수심의 도구가 되었다는 인상은 나만의 것일까?

과거를 후회하는 온화한 '악녀'를 죽이다

작품 마지막 부분을 살펴보고, 에우리피데스의 특성을 다시 한번 정리해보자.

이제 클뤼타임네스트라가 다가온다. 합창단은 최상의 찬사로 그녀를 맞아들인다. 그녀의 도착은 아가멤논 귀향 장면의 패러디다. 하지만 그녀는 지친 듯 힘겹게 마차에서 내려선다. 하녀들의 도움을 청한다. 도끼를 휘두르던 아이스퀼로스의 무서운 여걸이 아니다. 그녀는 자신의 호사를 변명하듯, 이것이 이피게네이아에 대한 작은 보상이라고 말한다. 엘렉트라는 짐짓 종처럼 행동한다. 어머니의 손을 잡아드리겠노라 한다. 어머니는 사양한다. 감정적으로 단절된 이 가족은 접촉과 온기를 나누지 못한다.

엘렉트라는 자신을 어머니의 여종들과 동일시한다. 그들처럼 자신도 아버지를 잃고 집을 약탈당했다고. 여기서 트로이아의 몰락은 아가멤논 집안의 몰락과 등치되었다. 에우리피데스는 아이스퀼로스의 유산을 제대로 물려받았다.

거기서 모녀의 논쟁이 시작된다. 어머니는 현 상황을 모두 아가멤논 탓으로 돌린다. 다른 작가들의 경우처럼 여기서도 우선, 남의 아내를 위해 자기 딸을 제물로 바친 것이 지적되지만, 하나 더 강조되는 것은 아가멤논이 캇산드라를 데려왔다는 점이다. 이에 대해 엘렉트라는 어머니가 본래 바람기가 있었다고 반박하고, 언제나 그렇듯 자신의 고생을 죽음보다 두 배나 가혹한 것으로 과장한다. 이 둘의 언쟁에서 클뤼타임네스트라의 모습이 더욱 뚜렷해진다. 그녀는 한 집에 두 아내가 있는 것을 참지 못하는, 그렇지만 자기 손으로 남편을 죽이기보다는 차라리 그가 전장에서 돌아오지 않기를 바랐던, 극히 여성적인 인물이다.

클뤼타임네스트라는 딸과 오래 다툴 생각이 없다. 그저 딸이 늘 아버지를 좋아했었다며 그녀를 이해하려 한다. 자신이 옛날 저지른 일을 후회하고, 딸의 초라한 모습을 측은히 여기고, 딸과 자기 (현) 남편이 이제는 서로 잘 지내기를 바란다. 그녀는 우선 딸을 위해 제물을 바치고, 들판으로 가서 남편의 제사에 합류하려 한다. 하지만 이 작품 내의 거의 모든 계획처럼 이 역시 '연습'에 그치고 실현되지 못할 것이다. 그녀가 집 안으로 들어가자, 엘렉트라는 검댕이 묻지 않도록 조심하라고 빈정거린다. 이 엘렉트라는 위엄 있게 궐문(闕門)을 통제하던 「아가멤논」 속 클뤼타임네스트라, 그 강력한 여성 영웅을 모델로 삼고 있다. 하지만 우리는 그녀가 그 모델만한 강기(剛氣)를 지니지 못한 것을 확인하게 될 터이다.

합창단이 아가멤논의 마지막 말과 클뤼타임네스트라의 도끼를 노래로 상기하는 사이, 안에서는 애원하는 소리, 비명 소리가 들리고, 곧 오누이가 밖으로 나온다. 승리감은 간데없고 남매는 자책과 후회에 사로잡혀 있다. 엘렉트라는 죄를 자신에게 돌리고, 오레스테스는 아폴론을 원망한다. 이루어진 정의는 불분명하나 거기 수반된 고통은 너무나 뚜렷하다. 사건의 자세한 그림은, 비극의 일반적인 진행과 달리, 전령 아닌 주인공들이 직접 애탄가로 전해준다. 클뤼타임네스트

• 베르나르디노 메이, 〈아이기스토스와 클뤼타임네스트라를 살해하는 오레스테스〉, 1654년, 이탈리아 시
  에나 살림베니 궁전 소장.
  오레스테스가 가슴을 드러낸 어머니를 죽이고 있다. 아이기스토스는 이미 죽어 있는 상태다. 그의 뒤에
  는 벌써 복수의 여신 둘이 나타나 있다. 전체적으로 아이스퀼로스의 「제주를 바치는 여인들」을 따른 그
  림이다. 에우리피데스의 「엘렉트라」에서 클뤼타임네스트라는 아이기스토스의 시신을 보지 못한 듯하
  고, 오누이가 함께 어머니를 칼로 찌른 것으로 되어 있다.

라는「제주를 바치는 여인들」에서처럼 가슴을 드러내고 탄원했다. "내 아들아" 부르며 그의 턱에 손을 뻗었다. 하지만 오레스테스는 눈을 가린 채 그녀의 목을 찔렀고, 엘렉트라는 그 칼을 동생과 함께 잡았다. 이제 오레스테스는 시신을 옷으로 덮어주려 하고, 엘렉트라는 어머니를 미워하면서도 사랑했던 것을 고백한다. 그들은 자기들이 감당할 수 있으리라고 믿었던 일의 실상에 접하여 어쩔 줄 몰라하는 젊은이들이다.

기계장치를 타고 나타나 감정을 차단하는 신

이 작품에서, 다른 비극에서 보던 것 같은 장면들을 기대했던 독자라면 이제 조금 안심하게 될 것이다. '아, 이 비극은 인간들의 어리석은 결정에서 비롯한 비참한 결과를 보여주는 것이구나!' 하지만 보통의 비극 개념에 걸맞은 듯한 이 장면도 다른 장치로 해서 곧 호흡이 끊기고 만다. 갑자기 지붕 위에 신들이 나타난 것이다. 바로 '기계장치에 의한 신(deus ex machina)'이다. 시인은 자기가 새로 만든 상황에 따라 이야기를 진행시켜왔지만, 마지막에는 관객이 이미 알고 있는 결과로 돌아가야 한다. 그래서 그는 마지막에 신을 등장시켜 사태를 정리하게 만들었다. 그 신은 기중기 같은 것을 타고 건물 위에 나타나므로 '기계장치에 의한 신'이다. (에우리피데스의 전형적인 장치이니 기억해두시기 바란다.)

쌍둥이 신 디오스쿠로이가 나타나고, 그중 카스토르가 대표로 발언한다. 그의 평가는 모순적이다. 클뤼타임네스트라가 벌을 받은 것은 정당하나 오레스테스의 행동은 정당하지 않다, 아폴론은 현명하나 그가 오레스테스에게 내린 신탁은 현명치 못하다. 에우리피데스 역시 아이스퀼로스가 제시한 해결책이 옳다고 믿었던 것일까? 그래서 사적(私的) 구제(救濟)가 아니라 공적인 재판이 이루어져야 한다고, 즉 오레스테스는 어머니를 재판에 회부하는 게 옳았다고 말이다. 하지만 아버지를 위해 어머니를 죽이는 일같이 극단적인 경우를 상정하지 않는 한, 그런 제도가 생겨나기는 쉽지 않을 것이다. 사실 여기서 카스토르가 어떤 해결책을 주장하는 것인지는 불분명하다. (우리는 이 시인의 다른 작품 「오레스테스」에서, 이제까지 국왕 살해자들을 그대로 두고 보던 시민들이, 모친 살해자 오레스테스에게는 사형을 선고하는 것을 보게 될 것이다. 에우리피데스는 재판 제도에 대해서도 냉소적이다.)

카스토르는 이제 사태를 수습할 방안을 제시한다. '엘렉트라는 퓔라데스의 아내가 되어 떠날 것이며, 오레스테스는 복수의 여신들에게 쫓기긴 하겠지만 아테나이로 가서 재판을 받고 가부동수로 풀려날 것이다. 그후 그는 꽤 행복하게 살 것이다. 하지만 다시는 고향에 돌아올 수 없다. 클뤼타임네스트라는 방금 귀국한 메넬라오스가 묻어줄 것인데, 헬레네는 트로이아로 갔던 것이 아니라 이집트에 있었다. 엘렉트라의 '남편'은 외국으로 데려다가 적절히 보상해주라.' 이런 지시 중간에는, 오레스테스가 재판을 받을 '아레스의 언덕'의 유래, 복수의 여신들이 신성하게 섬겨지리라는 것, 제우스가 헬레네의 환영(幻影)을 트로이아로 보냈던 사정 등이 끼어들어가 있다. 그래서, 혹시 이 작품에서 슬픔을 기대했고 그것을 마침내 잡았다고 생각한 독자가 있다면 그에게는 유감스럽게도, 이 잡다한 예언과 지시, 해설이 슬픔의 감정을 증발시켜버린다. 다시 이 부분에 들어 있는 고유명사의 숫자를 확인해보라. 그것들이 몰아오는 객관성의 파도는 독자가 겨우 잡은(잡았다고 생각한) 희미한 슬픔마저 쓸어가버린다.

거기에 부록처럼 '질의응답' 시간까지 배정되어 있어서, 조금이나마 남아 있을지도 모르는 감정을 더욱 분산시킨다. 합창단과 엘렉트라가 카스토르를 상대로, 정의와 신들의 뜻, 인간의 책임 문제를 추궁하기 때문이다. 한데 여기서, 일반 독자에게는 좀 부담스럽겠지만, 이 부분에 대사 배정과 행을 바꾸는 문제로 학자들 사이에 논란이 있다는 것을 언급해야겠다. 천병희 역(도서출판 숲 판)은 사본에 전해지는 행의 순서를 바꿔서(텍스트 옆에 쓰인 행수를 보시라), 우선 합창단이 질문을 해도 되는지 허락을 구하고, 질문-답변이 있고, 이어서 엘렉트라가 자기도 질문해도 되는지 허락을 구하고 질문-답변이 있는 것으로 조정해놓았다. 합창단의 질문은, 왜 신들께서 이 집안에서 복수의 여신들을 몰아내지 않았는지 하는 것이다. 카스토르는 그 이유를, 운명과 아폴론의 부적절한 신탁에 돌린다. 엘렉트라는 대체 어떤 아폴론이 그랬는지 따져 묻는다. 카스토르는 선조들의 죄 때문이라고 답한다. (약간 직접적인 답변을 피해 간 듯한 느낌이다.)

하지만 원래 사본에 전해지는 순서를 따르는 방법도 있다. (천병희 역의 구판, 즉 단국대출판부 판에서는 이쪽을 택했었는데, 오타가 들어가서 1298~1300행이 엘렉트라의 발언으로 잘못 인쇄되어 있다. 그것은 합창단의 발언이다.) 그러면 엘렉트라의 대담한 성격이 더 잘 부각되는 장점이 있다. 합창단이 허락을 받고 질문을 던지려는 순간에 끼어들어, 자기도 질문 허락을 받아놓았기 때문이다. 한편 다른 독법도 있는데, 합창단이 허락을 받고 질문을 하려는 순간에 끼어든 것은 엘렉트라가 아니라 오레스테스라고 보는 것이다. (1295행을 오레스테스에게 배당하는 것이다. 이 경우 합창단의 질문-답변은 전해지는 대로 그 자리에 두어도 되고, 앞으로 옮겨도 상관없다.) 그러면 발언의 순서가, 합창단-오레스테스-엘렉트라로 진행되며, 죄의 무게가 가벼운 데서 점차 무거운 데로 변해간다는 장점이 있다. 우선 합창단은 아무 죄가 없다. 다음으로 오레스테스는 책임을 아폴론에게 떠넘길 수 있다. 마지막의 엘렉트라는 직접 신탁을 받은 적도 없으면서, 그저 증오와 질투심에서 어머니를 죽였으므로 가장 죄가 크다. 그래서 그녀가 "그러면 내 경우엔 어떤 아폴론, 어떤 신탁의 책임입니까?"(1303~1304행)라고 질문한 것이고, 카스토르는 그것을 선조의 죄 때문이라고 대답한 것이다. (이렇게 하면 카스토르의 답변도 약간 더 매끄럽게 연결된다.) 나로서는 세번째 해결책이 마음에 든다. 한편 여기서 질문 하나를 합창단에 배정한 것에 반대하는 학자도 있다. 일반적으로 합창단은 이런 식으로 '기계장치에 의한 신'들과 대화를 나누지 않기 때문이다. 반면에 이런 배정을 지지해주는 논거도 있다. 합창단에게 배정된 발언이, 감정이 배제된 상당히 객관적인 어조로 되어 있다는 점이다. (이런 어려운 논의를 끌어들인 것을 용서하시기 바란다. 우리가 읽는 텍스트가 완전히 고정된 것이 아님을 보여주고 싶어서 이러는 것이다.)

이제, 만난 지 얼마 되지 않아 다시 영영 헤어지게 된 오누이가 부둥켜안고 슬퍼한다. 다시 한번 감정이 고조되지만, 디오스쿠로이는 오누이가 서로 걱정하며 하는 말에 자꾸 '대책'을 내놓아 그 감정이 이어지지 못하게 '방해'한다. 그리고 마지막엔 자기들이 시칠리아로 함대를 구하러 가노라고 '일정을 발표'하여 관객의 주의를 완전히 다른 데로, 현실 문제로 끌어가버린다. 이들은 관객의 동일시와 감정이입을 차단하는 장치이기도 하다. (시칠리아 함대 언급이 저 유명한 413년

의 대재난—시칠리아 원정대의 궤멸—을 암시하는 것이라면, 이 작품은 소
포클레스 것보다 뒤에 나온 게 되기 쉽다.)

사실상 해결할 수 없는, 소포클레스와의 선후 문제

앞에서 소포클레스의 「엘렉트라」를 다루면서, 같은 제목의 에우리
피데스 작품과 어느 것이 먼저인지 생각해보겠노라고 약속했었다. 하
지만 사실 그 문제는, 새로운 증거가 어디선가 발굴되기 전에는 해결
이 불가능하다. 두 작품 모두 절대 연대가 알려져 있지 않으며, 학자
마다 의견이 다르기 때문이다. (현재로서는 소포클레스 작품이 먼저라는
것이 다수 의견이다. 하지만 그 근거가 확고한 것은 아니다.) 우리는 그저
세 작가의 작품을 비교하면서 공통점과 차이점을 살피는 것에 만족해
야 할 것이다.

아이스퀼로스와 공통점이 더 많은 쪽이 시기적으로 더 앞선 것이
라고 기준을 세운다면 어떨까? 이 기준 역시 모든 학자가 받아들일
것 같지 않지만, 설사 받아들인다 해도 양쪽에 각기 내세울 '증거'들
이 있다. 세 작가의 작품을 서로 비교할 때 늘 강조되는 쟁점들에 주
목하면 에우리피데스가 아무래도 더 유리할 듯하다. 아버지의 두 원
수 중 누구를 먼저 죽이는가의 문제도 그렇고, 무엇보다도 '알아보기'
장치에서 아이스퀼로스를 거의 인용하고 있기 때문이다. (이런 말을
하면 이미 텍스트 확정 문제에 질려버린 독자에게 더 큰 짜증을 불러일으키
겠지만, 이 '알아보기' 장면 역시 후대에 누군가가 끼워넣은 게 아니냐는 의
혹이 있음을—다시 한번, 마음의 평화를 위해—밝히지 않을 수 없다. 텍스트

확정의 길은 멀고도 험하다.) 하지만 소포클레스의 작품 역시 내세울 '증거'가 없지 않다. 클뤼타임네스트라가 악몽을 꾸고서 아가멤논의 무덤에 제물을 보냈다는 설정도 그렇고, 오레스테스가 자신의 죽음을 전하는 사자로 가장하여 왕궁을 방문하는 점도 아이스퀼로스와 같기 때문이다. 사건 배경 역시 아이스퀼로스와 소포클레스가 공통되이 왕궁으로 설정했고, 아이기스토스가 출타했다가 오레스테스가 죽었단 소식을 듣고 돌아와 죽음을 맞이하는 것도 같은 점이다.

아이스퀼로스는 제쳐두고 소포클레스와 에우리피데스의 공통점에 주목하자면, 남자 주인공보다 여주인공에 더 많은 비중을 두고 있다는 점을 지적할 수 있다. 소포클레스는 새로운 여성 영웅을 소개했고, 에우리피데스는, 자신은 영웅이 될 수 있다고 생각했지만 실제로는 거기 미치지 못한 여성을 그렸다. 이렇게 말하고 보니, 왠지 에우리피데스가 소포클레스의 주인공을 앞에 두고 자기식으로 비튼 것 같기도 하다. 하지만 그럴 경우 에우리피데스가 아이스퀼로스의 '알아보기' 장치에 대해 했듯, 소포클레스의 장치에 대해서도 뭔가 한마디 했을 것 같은데 그러지 않은 게 수상하다. (물론 누가 말하지 않은 것을 논증의 근거로 삼는 것은 논리학에서 '반칙'으로 되어 있다. 보통 '침묵으로부터의 논증argument from silence'이라고 하는 것이다.)

이 세 작가의 '알아보기' 장치와 그것의 모델이 된 『오뒷세이아』의 '알아보기' 장면들은 매우 유명한 것으로, 현대 영화에도 이용된 적이 있다. 우위썬(吳宇森) 감독이 만든 〈페이스 오프〉가 그 대표적인 사례다. 독자들은 그 영화에서 반지, 흉터, 바꿀 수 없는 신체적 특성, 그리고 무엇보다 (이것은 『오뒷세이아』에서 가져온 것인데) 두 사람만의 기억이 '알아보기' 장치로 쓰인 것을 발견할 것이다. 자세한 얘기는 (흥행에 실패한) 나의 책 『신화와 영화』의 둘째 장을 참고하시기 바란다.

새로운 발명들로 가득한 새로운 장르

한국의 독자들에게 에우리피데스의 작품은 별로 호응을 얻지 못하는 것 같다. 사실 그의 작품을 읽은 사람도 거의 없지만, 몇 안 되는 고급 독자들 중에도 별로 감동적이지 않았다는 의견이 대부분이다. 사실 나도 ('비극적' 감동을 기대하던) 학생 시절엔 대체 어디서 감동을 느껴야 하는지 몰라서 어리둥절했었고, 공부가 꽤 진전되고 나서도 대체 이 작가의 장점을 무엇이라고 소개해야 하는지 고심했었다.

하지만 이 「엘렉트라」만 해도 놀라운 작품이다. 간간이 강조한 그의 특징들을 보라. 주변성, 분산성, 단절성, 일상성, 세속성, 사실성 등. 극의 무대는 변경으로 옮겨갔고, 수많은 장소들이 언급되지만 모두 흩어져 서로 이어지지 않는다. 아가멤논 집안의 누대에 걸친 복잡한 사연이 거의 전부 소개되지만 그것들 사이의, 그리고 현재 사건과의 연관은 끊어져버렸다. 모든 사건은 우연히 일어나고, 준비된 물건들은 애초의 목적에 쓰이지 못한다. 인물들은 열심히 미래를 연습하고 준비하지만, 실행의 기회는 주어지지 않는다. 꼭 필요한 인물은 (메넬라오스같이) 너무 늦게 도착하고, 신적 존재가 제시하는 해결책들은 작품 속 사건들과 아무 논리적 연관도 없다. 신화 속의 놀라운 사건들은 믿을 수 없는 것이고, 심지어 저 유명한 트로이아전쟁조차도 가짜 헬레네 때문에 일어난 헛소동에 불과하다. 오레스테스의 영웅적(인 것으로 통하던) 행위도 서사시적 광채를 잃고, 누추한 일상의, 속된 동기를 지닌, 범용하고 확신 없는 인물들이 우연의 도움으로 성취한(또는, 저지른) 일로 제시되어 있다. 주인공들은 제 행동의 결과에 어쩔 줄 몰라하고, 그것이 도덕적으로 정당한지, 신들은 그 행동을 지지하는지도 불분명하다. 사실 신들이 이 사건에 관심이 있기는 한 것일까? 아니, 작가는 신들의 존재를 (극적 장치로서가 아니라면) 믿기는 한 것일까? 어쨌든 그에게 이르러, 비극은 이전과는 다른 것이 되어버렸다. (그의 작품 일부를 '멜로드라마' 또는 '희비극'으로 부르는 게 옳은지에 대해서는 의견이 분분하다.)

시인은 거듭해서 우리의 예상을 뒤엎고, 주의를 분산시키고, 주인공들과 자신을 동일시하는 걸 방해한다. 인간의 운명에 대한 깊은 통찰과 심오한 메시지를 원하는 사람들에게는 너무 가볍고 되바라진 것으로 보일 작품이다. 하지만 이전 세대 작품들과는 다른 기준에서 보아야 하는, 새로운 장르의 것이다. 새 장르에는 새 잣대가 필요하다.

이미 많은 것을 지적했지만, 마지막에 남은 이미지를 한번 보라. 비극의 배경으로는 어울리지 않는 시골구석의 빈한한 농가, 거기에 인물들이 웅성웅성 모여들고, 그 집은 점점 많은 사람으로 채워져간다. (클뤼타임네스트라가 문 안으로 들어설 때쯤에는, 과연 현실적으로 그 작은 집이 그 많은 인물을 수용할 수 있는지 의문이 들 지경이다.) 하지만 작품 마지막에 인물들은 모두 저마다의 목적지로 흩어지고, 아마도 조상 대대로(가문이 몰락한 지 얼마 안 되었다면, 적어도 한동안) 그 집에 살았을 농부마저 이국으로 떠난다. 전혀 기대치 못했던 귀인들을 많이도 모셨던 그 집은 마지막에 이전 어느 때보다 더 쓸쓸하게 버려졌

다. 시인은 그 빈집을 우리 인생의 부박함의 상징으로 제시한 것은 아
닌지……

　나는 이 작품이, 이 시인이 놀랍다. 내가 독자로서 뒤늦게 발견한
이 놀라운 특성들, 그에 대한 경탄의 감정을 독자들과 나누고 싶다.

소포클레스의
「오이디푸스 왕」

불행 속에서 더욱 빛나는 내면의 힘. 재앙 속에서 인
물들이 도달하는 어떤 높이를 보여주는 것. 이것이
비극의 목적이 아닌가 싶다. 이것은 불완전한 존재에
게나 열린 가능성이다. 처음부터 완벽한 존재로, 영
원한 행복 속에 사는 신들에게는, 그 완벽함과 행복
함 때문에 오히려 그 가능성이 닫혀 있다. 시인은 인
간사를 주관하고 예지하는 신들의 위대함을 보여주
었다. 그리고 그와 더불어 인간이 지니고 있는 위대
함도 보여주었다. 이 두 가지 어려운 과제를 동시에
해낸 것이 이 걸작의 성취이다.

소포클레스의 「오이디푸스 왕」

이상에서 우리는 아이스퀼로스의 '오레스테이아 3부작'에 이어 두 후배 시인들의 「엘렉트라」를 다루면서, 그로써 세 시인의 특성을 비교해보았다. 이제 다시 앞으로 돌아가서, 말하자면 시간순으로, 소포클레스의 작품 몇 개를 연속해서 다뤄보자. 우선 '고대에 가장 유명했던 비극' 「오이디푸스 왕」이다. 이 작품이 이토록 유명해진 것은 대체로 아리스토텔레스 덕분이다. 그가 「시학」에서 이 작품을 비극의 대표로 놓았던 것이다.

사실 이 작품은 소개하기에 좀 부담스럽다. 두 가지 장애가 있다. 하나는 사람들의 지나친 기대이다. '세계적으로 유명한 작품이니 엄청난 감동이 밀려오겠지!' 하지만 이 작품의 진가를 알아차리려면 사실, 상당한 안목 또는 사전 훈련이 있어야 한다. 등장인물이 사용하는 어휘들, 그가 던지는 질문의 종류, 시간이 흐른 뒤에 보이는 태도 변화 등을 민감하게 알아보고 그 누적 효과를 감지할 능력을 미리 갖추어야 하는 것이다. 만인 공유의 자연발생적 '감동의 쓰나미' 같은 것은 여기 없다.

또하나의 장애는 사람들이 이 작품을 잘 안다고 생각해서, 텍스트를 읽지 않는다는 점이다. 하지만 대개 사람들이 알고 있는 것은 소포클레스의 극작품 내용이 아니라, 그냥 일반적인 '신화'의 골자일 뿐이다. 그러니 이 글을 읽으려면 먼저 작품 자체를 읽으라고, 별로 되풀이하고 싶지 않은 잔소리를 또 늘어놓는 수밖에 없다. 다들 준비가 된 것으로 알고 시작하겠다.

'사태 한가운데'서 시작하다

사람들이 오이디푸스라는 이름은 알고 있는 것은 대개, 정신분석학자 프로이트와, 그가 발명한 '오이디푸스 콤플렉스'라는 개념 때문이다. 그 개념의 바탕이 된 이야기, 모두가 알고 있는 내용은 이렇다. (좀 지루하겠지만 글의 완결성을 위해 정리해두자.) 테바이 왕가에, 아이를 낳으면 안 된다는 신탁이 내려져 있다. 하지만 아이가 태어났다. 그 아이는 발목을 쇠꼬챙이로 꿰인 채 산에 버려지지만, 구조되어 이웃 나라 왕의 아들로 자라난다. 어느 날 그는 자기가 주워온 아이라는 말을 듣게 되고, 자기 신분에 의혹을 품고서 델포이를 찾아간다. '신이시여, 저의 부모님은 누구입니까?' 한데 신은 그 질문에는 답하지 않고 엉뚱한 신탁을 내린다. '너는 아버지를 죽이고 어머니와 결혼할 것이다!' 청년은 자기가 고향이라고 생각하는 코린토스로 돌아가지 않고, 반대 방향으로 길을 떠난다. 그러다 좁은 길목에서 길을 비키는 문제로 싸움이 나고, 그렇잖아도 이상한 신탁에 기분이 우울하던 젊은이는 자기에게 폭력을 가한 노인 일행을 모두 쳐 죽인다. 그다음엔 스핑크스를 만나서 수수께끼를 풀고, 그 공으로 이미 과부가 된 왕비와 결혼을 하고, 왕이 되어 나라를 잘 다스리다가 아이가 넷 태어났을 때 모든 일이 드러나서, 어머니이자 아내는 목매달아 죽고, 그는 스스로 눈을 찔러 장님이 된 채 방랑의 길을 떠난다.

사실 이런 내용은 옛날의 관객들도 (조금씩 다른 판본으로겠지만, 어쨌든) 다 알고 있었다. 모두가 알고 있는 이야기로 인상 깊은 작품을 만들자면, 어떤 식으로 이야기를 펼쳐야 할 것인가? 소포클레스는 이 문제를 수사극이란 형식으로 해결하였다. 이야기를 처음부터 끝까지 시간 순서대로 늘어놓는 것이 아니라, 『일리아스』 시인이 그랬듯 갑자기 중간으로 뛰어드는 것이다. 그리고 '수사'의 진전에 따라, 수수께끼를 풀어가면서 과거가 드러나고, 거기서 미래의 사태가 자연스럽게 따라 나온다. (사실 이것이 내가 '플롯'이라는 개념을 설명할 때 가장 자주 사용하는 예다. '플롯'의 여러 정의가 있지만, 내가 보기에 가장 유용한 정의는 '작품에 나오는 대로의 이야기 순서'라는 규정이다. 소포클레스는 남다른 플롯을 구성하였다.)

시인이 이야기를 시작하는 시점은 주인공 오이디푸스의 생애에서 절정의 순간이다. 아리스토텔레스는 비극의 일반적인 구도가, 한 인물이 행복에서 불행으로 빠지는 것이라고 했는데, 지금 이 작품이 그러한 구도에 가장 잘 맞아들어간다. 우리는 극의 끝 부분에 가서 오이디푸스의 극단적인 불행을 보게 될 것이다.

• 〈스핑크스의 수수께끼를 푸는 오이디푸스〉, 기원전 5세기경, 앗티케 퀼릭스(Kylix)의 그림, 불치(Vulci)
출토, 바티칸 박물관 소장.
　오른쪽 기둥 위에 날개 달린 사자 모양의 스핑크스가 앉아 있고, 왼쪽에는 나그네 복장을 한 오이디푸
스가 앉아 있다. 오이디푸스는 수염이 많이 나 있어서, 청년이라기엔 좀 나이들어 보인다.

백성을 사랑하는 기민하고 명석한 왕

극의 첫 장면은, 여러 세대로 구성된 한 무리의 백성들이 사제의 인도를 따라 오이디푸스의 왕궁으로 몰려오는 데서 시작한다. 그들은 왕에게, 테바이 도시에 닥친 역병에서 자신들을 구해주기를 청한다. 왕은 스핑크스의 수수께끼를 풀어낸 사람, 지혜롭기로 명성 높은 오이디푸스다. 그는 민주적인 군주다. 백성의 소리를 누구의 중개도 없이 직접 듣고자 한다. 그는 자애롭다. 백성들을 걱정하여 고심으로 밤을 지새웠다. 그는 또 기민하다. 백성들이 요구하기도 전에 벌써 처남 크레온을 델포이에 보내어 아폴론께 해결책을 물었다. 하지만 크레온은 예상보다 늦어지고 있다. 왕은 지금 불안하다.

왕과 사제가 이런 이야기를 나누는 사이에 마침 크레온이 돌아온다. 그는 신께서, 전왕 라이오스의 살해범을 찾아 추방하라는 명을 내리셨다고 전한다. 오이디푸스는 이제 수사에 착수한다. 첫 단계는 크레온에게 질문을 던져 사건의 개요를 파악하는 것이다. 대개의 독자는 눈치채지 못했겠지만, 그리고 사실 크레온 본인도 전혀 느끼지 못한 듯하지만, 이것은 피의자 심문이었다. 왕은 라이오스가 죽은 장소, 동행자, 생존자가 전해준 정보 등을 캐어묻는다. 뒤에 나오는 다른 심문 장면에서 더 확실하게 드러나겠지만, 그의 질문은 매우 조직적이고 또한 경제적이다. 필요한 것 중 빠뜨린 것이 없으면서, 쓸데없는 반복도 없다. 별것 아닌 데에 감탄을 남발한다고? 이런 명석한 인물을 발명해낸 시인은 지금부터 2500년 전 사람이고, 그 인물의 배경은 트로이아전쟁 두 세대 전, 즉 지금부터 약 3400년 전이다.

한데 여기서 사건의 유일한 생존자가 전해준 정보와 그에 대한 왕의 반응이 좀 별스럽다.

> 크레온: 도적들이 라이오스 일행과 마주쳐, 하나의 힘이 아니라
> 　　　　다수의 손으로 그를 죽였다고 했습니다.
> 오이디푸스: 그렇다면 그 도적은, 도시 내부인이 금품을 가지고
> 　　　　　　일을 꾸민 게 아니라면, 어떻게 그런 대담한 짓에 뛰어
> 들 수 있었겠소? (122~125행)

　여기서 크레온은 '도적들'이라고 했는데, 오이디푸스는 왜 '그 도적'이라고 단수(單數)로 받고 있는지? 무의식의 발견을 꼭 프로이트에게만 돌릴 생각이 없는 학자는, 이것이 오이디푸스가 무의식적으로 자신을 범인으로 생각하고 있어서 나온 반응이라고 본다. 정치적인 음모를 강조하는 다른 학자는, 오이디푸스가 이미 크레온을 범인으로 생각하고 있어서 그런 거라고 본다. 그 밖에도, 이 작품에서 단수, 복수가 혼동되는 것은 오이디푸스의 계산이 무너지고, 인간의 합리성이라는 것이 무력화되는 과정과 일치한다고 보는 입장도 있다. 이런 문제를 모두 다루다가는 엄청난 지면이 필요할 터이지만, 이 비극에 해명되지 않은 구석이 얼마나 많은지를 보여주기 위해 한 가지 예를 들어보았다.

　어쨌든 오이디푸스가 의식하는 수준에서는 정치적 의혹이 가장 앞자리를 차지하고 있다. 이는 *그가 혈통에 의해 왕이 된 사람이 아니라, 자력으로 권좌에 오른 사람*이기 때문이기도 하다. (우리말로는 모두 '왕'으로 옮길 수밖에 없지만, 희랍어로 전자는 basileus, 후자는 tyrannos로 달리 표현된다.) 크레온은 그 사건 직후에 스핑크스가 나타나서, 그

문제를 다룰 겨를이 없었다고 해명한다. 그러자 오이디푸스는 자신이 그 문제를 밝히겠노라고 선언한다.

> 나는 먼 친척을 위해서가 아니라,
>
> 이것을 나 자신과 관계있는 오염으로 여기고서 흩어버릴 것이니 말이오.
>
> 왜냐하면 누구든 라이오스 왕을 죽인 자라면 곧장
>
> 그 손으로 나까지도 해치려 할 테니까.
>
> 그러니 그를 도움으로써 나 자신을 이롭게 할 것이오. (137~141행)

이 작품을 읽으면서 독자들이 가장 강하게 느끼는 것은 아이러니다. 전에 했던 설명이지만 중요한 개념이니 좀 되새겨보자. '아이러니(irony)'라는 말의 가장 좁은 의미는 '반어(反語)', 즉 '빈정거릴 의도로 사실과는 반대로 말함'이지만, 비극에서는 그것보다 훨씬 깊은 의미의 아이러니가 자주 등장한다. 대개는 등장인물이, 때로는 별생각 없이, 때로는 자신은 반어법이라고 생각하면서, 어떤 진리를 발설할 때 생기는 효과다. 이 효과는, 관객이 등장인물보다 많은 것을 알고 있기 때문에 발생한다. 이 작품의 상연 현장에 모인 관객들은 라이오스가 오이디푸스의 아버지이고, 오이디푸스는 이미 자기 아버지를 죽인 상태라는 걸 알고 있다. 한데 등장인물은 그런 사실을 전혀 모른 채, 이 살인 사건이 자신과 관계있는 걸로 '여기겠노라'고 선언하고 있다. 그렇게 '여길' 것도 없이, 이미 그는 이 사건과 강력한 관계로 묶여 있다! 그는 죽은 라이오스에게 도움을 줌으로써 자신도 이익을 얻겠노라고 한다. 하지만 이런 선의가 파멸로 끝나리라는 것을 관객들은 모

• 〈칼뤼돈의 스핑크스〉, 기원전 6세기경, 테라코타, 칼뤼돈(Calydon) 출토, 그리스 아테네 국립박물관 소장.
  스핑크스는 사자 모양으로 그려진 것이 흔하지만, 이렇게 새 모양을 한 것도 있다.

두 알고 있다. 이와 같이 등장인물과 관객의 지식의 격차에 의해 발생하는 특별한 아이러니를 '비극적 아이러니(tragic irony, dramatic irony)'라고 한다. 독자들은 이 작품 도처에서 그러한 아이러니를 찾아낼 수 있을 것이다.

이 복잡한 도입부에서 우리는 벌써 오이디푸스의 여러 면모를 확인하였다. 하지만 아직 한 가지가 더 남아 있다. 위 인용문에 이어지는 구절은 이렇다.

> 한데 자녀들이여, 그대들은 얼른 바닥에서
> 일어나시오, 그 탄원의 나뭇가지를 들고서. (142~143행)

얼른 보기에 별 특이점이 없는 문장이다. 한데 위의 번역에서 '얼른'은 문맥상의 필요 때문에 좀 약하게 옮긴 것이다. 원문을 그대로 살리자면 '되도록 빨리'라고 옮겨야 하는, 최상급이 들어간 표현(hos tachista)이다. 독자들은 앞으로 오이디푸스가 내리는 지시 속에 이와 유사한 표현이 여러 차례 등장하는 것을 보게 될 것이다. 그는 행동하는 인간, 추진력 넘치는 왕이다.

시인과 주인공의 시간 이용법

이제 오이디푸스 앞에 모였던 무리는, 시민들 전체를 모아달라는 왕의 요구를 듣고 물러간다. 이어서 합창단이 등장가를 노래하며 들어온다. 그들의 노래는 두 부분으로 되어 있고, 세 가지 내용을 담고 있다. 그 첫 부분은, 델포이에서 도착한 신의 말씀이 어떤 새로운 요구를 하는 것인지, 아니면 전부터 늘 드리던 의식을 요구하는 것인지 의문을 표하는 내용이다. 둘째 부분은 처음과 마지막에 여러 신들을 불러 자신들을 도와주기를 청하는 내용이 있고, 가운데에는 자신들이 당한 재앙에 대한 자세한 묘사가 담겨 있다. 그 재앙 묘사는 대체로 펠로폰네소스전쟁 두번째 해(기원전 430년)부터 몇 차례 아테나이를 휩쓸었던 대역병의 영향인 것으로 생각되는데, 시인은 그것을 그저 무서운 전염병으로만 그리지 않고, 토지가 생산을 그치고 여인들이 출산을 멈추는 총체적 재난으로 바꾸어 보여준다. 르네 지라르 같은 이들이 '무차별의 위기', 또는 '희생 위기'로 즐겨 제시하는 상황이다.

합창단이 모두 들어오자 오이디푸스가 그들을 향해 연설을 시작한다. 그는 합창단이 들어오는 동안 궁 안에 들어가 있었을 수도 있고, 조금 멀리서 생각에 잠긴 몸짓을 하며 왔다갔다했을 수도 있다.

그는 합창단이 지금 기원하는바 구원을, 자기 말을 따르면 얻을 수 있으리라고 선언하는 것으로 말을 시작한다. 그는 신에게 의지하기보다 인간의 이성을 더 믿는 사람이다. 그는 또 자신이 저 살인 사건과 관련 없는 사람이라고 선언한다. (이런 종류의 아이러니는 너무나 자주 등장하니 앞으로는 되도록 지적하지 않겠다.) 그는 시민들 중에 범인이 있으면 자수하기를, 범인이 누구인지 알고 있는 자가 있으면 신고하기를 권고한다. 시민들 사이에 아무 반응이 없자, 그는 자신을 포함해서 누구든 범인을 집에 들이거나 그와 교유하는 자가 있으면 그에게 저주가 내리기를 공개적으로 기원한다.

이 첫번째 조치는 작품 해석과 관련해서 대체 어떤 의미를 갖는 것일까? 답: 오이디푸스가 시간을 잘 활용하고 있다는 것을 보여준다.

그는 탄원하러 온 첫 무리가 나가고, 시민을 대표하는 합창단이 들어오며 노래하는 데 소요된 시간을 쓸데없이 보내지 않았던 것이다. 그는 단계별 조치를 생각해두었고, 지금 그것을 실행했다. 즉, 첫 단계 자수 권유, 둘째 단계 신고 권유, 셋째 단계 시민들을 신성한 저주로 압박할 것.

또 별것 아닌 대목을 과장한다고 한마디 할 독자가 있을지도 모르겠다. 하지만 에우리피데스의 「엘렉트라」를 돌이켜보라. (아직 신분을 밝히지 않은) 오레스테스 일행을 맞아 엘렉트라의 '남편'은 이 귀인들을 집 안으로 모셔 들인다. 젊은이들은 집으로 들어갔다가, 늙은 하인이 도착하면 다시 나온다. 그사이 달라진 것은 무엇인가? 없다. 물론 에우리피데스가 인물들의 행동을 되도록 무의미한 것으로 만들려고 했기 때문이다. 그러면 이 작품에서는? 오이디푸스의 생각이 잠시의 틈을 이용해서 진전했다. 우리는 앞으로도 합창이 하나 지나는 사이에 그의 추리가 진전하는 것을 보게 될 것이다. 그는 이미 완결된 인물로 우리 앞에 주어진 것이 아니라, 우리가 보고 있는 동안 사고를 진행시키고 결단하고 더러 변경하는 살아 있는 인간이다. 놀라운 솜씨 아닌가? 나는 놀랍다.

아이러니와 역설로 가득한 오이디푸스의 혈통

앞서 설명한 부분에서 약간 미진했던 것을 조금만 보충하자. 이 작품에 비극적 아이러니가 너무 많이 등장하기 때문에 되도록이면 지적하지 않고 지나가겠다고 했었는데, 그냥 가기엔 너무나도 강렬한 아이러니 구절이 있다. 자기 자신을 포함한 시민들 위에 저주를 걸어놓은 오이디푸스는, 자신이 이 사건을 처리하는 데 바칠 열의를 다음과 같은 어구로 표명한다.

> 그러니 나는 이것을 위해, 마치 내 아버지의 일인 양
> 싸워나갈 것이고, 그 살인을 저지른 자를
> 잡고자 찾으며 모든 곳을 뒤질 것이오,
> 랍다코스의 아들을 위하여, 폴뤼도로스에게서 나고
> 그전으로 거슬러서 카드모스에게서, 또 더 옛날로는 아게노르에게서 난 이를 위하여. (264~268행)

'불쌍한 오이디푸스! 그것은 다름아닌 바로 당신 아버지의 일이라네!'

한데 여기서 오이디푸스가 라이오스의 혈통을 길게 언급한 이유는 무엇인가? 어떤 학자는 여기서 오이디푸스의 열등감을 읽어낸다. 자신이 주워온 아이라는 얘기만 얼핏 듣고, 그 진위도, 진짜 부모님도 확인하지 못한 '근본 없는 인간'으로서, 테바이의 전설적 건립자에게까지 올라가는, 그리고 어쩌면 끝 간 데 모르게 거슬러올라갈 근동(近東)의 왕가로 이어지는 조상들의 세계(世系), 그 당당하고 자부심 넘치는 가통(家統)에 대한 은근한 부러움을 이런 식으로 드러냈다는 것이다. 하지만 그렇게 부러워할 필요도 없었다. 그는 그 계보의 적자(嫡子)로 드러날 것이다. 그 자신에게는 전혀 기껍지 않겠지만.

독자들의 몰입을 방해할지도 모르지만, 여기 테바이 왕가의 계보가 나온 만큼 그와 관련된 한 가지 설명을 해야겠다. 여기 등장한 오

• 〈아기 에릭토니오스와 아테네〉, 기원전 440년경, 앗티케 펠리케의 그림, 카미루스(Camirus) 출토, 영국 런던 브리티시 박물관 소장. 왼쪽에 투구를 벗어든 아테네 여신이 있고, 오른쪽 돌더미 위의 바구니 안에 아기 에릭토니오스가 앉아 있다. 바구니 아래쪽에서 뱀 두 마리가 양쪽으로 몸을 일으키고 있는데, 이들은 에릭토니오스를 지키는 뱀일 수도 있으나, 양쪽으로 다리처럼 배치된 것으로 보아 그의 뱀다리로 해석하는 게 옳을 것이다.

이디푸스 집안사람들의 이름 중 다수가 땅에서 태어난 괴물의 특성을 보인다는 점이다. 땅에서 태어난 존재들은 다리가, 땅을 대표하는 동물, 즉 뱀으로 그려진 경우가 많다. 그리고 이렇게 다리가 보통 사람과 다른 존재들은 보행에 불편을 겪기 때문에 보행장애인이라고 할수 있다. (대표적인 사례가 헤파이스토스의 '씨앗'이 땅에 떨어져 생겨났다는 에릭토니오스Erichthonios이다. 그는 뱀 다리를 숨기기 위해 전차를 발명했다는 얘기가 있는데, 이는 동시에 그의 보행장애를 해결하는 운송수단이기도 했을 터이다.) '오이디푸스'는 대개 '부은 발'로 설명된다. 그의 부모가 어린 그를 버릴 때 발목을 꼬챙이로 꿰어놓았기 때문이다. (아마도 아기가 죽어서 원령이 되어 자신들을 쫓아오지 못하게 하려는 의도에서였을 것이다.) 그의 아버지 라이오스(Laios)의 이름은 '왼쪽'이란 뜻이어서, 아마도 왼다리를 절거나, 걸을 때 자꾸 왼쪽으로 방향이 틀어지는 사람일 가능성이 있다. 한편 할아버지 랍다코스(Labdakos)는 다리가 휘어져 희랍 글자 람다(lambda: λ, labda라고도 적는다)처럼 생긴 사람이었을 것이다. 헤로도토스의 『역사』에도 '랍다'라는 이름의 보행장애 여성이 등장한다.

한데 이렇게 땅에서 태어난 괴물의 이름들로 이루어진 집안이 이상하게도 땅에서 태어난 괴물을 죽인 사례가 많다. 테바이 설립자 카드모스는 샘을 지키던 용(뱀)을 죽인다. (희랍어로 용과 뱀은 모두 drakon으로 지칭된다. 물론 그냥 뱀을 가리키는 ophis라는 단어도 있긴 하다.) 오이디푸스는 심연에서 솟아난 괴물 스핑크스를 죽게 한다.

스스로 땅에서 태어난 괴물의 특성을 지니면서 동시에 땅에서 태어난 괴물을 죽이는 이 '자살적 특징'은 오이디푸스 집안 구성원의 친소(親疎) 관계에서 평행적으로 드러난다. 이 집안 사람들은 때로는 지나치게 친밀한 관계를, 때로는 지나치게 적대적인 관계를 보이기 때문이다. 먼저 지나치게 적대적인 관계. 오이디푸스는 자기 아버지를 죽였다. 그의 아들들은 서로 싸워 상대를 죽이고 동시에 죽었다. 또 지나치게 친밀한 관계. 오이디푸스는 자기 어머니와 결혼하였다. 그의 딸 안티고네는 자기 오라비를 장례 치르다가 죽는다.

이상은 클로드 레비스트로스가 『구조인류학』에서 보여준 분석이다. 신화를 시간적 순서에 따라서가 아니라, 유사한 것과 대비되는 것을 중심으로 동시적으로 볼 때 어떤 예상치 못한 패턴이 나타나는지

• 〈용을 죽이는 카드모스〉, 기원전 4세기경, 파이스툼 칼릭스 크라테르의 그림, 루브르 박물관 소장.
왼쪽에 암포라를 든 채 용에게 돌을 던지려는 카드모스가 그려져 있고, 오른쪽에는 이스메노스 샘을
지키는 용이 있다. 용에게 수염과 볏이 그려져 있어서 단순한 뱀이 아님을 알 수 있다. 카드모스 뒤에
서 있는 여성은 아테네 여신으로, 용 뒤에 선 여인은 하르모니아로 보는 것이 타당할 듯하다.

보여준 예다. 작품 이해에 직접 도움이 되는 것은 아니지만, 지금 다루는 작품이 얼마나 풍성한 주제들을 배경 삼고 있는지 보이기 위해 얘기했다.

신적 지혜와 합리적 추론의 충돌

다시 오이디푸스가 백성들 앞에서 저주를 발한 장면으로 돌아가자.

국왕의 저주에 직면한 시민들을 대표하여 합창단장이 한 가지 제안을 한다. 아폴론의 신탁이 문제이니, 그 신의 뜻을 잘 알고 있는 예언자 테이레시아스에게 도움을 청하자는 것이다. 여기서 다시 오이디푸스의 기민성이 드러난다. 그는 이미 (크레온의 조언을 좇아) 예언자를 부르려 사람을 보낸 상태이다. 또 그의 조바심과 의혹도 다시 나타난다. 그는, 이미 두 번이나 사람을 보냈는데도 예언자가 오지 않는 것을 의아히 여기는 참이다.

거기에 마침내 눈먼 예언자가 당도하고, 이제 비극 사상 가장 강렬한 논쟁 장면이 펼쳐질 참이다. 확신에 찬 두 현자가 벌이는 언어의 대결은, 강철이 서로 부딪어 불꽃이 튀듯 격하고도 인상적이다.

예언자를 맞이한 오이디푸스의 첫 태도는 매우 공손하고 존경 담긴 것이다. 그는 상대의 혜지(慧智)를 상찬하고, 그만이 도시를 구원할 수 있다는 점을 강조하고, 탄원하는 자세로 도움을 청한다. 하지만 예언자는 조언 주기를 완강히 거부한다. 그는 '진실 추적자' 오이디푸스의 첫 장애물이다. 그는 그저 '각자 자신의 것을 견디자'고만 말한다.

다른 모든 '장애물'들처럼 테이레시아스 역시 오이디푸스에게 악감정이 없다. 그저 조용히 진실을 덮어두고 현재의 평온을 유지하고자 원할 뿐이다. 하지만 오이디푸스는 그런 미지근한 정책을 참고 따를 성격이 아니다. 재난에 빠진 도시를 외면하는 것도, 손 내밀면 닿을 듯한 진실을 그냥 지나치는 것도 그의 기질엔 맞지 않는다. 그는 상대에게 탄원하고 힐책하다가 마침내 분노를 폭발시킨다. "오, 악인들 중 최악인 자여!"

예언자는 처음엔 상대가 아무리 날뛰어도 참을 태세다. 하지만 오이디푸스의 다음 발언은 예언자로서는 예상치 못한 것이었다. 테이레시아스가 라이오스 살해의 공모자라는 것이다! 라이오스의 죽음이 피살이었다는 사실을 듣는 순간 오이디푸스가 떠올렸던 정치적 의혹은, 합창단이 노래하는 사이, 그리고 테이레시아스의 도착이 지연되는 그 잠깐 사이에, 주모자와 공범을 갖춘 하나의 음모 이론으로 성장하였던 것이다.

이제 예언자도 더는 참지 못한다. 그의 폭로는 세 단계로 되어 있다. 첫 단계의 시작은 약간 우회적이다. 오이디푸스가 앞서 선언했던 대로 행하라는 것이다. 이 땅을 오염시킨 불경스러운 자로서 아무에게도 말을 걸지 말라고. 하지만 오이디푸스는 아직 이 진실을 받아들일 준비가 되어 있지 않다. 그는 이런 공격 역시 누군가의 조종에서 비롯한 것이라고 생각한다. 그는 그 배후를 알고 싶어한다. 예언자가 밝힌 '배후'는 바로 오이디푸스 자신이다. 그가 바로 저 살인범이기 때문이다. 여기까지는 그래도 오이디푸스가 정치적 공격으로 이해하고 반발할 수 있었다. 하지만 예언자는 그가 이해 못할 발언까지 쏟아낸다.

그대는 가장 가까운 사람들과 가장 수치스럽게 어울리면서
그 사실을 모르고 있고, 어떤 악에 처해 있는지도 보지 못하고 있소.
(366~367행)

아마도 오이디푸스로서는 이것이 그저 자신에 대한 공격이라는 점
만 감지할 뿐, 대체 무슨 의미를 담은 것인지까지는 이해하지 못했을
것이다. 그는 상대가 '귀도, 정신도, 눈도 멀었다'고 반격한다. 이미
오이디푸스의 과거(부친 살해), 현재(어머니와의 관계)를 폭로한 예언
자는 이제 미래의 사태를 예언한다.

그대는 불쌍하게도, 곧 이 모든 사람들이
그대를 꾸짖을 그런 말로 날 꾸짖고 있구려. (372~373행)

오이디푸스가 마지막에 눈멀게 될 것을 알고 있는 독자에게는 의
미가 분명하지만, 이 말을 듣는 그에게 '눈먼 자'라는 말은 그저 비유
로, 또하나의 공격으로 비쳤으리라. 그는 이제 자신이 추정하는 '배
후'를 들이댄다. 마침내 '크레온'이란 이름이 전면에 튀어나왔다. 오
이디푸스의 회심의 반격이다. 하지만 예언자의 반응은 여전히 초연하
고도 모호하다.

크레온은 당신에게 아무 재앙도 아니오, 당신 스스로 자신에게 재앙
이지. (379행)

이제 오이디푸스는 자기가 상대를 의심할 수밖에 없는 이유를 제

시한다. '그렇게 모든 것을 잘 아는 예언자가 스핑크스 사건 때는 왜 입을 다물고 있었는지?' 사실 이상한 일이고 작품 내에서 해명되지 않는 점이다. 테이레시아스를 위해 변명해주자면, 그저 그때 수수께끼에 답하는 것은 신의 뜻이 아니었다고 하는 정도일까?

새로운 질문—'나는 누구인가?'

테이레시아스는 과거에 대해 구구절절 설명하지 않는다. 그저 자신은 아폴론에게 속한 자로서, 크레온의 후견 따위는 필요 없다고 선언할 뿐이다. 이 대목에서 예언자는 자기에게도 대등한 발언 권리가 있다고 주장하는데, 우리는 앞으로도 여러 사람이 오이디푸스에게 와서 동등성을 주장하는 걸 보게 될 것이다. 그는 먼저 눈먼 예언자와, 다음으로 자신의 처남과, 그리고 자기 아내와, 또 자식들과 같아지고, 나중에는 무(無)와 동등해질 것이다.

예언자는 다시 한번 오이디푸스가 모르는 것들의 목록을 질문 형식으로 열거한다. 그가 어떤 악 속에 있는지, 어디에 살고 있는지, 어떤 사람들과 함께 살고 있는지. 미래에 대한 예언도 더욱 구체적인 것으로 변해 있다. '그는 부모님의 저주에 쫓겨 어둠만을 보며 땅에서 쫓겨날 것이다. 그는 예전에 들었던 결혼 축가의 의미를 알게 될 것이다. 그는, 그를 자신과, 그리고 자기 자식들과 같게 만들어주는 재앙에 대해 전혀 모르고 있다.'

앞뒤가 맞지 않는 이 모순적 문장(특히 마지막 부분) 앞에서, 오이디푸스는 이제 정상적인 소통은 불가능하다고 판단한 모양이다. 예언자에게 어서 떠나기를 요구한다, 그가 그렇게 어리석은 줄 몰랐노라면서. 다시 테이레시아스 차례다. 그는 오이디푸스의 어떤 취약점을 건드린다.

> 테이레시아스: 나는 당신에겐 타고난 어리석은 자로
> 보이지만, 그대를 낳은 부모들에게는 현명한 자였지.
> 오이디푸스: 어떤 분들 말이오? 서시오. 대체 인간들 중 누가 나를
> 낳았소? (435~437행)

사실 이것은 오이디푸스의 평생의 한이었다. '나의 부모님은 누구인가?' 이제 그의 앞에 놓인 문제는 처음 것과는 완전히 다른 게 되었다. 첫 질문은 '왕을 죽인 자는 누구인가?'였다. 하지만 예언자와의 말다툼에서 질문이 한 차례 바뀌었다. '내가 그 살인자인가?' 이것이 두번째 질문이다. 한데 마지막 단계에 다시 변화가 생겼다. 새 질문은 사실상 자신의 정체에 대한 물음이다. '나는 누구인가?' 이 세 질문은 앞으로 다시 한번 차례로 검토될 테지만, 결국 가장 중요한 것은 마지막 질문일 터이다. 여러 수준에서 답할 수 있는 이 질문은 이 작품에 심중한 의미를 부여하고, 우리의 주인공을 자기정체성을 모색하는 인간의 대표로 만들어준다.

테이레시아스는 다시 한번 자신의 발언을 정리하고 퇴장한다. 오이디푸스가 라이오스 살해자라는 것을 다시 확인하고, 그가 눈먼 거지가 되어 이국으로 떠나리라는 것도 다시 분명히 한다. 전에 언급되지 않았던 새로운 내용은, 그가 이방 출신으로 알려져 있지만 사실은 테바이 태생으로 밝혀지리란 점이다. 그의 참된 정체는 마지막에 테

이레시아스에 의해 이런 식으로 요약된다.

> 그는 자기 자식들의 형제이자
> 아버지로서 함께 살고 있으며, 자신을 낳은
> 여인의 아들이자 남편이고, 자기 아버지와
> 함께 씨 뿌린 자이자 그의 살해자임이 드러날 것이오. (457~460행)

예언자는 오이디푸스에게, 들어가서 이 말에 대해 잘 생각해보라며, 떠나버린다. 첫 장면에서 인물들의 왕래를 관장하던 국왕은 점차 다른 이들의 지시에 따라 움직이게 된다.

자연스런 장면 전환, 오이디푸스의 점차적인 지위 변화

이어지는 합창단의 노래는 두 부분으로 되어 있다. 앞부분은 델포이에서 온 신탁을 한 번 더 돌아본다. 그 신탁이 지목한 범인은 이제 도망쳐야 할 것이라고. 그들은 그가 숲과 바위 사이로 헤매 다닐 것을 상상한다. 뒷부분은 조금 전에 있었던 예언자와 국왕의 충돌에 대한 언급이다. 그들이 보기에 오이디푸스와 라이오스 사이에는 아무 원한도 없으므로, 오이디푸스가 범인이라는 것은 믿을 수 없다. 예언자도 인간인 이상 늘 현명할 수 없는 반면, 오이디푸스의 현명함은 스핑크스 사건으로 분명히 확인되었으니 자기들로서는 그를 더 신뢰한다. 이 합창단은 오이디푸스의 선의와 지혜를 믿는다. 모든 부분이 유기적으로 연관된 이 작품에서 합창 역시 분명한 제 역할이 있고, 그 의미가 분명하다.

이어서 크레온이 달려와 오이디푸스를 찾는다. 곧 새로운 언쟁이 벌어질 참이다. 하지만 이 부분에 테이레시아스 장면만큼의 격렬함은 보이지 않는다. 크레온은, 다른 작품에 나오는 같은 이름의 인물들처럼, 영웅의 높이에 이르지 못한 범용한 인물이기 때문이다. (그가 버릇처럼 사용하는 진부한 문장들, 상투적인 어구들을 보라.) 그는, 오이디푸스가 자신을 테이레시아스의 배후로, 살인범 누명을 씌우도록 사주한 자로 몰아세웠다는 말을 듣고 해명하러 왔다. 오이디푸스는 그가 자신을 겁쟁이로, 또는 우둔한 자로 보고 있다고 여긴다. 스핑크스 사건에서 검증된 용기와 현명함의 소유자로서 그는 이런 도발을 참지 못한다. 그는 크레온 앞에 자기 추론의 근거를 들이댄다. '이전에 라이오스가 죽었을 때는 테이레시아스가 나에 대해 한마디도 않다가, 지금 와서 나를 범인으로 지목하는 이유는 무엇인가? 바로 크레온의 사주 때문이다!'

크레온은 우선, 자신도 오이디푸스에게 질문할 대등한 권리가 있다고 주장한다. 이어서 그는 오이디푸스가 이오카스테와 권력에 있어 동등하며, 자기도 3인자로서 그들과 대등하다고 주장한다. 첫 장면에 신과 같이 탄원받던 국왕은 벌써 많은 사람과 같은 수준에 놓였다.

크레온은 자신이 현재 별 의무 없이 큰 권한을 누리는 자로서, 공연히 부담스럽기만 한 왕의 지위를 노릴 이유가 없다고 항변한다. 하지만 왕은 이미 크레온이 모든 일의 배후라고 결론지었으며, 그를 응징할 구체적 방안까지 생각해둔 상태다. 그는 처형될 것이고, 그 전에 고문을 당하게 될 것이다! 시간을 허비하지 않는 왕은 두번째 합창 동안의 시간도 그냥 흘려보내지 않았던 것이다.

이 소란에 이오카스테가 밖으로 나온다. 이 작품에서는 인물들이 아주 자연스런 흐름을 따라 오고간다. (단 한 번의 예외는 나중에 보자.) 왕비는, 국가 재난중에 개인적으로 다투는 그들을 나무라고, 오이디푸스에게 들어가자 권한다. 합창단 역시, 무죄를 맹세하는 크레온을 놓아주자고 탄원한다. 오이디푸스는 크레온의 말을 믿어서라기보다는 합창단의 애원을 동정해서라며 크레온을 방면한다.

이제 작품의 물리적인 중심에 도달하였다. 677행까지 진행했다. 테이레시아스 장면이 치밀하고 강렬하게 짜인 것을 설명하느라 천천히 진행하였으니, 양해하시기 바란다.

작품의 중심, 오이디푸스의 삶의 핵심

이오카스테는 크레온과 오이디푸스 사이의 다툼의 원인이 무엇인지 캐어묻는다. 이 모든 분란이 예언자의 말 때문이라는 것을 알게 된 그녀는 큰 고심 없이, 예언은 믿을 가치가 없다고 단언한다. 자신의 경험이 그 근거다. 자신과 라이오스 사이에 난 아이가 부모를 죽이리라는 신탁이 있어서, 아이를 산에 갖다 버려 죽게 했으나, 라이오스는 엉뚱하게 델포이로 가는 삼거리에서 도적들에게 죽었다는 것이다. 돌이켜보면 허황되다 할 경신(輕信)에, 불쌍한 핏덩이, 손 귀한 집안의 유일한 자식을 죽음에 넘겨준 어미의 자책 어린 양심이다. '어차피 아비는 다른 데서 죽을 것을 공연히 아이만 잃었다!'

한데 이 작품 안에서 상대를 안심시키기 위해 하는 모든 말들이 그러하듯, 이 말도 역효과를 낳는다. 오이디푸스는 이오카스테의 논변에서 '삼거리'라는 단어를 잡았고, 거기서 헤어나지 못한다. 그는 흔들린다. 삼거리에서 어떤 노인 일행을 죽인 일이 있었기 때문이다. 이제 질문은 두번째 단계로 돌아간다. '내가 그 살인자인가?' 여기서 다시 그의 수사관 기질, '측정하는 인간'의 면모가 두드러진다. 그는 라이오스가 언제 죽었는지, 일행은 몇이었는지, 그의 용모와 나이는 어떠했는지 확인한다.

다시 독자들의 몰입을 방해할 위험이 있지만, 삼거리 사건에 대한 오이디푸스의 발언과 회고에 모호한 점들이 있다는 것을 지적해야겠다.

> 나는 당신에게서 이렇게 들은 것 같소, 라이오스가
> 마차가 다니는 삼거리 근처에서 피살되었다고. (729~730행)

여기서 오이디푸스가 '들은 것 같다' '삼거리 근처' 따위의 모호한 표현을 사용하는 것은, 벌써 자신이 범인일지도 모른다는 생각이 들어서 최대한 그 가능성을 떨쳐내려는 것이라는 해석이 있다. 다음 구절도 그런 혐의를 불러일으킨다.

> (…) 라이오스에 대해 말해보시오, 그가 어떤
> 체격이었는지, 젊은 힘이 얼마나 절정에 다다라 있었는지를.
> (740~741행. 민음사 판은 735행부터 770행까지 행수가 한 행씩 아래 줄에 인쇄되어 있어서, 위 인용문 끝에 적은 행수와 하나 차이가 나니 그리 아시기 바란다. 민음사 판의 책 폭이 좁아서, 이따금 한 행이 두 줄로 인쇄되기 때문에

생긴 문제다. 공교롭게도 도서출판 숲 판도 740행 표시가, 제대로 될 경우보다 한 줄 밑에 표시되어 있다.)

타인의 나이를 물어보는 방식으로서는 기이하다. 혹시 여기에 오이디푸스의 무의식적 희망, 즉 라이오스가, 자신이 마주쳤던 나이 든 인물이 아니라 좀더 젊은 사람이기를 바라는 은근한 심정이 드러난 건 아닐까? 하지만 대답은 그의 기대에 어긋난다. 라이오스는 막 머리가 세기 시작한 중년이었던 것이다. 왕의 불안감은 더욱 커지고, 이런 소식을 전해준 유일한 생존자를 보고자 한다. 그것도 빨리!

이오카스테는 남편이 그렇게 불안해하는 이유를 알고 싶다. 설명을 요구한다. 오이디푸스는 이제 자기 과거를 밝힌다. 자신이 어떻게 해서 그 삼거리에 도달했는지를. 코린토스에서 보낸 어린 시절, 자기 진짜 부모님이 누구인지 의혹을 품게 된 사정, 델포이에서 이상한 신탁을 받은 것 등. 그리고 삼거리에서의 그 폭력 사건이 자세히 그려진다. 하지만 이제 '피의자'가 된 이 수사관의 '자술'은 그다지 엄밀하지 않다.

그 세 갈래 길 가까이에 다다랐을 때,
거기서 전령과, 당신이 말한 것처럼,
조랑말이 끄는 사륜마차 위에 탄 사내와
마주쳤소. 그러자 그 길잡이와 더 나이 든 그 사람이
나를 강제로 길에서 몰아내려 했소.
그래서 나는 화가 나서 그 밀쳐대는 자를,
마차 몰이꾼을 때렸소. 그러자 더 나이 든 쪽이 나를 보면서

지나가는 걸 노리고 있다가 마차 위에서

내 머리 한가운데를 두 갈래 난 뾰족 막대기로 내리쳤소.

(…)

그리고 나는 그들을 모두 죽였소. (801~813행)

　이오카스테는 라이오스 일행이 모두 다섯이라고 했지만, 여기에는 세 사람만 나오는 듯하다. 전령과 길잡이는 같은 사람일 테고, 마차 위에는 마부(마차 몰이꾼)와 왕이 있었던 모양이다. 그러면 나머지 둘은 누구인가? 아마 호위병으로 보는 게 옳을 것이다. 한데 이 둘은 왜 언급조차 되지 않는가? 어쩌면 이 장면은 '불안감 때문에 왜곡된 기억'의 최초의 사례라고 해야 할 것이다. 영화로 만든다면, 초점을 맞추지 않고 흐릿하게 화면을 휘저은 듯한 장면이리라. 사건 진행의 설명도 모호하다. 진술 첫 부분을 보면, 그를 길에서 몰아내려 한 것은 전령과 왕 자신인 듯한데, 중간에는 그를 밀친 자가 마차 몰이꾼인 듯 되어 있다. 아마도 그의 기억에 가장 강하게 박힌 것은 전령과 왕이고, 이들이 합세해서 그에게 비키라고 꾸짖었으며, 그와 물리적으로 맞싸운 첫 인물은 마차 몰이꾼이었던 모양이다. 어쨌든 그의 진술은 객관적인 것이라기보다, 지금 자기 눈앞에 펼쳐진 그때 그 장면에서 자신이 주목하는 부분만 강조해서 언급한 것처럼 되어 있다.

　한데 벌써 함께 산 지 오래인 부부가 이제야 서로에게 과거사를 들려주는 것은 이상하지 않은가? 하지만 이 작품이 '사태 한가운데로' 뛰어들어 시작했으므로, 그리고 작품은 자체적 완결성을 가져야 하므로 어디선가 중요한 과거사가 보충되긴 해야 할 것이다. 시인은 그것을 작품 중심부에, 부부간의 대화로 제시했다. 그 과거는 두 사람이 함께 얽힌 문제이므로, 둘의 대화에서 다뤄지는 게 적절하다. 우리는 이 지점에서 오이디푸스의 인생의 골자, 그의 정체의 핵심과 마주친다. 그는 '아버지를 죽이고 어머니와 결혼한 자'이다. 그 핵심에 다다르는 과정은 너무나 자연스럽다. 크레온이 신탁을 전하고, 오이디푸스가 테이레시아스를 부르고, 테이레시아스는 오이디푸스를 범인으로 지목하고, 오이디푸스가 그것을 크레온의 사주로 여기고, 크레온이 달려와 자기를 변론하고, 이오카스테가 다툼에 개입하고, 그녀의 추궁으로 오이디푸스가 과거를 회고하고.

하지만 인물들은 자기들이 주고받는 정보 속에 포함된 그 무서운 진실을 아직 깨닫지 못한다.

> 오이디푸스: 라이오스에 대해 말해보시오.
> (…)
> 이오카스테: 생김새는 당신과 많이 다르지 않았지요. (740~743행)

독자로서 나는 이 대사가 가장 무섭고 충격적이었다. 진실을 모두 아는 독자의 관점에서, 지금 가장 중대한 문제는 라이오스가 받았던 신탁과 오이디푸스가 받았던 신탁의 일치, 그리고 그 둘과 사실의 일치이다. 하지만 인물들의 관심은 지금 다른 데 가 있다. 이오카스테는 예언, 또는 신탁 일반과 현실의 일치 여부에, 오이디푸스는 범인의 숫자에만 주목하고 있는 것이다. 오이디푸스는 이제 수학적 공리 하나에 모든 것을 건다. 전해지는 대로 범인이 다수라면 자신은 범인이 아니다!

• 〈버려진 오이디푸스〉, 서기 3세기경, 대리석 석관 부조의 일부, 바티칸 박물관 소장.
목자가 버려진 아기를 들여다보며 고심하고 있다. 아기의 발목에 특별한 점은 없어 보인다. 보통 오이디푸스는 발목이 쇠꼬챙이로 꿰인 채 버려진 것으로 알려져 있다. 왜 그랬는지는 설명이 없지만, 혹시 아기가 죽어서 원령이 되어 부모를 쫓아오지 않을까 걱정이 되어 예방 차원에서 그랬을 수 있다. 사람이 죽은 뒤에도 죽을 때의 상태를 유지한다는 믿음은 세계 도처에서 발견된다. 옛날 희랍에서 아기를 버릴 때 일반적으로 사용하는 방법은 단지에 넣는 것이었다.

• 〈라이오스를 죽이는 오이디푸스〉, 서기 3세기경, 대리석 석관 부조의 일부, 바티칸 박물관 소장.
왼쪽의 젊은 오이디푸스가 수염 난 라이오스를 죽이려 하고 있다. 이 사건의 유일한 생존자는 눈을 가린 채 도주하고 있다. 라이오스 일행은 모두 다섯 명이었던 것으로 알려졌지만, 이 작품에서는 공간 문제 때문인지 가장 중요한 두 사람만 그렸다. 말 아래에 투구가 떨어져 있는 것은 호위병이 있었으나 죽었다는 암시로 보인다. 수레바퀴는 살 없이 통으로 짠 바퀴이다. 고대의 일반적인 도상은 살이 네 개 있는 것인데, 이 작품의 바퀴는 어쩌면 서기 3세기의 현실을 반영한 것일지도 모르겠다.

왜냐하면 하나가 저 다수와 같을 수는 없기 때문이오. (845행)

'별들을 보고서 멀리서 거리를 재던'(795행) 측정하는 인간, 그의 존망은 수학적 명제 하나에 달렸다. 바로 이것이, 범인이 다수라던 보고가 여러 차례(특히 292행 합창단장의 말) 강조된 이유인 것이다.

이오카스테는 남편을 안심시킨다. 불려올 그 생존자는 이전과 다름없이, 범인이 여럿이었다고 증언하리라고. 하지만 그녀의 관심은 여전히 다른 쪽에 가 있다. '예언은 믿을 것 없다!'

신탁에 대한 불신, 신들의 응수

오이디푸스도 이에 동조하고 둘은 궁 안으로 들어간다. 아무래도 오이디푸스는 건성으로 동의한 듯한데, 어쨌든 그다음 합창이 상당한 주목을 받고 있다. 합창단은 사람들의 불경과 오만을 비판하고, 신탁이 현실과 들어맞지 않으면 자신이 춤을 출 이유가 없다고 노래한다.

> 만일 이런 짓들이 존경을 받는다면
> 내가 왜 춤을 추어야 하리오? (895~896행)

이 합창이 주목받는 이유는 두 가지다. 하나는 합창단이 극 중 유일하게 이곳에서만, 오이디푸스를 옹호하던 입장에서 벗어난다는 점이다. 그들은 신탁을 믿지 않는 사람들을 비판하고 신탁이 이루어지기를 기원하는데, 오이디푸스가 다른 데 정신이 팔려서 이오카스테에게 동의했다고 보면 합창단의 비판이 곧장 그를 향한 것은 아니라고 할 수도 있다. 하지만 이들은 모든 신탁이 이루어지기를 기원하니, 그렇다면 오이디푸스에게 내린 신탁도 성취되어야 한다. 희생양 이론을 내세우는 학자라면 기뻐할 대목이다.

또 한 가지 관심사는 이 대목에서 극적 환상이 깨지고 있다는 점이다. 합창단은 자기들이 지금 이 극에서 시민의 대표 역할을 하고 있다는 사실을 잊어버리고, 그냥 디오뉘소스 축제의 비극 경연 대회에 참여한 가무단으로서 발언하고 있다. 이런 특성은 아리스토파네스의 희극에서 자주 보이는 것인데, 혹시 시인은 희극의 관행을 끌어들이고 싶었던 것일까?

합창이 끝나자, 마치 자기를 비난하는 노래를 듣기라도 한 듯 이오카스테가 제물을 들고 나온다. 그녀는 아무 얘기나 믿고 두려움에 사로잡힌 남편을 위해 신께 기도할 참이다. 신들이 보낸 신탁과 예언을 불신하던 그녀로서는 다소 뜻밖의 행동이고, 어떤 학자는 이오카스테가 그다지 일관성 있는 인물이 아니라고 비판한다. 하지만 조금 약하게 해석하자면, 그녀가 이른바 '신들의 종'이 전하는 말은 믿지 않지만, 신들 자체에 대한 믿음을 버린 것은 아니라고 보아줄 수 있겠다.

그녀가 집 앞의 아폴론 신상에 기도하는 사이, 코린토스에서 사자가 찾아온다, 마치 기도에 대한 응답인 양. (우리는 이미 「엘렉트라」에서 이 기법을 본 적이 있다. 시인은 그 효과에 흡족했던 듯하다.) 이 작품 속의 모든 사건이 필연성, 또는 개연성에 따라 일어나지만 이 사건만큼은 우연적인 것이라고 하기도 하는데, 어쩌면 이 사람의 등장은 이오카스테의 태도에 대한 신들의 응수인지도 모른다.

이방인은 오이디푸스의 집이 어디인지 묻는다. 합창단장은 이오카스테를 가리킨다.

> 이분은 그의 부인이자, 그의 자녀들의 어머니라오. (928행)

별로 이상해 보이지 않는 문장이지만, 당시에 희랍어로 듣던 관객에게는 기절할 만한 표현이었을 것이다. 희랍어는 어순이 매우 자유로운데, 지금 이 문장에서 '부인(gyne)'이란 말과 '어머니(meter)'라는 말이 나란히 나오기 때문에, 앞부분만 들으면 "이분은 그의 부인이자 어머니……"가 되기 때문이다. '대체 이 무슨 폭로인가!' 물론 이어서 "그의 자녀들의"라는 수식어구가 따라나와서 곧 진정은 되겠지만, 어쨌든 일시적으로라도 엄청난 충격을 주었을 것이다. (우리말 번역에 그 효과를 넣어보고 싶었으나, 이런 식으로 설명하는 것 외에는 방법이 없어서 포기했었다. 지금 이 글을 쓸 수 있어서 행복하다.)

코린토스 사자는 그곳 왕, '오이디푸스의 아버지'가 죽었으니, 오이디푸스가 그곳도 다스려야 한다는 소식을 전한다. 이오카스테는 환호작약한다.

> 오, 신들의 신탁이여,
> 너희는 어디에 있는가? (946~947행)

이제 오이디푸스가 불려나온다. 그는 버릇처럼 정치적인 의혹을 제기하지만, '아버지'가 노령과 질병으로 돌아가셨다는 것을 듣고는 마음이 풀어진다. 하지만 오이디푸스는 여전히 신탁의 나머지 부분을 두려워하여, '고향'으로 돌아가기를 꺼린다.

이제 신탁과 관련하여 확신을 갖게 된 이오카스테가 자기 입장을 선언한다. 유명한 발언이다.

> 사람이 왜 두려움을 가져야 하나요, 운수가 그를
> 지배하고, 그 어떤 일에 대한 예견도 확실치 않은데요?
> 누구든 되도록 신경쓰지 않고 사는 게 최선입니다.
> 그리고 그대는 어머니와의 결혼에 대해 두려워하지 마세요.
> 필멸의 인간들 중 여럿이 이미 꿈에서도
> 어머니와 함께 잤으니까요. 이런 것을 아무 일도 아닌 듯
> 여기는 사람이 삶을 가장 쉽게 견디는 법입니다. (977~983행)

이 발언으로 해서 이오카스테는 영웅을 돋보이게 하는 '보통 사람' 중 하나로 기록되게 되었다. 우리는 이미 엘렉트라 곁의 크뤼소테미스를 보았고, 앞으로 안티고네 곁의 이스메네를 보게 될 것이다. 그리고 그저 운(tyche)에 맡겨 사는 태도는, 우연의 역할이 두드러지던 펠로폰네소스전쟁 시대에 강화되고, 헬레니즘 시대에는 거의 시대 조류가 될 것이다.

한편, 인간 중 여럿이 이미 꿈에서 어머니와 동침했다는 발언은, 헤로도토스 『역사』 6권에 나오는 힙피아스의 사례와 함께 프로이트 이전의 프로이트적 사례로 꼽히는 것이다. 아테나이 참주였던 힙피아스는 잃어버린 정권을 되찾기 위해 페르시아 군대와 함께 마라톤에 상륙했다. 저 역사적인 마라톤전투 전날 그는 어머니와 동침하는 꿈을 꾸고는 기뻐한다. 어머니는 조국을 상징하므로, 이 꿈은 자신이 통치권을 되찾을 조짐이라는 것이다. 한데 그는 풍치(風齒) 때문에 이가

많이 흔들리고 있었고, 기침을 하다가 이가 하나 빠져버린다. 땅에 떨어진 그 이는 도무지 찾을 수가 없다. 힙피아스는 자신의 꿈이 작은 규모로 이루어진 것을 개탄했고, 그의 예감대로 옛 지위를 되찾지 못하고 페르시아로 돌아가게 된다.

자율적 인간, 신의 예지(豫知)

오이디푸스는 이오카스테의 주장에 동조하지만 아직도 신탁에 대한 두려움을 완전히 버리지는 못한다. 아버지 문제는 이제 지나갔으나 아직 '어머니'가 살아 있기 때문이다.

거기에 코린토스 사람이 끼어든다. 자신이 오이디푸스를 두려움에서 해방시킨 게 아닌가 묻는다. 왕은, 부분적으로지만, 그의 공을 인정한다. 합당한 보답을 하겠다고 약속한다. 이 약속에 대한 코린토스 사자의 반응은 아무 핵심도 없는 듯 보인다.

> 물론 제가 온 가장 큰 이유는 그것입니다, 즉 당신이 고향 집으로
> 돌아오시면 제가 뭔가 득을 얻지 않을까 해서죠. (1005~1006행)

나는 학생 때 이 작품을 처음 읽으면서, 대체 이 구절의 역할이 무엇인지 이해되지 않았다. 탁월한 작품이라면 당연히 구절들 하나하나에 의미와 역할이 있어야 할 것 아닌가? 이 코린토스 사자가 그저 남에게 기쁜 소식 전하길 즐기는 친절한 인물이 아니라, 이익을 썩 탐하는, 꽤나 영악한 인간이란 뜻인가? 그렇게 해서 이 인물을 좀더 사실

적인 존재로 만들자는 것인가?

한데 나중에 다시 생각하니, 이 구절은 정말 긴요한 것이었다. 이 작품 안에서 모든 사건은 거의 필연적으로 연결되어왔다. 한 행동이 다른 행동을 낳고, 거기서 또다른 행동이 유발되고. 오직 하나, 이 인물의 등장만 그런 필연성에서 벗어나 있다. 그는 우연적으로 여기 끼어든 것이다. 이 '우연'을 설명해야 한다. 그리고 여기에 설명이 있다. 신들이 (예정한 것까지는 아니라도) 미리 알고 있는 사건들을 이루는 것은 바로 인간의 욕구와 자발적 행동이다. 어떤 이해 못할 외적인 힘이 인간을 조종하는 것이 아니다. 인간은 자신이 바라는 대로 결정해서 행동했는데, 나중에 보니 그 결과가 신들이 예언한 것과 일치했을 뿐이다.

여러 뛰어난 학자들이 이 작품은 운명극이 아니라고 역설해왔다. 그리고 그들의 탁월한 해석에 감동하고 설득된 나는, 나의 학생들에게 그 주장을 전파하려 적지 아니 노력해왔다. 하지만 누누이 설명하고 나서 다시 학생들의 의견을 물어보면, 여전히 대다수가 이 작품을 운명극이라고 답한다. 신들은 그저 결말을 알고 있을 뿐이지 그들이 그렇게 정한 것도 아니고, 그쪽으로 일이 일어나도록 강제하는 것도 아니라고, 아무리 말해도 소용이 없다. 대부분의 독자에게는, 주인공이 그렇게 노력했는데도 예언, 또는 신탁이 미리 말한 결말에 도달했다는 것, 오히려 그 악운을 향해 돌진한 꼴이 되었다는 것이 지울 수 없이 깊은 인상, 혹은 상처를 남긴 모양이다. 이는 어쩌면 우리가 자기도 모르게 '운명'을 '도저히 피할 수 없는 것'으로 정의하고 있기 때문인지도 모르겠다. 어쨌든 독자들의 인상이 그렇다면, 나로서도 더는 이 작품이 운명극이 아니라고 우길 생각이 없다. 그저 이 작품이

'강한 의미의 운명극은 아니다' 정도로 생각해주시면 그것으로 만족하겠다.

무(無)의 아들, 우연의 아들

오이디푸스가 다시 '고향'으로 돌아가진 않겠다는 뜻을 밝히자, 사자는 그가 사실은 코린토스 왕가의 친자가 아니라는 사실을 밝힌다. 이제 '어머니'가 핵심 문제라 하겠건만, 이야기 진행은 '아버지'에 중점을 두고 있다. 사자는 오이디푸스를 낳는 문제에 관한 한 폴뤼보스가 자신과 그다지 다르지 않다고 주장한다. 오이디푸스가 반문한다.

대체 어떻게 낳아주신 분과 남이 같을 수 있소? (1019행)

앞에서 오이디푸스가 여러 사람과 대등하게 놓이면서 차차 지위가 낮아진다는 점을 지적했는데, 지금 이 구절도 그런 의미가 있다. 여기 '남'이라고 옮겨진 구절은, 말 그대로 하자면 '아무것도 아닌 자(meden)'이기 때문이다. 이제 곧 '아무것도 아닌 자'가 될 오이디푸스는 태생부터 '아무것도 아닌 자'의 자식인 듯 놓였다.

사실 사자가 이렇게 자신을 왕의 '아버지'와 대등한 위치에 놓는 데는 이유가 있다. 그는 오이디푸스를 산에서 얻어다 넘겨준 또하나의 '아버지'이기 때문이다. (이 부근에서 사자가 왕을 향해, '오, 아들이여'라고 부르는 대목이 두 번 나온다. 1008, 1030행) 왕은 증거를 요구한다. 사자는 어린 오이디푸스의 발목이 꼬챙이로 꿰여 있었던 것을 지적한다. 어쩌면 본인도 연유를 몰랐던 듯한 그 흉터!『오뒷세이아』이래 지금까지도 강력한 신분 확인 수단이다.

오이디푸스는 코린토스 사자가 자기 진짜 부모님을 알리라고 생각하고 매달린다. 하지만 연결고리가 아직 하나 더 남아 있다. 그 사자 역시 다른 이에게서 아이를 받았던 것이다. 라이오스 왕의 목자가 그 사람이다. 그리고 그 사람은 라이오스 피살 현장에서 유일하게 살아 돌아왔다는 바로 그 증인이기도 하다. 이제 세 가지 질문은 단 한 사람에 의해 모두 해결되게 되었다. 그 사람은 라이오스를 죽인 자가 하나인지, 다수인지도, 그리고 오이디푸스의 진짜 부모님이 누구인지도 밝히게 될 것이다.

여기까지 왔을 때 이오카스테는 이미 모든 사실을 알아차렸다. 아마 '꼬챙이에 꿰인 발목'이 언급되는 순간 벌써 당황하였으리라. (가면을 썼으니, 몸짓으로 놀라움을 표현했겠다.) 그녀는 오이디푸스의 추적을 만류한다. 하지만 그를 막을 수 없다. 그는 기필코 모든 진실을 알아내려 한다. 이제 '나는 누구인가'의 해답이 목전에 있다!

여기서 오이디푸스는 이오카스테의 의도를 오해(또는 오해하는 척)한다. 그녀가 추적을 막는 것은, 자신이 천출(賤出)인 것으로 드러나면 그녀까지 수치를 당할까봐 그런다는 것이다.

걱정 마시오, 설사 내가 삼 대째 노예인 어머니의 자식이라는 게 드러난다 해도
그대는 진혀 신분이 비천한 여자로 보이지 않을 티이니.
(1062~1063행)

누가 날 위해 가서 그 목부를 이리 데려오겠는가?

이 여인은 부유한 가문의 혈통을 즐기도록 내버려두고.

(1069~1070행)

이오카스테는 마지막 말을 남기고 떠난다.

아아, 아아, 가련한 이! 나는 그저 당신을 이렇게 부를 수밖에 없군요.

하지만 이후로는 결코 다른 어떤 말도 하지 않을 거예요.

(1071~1072행)

1071행은 내가 민음사 판에서 '당신을 향해 이 말밖에 할 수 없군요'로 옮겼던 것을, 다른 해석을 수용하기 위해 조금 바꾼 것이다. 이제 모든 것을 알게 된 이오카스테는 오이디푸스를 '남편'이라 부를 수 없다. 그렇다고 지금 여기서 그를 '아들'이라고 부를 수도 없다. 그러니 그에게 합당한 호칭은 '가련한 사람'뿐이다.

이오카스테가 말없이 떠나는 것을 보고 합창단장은 불안해한다. (비극 작품에서 여주인공이 조용히 떠나면 무서운 일이 뒤따르는 것이 상례이다. 「안티고네」에서 다른 예를 보게 될 것이다.) 하지만 오이디푸스는 그쪽에 신경쓸 겨를이 없다. 그는 자신의 신분을 밝혀낼 참이다! 그의 상상은 높이높이 치솟는다.

나는 나 자신을, 좋은 것을 베푸시는

행운의 아들로 여기므로, 엽신여김을 당하지 않으리다.

나는 그 행운을 어머니 삼아 태어났으니, 나의 친족인 달님은 나를 작게도 크게도 정해주었소.

나는 그렇게 타고났으니 앞으로 결코 다르게는 될 수가 없소.

(1080~1084행)

(자꾸 번역에 대해 설명해서 좀 미안한데, 이 인용문 둘째 줄에 '행운'이라고 옮겨진 것은, 늘 좋은 것이 아니라 경우에 따라 좋을 수도 나쁠 수도 있는, 그냥 중립적으로 옮기자면 '운'이라고 할 수 있는 말 'tyche'이다. 때때로 이 말을 '우연'으로 옮겨야 할 경우도 있는데, 그렇다고 그냥 우연이라기엔 다른 색깔이 들어 있다. 우리말로 '사람이 어찌할 수 없는 일', 그러니까 '운명' '팔자'라고 할 것도 거기 들어가기 때문이다. 그리고 우리말에서 단음절 어들이 인상이 좀 약하기 때문에 두 음절의 말로 대체되는 경향이 있는데, 이 단어도 그냥 '운'으로 옮기면 어색한 경우가 많아서 문맥에 따라 '행운'이나 '불운'으로 옮기는 게 보통이다.)

이제 진실이 폭로되기 직전, 오이디푸스의 필사적 상상 속에서 이 '우연'은 일종의 여신이 되어 있다. 합창단 역시 그가 제시한 방향으로 자신들의 상상을 한껏 확장한다. 그들은 왕이 자기들과 동향 출신인 것에 기꺼워하고, 그가 요정의 자식일 것이라고 기대한다. 그의 아버지는 신들 중 하나일 것이라고. '그 아버지는 판일까, 아폴론일까, 아니면 헤르메스, 혹은 디오뉘소스일까?'

완벽한 지식을 추구하는 주인공

드디어 옛날의 그 하인이 도착한다. 다시 오이디푸스 속의 추적자,

• 〈코린토스 사자의 방문〉, 기원전 330년경, 시칠리아 크라테르, 이탈리아 시라쿠사 파올로 오르시 고고
학박물관 소장. 왼쪽에 코린토스에서 찾아온 노인이 있고, 중앙에 두 딸을 거느린 오이디푸스가 서 있
다. 그의 뒤쪽에 그려진 이오카스테는 노인의 말을 듣고 놀란 듯한 몸동작을 하고 있다. 이오카스테가
모든 진실을 알아채는 순간인 듯하다.

측정하는 인간이 기민하게 움직인다. 이 장면이 얼마나 정교하게 짜
였는지를 느끼려면 눈앞에 그림을 그려보는 게 좋다. 그는 먼저 합창
단에 묻는다, 지금 다가오는 노인이 그 목부인지. '그렇다.' 이번엔 코
린토스 사자에게 묻는다, 저 노인이 아기를 넘겨준 사람인지. '그렇
다.' 마지막으로 노인에게 직접 묻는다, 그가 라이오스에게 봉사했었
는지. 현대의 법정에서 행해지는 대로, 혹은 그 이상이다.

하지만 이 증인은 그다지 협조적이지 않다. 코린토스 사자를 모르

는 체한다. 어린아이에 대한 질문에는 대답을 회피한다. 오이디푸스가 바로 그 아이라는 말에는 저주를 퍼붓는다. 그는 진실을 향한 주인공의 분투를 가로막는 마지막 장애물이다. 왕은 고문의 위협, 처형의 위협을 동원하여 그 장애를 제거한다. 이제 마지막 비밀이 드러나기 직전이다.

> 하인: 아아, 말하기 무서운 진실 바로 앞에 이르렀구나!
> 오이디푸스: 나도 듣기 무서운 진실 앞에 이르렀다. 그래도 들어야
> 한다. (1169~1170행)

'오이디푸스'라는 이름은 보통 '부은 발'로 해석되지만, '발(pous)로 재어 아는(oida) 사람'으로 보자는 제안도 있다. 그는 어떤 희생을 치르더라도 진실을 알아내야만 하는 사람이다. 이제 그 진실이 드러난다. 오이디푸스는 라이오스와 이오카스테의 아들이다! 하지만 질문은 거기서 그치지 않는다. 왕의 물음은 점점 짧아진다. 다섯 단어, 네 단어, 두 단어, 한 단어. 원문의 추세를 최대한 살려서 다시 옮기자면 이렇다. 질문을 강조하기 위해 대답은 작은 글씨로 인쇄하였다.

> 오이디푸스: 그녀가 그대에게 주었단 말인가?
> 하인: 물론입니다, 왕이시여.
> 오이디푸스: 어떻게 하라는 것이었나?
> 하인: 저더러 그 아이를 없애버리라는 것이었습니다.
> 오이디푸스: 어미가 감히?
> 하인: 예, 불길한 예언이 두려워서였습니다.

오이디푸스: 어떤?

하인: 그 아이가 부모님을 죽일 것이라는 말씀이었습니다. (1173~1176행)

그 한 단어 다음은 무엇인가? 온 우주의 질량을 한 점에 응축한 듯, 가슴이 오그라붙는 이 긴장의 순간. 시인은 아마도 이 대목에서 배우에게 한동안 침묵을 지키도록 지시하였으리라. 그러다가 돌연 한 줄짜리 질문으로 돌아간다.

오이디푸스: 그대는 대체 왜 이 노인에게 넘겨주었는가?

하인: 아이가 가여워서였습니다. (1177~1178행)

이 마지막 질문은 그의 신분을 밝히는 데 아무 역할도 하지 않는다. 그러면 이 질문은 왜 들어갔는가? 오이디푸스가 얼마나 모든 것을 철저히 밝혀내는 사람인지 보여주기 위해서다. 그는 모든 것을 분명하게 알아야 한다. 그 어떤 것도 불분명하게 남겨져서는 안 된다.

그는 이제 모든 것이 명백해졌음을 선언한다. 그는 '아버지를 죽이고 어머니와 결혼한 사람'이다. 그는 집 안으로 뛰어든다.

'지루한' 결말, 다시 일어서는 인간

이제 합창단은 인간의 현실에 대해 탄식한다. '인간은 아무것도 아니다(meden), 그들은 겉보기로만 잠깐 행복하다가 곧 기울어져버린다, 오이디푸스는 인간들의 거울이다.' 그들은 오이디푸스가 스핑크스를 물리치고 자신들을 지켜준 것을, 큰 존경 속에 다스렸던 것을 회고한다. 그가 현재 처한 비참한 상태를 보고, 차라리 그를 만나지 않았더라면 하는 생각도 하지만, 그래도 그에게 도움받은 것을 고맙게 여긴다. 주목할 것은 이 노래에 오이디푸스에 대한 비난이 없다는 점이다. 합창단은 그를 죄인으로 여기지 않는다.

이어 전령이 등장하여, 궁 안에서 일어난 사건을 전한다. 이제 독자들도 익숙해졌겠지만, 비극에서 끔찍한 일들은 무대 뒤에서 일어나고 그 전말은 이렇게 '서사시적 보고'를 통해 알려진다. 요지는, 이오카스테는 목매어 죽고, 오이디푸스는 그녀의 브로치로 스스로 자기 눈을 찔렀다는 것이다.

곧 문이 열리고 오이디푸스가 나온다. 그의 두 눈에서는 피가 흘러넘치고 있다. 합창단은 그 끔찍한 모습에 몸서리친다. 1300행 부근이다. 그다음 부분을 어떻게 읽으셨는지? 지루하게? 나의 수강자 한 분은 오이디푸스가 궁궐 문을 열고 나오는 장면에서 그냥 끝났더라면 좋았겠다고 했다. 실제로 현대에 만든 영화(예를 들면 파솔리니Pasolini의 〈오이디푸스 왕Edipo Re〉)는 거의 그렇게 끝난다. 그것이 마지막 장면은 아니지만, 그 이후 오이디푸스의 대사가 거의 없는 것이다. 한데 이 작품은 어떤가? 아직도 230여 행이나 남아 있다. 이제 겨우 80퍼센트 남짓 진행된 것이다!

이 '지루한' 끝부분의 역할은 무엇인가? 우선 일반적인 설명 하나. 우리는, 옛날 극장이 요즘과는 달리 무대를 가려줄 막도, 배우들을 정지 상태에서 어둠으로 덮어버릴 장치도 갖추지 못했었다는 사실을 기억해야 한다. 따라서 극을 끝내는 방식도 현대와는 다를 수밖에 없다. 그리고 이러한 긴 끝마침은 감정의 정돈이라는 점에서 효용이 있다.

현대의 영화관과 비교하면 좋다. 영화가 끝나면 어둠 속에 엔딩 크레디트가 올라간다. 영화에 등장한 사람, 만드는 데 참여한 사람, 도와준 사람이 모두 소개된다. 상당히 긴 그 시간은 청중이 자기감정을 추스를 기회를 준다. 혹시 눈물이라도 흘렸다면, 어둠 속에서 그것을 닦아내고, 타인들 앞에 품위 있는 모습으로 나설 준비를 할 수 있다. 하지만 옛 연극에는 그런 장치가 없다. 그러니 배우와 합창단은 관객의 감정이 충분히 배출되고 진정될 때까지 시간을 끌면서 그 과정을 동행해야 한다.

이런 일반적인 것 외에, 이 작품 특유의 기능도 있다. 이 부분은 오이디푸스가 그 재앙 속에서도 변하지 않았음을, 그의 활력과 기민함, 그 추진력을 잃지 않았음을 보여준다. 또한 인간 운명의 주인은 인간 자신임을 보여준다. 다시 오이디푸스가 문밖으로 나오는 장면을 보자.

합창단은 그를 동정하고, 그의 행동을 나무라고, 그 앞에서 몸을 떤다. 오이디푸스는 자기 운명을 탄식한다. 어떤 신이 그를 부추겼느냐는 질문에 그는 일단 아폴론의 이름을 대지만, 곧 이렇게 덧붙인다.

> 하지만 눈을 직접 찌른 것은 다른 누구도 아니고 가련한 나 자신이었소. (1331행)

이어서 그는 자기가 눈을 찌른 이유를 좀더 자세히 설명한다. 우선 그에게는 이제 보고 즐거워할 어떤 것도 없다, 저승에 가서도 두 분 부모님을 보기가 괴롭다(여기서도, 사후 세계에서는 죽을 때의 상태를 유지한다는 믿음이 비친다), 자식들도 도시도 보고 싶지 않다. 그러니 그의 행동은 일시적인 충동에서 나온 것이 아니다. 그 격렬한 감정의 파도 속에서도 이 명민한 인물은 짧은 찰나에 숙고하고 선택하고 결행한 것이다! 그 행동은 어찌 보면 스스로에게 가한 징벌이지만, 달리 보면 운명의 주인은 자신이라는 선언이기도 하다.

그다음 장면은 크레온이 그를 찾아오고, 그에게 딸들을 데려다주고, 그와 이야기를 나누고, 딸들을 떼어내고, 그를 집 안으로 데리고 들어가는 내용이다. 이 마지막 장면만도 100행이 넘는다. 지루한가? 이 장면 역시 제 역할이 있다. '범용한 사람의 대명사' 크레온과 대조하여 오이디푸스의 '영웅적 기질(heroic temper)', 그의 완강한 힘을 재확인하고, 그에게 새롭게 밝아오는 지혜의 빛을 확인하는 것이다.

처음에 오이디푸스는 자기가 크레온에게 없는 죄를 뒤집어씌웠던 것을 부끄럽게 여긴다. 하지만 곧 그는 상대에게 바라는 바를 밝히고, 상대의 우유부단한 신중함을 거슬러 자기 뜻을 관철한다. '되도록 빨리' 자기를 내치라는 것이다. 크레온이 신의 뜻을 다시 묻겠다고 하자, 그는 일단 이오카스테 장례 문제로 넘어간다. 하지만 곧 다시 자기를 키타이론 산으로 보내주기를 요구한다. 그는 이제 자기 미래에 대해 확신을 갖고 있다. 그는 질병이나 다른 일로 죽지 않을 것이다. 크레온이 딸들을 데려오자, 그는 잠시 그들을 껴안고서 그 앞날을 슬퍼하고 또 축복하지만, 곧 다시 처음의 요구로 돌아간다. 마침내 크레온도 굴복하고 만다. 그가 떠나는 것을 허락한다.

크레온의 마지막 대사는 얼핏, 모든 것을 잃은 오이디푸스의 처량한 신세를 보여주는 것도 같다. 딸들과 떨어지지 않으려는 오이디푸스에게 크레온이 이렇게 말하기 때문이다.

모든 것을 지배하려 하지 마십시오.

당신이 지배했던 것들도 평생 당신을 따르지는 않았으니까요.

(1522~1523행)

하지만 다른 해석도 있다. 이것은, 이제 완전히 되살아난 이 지배자(tyrannos)에게, 제발 그 기세를 자제하라고 권고하는 말이라고.

합창단은, 오이디푸스의 옛 행복과 현재의 재앙을 비교하면서, 삶이 끝나기까지는 그 누구도 함부로 행복하다 여기지 말자고 노래한다. 형식적으로는 이것이 이 작품의 결론이다. 아리스토텔레스는 아마도 이 합창단과 같은 입장에서 이 작품을 본 듯, 비극의 일반적 진행 방식을, 한 인물이 행복에서 불행으로 떨어지는 것으로 규정했다. 물론 비극의 주인공들은 거의 언제나 불행에 빠진다. 하지만 비극이 그런 인간들을 애도하기 위해 쓰인 것은 아닌 듯하다. 그보다는 오히려, 그 불행 속에서 더욱 빛나는 내면의 힘, 그 재앙 속에서 인물들이 도달하는 어떤 높이를 보여주는 것, 이것이 비극의 목적이 아닌가 싶다. 이것은 불완전한 존재에게나 열린 가능성이다. 처음부터 완벽한 존재로, 영원한 행복 속에 사는 신들에게는, 그 완벽함과 행복함 때문에 오히려 그 가능성이 닫혀 있다. 시인은 인간사를 주관하고 예지하는 신들의 위대함을 보여주었다. 그리고 그와 더불어 인간이 지니고 있는 위대함도 보여주었다. 이 두 가지 어려운 과제를 동시에 해낸 것이 이 걸작의 성취이다.

앞서 약간씩 곁길로 나가면서, 관련된 여러 사항들을 설명하는 데서 이미 느꼈겠지만, 이 작품은 여러 분야에 걸쳐 여러 가지 해석을 받아왔다. 이 작품에서 어떤 교훈, 또는 비판의 의도를 찾아낸 학자들도 많았다. 오이디푸스가 제국 아테나이를 상징한다든지, 페리클레스

• 파솔리니의 영화, 〈오이디푸스 왕〉(1967)의 한 장면. 오이디푸스가 스스로 눈을 찌르고 왕궁 밖으로 나온 모습이다. 파솔리니 영화의 후반부는 거의 소포클레스의 텍스트를 그대로 사용했다. 하지만 라이오스가 '여럿의 손에 의해서가 아니라 단 한 명에 의해' 죽었다고 한 것만큼은 소포클레스와 달리했다.

를 빗댄 것이라든지, 이 작품이 당시에 만연한 인간 중심적 합리주의에 경고를 발한 것이라든지 등. 아마도 이중 하나를 고를 것이 아니라, 이 작품은 이 모든 가능성을, 여기 언급하지 않은 다른 가능성까지 함께 담고 있다고 해야 할 것이다. 나도 다른 글들에서는, 측정하는 인간의 계산이 어긋나고, 주인공 자신이 그 몸으로 측정의 수단을 무력화한다는 것을 강조했었다. (옛날 흔히 사용되던 시간 측정의 단위는 세대世代였는데, 오이디푸스는 아버지와 같은 아내를 취함으로써 아버지 세대에도 속하고, 자기 자식들과 같은 어머니에게서 태어남으로써 자식 세대에도 속하는, 한꺼번에 세 개의 세대에 속하여 시간 측정의 단위를 망가뜨린 사람이다.) 하지만 이 글에서는, 이 작품이 왜 걸작인지를 설명하는 데 주력했다. 큰 특징들만 다시 짚어보자면, 아이러니들, 부분들의 호응, 사건 진행에 긴밀하게 맞물린 합창 등이 있고, 무엇보다 산처럼 우뚝한 인물, 감탄을 자아내는 그의 자질들이 있다. 충분히 강조하지 못했지만, 이 역시 적어도 몇몇 독자를 매료하는 특징일 텐데, 인간 운명의 설명할 길 없는 신비, 이해할 길 없는 신들의 뜻도 있다.

사실 이 작품은 세부까지 치밀하게 계산된, 마치 부분들이 정교하게 맞아 돌아가는 정밀기계 같은 것이다. 하지만 그런 것을 다 다루다가는 글이 한없이 길어질 터이니 여기서 그쳐야겠다. 나중을 위해 조금만 적어보자면, 주인공의 이름에 들어 있는 '발'이라는 말이 어떻게 도처에 사용되고 있는지, '우연'과 그 연관어가 어떻게 분포되어 있는지, 오이디푸스가 인간과 개인의 성취를 내세울 때, 신들과, 그들을 무의식적으로 대변하는 합창단이 거기에 어떻게 응수하는지 따위가, 다루지 못한 그 '세부들' 중 일부다. 시인의 천재성이 보석으로 촘촘히 박힌 왕관이라면 과장이려나?

직접 읽으시라고, 가능하면 소리 내어 읽으시라고 권할 수밖에 없다.

소포클레스의
「안티고네」

「안티고네」는 여성과 남성, 가족과 국가, 감성과 이성 등 여러 대립을 보여주고, 이것은 주로 안티고네와 크레온이라는 인물로 대표된다. 그 밖에도 자연과 대지를 대하는 태도, 죽음과 에로스를 대하는 태도도 각기 다르다. 이러한 대립적인 요소에 주의하면서 읽으면 작품 속에서 훨씬 더 많은 것을 얻어낼 수 있을 것이다.

소포클레스의 「안티고네」

　「안티고네」는 희랍 비극 중 현대에 가장 자주 상연되고, 또 고전문학 바깥에서 가장 많이 언급되는 작품이다. 이는 대체로 현대에도 적용할 만한 정치적 메시지를 담고 있어서라고 할 수 있는데, 그것을 떠나 문학적 가치만으로도 최고의 비극 자리를 놓고 「오이디푸스 왕」과 겨룰 만하지 않은가 싶다. (실제로 내가 수준 높은 독서가들 사이에서 몇 차례 조사해본 결과, 이 둘이 거의 대등한 비율로 지지를 얻고 있다.) 하지만 다시 이 작품이 어째서 걸작인지 설명하려니 부담이 앞선다. 이 역시 「오이디푸스 왕」처럼 세부를 자세히 따져야 드러나겠기 때문이다. 일단 안티고네의 영웅적 면모에, 그리고 남녀의 세계관 차이에 주목하면서 읽으면 좋다는 정도로만 지침을 드린다.

따뜻한 유대감, 단호한 결별

이 작품을 이해하기 위해서는 우선 지금 일어나는 사건이 어떤 배경을 갖고 있는지 알아야 한다. 오이디푸스가 눈먼 채로 방랑하다 죽은 후, 그의 두 아들 에테오클레스와 폴뤼네이케스가 왕권을 놓고 다툰다. 이 둘은 서로 번갈아가며 1년씩 나라를 다스리기로 했었는데, 에테오클레스가 약속을 어기고 폴뤼네이케스에게 왕권을 넘겨주지 않았던 것이다. 폴뤼네이케스는 아르고스로 가서 그곳 왕의 사위가 되어, 군대를 모아서는 조국 테바이로 쳐들어온다. 그 전쟁의 와중에 형제는 서로 죽이고 죽는다.

작품의 시작은, 그 전쟁이 막 끝나고 아르고스 군대가 퇴각한 이튿날 새벽이다. 왕궁 문 앞에 오이디푸스의 두 딸이 나와 있다. 아마도 언니인 듯한 안티고네가 이스메네에게 다정하게 말을 건넨다.

오, 같은 어머니에게서 난 이스메네의 머리여.
너는 아느냐, 오이디푸스에게서 비롯된 재앙 중 제우스께서
아직 살아 있는 우리 둘에게 이루지 않으신 것이 어떤 게 있는지?
(1~3행)

일단 희랍어 특유의 표현법 때문에 독자의 눈길이 '이스메네의 머리여'로 향하기 쉬운데, 여기서는 그저 희랍어에서 사람을 부를 때 '아무개의 머리여' 또는 '아무개의 힘이여'라고 부르는 관행이 있었다는 것만 지적하고 지나가자. (오늘날까지 남아 있는 서양의 존칭들 'Your Majesty' 'Your Honor' 등이 이와 유사한 사례라 하겠다.)

내가 여기서 강조할 것은 우선 '같은 어머니에게서 난(koinon autadelphon)'이란 표현이다. 좀더 강하게 옮기자면, '같은 자궁에서 나온'이란 말이다. (희랍어로 'delphys'가 '자궁'이다.) 작품의 첫머리에, 전체를 요약하는 단어를 놓는 것은 서사시 시대부터의 전통인데, 지금 이 작품도 그렇게 되어 있다. 안티고네는 핏줄, 그것도 어머니에게서 이어지는 핏줄을 강조하는 인물이다.

두번째로 강조할 것은 3행의 '우리 둘(noin)'이란 단어다. 희랍어에는 단수, 복수 외에도 문법적인 '수(Number)'가 하나 더 있다. 두 사람이나 두 개의 사물을 가리키고, 그려 보일 때 사용하는 단어, 또는 어미로서, 대개 '쌍수(dual)'라고 부르는 것이다. 지금 여기 쓰인 단어 '우리 둘'도 그중 하나다. 이 작품 도입부의 3분의 2까지 이런 형태가, 두 대화자 자신들을 지칭할 때, 그리고 이 자매의 두 오빠를 지칭할 때, 거듭거듭 등장한다. 한때는 은성하던 이 가문의 마지막 두 생존자, 그리고 한날한시에 죽은 그녀들의 오라비 형제는 그들이 볼 때 그렇게 한데 묶인 긴밀한 존재인 것이다.

안티고네는 이스메네에게, 새로 권력을 잡은 외삼촌 크레온의 결정을 전한다. 조국을 지키다 죽은 에테오클레스는 성대히 장례 치르되, '반역자' 폴뤼네이케스의 시신은 '곡(哭) 없이, 무덤 없이' 그냥 버려두라는 것이다. 이 금지에는 무서운 위협이 덧붙어 있다. '명을 어기는 자는 시민들이 돌로 쳐서 죽일 것이다!' 하지만 안티고네는 그 명을 무시하려 한다. 이스메네의 도움을 청한다, 자신과 함께 시신을 들어 나르자고. 이스메네는 난색을 표한다.

이것을 생각해야 해요, 우선 우리는 여자로 태어났고,

그래서 남자들과 맞서 싸울 수 없다는 걸요.

다음으로, 우리가 더 강한 이들의 지배를 받고 있다는 사실도요,

그래서 이 명령과, 이보다 더 고통스러운 거라도 받아들여야만 하지요. (61~64행)

'권력자에게 복종하라, 지나친 행동은 분별없는 짓이다.' 그녀는 또하나의 크뤼소테미스, 우리 같은 보통 사람이다. 그녀를 위해 조금만 변명해주자면, 돌에 맞아 죽는 것은 가장 끔찍하고 고통스러운 죽음이기도 하지만, 다른 한편 '가장 수치스러운' 죽음이라는 점이다. 당시 희랍 문화가 '수치의 문화(shame culture)'였다는 것을 염두에 두어야 한다.

인간이라면 누구나 이해해줄 법한 이 소극적인 태도에, 안티고네의 반응은 너무나 격렬하다. 그녀는, 설사 앞으로 이스메네가 마음을 고쳐먹는다 해도 받아들이지 않겠다는 각오를 밝힌다. 자신은 오빠의 시신을 묻고서 죽임을 당하겠노라고. 이 두 가지 방침 중, 후자는 작품이 시작되기 전에 결정한 것이고, 전자는 지금 막 결정한 것이다. 우리는 이 두 결정이 끝까지 관철되는 것을 보게 될 것이다. 한데 안티고네는 왜 이렇게 격하게 반응한 것일까? 여기서 안티고네의 계획이 완전히 어그러져버렸기 때문이다. 그녀의 애당초 계획은, 이스메네와 함께 시신을 들어 옮겨서 제대로 매장하는 것이었다. 이제 그것이 불가능해졌으므로, 그 '매장'은 형식만 갖춘 게 될 터이다. 이러한 '계획 변경'은, 그녀가 후에 오라비의 '무덤'을 다시 찾아간 이유를 설명해준다. 즉, 첫 '매장'에서 장례가 완결되었다는 만족감을 얻지 못했기 때문이다.

• 〈테바이 성벽으로 올라가는 카파네우스〉, 기원전 340년경, 캄파니아 암포라의 그림, 게티 박물관 소
장. ⓒ Bibi Saint-Pol / Wikimedia Commons
테바이를 공격한 일곱 영웅 가운데 카파네우스가 도시를 불태우기 위해 횃불을 들고 성벽을 올라가는
중이다. 문루에서 그를 내려다보는 사람 중 하나는 크레온이라는 해석도 있으나, 옳은 해석인지는 확
실치 않다. 카파네우스는 좀 우스꽝스럽게 그려져서, 「안티고네」의 첫 합창에 묘사된 무시무시한 침략
자라기엔 인상이 약하다. 그는 제우스의 벼락에 죽은 것으로 전해지며, 단테의 「신곡」 '지옥편'에서는
저승에서도 여전히 탄내를 풍기며 신에게 반항하는 것으로 그리고 있다.

• 〈서로 죽이는 오이디푸스의 두 아들〉, 기원전 2세기경, 에트루리아 유골함 테라코타, 이탈리아 베로나 라피다리오 마페이아노 박물관 소장. 중앙에 두 전사가 서로를 찌르고 있으며, 그들의 뒤에는 팔에 뱀을 두르고 횃불을 손에 든 복수의 여신들이 서 있다. 복수의 여신들은 가족 간의 폭력을 응징하는 역할을 한다. 이 형제의 상호 살해가 복수의 여신을 부른 것일 수도 있고, 이들이 아버지에게 했던 악행이 이 여신들을 불러오고, 그 결과로 지금 이 싸움이 벌어지는 것일 수도 있다.

    한데 가족의 장례가 그렇게까지 중요한 것일까, 목숨까지 걸 만한 일일까? 죽은 사람을 위해 애곡하는 것은 태곳적부터 가족, 특히 여성들의 몫이었다. (『일리아스』 마지막 헥토르의 장례식은 그의 어머니, 아내, 그리고 헬레네의 순차적인, 긴 애곡으로 끝난다.) 사실 지금 여기서 벌어지는 갈등은 단순히 고집스러운 여성과 엄격한 군주 사이의 것만은 아니다. 이것은 전통과 새로운 제도 사이의 충돌인 것이다. 안티고네는 이 전통적인 가족의 영역, 여성의 영역에 국가가 개입하는 것을 단호히 거부한다.

내 가족과 나 사이를 가로막을 권한이 그에겐 전혀 없어. (48행)

그녀는 가족을 국가와 대등한 것, 혹은 그 이상의 것으로, 그리고 그 가문의 유일한 생존자인 자신을 그 '국가'의 대표로 여긴다.

자매는 서로 상대를 비판하며 헤어진다. 세상에 둘만 남은 피붙이 사이에 더할 수 없는 친밀감으로 시작한 장면이 채 100행이 되기 전에 파탄에 이르렀다.

환호하는 남성들, '영웅적인' 새 지도자

이어 테바이 원로들로 구성된 합창단이 등장한다. 자매가 서로 헤어지고, 원로들이 승리를 축하하며 등장하는 이 장면에서는 각 인물이 처한 상황의 대조가 두드러진다. 책머리에서 나는 독자들께, 마음껏 상상하고 연출해보기를 권고했었다. 지금이 그럴 때다. 어떻게 장면을 구성하는 게 관객에게 가장 깊은 인상을 남길지.

조금 전까지 무대 위에 두 인물이 있었다. 하나는 아마도 다시 왕궁으로 들어갔을 것이다. 다른 한 명, 안티고네는 오라비를 매장하러 떠난다. 아마도 무대 양옆으로 난 두 개의 길(parodos) 중 관객이 볼 때 왼쪽 길로 떠났을 것이다. 교외로 나가는 길이다. 이 세상에 홀로 버려진 듯 쓸쓸한 그녀의 뒷모습이 시야를 채 벗어나기도 전에, 다른 길, 아마도 도심으로 이어진 길로는 축제 의상으로 화려하게 차려입은 도시의 원로들, 한껏 기세가 오른 남성 노인들이 기쁘게 노래하며 들어온다.

이 합창단의 노래는 희랍 비극 전체에서 두번째로 유명한 노래일 것이다.

> 일곱 성문 테바이에
> 이제까지 빛 밝힌 것 중,
> 가장 아름다운 태양의 빛살이여. (100~102행)

(앙겔로풀로스 감독이 만든 〈위대한 알렉산드로스〉에 인용된 노래다. 그 영화에서 희랍을 '침략'하러 온 외국인들이, 새로운 세기에 떠오르는 첫해를 보러 수니온 곳에 모이고, 이 노래를 읊다가 곧바로 게릴라 대장 알렉산드로스에게 포로가 된다. 침략자를 물리친 것을 축하하는 노래를 '침략자'들이 입에 올리니 그런 봉변을 당하는 것도 당연하다. 아이러니 가득한 장면이다.)

이 원로들의 합창단은 적군이 쫓겨 간 것을 기뻐하고, 적장들이 어떻게 죽었는지를, 특히 오이디푸스의 두 아들이 서로를 찔러 동시에 죽은 것을 그린다. 여기서 아르고스 군대는 '흰 방패를 가진 인간'으로 지칭되고, 이어서 '흰 독수리'로 그려지는데, 이런 은유에 익숙하지 않은 사람이라면 약간 어렵게 느낄 수도 있겠다. 합창단은 이제 전쟁은 잊어버리고, 밤새워 춤추기를 권고한다.

거기에 크레온이 나온다. 엄숙하게 장례 금지 포고를 내린다. 그의 용어들은 그의 사고방식과 성격을 보여준다. 권위, 도시(국가), 안전, 정의 등이 그것이다. 그는 누가 '조국보다 친구를' 앞세우는 것을 용서하지 못한다. 그래서 (넓은 의미의) '친구'인 조카 폴뤼네이케스의 매장을 금지한 것이다. 그는 자신의 처분이 정당하다고 생각한다. 폴뤼네이케스는 '조국 땅과 가문의 신들을 태워 없애고, 동족의 피를 마시려 한 자'이기 때문이다.

> 이자에 대해서는 어느 누구도 장례로써 예를 갖추지도
> 애곡하지도 못하도록 이 도시에 선포하였소,
> 무덤 없이 새와 개 들에게
> 몸뚱이가 먹히고, 망가진 채 구경거리가 되도록 말이오. (203~206행)

자꾸 희랍어 원문에 대해 얘기해서 미안한데, 인용문 둘째 줄의 '선포하였소'는 직역하자면 '이미 선포되어 있소(ekkekeryktai)'라고 할 문장이다. 완료시제 비인칭 구문, 이 명령이 취소 불가능하게 완결된 것, 공적 권위를 갖춘 것임을 보여주는 표현법이다. 합창단은 처음엔 크레온이 자신들에게 그 시신을 지키도록 요구하는 게 아닐까 생각한다. 하지만 새 지도자는 이미 파수꾼들을 배치해놓았다. 이 첫 장면의 크레온은 「오이디푸스 왕」의 주인공 못지않게 기민하고 단호하다. 그러나 그의 '영웅적' 면모는 극 중간까지만 유지될 것이다.

이 작품의 해석에서 많이 논의되는 주제 중 하나는 합창단의 태도 문제이다. 그들이 크레온을 계속 지지하다가 마지막에야 입장을 바꾸는 것인지, 아니면 처음부터 안티고네를 지지하지만 왕이 무서워서 말을 못하는 것인지다. 그와 관련하여, 지금 여기 그려진 크레온이 헤로도토스 『역사』에 나오는 페르시아 왕 '미치광이' 캄뷔세스를 모델로 삼은 것이라는 주장이 있다. 그는 이집트를 정복하고 나서 자기 누이와 결혼하는데, 그전에 신하들에게 자신이 그렇게 해도 좋은지 물었다. 그러자 신하들은, 페르시아 법에 왕이 누이와 결혼해도 좋다는

조항은 없으나, 왕은 원하면 무엇이든 행할 수 있다는 조항이 있으니, 그걸 원용하면 될 것이라고 답한다. 한데 바로 지금 이 합창단장의 대사 부분에 그와 유사한 구절이 나온다.

죽은 자들에 대해서든 살아 있는 우리에 대해서든,
어디서 어떤 정책이든지 그대는 시행하실 수 있지요. (213~214행)

이 구절이 헤로도토스를 인용한 것이든 아니든, 이 대사는 은근히 합창단이 크레온에게 진심으로 복종하는 게 아니란 인상을 불러일으킨다.

신비로운 사건, '무서운' 인간

하지만 엄숙한 선언을 마치자마자 왕은 도전에 직면한다. 파수꾼이 등장한다. 비극에 이따금 보이는 '우스운 인물'의 대표 격이다. 그는 이리저리 말을 돌리고, 자기 사정을 늘어놓다가, 왕의 재촉에 결국 사건을 보고한다. 요지는, 누군가 폴뤼네이케스의 장례를 치렀다는 것이다. 그에 대한 크레온의 반응은 얼핏 별다른 의미가 없는 듯 보인다.

무슨 소리냐? 감히 이 짓을 한 것이 대체 어떤 놈이냐? (248행)

여기에 '어떤 놈이냐'로 옮겨진 구절은 직역하면 '어떤 남자냐(tis andron)'이다. 크레온은 이 짓이, 어떤 남자가, 이익에 눈이 멀어 돈을 받고 저지른 것이라고 생각한다. 하지만 그것은 여자, 그것도 어린 소녀가 한 일이다. 그리고 그녀가 이익으로 여기는 것은 죽음이다!

파수꾼은 이어서 사정을 자세히 설명한다. 그 일은 밤사이에 일어났다. 아침의 첫 파수꾼이 그것을 발견했다. 정황은 꽤 기이하다. 누구 하나 다녀간 흔적도 없는데 시신에 흙먼지가 덮여 있었고, 짐승들도 그걸 훼손하지 않았던 것이다. 합창단은 조심스레, 이것이 혹시 신들이 행한 일이 아닐까 의견을 내놓는다. 사실 누군가 살그머니 찾아와 시신에 형식적 예를 갖추는 것은 가능할지 몰라도, 굶주린 짐승들이 그걸 그냥 지나친다는 것은 이상하다. 하지만 크레온은 역정을 내며 반박한다. 조국을 침략한 불경한 자를 신들께서 돌볼 리가 없다는 것이다. 그는 자신이 경건하다고, 신들이 자기편이라고 굳게 믿고 있다.

이제 크레온은 파수꾼을 위협하고 놓아 보낸다. 범인을 잡아오지 않으면 그가 대신 죽으리라고, 그것도 먼저 고문을 당한 후에 그러하리라고. 파수꾼이 떠나자, 합창단은 희랍 비극 사상 가장 유명한 노래를 시작한다. 보통 '인간 찬양의 합창'이라고 불리는 것이다. '세상에 무서운 것이 많지만 가장 무서운 것은 인간이다. 그는 배를 발명해 바다를 건너고, 농사법을 생각해내어 밭을 갈고, 그물로 온갖 짐승을 잡고, 짐승을 길들여 멍에를 지우고, 언어를 발명하고, 추론 방법을 개발하고……' 이 무서운 인간의 발명의 정점은 도시(국가)이다. (크레온이 도시를 강조하였으므로, 합창단이 처음엔 그를 지지한다고 보는 학자는 이 합창 역시 크레온을 지지하는 것이라고 해석한다.) 죽음만큼은 인간도 어쩔 수 없지만, 그래도 질병에 대한 치유책을 찾아내어 죽음도 약간은 밀어냈다. 하지만 합창단은 마지막에, 인간이 기술만으로는 좋은 결과에 도달하지 못하리라고 노래한다. 그들이 보기에, 도시를 제대로 유지하려면 '땅의 법과 신들께 맹세한 정의를 존중'해야 한다. 이 마지막 구절은 여전히 모호하다. 이들은 크레온을 지지하는 것일까, 아니면 은근히 비판하는 것일까?

두번째 장례식, 신들의 개입인가?

'인간 찬양의 합창'을 마친 합창단은, 곧이어 일어난 사건에 경악한다. 조금 전에 풀려났던 파수꾼이 안티고네를 이끌고 다시 나타났기 때문이다. 자기중심적인 이 파수꾼의 장광설이 시작된다. 자신이 그녀를 데리고 오게 된 경위, 그러니까 이번엔 제비뽑기에 의해서가 아니라 자청해서 왔다는 것과, 사람은 함부로 어떤 일을 하겠노라 안 하겠노라 단언하면 안 된다는 세속의 지혜까지. 그러다가 크레온의 추궁에 떠밀려, 전형적인 '전령의 보고'로 넘어간다. '파수꾼들은 우선 시신에 덮인 흙먼지를 쓸어내어 장례를 무효로 만들었다. 그러고는 악취를 피해 멀찍이서 고개를 돌리고, 서로 욕설로 잠을 깨워가며 그걸 지키고 있었다. 한데 갑자기 돌풍이 들이닥쳐 온 들판을 혼란시켰다. 그들이 눈을 감고 모래바람을 피하다가, 좀 진정이 되어 눈을 떠보니 소녀가 시신 곁에 나타나 있었다. 그녀는 자신의 첫 장례를 망쳐놓은 자들을 저주하고, 애곡하고, 다시 시신을 흙으로 덮고, 헌주했다. 파수꾼들이 달려가 잡았지만, 그녀는 전혀 놀라지 않았고, 자신의 행동을 부인하지도 않았다.'

이번 사건 역시 어딘가 신비스러운 데가 있다. 보통의 날씨였다면

• 마리 스파르탈리 스틸만, 〈폴뤼네이케스의 장례를 치르는 안티고네〉, 1870년, 영국 우드브리지 사이먼 카터 갤러리 소장. 안티고네가 오라비의 시신 위에 흙을 뿌려 간단한 장례를 치르고 있다. 그녀의 손을 잡고 있는 소녀는 이스메네로 보인다. 소포클레스의 작품에서 이스메네는 안티고네의 계획에 반대했지만, 이 그림에서는 자매가 함께한 것으로 그렸다. 오른쪽 멀리 파수꾼들이 나무 밑에 불을 피우고 모여 앉아 있는 것이 보이고, 소녀들의 오른쪽 발밑에는 간단한 삽 같은 도구도 놓여 있다. 주변에 까마귀들이 날고 있는 것으로 되어 있어서, 소포클레스의 작품에 나오는 것 같은 신들의 보호는 상정하지 않은 듯하다.

소녀는 그냥 멀리서 다가오다가 제지당했을 것이다. 한데 갑자기 돌풍이 들이닥쳐 파수꾼들이 모두 눈을 감고 고개를 돌렸기에 그녀가 시신 바로 옆까지 갈 수 있었던 것이다. 보고하는 파수꾼조차도 이 갑작스런 일기변화를 "신이 보낸 듯한 질병"(421행)이라고 표현했다. 아마 합창단 역시 이번에도 신의 개입이 있었다고 속으로 생각했을 것이다. 하지만 그들은 이번 보고에 대해서는 아무 논평도 가하지 않는다. 지난번 크레온의 역정과 질책에 학습되어서일까? 이제 이 합창단에는 대변인이 필요하다. 여기서 새 인물에 대한 요구가 발생한다. 하지만 아직 조금 더 기다려야 한다.

인간의 포고, 신들의 법

안티고네를 향한 크레온의 첫마디는 일종의 타협안이다. 그녀가 자신의 포고 내용을 알고 있었는지 물은 것이다. 만일 안티고네가 그걸 몰랐다고만 대답해준다면, 그로서는 조카딸을 처벌하지 않고 지나갈 수도 있을 것이다. 하지만 안티고네는 그 타협책을 거부한다. 그녀는 포고에 대해 알고 있었다, 그것도 분명하게!

> 크레온: 이 짓을 금하노라 포고한 걸 알고 있었느냐?
> 안티고네: 그래요. 어떻게 모를 리 있겠습니까? 분명했으니 말이에
>   요. (447~448행)

이제 크레온의 분노가 폭발한다. 그가 권좌에 올라 행한 첫번째 공적인 행동은 즉각적인 도전에 직면했고, 그가 넌지시 제안한 타협안은 단번에 거부되었다. 그뿐이 아니다. 그녀는 크레온의 포고의 정당성 자체를 부인한다.

> 크레온: 그런데도 감히 이 법령을 위반했단 말이냐?
> 안티고네: 제가 보기에 이것을 명하신 이는 제우스가 아니며,
>   하계의 신들과 함께 사시는 정의의 여신께서도
>   인간들에게 그와 같은 법은 정하지 않으셨으니까요.
>   그리고 저는 당신의 포고가 그만큼 강력하다고
>   생각지도 않아요. 기록되진 않았지만 확고한 신들의
>   법을 필멸의 존재가 넘어설 수는 없지요.

왜냐하면 그 법은 어제오늘만이 아니라 언제나

영원히 살아 있고, 그것이 언제 생겨났는지 누구도 알지

못하니까요. (449~457행)

실정법의 테두리를 넘어서 '신의 법정', 또는 '역사의 법정'을 믿는 사람들이 의지할 만한 구절이고, 자연법 이론의 근거로 많이 인용되는 구절이다. (하지만 455행의 '법nomima'이란 것이 그냥 우리가 생각하는 법과 같지 않다는 게 좀 문제다. 이 단어는 '관습' 또는 '관행'이라고 옮기는 게 오히려 원뜻에 가까울 것이다. 그 앞에 붙은 '신들의'라는 말도, '신들과 관련된'이라고 좀 모호하게 옮기는 게 원 희랍어 표현에 가깝다.)

안티고네 역시 크레온처럼 신들을 존중한다. 하지만 둘이 섬기는 신은 서로 다르다. 그녀가 생각하는 신은 하계(下界)의 신들이다. 그녀는 죽음을 이득으로 여긴다.

(…) 내가 때가 되기도 전에

죽는다 해도, 그편이 더 이로우리라 싶습니다.

누구라도 나처럼 큰 불행 속에 산다면,

어떻게 죽음이 더 이롭지 않겠어요? (461~464행)

크레온은 어떤 남자가 돈 때문에 일을 저질렀다고 믿었다. 하지만 범인은 어린 소녀, 그것도 자기 집안의 조카딸이었고, 그녀가 이득으로 여기는 것은 죽음이었다!

기술과 합리성의 대표 크레온, 분노하는 '유사 영웅'

크레온은 그녀의 기세를 꺾어놓기로 결심한다. 그가 사용하는 표현들은, '인간 찬양의 합창'이 마치 그를 노래한 것인 양 보이게 한다. 그는 안티고네의 고집스런 태도를, 지나치게 달궈진 쇠가 쉽게 부서지는 것에 비유한다. 그는 자신이 결국 그녀를 굴복시키리라고 예상한다. 기세 높은 말들도 작은 재갈에 제압되기 때문이다. 그는 인간의 기술 발전과 합리성을 대표하는 인물이다.

그를 분통 터지게 한 것은 무엇보다 상대가 여자라는 사실이다. 그는 군주로서, 어른으로서, 그리고 남자로서 모욕을 당했다. 그가 받은 충격과 뼛속 깊은 앙심은 여기서, 그리고 앞으로도 도처에서 강박적으로 표현된다.

이 아이에게 아무 탈 없이 이런 짓을 할 권리가 허락된다면
확실히 내가 사내가 아니라, 이 아이가 사내일 거요. (484~485행)

(…) 내가 살아 있는 한 여자가 나를 지배하진 못할 것이다. (525행)

(…) 이들은 이제부터
나돌아다니지 못하고 여자답게 굴어야 할 것이다. (578~579행)

결코 여자에게 굴복해서는 안 된다.
불가피하다면 남자에게 쫓겨나는 것이 낫지,
여자보다 못한 자라고 불려서는 안 될 것이다. (678~680행)

여기서 크레온은 넘어서면 안 되는 선을 넘기 시작한다.

> 하지만 이 애가 내 누이의 딸이건, 집안의 제우스께 속한
> 모든 사람보다 더 가까운 혈연이건 간에,
> 그녀도, 그리고 그녀와 한 핏줄인 계집애도 끔찍한
> 죽음을 피하지 못할 것이오. (486~489행)

도시를 구해주신 제우스를 찬양하는 노래에 뒤이어 대중 앞에 나타나서, 제우스께 걸고(184행) 포고를 발했던 왕이 제우스의 권한을 부인하기 시작했다. 그리고 자신의 첫번째 추리가 부정된 마당에 다시 잘못된 두번째 추리를 제시한다. 이스메네가 공범이리라는 것이다. 사실 분노를 모든 사람에게로 확장하는 것은 서사시 이래 영웅들의 특징이다. (아가멤논에 대한 미움 때문에 희랍군 전체가 파멸하기를 바랐던 아킬레우스를 보라!) 여기서 일단 크레온은 영웅의 면모를 과시하고 있다. 하지만 그것은 그리 오래가지 못할 것이다.
크레온은 제법 긴 이 연설 마지막에, 안티고네가 자신의 악행을 미화한다고 비난한다. 그녀의 반응은 이렇다.

> 당신은 나를 잡아 죽이는 것 이상의 무엇을 바라시나요? (497행)

어떤가? 평범해 보이는 말이다. 문맥을 따져보자. 크레온은 그녀의 기세를 꺾겠노라 천명했다, 그녀가 법을 어기고 그걸 자랑삼는다고 비난했다, 이스메네도 공범일 것이란 추정을 제시했다, 안티고네가 악행을 미화한다고 비난했다. 그 모든 논변에 대한 대답은 단 한 줄, 위의

• 니키포로스 뤼트라스, 〈폴뤼네이케스의 시신 앞의 안티고네〉, 1865년, 그리스 아테네 국립미술관.
안티고네가 오라비의 시신을 찾아왔다. 시간이 밤으로 설정되어 있고, 안티고네 혼자 온 것이 소포클레
스의 작품과 일치한다. 시신 곁의 물건은 폴뤼네이케스의 무구로 보인다.

말이다. 그녀는 그 모든 말이 다 쓸데없는 것이라 보는 것이다. 그녀는 크레온의 모든 논변을 무시한다. 그녀는 이 권력자를 경멸한다!

크레온은 그녀가 국가의 반역자를 장사지냈다고 공격한다. 하지만 소녀는, 자기에게 그는 혈육일 뿐이라고 응수한다. 크레온은 그를 내 버려두는 것이, 다른 혈육인 '애국자' 에테오클레스를 존중하는 일이라고 주장한다. 그의 준칙은 '다른 행동에는 다른 대접을'이다.

> 안티고네: 하지만 하데스는 그들을 동등하게 대할 것을 요구합니다.
> (519행)

> 크레온: 원수는 절대로, 죽었다 해도 친구가 될 수 없다.
> 안티고네: 저는 모두 미워하기보다는 모두 사랑하게끔 타고났어요.
> (522~523행)

증오와 차별을 원칙으로 내세우는 남성 권력자 앞에, 저항하는 여성 안티고네가 내세우는 원칙은 사랑과 평등이다.

이스메네의 회심, 안티고네의 거부

크레온의 잘못된 추정에 따라 '공범' 이스메네가 끌려오면서 새로운 국면이 전개된다. 크레온은 이스메네에게 가담 여부를 묻는다. 이스메네는 자신도 같은 책임이 있다고 주장한다. 하지만 안티고네는 그녀의 뒤늦은 회심을 추인하지 않는다. 그녀가 보기에 그것은 정의가 아니다. 자신은 죽기를 택했고, 이스메네는 살기를 택했다, 그 결정은 변경 불가능한 최종적인 것이다.

이 냉정한 선 긋기는 '모두를 사랑하게끔 타고났'다던 안티고네의 자기규정과는 모순된 것 아닌가? 하지만 이런 냉담한 태도에는 적어도 한 가지 실질적인 효과가 있다. 이스메네의 목숨만큼은 구할 수 있다는 점이다. 하지만 그보다 중요한 것은 여기서 드러나는 안티고네의 '영웅적 기질'이다. 그녀는 아킬레우스처럼 명성을 목숨보다 앞세웠다. 이스메네의 기회는 이미 지나갔고, 이제 가족을 위해 목숨을 바쳤다는 명예는 자신만의 것이다. 지금 그녀의 감정은 아가멤논 앞에 아킬레우스가 느꼈던 것과 유사하다. 지방 군주로서 무명(無名)의 안락한 장수(長壽)를 포기하고 영광스런 단명(短命)을 선택했던 이 영웅은, 그가 모든 것을 걸었던 그 명예의 실추에 폭발했었다. 안티고네 역시 마찬가지다. 이 '소녀 영웅'에게는 가족을 위한 희생도, 그에 따른 명예도 온전히 자기만의 것이어야 한다.

죽을 '권리'를 놓고 다투는 이 자매에게 크레온이 조롱을 던지는 데서, 대화는 이스메네와 군주 사이의 것으로 옮겨간다. 여기서 이제까지 전혀 언급되지 않았던 새로운 주제가 돌출한다. 안티고네는 크레온의 아들과 정혼한 사이였던 것이다! 이 새로운 논점에 대한 크레온의 반응은 '인간 찬양의 합창' 이미지를 이어나가는 것이다.

이스메네: 하지만 당신은 아들의 아내가 될 이를 죽이실 건가요?
크레온: 경작할 만한 다른 여자들의 밭도 있으니까. (568~569행)

기술로써 자연을 길들이는 이 군주는 일단 두 여인을 집 안에 연금

하도록 지시한다.

이어지는 합창은 대체로 오이디푸스 가문이 절손(絶孫) 지경에 이른 것을 비탄하는 내용으로 되어 있다. 하지만, 이 작품 속의 거의 모든 합창이 그렇듯이, 앞부분은 안티고네를 비판하는 것처럼 보이나 뒷부분에 이르면 오히려 크레온에게 적용될 듯한 구절들이 등장한다. 먼저 제우스의 권능을 찬양한 다음에 이어지는 노래도 그런 것이다.

잠시 후에도, 먼 후일에도
이전처럼 이 법은
유효하리니, 지나친 행동은 어떤 것이든
인간들의 삶에 찾아올 때 필시 해를 끼치리라. (611~614행)

'신께서 그 정신을
미망으로 이끄는 이에겐,
나쁜 것도 좋은 것인 양 보이나,
그는 아주 짧은 동안만 피해 없이 지내도다.' (622~625행)

도시의 안전과 질서를 지키려는 크레온의 노력은 이제 적정한 정도를 넘어서기 시작했다. 미망에 빠져 지나치게 행동하는 그에게 곧 재난이 찾아올 것이다.

젊음의 도전, 크레온의 후퇴

　크레온의 재난은 순종적인 아들의 모습으로 찾아온다. 하이몬이 달려온 것이다. 그 이름에 (안티고네가 강조했던) '핏줄(haima)'이란 뜻이 들어 있는 것은 크레온에게 나쁜 전조일 수 있다. 하지만 하이몬의 첫마디는 아버지를 안심시키는 것이다.

> 아버지, 저는 아버지의 편입니다. 당신은 저를 올바른
> 판단으로써 지도하고 계시며, 저는 거기 따르려 합니다. (635~636행)

　지도와 순종. 거의 크레온의 표어라 할 수 있는 어휘들이다. 아버지는 기뻐한다. 좋은 자식 두었음을 기꺼워한다. 쾌락에 눈이 어두워, 못된 여자를 얻으면 결국 큰 상처가 된다고 훈시한다. 하지만 여기서 크레온은 다시 선을 넘어버린다.

> 그보다는 저 여자를, 적으로 삼아 뱉어버리고,
> 하데스에서나 누군가와 혼인하도록 보내버려라. (653~654행)

> (…) 그녀는 혈연을 보호하는 제우스를
> 불러 찬양이나 하도록 두어라. (658~659행)

　우리는 젊은이가 앞 구절을 기억하고 어떻게 행동하는지 보게 될 것이다. 우리는 또 신들이 어떻게 반응하는지도 보게 될 것이다.
　아들의 지지를 받아 고무된 듯 크레온은 자신의 신조를 길게 늘어

놓는다. 다시 법과 질서, 지도자, 복종, 안전 등의 어휘가 강조를 받는다. 그는 어떤 질서건 무정부상태보다는 나은 것으로 여긴다. 다시 여기서 선을 넘어간다. '옳은 일이건 옳지 않은 일이건'(671행. 학자들 사이에 이 부분 몇 행의 위치를 서로 바꾸어야 한다는 주장과 그냥 두어도 된다는 주장이 맞서고 있는데, 나는 위치를 바꾸자는 쪽을 따랐다. 천병희 역은, 위치를 바꾸지 말고 그대로 두자는 쪽을 따르고 있어서, 이 구절이 667행에 나온다) 지도자에게 복종해야 한다고.

하이몬의 접근법은 신중하다. 먼저 현명함이 큰 재산임을 강조한다. 아버지의 말에 대해서는 일단 모호한 지지를 보낸다. 자신이 아버지를 위해 은밀하게 여론을 수집했음을 밝힌다. 다른 이들은 왕이 두려워서, 그가 듣기 싫어할 말들은 삼가기 때문이다. 이제 핵심에 도달했다. '사람들은 안티고네의 행동을 지지하고, 그녀의 죽음을 비통해한다!' 여기서 크레온의 낯빛이 변하는 걸 보았던 것일까? 다시 자신에게는 아버지의 번영과 명성이 소중함을 확언한다. 그리고 보충 설득. 아들이 사용하는 이미지들은 아버지가 사용하던 것들과 거의 같다. '격류에 몸을 굽히는 나무만이 살아남는다, 배의 돛줄을 너무 심하게 당기면 배가 뒤집힌다.'

크레온은 이 '젊은 것'의 간언에 반발한다. 남성 노인 지배 세력은, 여성에 뒤이어, 청년의 저항에 직면했다. 하이몬은 나이보다 행위를 보라고 간청한다. 테바이 온 도시 백성의 말을 들으라 한다. 다시 크레온이 선을 넘어선다.

크레온: 내가 도시가 시키는 대로 명해야 한다는 것이냐?
하이몬: 아버지께서는 방금 아주 어린애같이 말씀하셨다는 걸 아십

니까?

크레온: 내가 이 땅을 다스릴 때 내 뜻이 아니라 다른 이의 뜻대로
　　　해야 한단 말이냐?

하이몬: 한 사람에게 속한 것은 국가라 할 수 없습니다.

크레온: 국가는 지배자의 소유가 아니더냐? (734~738행)

이제 크레온은 독재자의 모습을 보이기 시작했다. 그는 아들이 여
자에 미쳐서 이렇게 반항하는 것으로 단정한다. 마침내 극단적인 명
령. '안티고네를 하이몬 앞에서 죽이라!' 젊은이는 앞으로 아버지가
자신을 다시 보지 못할 것이라며 뛰쳐나간다.

이제 막 작품의 물리적인 중심을 지나왔다. 크레온은 자기 권력의
높이와 넓이를 극한까지 주장했다. 지배자의 권한을 극한까지 휘둘렀
다. 여기서부터 그의 후퇴가 시작된다. 그 시발점은 사소한 질문이다.

합창단장: 정말로 두 처녀를 다 처형하실 생각이십니까?

크레온: 그 일에 손대지 않은 소녀는 아니오. 정말 잘 말해주었소.
(770~771행)

크레온은 이미 오이디푸스의 두 딸의 대화 장면에서 이스메네가
공범이 아님을 알아챘던 모양이다. 그러니 자매에 대한 처형 명령은
허세였던 것이다. 이제 체면을 유지한 채 물러설 기회가 주어지자 그
는 얼른 양보하고 만다. 다른 사안들에 대해서도 마찬가지일 것이다.
그의 '영웅적 면모'는 겉보기만의 것이다.

하지만 안티고네에 대한 그의 태도는 여전히 강경하다. 물론 직접

처형은 아니다. 교외의 동굴 무덤에 그녀를 가두고 음식을 아주 조금씩만 공급하겠다는 것이다. 그는 여전히 조카딸의 의지를 꺾고, 굴복을 받아낼 것을 기대하고 있다.

그들은 서로 사랑하긴 했던 것일까?

이제 합창단은 에로스를 찬양하는 노래를 부른다. 「안티고네」에는 유명한 합창이 많이 나오는데, 이것도 그중 하나이다. 전체적인 요지는, 에로스는 어디에나 있으며, 누구도 그것을 이길 수 없다는 것이다. 고대에 사랑은 대체로 평판이 좋지 못했다. 그것은 보통 일시적인 광기로 여겨졌는데, 오늘날 사랑의 '유통기한'이 약 30개월이라고 주장하는 어떤 생리학자, 또는 심리학자들의 주장과 유사한 데가 있다. 이 합창단도, 에로스에 붙잡힌 자는 광기를 보인다고 노래하고 있다. 이번 합창 역시 이 작품의 다른 노래들처럼 어느 쪽을 편드는 것인지 모호한데, 일단 첫 부분을 보면 하이몬을 '여자에 미친 놈'으로 몰아붙이던 크레온을 편드는 것같이 보인다. 그다음 부분 첫 소절도 마찬가지다. 에로스가 정의한 자를 불의하게 만들고 가족 간에 분쟁을 일으킨다고 노래하기 때문이다. 하지만 사랑이 '큰 법들의 통치에 동석한다'는 마지막 구절은, 이 에로스도 크레온이 맞서고 있는 '자연의 법'들 중 하나가 아닌가 하는 의구심을 불러일으킨다. 이렇게 보면 이 합창은 적어도 마지막에 은근히 크레온을 비판한 것이 된다.

어찌 보면 이 작품은 헬레니즘 이전 것으로는 유일하게 남녀의 사랑을 다룬 것이라 할 수도 있는데, 그것을 부정하는 학자들도 많다.

하이몬이 안티고네를 향해 가진 감정은 사랑이 아니라는 것이다. 그가 자결하는 것도 사랑 때문이 아니라, 아버지를 향한 분노와 수치심 때문이라는 것이다. 후자는 맞는 주장 같긴 한데, 정말 이 젊은이의 감정에 사랑이 전혀 포함되지 않은 것인지는 잘 모르겠다. 좀 절충적 입장을 취해서, 이 작품에 이미 정혼한 두 남녀가 나오긴 하지만 그들의 감정에 대해서는 거의 다뤄지지 않으니, '본격적인' 사랑을 다룬 것은 아니라는 정도가 합당하겠다.

작품 내에서 두 사람이 마주치는 장면도 없는데, 이는 물리적인 상황 때문일 수도 있다. 즉, 같은 배우가 안티고네와 하이몬 역을 모두 연기했을 가능성이 높기 때문이다. 물론 제3배우에게 역할을 많이 맡겨서, 남성 역할을 모두 그에게 배당했다면 그는 이스메네 역 외에도 파수꾼-하이몬-테이레시아스-전령 역할을 했을 것이다. 하지만 이렇게 되면 이 배우의 부담이 너무 커진다. 제2배우도 아니고, 세번째 배우에게 이렇게까지 대사 배당을 많이 하는 것은 이상한 일이다. 사실 제3배우에게는 되도록 작은 역들만 맡겼으리라고 믿는 학자도 있는데 말이다. 나로서는 크레온과 강하게 맞서는 인물들은 모두 제2배우가 연기했다고 보고 싶다. 안티고네-하이몬-테이레시아스 역을 한 배우가 맡았다는 것이다. (이런 고려들이 독자의 몰입을 방해할 수도 있겠지만, 작품 읽을 때 그저 내용만 보아서는 안 된다는 뜻으로 약간 따져보았다.) 그리고, 시인이 일부러 두 역할을 한 배우에게 맡겨서, 극 중 두 사람이 만날 기회를 '원천적으로' 봉쇄했다고 보는 쪽이 읽는(또는 관람하는) 재미를 더해주지 않을까 싶다.

한편 하이몬의 감정과는 별도로, 안티고네의 대사 어디에도 하이몬에 대한 언급이 없다는 것 또한 놀라운 일이다. 어쩌면 그녀는 집안

• 〈크레온 앞에 잡혀온 안티고네〉, 연대와 소장처 불명. 왼쪽 보좌에 크레온이 앉아 있고, 안티고네는 두 젊은 남성 사이에 서 있다. 소포클레스의 작품에 나온 것과는 달리 두 명의 파수꾼이 그녀를 데려온 것처럼 되어 있는데, 실제 공연에서는 이렇게 두 사람이 오고, 그중 한 명만 발언했을 수도 있다.

에 덮친 엄청난 재난 때문에 다른 일을 돌아볼 겨를이 없었는지도 모르겠다. '낭만파'들에게는 미안한 말이지만, 사실 사랑해야 결혼한다는 개념은 서구에서도 산업혁명 이후에야 생겨난 것이고, 우리나라에서는 20세기 중반에야 널리 퍼지기 시작한 생각이라 할 것이다. 그이전 모든 시대, 모든 사회에서 결혼은 일종의 '정략결혼'이었는데, 그렇다고 해서 옛날 부부들이 오늘날의 부부보다 더 불행했다거나, 덜 행복했다고는 할 수 없을 것이다.

자신을 위한 애곡, 변하지 않는 영웅

이어서 안티고네가 다시 등장한다. 동굴 무덤으로 끌려가기 전에 마지막으로 자기 운명을 탄식하기 위해서다. 이 '네번째 삽화'는 두 부분으로 구성되어 있다. 앞부분에서는 안티고네와 합창단이 노래 대화를 주고받으며, 뒷부분에서는 안티고네가 마지막 긴 대사를 읊는다.

이 삽화 앞부분에서 두드러지는 것은 안티고네의 성격이다. 이제까지 대사를 통해 다소 간접적으로 드러났던 그녀의 성격은, 여기서 주위 사람들의 평가에 의해 좀더 확실한 규정을 얻는다. 합창단은 우선 그녀의 모습을 보고 눈물을 흘린다. 그녀가 죽으러 가는 것으로 여긴다. 그들이 보기에도 그녀가 굴복하지 않을 게 확실했던 모양이다. 안티고네 역시 자신이 살아서 해를 다시 보지 못하리라고 생각한다. 그녀 역시 굴복할 생각이 없다. 오히려 우리는 그녀의 마지막 '반항'을 보게 될 터이다.

노래로 표현된 그녀의 애곡에서 특히 원통하게 여기는 것은, 결혼하지 못하고 아이도 낳지 못한 채 죽는다는 점이다. 혹시 이 대목에서 실망한 독자가 있을지도 모르겠다. (사실은 나도 학생 때 작품을 처음 읽으면서 그랬었다.) 아니, 죽음을 각오하고 결연히 권력과 맞섰다면 그대가도 당당하게 받아들여야 하는 것 아닌가? 하지만 다르게 설명할 길이 있다. 지금 그녀는 자신이 충실하게 지켜온 원칙에 따라 '가족'에 대한 애곡을 행하는 중이다. 자기 가족을 장례 치르고 애곡하는 것은 늘 여성들의 몫이었으므로. 한데 지금 이 가문에는 남은 사람이 없다. 따라서 그녀 스스로 자신을 애곡하는 수밖에 없다. 이스메네는? 안티고네가 보기에 이스메네는 '가족을 배신'했으므로 더는 가족 구성원이 아니다. 그녀의 기회는 작품 첫 장면에서, 채 100행도 되지 않는 사이에 지나가버렸다. 안티고네가 자신을 가족 중 '마지막' 사람(895행)이라 칭하는 것도 바로 이 때문이다.

합창단은 그녀를 위로한다. 그녀는 명성 높이 칭송되고 있다. 그녀는 스스로의 법에 따라 벌을 받는 것이다. 여기서 "스스로의 법에 따라(autonomos)"(821행)라는 표현은 대개는 국가의 '자치'를 가리키는 말이다. 안티고네의 행위와 그 신념은 그녀를 독립된 하나의 국가로 만들었다!

이어서 안티고네는 자신을, 자식을 모두 잃고 바위로 변해 눈비를 맞았다는 니오베에 비긴다. 합창단은 이 애곡에 약간의 반론을 제기한다. 니오베는 신의 자손이라 명성을 얻는 게 당연하지만, 보통 인간으로서 신과 같은 운명을 만나는 것은 정말 큰 영광이라는 것이다. 우리가 보기엔 이 말도 안티고네를 칭찬하자는 의도인 듯한데, 그녀는 이걸 조롱으로 여긴다. 그 이유는, 자기가 아직 죽지 않았다는 것이다(839~841행). 그렇다면 그녀는 아직도 신들이 자신을 구원해주리라고 기대하는 것일까? 어떤 학자는, 여기서 안티고네가 항변한 것은, 합창단이 자기를 신과 유사한 존재로 보아주지 않아서라고 해석한다. 하지만, 이런 태도가 영웅들에게 자주 보인다는 건 인정한다 해도, 그냥 문장 자체만 보자면 그녀가 아직은 신들에게 희망을 걸고 있다는 쪽이 나은 해석 같다. (나는 개인적으로 이 부분이, 작품을 직접 읽는 사람에게 가장 해석하기 어려운 대목이라고 본다. 전체적으로 별 중요치 않은 대목에 지면을 낭비하는 걸 용서하시기 바란다.)

안티고네는 자신이 산 자에게도 죽은 자에게도 끼지 못하는 것을 비탄한다. 합창단은 비정하리만치 솔직하다. 그들은 그녀가 지나치게

• 요르고스 자벨라스의 영화 〈안티고네〉(1961)의 한 장면. 안티고네(이레네 파파스 분)가 동굴 무덤에 막 들어서고 있다.

대담하여 한도를 넘어섰다고 평가한다. 그녀의 '영웅적 면모'를 잘 짚었다. 하지만 일반인들의 편견도 덧붙는다, 그녀가 아버지의 죄를 갚는 것이라고. 이 말은 자기 집안의 불행에 대한 안티고네의 회고와 비탄을 불러일으킨다. 합창단은 다시 잔인한 진실을 들이댄다. 그녀의 행동이 경건했다는 건 인정하지만, '제 뜻대로 하는 성정'이 그녀를 파멸시켰다는 것이다. 그렇다. 그녀는 제 뜻대로, 스스로의 법에 따라, 지나칠 만큼 대담하게 행동하는 인물이다. 하지만 다시 읽고 살펴보라, 그녀의 비탄에 무엇이 없는지. (작품을 읽을 때면, 무엇이 없는지 늘 살피라고 당부했었는데 기억하시는지?) 그 어떤 후회도, 뉘우침도 없다. 변화도 없다. 그녀는 이 태도를 말 그대로 '무덤까지' 가져갈 것이다.

안티고네의 '기이한' 논변

안티고네는 이제 노래를 그치고 일상적인 운율로 자기 입장을 밝힌다. 그녀의 말을 들어줄 사람이 없으니, 그 대상은 자기 자신이다. 그녀는 자신의 행위 동기를 다시 찬찬히 살펴본다. 그 논리는 좀 이해하기 어렵다. 죽은 이가 자기 남편이나 아들이었다면, 자기가 그렇게 시민들에게 대항하며 장례를 치르진 않았으리라는 것이다. 남편은 다시 얻을 수 있고 아이도 다시 낳을 수 있지만, 오라비는 죽으면 다시 생길 수 없기 때문에 자기가 그렇게 했던 거라고.

이것은 헤로도토스의 『역사』(3권 119장)에 등장하는 논변이다. 다레이오스 왕이 어떤 공신 가문의 반역 음모를 의심하여, 그 집안 남자들을 모두 잡아들였다. 그러자 그 집 안주인이 날마다 궁 앞에 와서 울었다. 그녀를 측은하게 여긴 왕은 잡혀 있는 사람 중 하나만 풀어줄 터이니 선택하라고 했다. 그녀는 고심 끝에 자기 오라비를 선택했다. 왕이 이상히 여겨 물었다. 다른 여자 같으면 남편이나 아들을 선택하는 게 보통인데, 왜 오라비를 선택했는지. 그때 그 여인이 했던 대답이 바로 위의 것이다. 남편도 아이도 다시 얻을 수 있지만, 부모님이 이미 돌아가셨으니 오라비는 다시 얻을 수 없다고. 이 말을 현명하게 여긴 왕은 오라비에 덧붙여 장남까지 풀어주었다.

이미 「엘렉트라」에 대한 글에서 소포클레스가 헤로도토스와 친분이 있었고, 그의 글을 인용한 다른 사례가 있음을 보였다. 하지만 지금 여기서 안티고네가 이런 논리를 끌어들이는 것은 옳지 않아 보인다. 살릴 사람으로 누구를 선택하느냐의 문제와, 이미 죽은 어떤 사람을 장례 치르는 것은 다르기 때문이다. 남편, 아이, 오라비 중 하나만 선택해서 장례를 치러야 한다면, 물론 때로 오라비를 선택할 수는 있겠다. 그렇지만 그 이유가 '다시는 얻을 수 없어서'라는 건 좀 이상하다. 혹시 안티고네는 이번 위기를 이기고 살아남아 남편이나 아이를 얻고, 그들을 장사지낼 기회를 얻을 수 있으리라고 생각한 것일까? 반면에 오라비를 장사지낼 기회는 이번뿐이라고? 하지만 어쨌든 지금은 그런 선택의 상황도 아니다.

안티고네에게 찬탄했던 괴테도 이 부분만큼은 질이 떨어지는 것으로 판정했었다. 어떤 학자는 이 부분이 혹시 후대에 덧붙여진 건 아닐까 의심하기도 한다. 아마도 이 논변에 대한 가장 좋은 해석은, 안티고네가 여기서 오라비를 마치 산 사람처럼 대우하고 있다고 보는 것이리라. 그녀에게는, 죽은 오라비를 장사지내는 일이 아직 살아 있는 오라비를 선택해서 구해내는 일만큼이나 중요하다. 그 오라비는 그녀에게 두 번 다시 없을 소중한 혈연이다. 논리적으로 따져서 우리는 그녀의 표현에, 또는 추론 과정에 잘못이 있다고 지적할 수는 있다. 하지만 철학자가 아닌 안티고네에게 그렇게 엄격한 논리를 요구하는 것이 옳은 일일까? 그녀는 가족에 대한 자신의 애정을 다른 이야기의 논리를 빌려 이런 식으로 표현했다. 시인은 에우리피데스 같은 식으로 논리를 맞춰놓지 않았다. 그는 소녀의 설명할 길 없는 애착을 이런 식으로 전했다. 나는 그 선택이 옳다고 믿는다.

합리적 인간, 영웅이 아닌 인물

안티고네는 자신에게 부당하게 행하는 자들이 꼭 자기만큼만 재앙

당하길 기원하며 끌려나간다. 아마도 첫 장면에 안티고네 혼자 쓸쓸하게 떠나가던 그 방향으로일 것이다. 합창단은 그녀와 유사하게 일종의 감옥에 갇혔던 신화 속 인물들을 노래한다. 또 계모에게 눈을 잃은 불행한 아이들을, 그리고 유서 깊은 가문에서 태어나 동굴과 언덕 사이에서 분방하게 자랐던 그들의 어머니에 대해서도 노래한다. 그 노랫말은 자유연상에 의한 것인 듯, 구절구절 안티고네와 크레온의 사례에 들어맞는 건 아니다. 그저 일화마다, 지금 일어난 사건에 담긴 요소들 중 일부를 조금씩 나눠 갖고 있을 뿐이다. 한데 자세히 보면 운명의 힘은 피할 수 없다든지, 신들의 뜻에는 저항할 수 없다든지 하는 내용이 포함되어 있어서, 해석하기에 따라서는 크레온에 대한 은근한 비판으로 볼 수도 있게끔 되어 있다. 이 작품의 합창들은 참 모호하다.

곧이어 테이레시아스가 등장한다. 여성과 젊은이를 물리친 권력자는 이제 예언자와 맞서게 되었다. 눈먼 예언자는 새들의 기이한 행태, 제물의 불길한 조짐을 전한다. 그리고 이 모든 일이 죽은 자를 장사지내지 않은 데서 비롯되었다고 진단한다. 고집을 버리고 치유책을 찾으라고 충고한다. 하지만 크레온은 잘못을 인정치 않고 오히려 상대를 공격한다. '이득' '거래' 따위의 단어가 난무한다. 그는 이제야 '이득을 노리는 남자'를 잡은 것으로 여기는 듯하다. 이 와중에, 인간이 신을 더럽힐 수 없다는 그의 단언은 합리적 태도의 대표로 내세울 만하다.

설사 제우스의 독수리들이 그를 먹이로 움켜잡아
제우스의 보좌로 가져가려 한다 해도,
나는 이 부정이 두려워
저자를 묻도록 허용하지 않을 것이오. 나는, 인간 중 누구도

신들을 더럽힐 힘이 없다는 것을 잘 아니 말이오. (1040~1044행)

이제 세속 권력과 신적 권능은 강철같이 맞부딪고, 그 박력은 마치 「오이디푸스 왕」의 테이레시아스 장면을 다시 보는 듯하다. 마침내 분노한 예언자는 크레온에게 재앙을 예언한다. 그가 범한 죄는 이러한 것이다. 독자들은 그 순서에 주목해야 한다.

그대는 지상에 속한 자 하나를 아래로 던져
살아 있는 영혼이 명예를 잃고 무덤에 거주하도록 붙잡아두고,
저승 신들에게 속한 시신 하나는, 바쳐야 할 의식도 바치지 않고서
장례도 없이 신성치 않게 이곳에 잡아두었으니. (1068~1071행)

그에 대한 벌은 두 가지다. 하나는 그의 자식 중 하나가 며칠 안에 죽으리라는 것. 이것은 작품을 직접 읽지 않은 사람도 대개들 알고 있는 것이다. 다른 하나는 많이 알려지지 않은 것으로, 모든 나라가 그들을 적대하여 들끓고 있다는 점이다. 자기 도시 출신의 전사들이 장례를 받지 못했기 때문이고, 그들의 제단도 오염되고 있기 때문이다. 이 말은 테바이가 이후에, 지금 죽은 전사들의 자식들(epigonoi, '후손들')에 의해 함락될 것을 암시하는 것이다.

예언자가 떠나고 나서 크레온은 두려움을 표현한다. 사람들의 충고를 구한다. "대체 어떻게 해야겠소? 말해보시오. 내 따르겠소." (1099행) 그는 진정한 위협이 닥치자마자 즉시 굴복해버렸다. 결국 그는 영웅이 아니었던 것이다. 합창단은 그에게 얼른 '안티고네를 풀어주고 시신을 매장하라'고 권한다. 크레온은 사람들을 이끌고 떠난다.

• 〈소년에게 이끌려 가는 테이레시아스〉(왼쪽), W. H. 로셔(Roscher)의 『신화사전Ausführliches Lexikon der griechischen und römischen Mythologie』(1884) 삽화. 예언자는 마치 눈을 뜨고 있는 것처럼 그려졌다. 오른쪽과 비슷한 그림을 보고 그린 것으로 추정된다. 오른쪽 그림에서 테이레시아스 앞의 인물은 오이디푸스일 수도 있고, 크레온일 수도 있다.

합리성의 오류, 신들의 징계

합창단이 디오뉘소스를 불러 도움을 청하는 사이, 전령이 도착하여 크레온에게 큰 재앙이 들이닥쳤음을 알린다. 그가 전한 첫 재난은 하이몬이 자결했다는 것이다. 한데, 여기서 전언은 잠깐 중단된다. 크레온의 아내 에우뤼디케가 궁에서 나왔기 때문이다.(1183행) 아니, 이제 겨우 170행 정도 남았는데, 새 인물이라니! 어쨌든 그녀는 자세한 설명을 요구한다. 전령의 보고가 속개된다. '크레온은 우선 폴뤼네이케스를 예법에 따라 매장하고, 곧 동굴 감옥으로 향했다. 하지만 그가 도착했을 때 안티고네는 이미 목매어 자살한 상태였고, 거기에 먼저 도착한 하이몬이 그녀를 끌어내리는 참이었다. 그는 크레온을 보자 달려들어 칼을 휘두르나 빗맞혔다. 분을 못 이긴 젊은이는 아버지의 얼굴에 침을 뱉은 후, 칼로 자기 옆구리를 찌르고서 안티고네를 껴안고 쓰러졌다.' 처녀는 죽음으로써 마지막까지 왕에게 도전했고, 청년은 아버지가 처녀를 '뱉어버리라'고 충고했던 것을 잊지 않았다.

여기서 에우뤼디케가 말없이 집 안으로 들어간다.(1244행) 등장한 지 겨우 60여 행 만이고, 그녀의 대사는 겨우 8행뿐이었다. 시민들이 왕비의 심상치 않은 행동에 불안해하는 중에, 크레온이 아들의 시신을 안고 들어온다. 「오이디푸스 왕」에서 익히 본 애탄의 장면이 시작된다. 하지만 크레온이 겨우 두 소절 슬픔을 노래했을 때, 집 안에서 사람이 나와서 다른 재난을 전한다. 왕비가 자결했다는 것이다. 그녀의 마지막 말과 행동은 크레온의 애탄에 응답하는 형식으로 조금씩 더 자세히 전한다. 그녀는 자신의 두 아들의 죽음이 모두 남편 탓이라고, 그에게 저주를 보내고 죽었다. 아니, '두 아들'이라니? 아마도 마지막에 이 군주에게 타격을 더 크게 가하기 위해서인 듯, 시인은, 전날 끝난 전쟁 때문에 크레온의 다른 아들 메가레우스가 죽었다는 사실을 이제까지 숨기고 있었다. (대개는 전쟁에 승리하기 위해, 메가레우스가 스스로 자신을 신들께 제물로 바쳤다고 전한다.) 에우뤼디케의 뒤늦은 등장도 크레온의 재앙을 가중하기 위해서일 것이다. 그녀는 아들의 행동을 상기시키듯, 칼로 배를 찔러 죽었다. 크레온은 자신의 어리석음이 재앙을 불렀다며, 자기가 이제 산 자도 죽은 자도 아니라고 울부짖는다. 자신을 무(無)와 다름없다고, 이제 자신에게는 죽음이 가장 아름다운 것이라고 외친다. 합창단은 현명함이 행복의 첫째 요건이라고 노래한다.

학자들은 대개, 여기서 크레온이 일처리 순서를 뒤바꿨기 때문에 이런 재난을 만났다고 본다. 그의 잘못은 두 가지였다. 죽은 자를 저승으로 보내지 않은 것과, 산 자를 무덤에 가둔 것이다. 그것을 바로 잡는 순서도 잘못되었다. 예언자와 합창단의 충고대로, 먼저 산 자를 풀어주고 그다음에 죽은 자를 매장했으면 다른 죽음들을 막을 수 있었을 것이다. 아마도 그는 잘못이 일어난 순서대로 교정되어야 한다고 믿었던 모양이다. 그가 늘 내세우던 합리성이 그의 마지막 실수였던 것이다. 그는 안티고네를 산 것도 죽은 것도 아닌 상태에 처하게 했지만, 마지막에는 자신이 그런 상태에 처하게 되었다. 전령의 평가대로 그는 '살아 있는 시체'(1167행)인 셈이다. 저승의 신들도, 사랑의 신들도 존중하지 않았던 그는 삶과 죽음 양자로부터 배척된 것이다.

몇 가지 오해들

이상에서 대체로 크레온을 독재자로 보는 해석을 따라 작품을 설명해왔다. 아마 작품 속 크레온의 언행을 보면서 현대의 어떤 정치지도자를 떠올린 독자도 있을 것이다. 한데 크레온은 그저 잘못된 지도자고, 안티고네의 입장은 옳기만 한 것일까? 헤겔은 이 작품에 깊은 인상을 받았던지 여러 저작에서 「안티고네」를 언급했는데, 보통 그의 해석은 '두 사람 모두 옳다'는 것으로 알려져 있다. 한 사람은 국가의 권리를, 다른 사람은 가족의 권리를 대표한다는 것이다. 하지만 좀더 넓게 보자면, 두 사람 모두 틀렸다는 게 헤겔의 뜻이라고 보는 입장도 있다. 사실 헤겔이라면 보통 '정(正)-반(反)-합(合)'으로 도식화되는 변증법의 주창자이니, 더 큰 진리인 합으로 가는 단계인 두 입장을 옳다고 하기는 힘들겠다. 어쨌든 여기서 잠깐 안티고네의 입장이 당시 사람들에게는 상당한 위협으로 보였다는 점을 지적해두고자 한다. 도시국가가 처음 성립되던 시기에 안전은, 크레온 말대로 도시가 먼저 있어야 가능한 것이었다. 그리고 그런 도시에, 유서 깊은 가문의 영향력은 불안 요소로 작용할 수 있었다.

그리고 안티고네가 크레온을 "장군"(7행)이라고 부르는 것이 그를 깎아내리는, 일종의 폄칭(貶稱)이란 인상을 줄 수도 있는데, 이 역시 잘못된 해석이다. 군에 대한 문민통제가 정상으로 되어 있는 현대에야, 정치지도자가 '장군'이라면 곧장 군사정변을 떠올리기 쉽지만, 기원전 5세기 아테나이 상황은 달랐다. 거기서 장군(strategos)은 몇 안 되는 선출직 중 하나로, 능력 있는 지도자인 경우가 많았으며, 저 유명한 페리클레스도 이 호칭으로 불리며 정국을 주도했었다.

이 작품을 잘못 읽는 또 한 가지 방법은 여기서 안티고네의 '실책'이 무엇인지 찾는 것이다. 이런 잘못된 해석의 근원은 아리스토텔레스이다. 『시학』에서 그는, 비극의 주인공은 어떤 흠, 또는 과실, 실책(hamartia) 때문에 불행에 빠진다고 했다. 이 말을 기억하는 독자들은 '주인공' 안티고네의 흠이나 잘못을 찾으려 애쓴다. 물론 그녀가 완전한 인간은 아니다. 특히 고집(좋게 말하면 집념, 또는 의지)이 대단하다. 하지만 이것은 '영웅적 기질'이라고 할 것이지, 아리스토텔레스가 말한 흠이라 보기 어렵다. 한데 그보다 중요한 것은, 이 작품이 '두 주인공 극'이고, '양분 구성'으로 짜인 극이라는 점이다. 작품 전반부에서는 안티고네가, 후반부에서는 크레온이 중심적인 역할을 한다. 한데 사람들은 흔히, 제목에 홀려서 안티고네에게만 초점을 맞춘다. 혹시 둘 중 하나만 주인공으로 정해야 한다면 아마도 크레온을 선택해야 할 것이다. 거의 처음부터 끝까지 무대 위에 서 있는 그가 제1배우다.

그의 '실책'도 찾으려면 찾을 수 있다. 아마 일의 순서를 뒤바꾼 것이 가장 큰 실책이 될 것이다. 물론 시인이 아리스토텔레스 이론서를 펼쳐놓고 거기에 맞춰서 작품을 쓴 것은 아니니, 이런 시도가 꼭 옳다고 할 수도 없겠지만. (노파심에서 덧붙이자면, 아리스토텔레스는 기원전 4세기 사람으로 시인의 시대에서 거의 100년 뒤에 활동했다.) 그리고 요즘은 주인공의 '실책'을 주로 '지적(知的)인 흠'에서 찾는 것이 주류 해석이니, 크레온의 실책도 안티고네와 하이몬의 진심을 알아보지 못한 것이라 하는 게 더 나을 것이다.

마지막으로 주의할 점 하나. 이 작품은 이야기 흐름으로는 「오이디푸스 왕」(그리고 「콜로노스의 오이디푸스」)에 이어지는 것이나, 만들어진 순서로는 이 작품이 「오이디푸스 왕」보다 먼저(인 것으로 보인)다. 두 작품에 모두 크레온이라는 인물이 나오나, 「오이디푸스 왕」의 크레온이 변해서 이 작품 속 동명(同名)의 인물이 되었다고 생각하면 안 된다. 이 두 작품의 크레온은 별개의 인물이라고 생각하는 게 좋다. 한 번에 발표된 3부작이 아닌 한, 매 작품마다 상황도 인물도 새롭게 시작된다고 보아야 할 것이다. 우리는 「콜로노스의 오이디푸스」에서 또다른 크레온을 보게 될 것이다.

「안티고네」는 여성과 남성, 가족과 국가, 감성과 이성 등 여러 대립을 보여주고, 이것은 주로 안티고네와 크레온이라는 인물로 대표된다. 그 밖에도 자연과 대지를 대하는 태도, 죽음과 에로스를 대하는 태도도 각기 다르다. 이러한 대립적인 요소에 주의하면서 읽으면 작품 속에서 훨씬 더 많은 것을 얻어낼 수 있을 것이다. 독자들의 많은 수확을 기원한다.

소포클레스의
「콜로노스의 오이디푸스」

소포클레스는 왜 죽음을 앞두고 다시 오이디푸스에
게로 돌아간 것일까? 애초부터 오이디푸스는 개인이
라기보다는 인간의 대표였다. 시인은 마지막 순간에,
인간됨의 존엄함을 다시 확인한다. 인간은 운명 앞에
약한 존재지만, 그렇다고 그 존엄이 손상되는 것은
아니다. 시인은 그것을 신적 가치로까지 끌어올렸다.
시인이 삶을 떠나며 남긴 마지막 말은, 인간임에 대
한 더할 수 없는 찬양이었다.

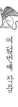

소포클레스의
「콜로노스의 오이디푸스」

소포클레스의 작품 중 마지막으로 「콜로노스의 오이디푸스」를 보자. 모든 작품을 다 자세히 다룰 수는 없으므로, 여기부터는 조금 속도를 내서 빨리 지나가도록 하자.

슬프지 않은 결말

이 작품은 소포클레스의 (아마도) 마지막 작품으로, 보통 「안티고네」 「오이디푸스 왕」과 함께 '테바이 3부작'으로 꼽히는 것이다. 작품이 상연된 것은 그가 죽고 나서 3년 뒤였는데, 이것이 재상연인지 여부에 대해 학자들 사이에 논란이 있다. 하지만 설사 그것이 재상연이었다 하더라도 이 작품이 그의 생애 거의 마지막에 만들어진 작품임은 모두가 인정하는 바이다. 앞서도 말했지만 '테바이 3부작'이란 것은, 작품 내용이 서로 이어지기 때문에 그냥 그렇게 부르는, 편의적인 명칭이다. 이야기 흐름으로 보자면 「오이디푸스 왕」-「콜로노스의 오이디푸스」-「안티고네」의 순서로 놓여야 하고, 창작과 발표순으로 보자면 「안티고네」-「오이디푸스 왕」-「콜로노스의 오이디푸스」가 된다.

이 작품은 다시 독자의 비극 개념을 시험한다. 앞에서 비극은 '슬픈 연극'이 아니라고 말했지만, 우리가 함께 읽은 소포클레스의 작품들은 모두 어떤 의미에서 '슬픈' 내용을 담고 있었다. 따라서 독자는 이 작품에서도 비슷한 것을 기대하기 쉽다. 하지만 이 작품은 다른 작품들과 다르다. 그래서 어쩌면 작품을 읽고, 대체 어디서 슬픔을, 또는 감동을 느껴야 하는지 모르겠다고 생각한 독자도 있을지 모르겠다. 나로서는, 이 작품을 읽고 단번에 '정말 좋은 작품'이라고 느낀 독자가 있다면 그분께 큰 칭찬을 드리고 싶다. 이 작품은 '해피 엔딩' 극이다. 가슴 저리는 슬픔과 고통을 기대했던 독자에게는 실망이다. 하지만 많은 희랍 비극 작품들이 '행복한' 결말을 갖고 있으며, 거듭 말하지만 비극을 가리키는 말(tragoidia, '염소노래')에는 애당초 '슬프다'라는 뜻이 들어 있지 않았다.

느슨해진 구조, 노년기의 퇴행인가?

먼저 간단히 줄거리를 보자. 스스로 눈을 찌른 후 객지를 떠돌던 오이디푸스가, 딸 안티고네의 인도를 받아 아테나이 근교 콜로노스에 다다른다. 한 조용한 숲에서 휴식하던 그는, 그곳이 복수의 여신들의 성역임을 알고, 자신이 운명에 정해진 최후 안식처에 도착했음을 깨닫는다. 하지만 그곳 주민들은 이 끔찍한 '오염물'을 성역에서 몰아내려 한다. 결국 아테나이 왕인 테세우스가 불려오는데, 이 영웅은 너무나도 흔쾌히 오이디푸스를 받아들인다. 작품 끝 부분에, 오이디푸스는 신의 부름을 받고 성역 안에서 어떤 놀라운 방식으로 사라진다. 따라서 이야기 골자는, 오이디푸스가 아테나이에 받아들여지고 거기서 죽었다는 것이다. 이것은 보통 '아테나이 주제'라고들 한다.

그냥 이랬다면 이야기가 매우 싱거웠을 텐데, 다행히도 다른 요소가 중간에 끼어 있다. 오이디푸스의 두 아들이 테바이의 왕권을 다투고, 그들은 서로 아버지의 지지를 얻어내려 애쓴다. 처음엔 이 '오염된' 노인을 무시하고 박대했지만, 그에게 엄청난 능력이 숨겨져 있다는 사실을 뒤늦게 알았기 때문이다. 그래서 한쪽에는, 현재 테바이의 통치자이자 작은아들인 에테오클레스를 대신하여 크레온이 와 있다. 다른 쪽에는 고향에서 쫓겨난 큰아들 폴뤼네이케스가 있다. 이들과 오이디푸스 사이의 갈등이 작품 중간을 채운다. 이른바 '테바이 주제'다.

그래서 대략적인 작품 구조는 크게 두 주제가 교차되는 A-B-A의 꼴이다. 한데 이런 구조는 시인의 중기 작품들에 비해 통일성이 떨어지는 듯 보인다. 초기에 속하는 「안티고네」나 「아이아스」에서처럼 A-B 꼴의, 앞뒤가 뚜렷이 나뉘는 '양분 구성'으로 되돌아간 것까지는 아니지만, 중기의 「오이디푸스 왕」이나 「엘렉트라」가 보여주던 완벽한 통일성은 대체 어디로 갔단 말인가? 더구나 부분들은 서로 필연적 인과관계로 묶이지 않고, 우연적으로 이어지는 이른바 '에피소드식' 구성이다. 가장 갑작스러운 것으로 꼽히는 게 폴뤼네이케스 장면이다. 두 아들이 경쟁중이고, 새로운 신탁에 의해 오이디푸스가 중요한

• 요한 페터 크라프트, 〈콜로노스 숲의 오이디푸스〉, 1809년, 루브르 박물관 소장.
　노인의 뒤로 숲과 여신상, 신전 등이 있는 것으로 보아 「콜로노스의 오이디푸스」를 저본으로 삼은 그림
　인 듯 보인다. 비극 작품 첫 장면에 안티고네가 특별히 절망에 빠진 모습을 보이지는 않는데, 이 그림에
　서는 좀더 비관적인 자세로 그려졌다. 하지만 노인의 자세는 꼿꼿하여 위엄과 기백을 보여주고 있다.

'자원'으로 여겨질 기미가 있었던 만큼, 큰아들의 등장이 아주 이상한 것은 아니지만, 꼭 그 시점에 그런 식으로 나타나는 건 예기치 못한 일이다. 합창의 쓰임도 약간 의구심을 자아낸다. 특히 '제2정립가'가 에우리피데스식으로, 장면과 장면을 나누는 막처럼 사용되었다는 점이다. 이 역시 인물의 행동과 합창단의 반응이 긴밀하게 물려 돌아가던 「오이디푸스 왕」의 수준에서 많이 멀어진 듯 보인다. 이런 형식적 느슨함은 어디에 기인한 것일까? 소포클레스도 이제 늙어서 솜씨가 무뎌진 것일까?

이에 대한 가장 좋은 설명은, 이것이 시인의 '말년의 양식'이라는 것이다. 일반적으로 뛰어난 예술가들, 예를 들면 베토벤이나 렘브란트 같은 이들의 작품 경향이 이와 유사하게 변화해갔다. 중기까지는 치열한 노력으로 명확하고 견고한 구조를 탐색해나가고, 결국 그것을 성취한다. 하지만 그후엔 그것을 넘어 자유로워진다. 발언은 이제 전만큼 단정적이지 않고, 형식은 좀더 유동적이며, 감정은 전보다 깊고 초연해진다. 이 작품도 그러하다. 그리고 겉보기 느슨함도 어떻게든 설명할 길이 있다. 시인의 솜씨는 여전하고, 어쩌면 더 원숙해졌다.

'아테나이 주제'는 세 단계로 되어 있다

이 작품에서 매우 강조되는 것이 장소이다. 오이디푸스가 제일 먼저 물은 것은 그곳이 어디인지이다. 그는 이 장소를 차지하고, 지켜내고, 거기서 '승화'한다. 그래서 어찌 보면 작품 전체가, 오이디푸스를 거기서 끌어내려는 시도들과 그것에 대한 저항으로 이루어져 있다.

'아테나이 주제'에서는 그 시도들이 세 단계로 나타난다. 먼저 한 주민이 오이디푸스를 발견하고, 숲에서 나오기를 종용하다가는 그의 탄원에 물러선다. 그다음엔 콜로노스 노인들로 구성된 합창단이 등장하여, 이 침입자의 신원을 묻고, 듣고, 대경실색 그를 몰아내려 하지만, 결국 왕의 결정을 따르겠노라고 물러선다. 마지막엔 테세우스가 그를 자기 집으로 초대한다. 호의가 분명하지만, 이 역시 그를 다른 곳으로 데려가려는 시도이기도 하다. 그래서 오이디푸스의 상대와 그를 끌어내려는 힘의 크기로 보자면, 이 주제는 점점 커가는 '크레센도(crescendo)' 꼴을 취하고 있다.

이에 대응하여 오이디푸스의 저항하는 힘도 점점 커가는 양상을 보인다. 처음에 그는 모두에게 혐오받는, 힘없고 의지할 데 없는 노인으로 등장했다. 하지만 그는 자신을 받아주는 땅이 복을 받으리라는 것을 확신하고 있다.(72행, 287~288행) 아마도 이것은 그에게 어떤 신탁이 내렸기(353~355행) 때문일 것이다. 거기에 덧붙여서 이제 이스메네는 다른 신탁을 하나 더 가지고 온다.(387행) 그의 내적인 힘에 더하여 신들이 보낸 외적 지지는 그에게 권능과 위엄을 배가하고, 이 새로운 면모는 그가 크레온을 상대하는 데, 그리고 무엇보다 폴뤼네이케스를 대할 때 폭발적인 위력을 보이게 될 것이다.

(나는 늘 비극이 서사시에서 무엇을 배웠는지 주목하고 있는데, 이 작품은 어찌 보자면 『일리아스』의 구조와 서술 기법을 닮았다. 전체적으로 큰 구조가 A-B-A 꼴의 '되돌이 구성ring composition'으로 되어 있는데다가, 중간에 몇 가지 요소가 '반복되면서 커가는' 크레센도 형을 보이고 있기 때문이다.)

잠깐 여기서 테세우스라는, '민주적' 영웅의 태도를 보자. 그가 도착하기 전, 오이디푸스는 합창단에 자신의 무죄를 입증하려 애썼다.

하지만 테세우스를 향해서는 그럴 필요조차 없다. 그는 아무 질문도, 조건도 없이 그를 받아들인다. 오이디푸스가 묻히는 땅이 큰 이익을 얻으리라는 사실을 알기도 전이다. 테세우스가 밝힌 이유는 이렇다.

> 나는, 나도 그대처럼 이방인으로 자랐으며,
> 혈혈단신으로 목숨을 걸고 이국땅에서 수많은 위험들과
> 싸웠음을 명심하고 있소이다. 그래서 나는 지금
> 그대 같은 이방인이라면 누구에게서도 돌아서거나
> 보호해주기를 거절하지 않을 것이오. 나는 내가
> 한낱 인간임을, 그리고 내일이면 나에게 그대보다 더 큰
> 몫이 주어지지 않을 것임을 알고 있기 때문이오. (562~568행)

그의 환대는 이익을 향해서가 아니라, 인간을 향해 열려 있다. 외래(外來)자로, 이방인으로 살았던 자신의 경험에서 나온 동정심, 그리고 인간의 연약함과 그 운명의 예측 불가능함에 대한 이해다. 이것은 「아이아스」에서 오뒷세우스가 보여주는 것과 거의 같은 인식과 태도이다. 그 작품에서 오뒷세우스는 '반역자' 아이아스를 매장할 수 있도록 도와준다. 그 자신도 언젠가는 죽어 매장되어야 할 필멸의 인간이어서다.

'테바이 주제'는 인물 등장의 의외성을 만들어낸다

오이디푸스를 성역에서 끌어내려는 시도는 '테바이 주제'에서도

두드러진다. 한데 이 주제는 (좀더 자세히 보자면, 그저 A-B-A 꼴로 독립된 중심부를 이루는 게 아니라) '아테나이 주제'와 교차되어 나오고, 그 결과 인물들의 등장에 의외성이 생긴다. 우선 콜로노스 주민들이 테세우스를 부른다. 하지만 이어 등장한 인물은, 우리가 기다리던 아테나이 왕이 아니라, 이스메네, 오이디푸스의 딸이다. 그녀는 노인의 두 아들이 새로운 신탁을 얻었고, 서로 아버지를 차지하려 경쟁을 벌이게 되었다고 전한다. 주위 사람들의 행복과 권세가 오이디푸스에게 달려 있다는 것이다. 이제 크레온이 와서 오이디푸스를 데려가려 할 것이다.

하지만 이어 등장한 이는, 좀더 일찍 오리라 기대되었던 테세우스다. 그는 오이디푸스를 자기 집으로 모시길 원한다. 하지만 오이디푸스는 그곳을 떠나지 않으려 한다. 왕은 그저 보호를 약속하고 물러가는 수밖에 없다.

그사이 이스메네는 합창단이 일러준 방식대로 이곳 신들께 제물을 바치러 떠나가 있다. 이제 그녀가 돌아오는 것이 기대되는 순간인데, 정작 나타난 것은 좀 늦을 듯 여겨졌던 크레온이다. 그의 태도는 테세우스와 뚜렷한 대조를 이룬다. 그가 등장하여 누구에게 처음 말을 거는지 보라. 오이디푸스가 아니라, 합창단이다. 그는 이어서 오이디푸스와 안티고네의 참상을 자세히도 묘사한다. 숨기려 했지만 자기도 모르게 드러내고 만 역겨움과 혐오감의 표현이랄까? 이제 그는 노인을 회유하기 시작한다. 그를 동정하고, 자신들의 무관심을 자책한다. 하지만 오이디푸스는 상대가 진심이 아님을 알고 있다. 그들의 의도는, 자신을 그저 국경 근처에 잡아두고, 그저 복을 주는 일종의 주물(呪物)로 이용하려는 것임을. 오이디푸스의 거절은 예상외로 사납다.

유랑에 지친 듯한 노인 속에서 거인이 일어서기 시작한다.

> 무슨 짓이든 할 수 있는 자여, 어떤 정당한
> 생각으로부터도 교활한 잔꾀를 끌어낼 줄 아는 자여! (761~762행)

친절과 동정을 가장했던 크레온도 본색을 드러낸다. 그의 계획은
아주 단순하고 명료하게 표현된다.

> 크레온: (⋯) 그대는 곧 고통받게 될 것이오.
> 오이디푸스: 자네의 그 위협은 어떡하겠다는 뜻인가?
> 크레온: 그대의 두 딸 중 한 명은 내가 방금
>   붙잡아 보냈고, 다른 딸도 곧 데려갈 것이오. (816~819행)

이것이 이스메네가 돌아오지 않은 이유였다. 그녀는 이미 적들의
수중에 있었던 것이다! 크레온은 이제 안티고네마저 잡아 부하들에
게 넘긴다. 오이디푸스의 두번째 실명(失明)이다. 그녀는 등장하면서
부터 모든 풍경과 사태를 아버지께 일일이 설명해주지 않았던가!
크레온이 오이디푸스까지 잡아 끌고 가려는 순간, 테세우스가 나
타난다. 왕은 크레온을 비난하고 소녀들의 반환을 요구한다. 크레온
은 그를 설득하여 오이디푸스를 받아들이지 못하게 하려 한다. 여기
서 '테바이 주제'가 '아테나이 주제'와 얽힌다. 조금 전에 테세우스(아
테나이 주제)가 퇴장했던 것은, 크레온(테바이 주제)이 등장할 공간을
만들어주기 위해서였던 셈이다. 시인은 두 주제를 묶기 위해 아테나
이 왕을 좀 바쁘게 만들었다. 크레온의 논변의 핵심은, 오이디푸스가

부정(不淨)한 존재라는 것이다. 하지만 논쟁은 두 도시의 정치적 대표들 사이에 이루어지진 않는다. 크레온에게 답하는 것은 오이디푸스다. 그는 자신이 무죄함을 조목조목 입증한다. 50행이 넘는 긴 연설이다. 여전히 오이디푸스가 죄가 있다고 보는 독자의 존재를 예감한 것일까? 시인은 가장 강렬한 조명 아래 그의 '죄'들을 다시 끌어내고, 그것이 무죄임을 확인한다.

왕은 이 논쟁에 끼어들지 않는다. 그는 그저 노인의 자기 변론이 끝나기를 기다리고, 곧장 추격에 나설 뿐이다. 오이디푸스의 말에 전적으로 수긍한다는 듯. 그는 크레온을 길라잡이 삼아 끌어간다. 이제 합창단은 자기들의 왕이 어디쯤에서 적과 마주쳐, 어떻게 싸울지를 상상한다. 비둘기가 되어 그들을 내려다보고 싶어한다. 승리를 예감하지만, 신들의 도움을 청한다. '에우리피데스적인' 합창으로 꼽히는 것이다. 하지만 나로서는 이 노래가 '전령의 보고'를 대신한다고 보고 싶다. 또 어쩌면 샤먼의 정신적인 여행을 보조자들이 노래로 돕는 것과 같은 역할을 하는 것인지도 모른다.

변치 않는 영웅, 폭발하는 분노

이제 테세우스가 두 소녀를 구출해 돌아온다. 하지만 다시 만난 가족의 기쁨은 오래가지 못한다. 또하나 의외의 인물이 등장했기 때문이다. 폴뤼네이케스다. 노인은 그를 보지 않으려 하지만, 테세우스와 안티고네의 간청에 겨우 마음을 돌린다. 합창단이 장수(長壽)의 무익함을 노래하는 사이에 아들이 들어온다. 이 합창 역시 비극 전체에서

몇 위 안에 들 정도로 유명한 노래이다. 가장 자주 인용되는 구절은
이렇다.

> 태어나지 않는 것이 더할 나위 없이
> 좋은 일이지만, 일단 태어났으면
> 되도록 빨리 왔던 곳으로 가는 것이
> 그다음으로 가장 좋은 일이라오.
> 경박하고 어리석은 청춘이 지나고 나면
> 누가 고생으로부터 자유로우며,
> 누가 노고에서
> 벗어날 수 있단 말이오? (1224~1233행)

아들은 아버지의 참상을 목도하고, 그의 추방을 방관했던 걸 자책
한다. 하지만 아버지는 거기에 답하지 않는다. 아들이 그 이유를 제대
로 짚었다. '무언의 경멸'(1273행)이다. 어쨌거나 아들은 찾아온 이유
를 댄다. 역시나, 권력 다툼에서 자기를 도와달라는 부탁이다. 이 '사
업'이 얼마나 유망한 것인지 입증하려는 듯, 저 유명한 '테바이를 공
격하는 일곱 영웅'의 이름을 하나하나 댄다. 자기도 아버지처럼 추방
자 신세라는 것을 강조한다. 이 80행 가까운 발언 뒤에, 그것도 합창
단장의 재촉을 받고서야 겨우 노인이 입을 뗀다. 그를 상대하기도 싫
다는 듯, 우선 합창단을 향해 발언한다, 자신이 입을 여는 것은 테세
우스의 권고 때문이라고. 그리고 아들을 향해 돌아섰을 때, 그 첫마디
는 저주의 욕설이다. "이 더할 수 없이 악한 자여!(o kakiste)"(1354행)
그는 아들이 자신을 쫓아낸 것을 비난하고, 저주한다.

꺼져라, 나에게 배척받고 아버지도 없이,

이 악인 중의 악인이여, 내가 지금 너에게 퍼붓는

이 저주의 말들을 갖고서. 너는 결코 네 조상들의 나라를

창으로 이기지도 못하고, 언덕으로 둘러싸인 아르고스로

돌아가지도 못할 것이다. 오히려 너는 친족의 손에

죽고, 너를 내쫓은 자를 죽이게 될 것이다.

이렇게 나는 저주한다. 그리고 나는 너를 다른 거처로

데려가도록 아버지 타르타로스의 끔찍한 암흑을 부르고,

이곳의 원림에 계신 여신들을 부르며, 너희 둘 사이에

무서운 증오심을 불러일으킨 아레스를 부르노라. (1383~1392행)

대체 이 무시무시한 장면은 무엇인가? 그토록 큰 불행과 고통을 겪은 노인이라면 이제 좀 온화해질 때도 되지 않았나? 테세우스가 그를 받아준 것처럼 약점 많은 인간으로서 같은 인간을 이해해줄 법도 하지 않은가? 어쩌면 독자들은 이런 생각을 했을지도 모른다. 하지만 이 노인은 전혀 변하지 않았다. 「오이디푸스 왕」에서 테이레시아스와 맞부딪치던 그 영웅, 파멸하더라도 진실을 알아내고야 말겠다던 그 인물과 전혀 다르지 않다. 장남으로서 난경에 처한 아버지를 거들떠보지 않았던 폴뤼네이케스에게 기회의 문은 그 순간 닫혀버렸다, 그것도 영원히. (여러 전승들은 대개 에테오클레스를 장남으로 보고 있으나, 소포클레스는 폴뤼네이케스를 장남으로 설정했다. 그의 책임을 더 크게 만들려는 의도에서일 것이다.)

지금 우리가 보는 이 거인은 대체 누구인가? 어린 소녀에게 겨우 의지한 채 끼니와 거처를 구걸하며 떠돌던, 혹시나 자신의 오염이 남

• 앙드레 마르셀 바셰, 〈폴뤼네이케스를 저주하는 오이디푸스〉, 1883년. 아들은 절망에 빠져 아버지 앞에 주저앉아 있고, 눈먼 노인은 딸들의 애원과 만류에도 저주를 보내고 있다. 영웅의 분노가 무서운 표정으로 그려졌다.

에게 누가 될까 접촉도 자제하던 그 노인 속에 이런 모습이 숨어 있었단 말인가? 하지만 바로 이것이 영웅의 진면목이다. 고난은 그를 바꾸지 못했고, 그런 그를 신들은 자신들 중 하나로 받아들인다.

시인은 인간 존재의 존엄함을 강조한다

동료들에게 진실을 전할 용기가 없는 폴뤼네이케스는 그대로 운명을 맞으러 떠난다. 안티고네는 오라비들 사이의 전쟁을 말리려 마지막 안간힘을 써보지만, 그는 자신이 당한 치욕과 조롱을 죽음으로써 갚으려 한다. 오이디푸스의 확실한 예언도 그를 막지 못한다. 여기서도 운명은 인간의 선택이다.

이제 신들이 천둥으로써 오이디푸스를 부른다. 오이디푸스는 테세우스를 불러오게 한다. 폭풍과 우박, 천둥, 번개 사이로 오이디푸스가 앞장선다. 그는 거의 예언자적 권위로써 다른 이들을 인도한다. 성역의 어느 지점에 이르면 테세우스에게만 동행이 허락된다. 그가 사라진 자리는 왕과 그의 후계자들만 알 것이다. 그 장소는 이 도시를 외적으로부터, 특히 테바이의 위협으로부터 지켜줄 것이다.

합창단이 하데스를 불러, 오이디푸스에게 고통 없는 죽음이 임하기를 노래하는 사이에 전령이 들어온다. 오이디푸스가 어떤 지점까지 사람들을 인도했는지, 어떻게 마지막 목욕을 마치고, 딸들과 작별했는지, 신들이 그를 어떻게 불렀는지 전령은 전한다.

> 적막감이 감돌 때, 느닷없이 누군가의 목소리가
> 그분을 불렀고, 그래서 모두들 놀랍고
> 두려워 갑자기 머리카락이 곤두섰어요.
> 신께서 몇 번이고 되풀이해서 그분을 부르셨으니까요.
> "오, 이 사람, 이 사람, 오이디푸스여, 왜 우리는 가지 않고
> 있는 것인가? 그대의 일이 너무 지체되고 있구려." (1623~1628행)

노인은 테세우스에게 딸들을 부탁하고, 그녀들을 돌려세운다. 잠시 후 일행이 뒤돌아보았을 때, 테세우스만이 손으로 눈을 가리고 있었다. 분명치 않은 어떤 방식으로 노인이 사라진 것이다. 그는 신 중의 하나가 되었다. 긴 애도의 노래가 이어진다. 테세우스가 애도를 그치게 한다. 소녀들은 오라비들의 싸움을 말릴 희망을 품고서 테바이로 떠난다. 1779행. 현존하는 비극 중 가장 긴 작품이 끝난다.

이 작품은 저 밑바닥까지 전락했던 오이디푸스가 다시 일어서고,

신의 반열에 오르는 것을 보여준다. 처음 등장하면서 그는, 자신이 방랑과 고통을 통하여 인내심을 배웠다고 말한다. 이렇게 겸손하게 시작하지만, 작품 전체를 통해서 그는 점점 큰 인물로 드러난다. 아들을 준열히 꾸짖고 저주를 퍼부을 때, 거기 담긴 힘과 그것이 불러일으키는 공포, 거역할 수 없는 권위를 보라! 그는 점차 예언자로, 신적 존재로 변해간다.

한데 소포클레스는 왜 죽음을 앞두고 다시 오이디푸스에게로 돌아간 것일까? 아마도 그는 자기가 창조한 인물에게 책임을 느꼈던 것 같다, 그를 고난 속에 그냥 두고는 떠날 수 없다는 듯. 그의 운명을 동정해서가 아니다. 애초부터 오이디푸스는 개인이라기보다는 인간의 대표였다. 시인은 마지막 순간에, 인간됨의 존엄함을 다시 확인한다. 인간은 운명 앞에 약한 존재지만, 그렇다고 그 존엄이 손상되는 것은 아니다. 시인은 그것을 신적 가치로까지 끌어올렸다. 시인이 삶을 떠나며 남긴 마지막 말은, 인간임에 대한 더할 수 없는 찬양이었다. (나는 '인간의 존엄성'이란 말은 이제 비극과 관련해서는 사용할 수 없다고 생각한다. 그 말은 너무 잦은 사용으로 '오염'되었고, '모든 생명은 소중한 것'이라는 훈계조의 범속한 표현이 되어버렸다. 그래서 '인간임' '인간됨'의 존엄함이라고 해보는데, 그게 우리말로 잘되는지 모르겠다. 영어 표현을 빌리자면, 'being human'이란 뜻으로 썼다.)

오이디푸스의 의미가 여럿인 만큼, 이 작품의 의미도 달리 볼 길이 없지 않을 것이다. 그중 하나는 그 위대한 인물이, 위대했던 도시 아테나이를 표상한다는 점이다. 기원전 5세기 초에 태어나서 거의 세기 말까지 살았던 소포클레스는 이 도시가 대국 페르시아의 침입을 막아내고, 희랍 세계의 주도 국가가 되어 찬란히 번영하는 것을 보았다.

그리고 펠로폰네소스전쟁에 휘말려들면서 국운이 기울어가는 것을 보았으며, 그 자신은 어쩌면 다행히도 아테나이 패망 직전에 죽었다. 혹시 시인은 자기를 길러준 도시, 동지중해의 영광이었던 이 도시가 마지막 순간의 고통과 불행 속에서도 여전히 예전의 어떤 덕목을, 힘과 아름다움을 유지하고 있다고 믿었던 것은 아닐까? 어느 날 그것이 다시 찬연히 피어나리라고 희망했던 것은 아닐까? 그런 희망까지는 아니라도, 적어도 아테나이가 이룩한 것들, 그 도시가 도달했던 높이는 신들도 인정할 만한 것이라고 생각한 게 아닐까? 우리가 그냥 지나쳐온 '제1정립가', 보통 '콜로노스 찬가'라고 불리는 노래가 그런 인상을 강화해준다.

> 나그네여, 그대가 찾아온 이 준마의 나라는
> 세상에서 가장 아름다운 고장이라오. (668~669행)

아름다운 작품이다. 늦은 가을, 아직 차가워지지 않은 공기 속에, 이제 거의 떨어질 때가 된 잎새 사이로 단풍빛에 물든 햇살이 따사롭게 내리비치고, 거기 크나큰 고통과 긴 유랑을 거쳐온 노인이 앉아 쉬고 있다. 이제 인생의 어려운 고비들은 다 지나갔다. 그 내면의 힘은 여전히 엄청나고, 때로 놀랍게 터져나올 것이지만, 아직은 고즈넉이 휴식중이다. 이런 이미지로 시작하여, 격렬한 분노와 장엄한 끝맺음까지. 이 작품의 놀라운 힘과 아름다움을 되도록 많은 이들과 나누고 싶다.

에우리피데스의
「메데이아」

신들이 사라진 시대에 그 자리를 차지한 것은 비이성
이다. 이 작품은 431년 펠로폰네소스전쟁 발발 직전
에 상연되었다. 신의 위치에 선 메데이아라는 놀라운
결말은 어쩌면 그 전쟁에서 더욱 분명하게 드러날 도
덕적 카오스, 맹세와 약속이 효력을 잃고 신탁까지도
대수롭지 않게 위조되는 시대, 폭력과 광기, 자제되
지 않은 분노와 무모함의 시대를 예감한 것일지도 모
르겠다.

아홉번째 작품

에우리피데스의 「메데이아」

「메데이아」는 에우리피데스의 '대표작'이다. 현대인은 너무나 바쁘게들 살고 있어서 일단 에우리피데스의 비극까지 찾아 읽으려는 사람이 극히 드물고, 또 그런 마음을 먹은 훌륭한 사람이라 해도 그냥 '대표작' 하나만 읽자 하기가 쉬우니, 대개는 이 작품이 에우리피데스의 전형적인 작품인 줄 알 것이다. 한데 이 작품은 매우 '정상적인' 비극이다. 앞에 본 「엘렉트라」처럼, 비극에서 일반 독자들이 기대하는 바를 모조리 비켜 가는 작품이 아니란 말이다. 이것은 한 인물이 중심이 된, 그것도 매우 '영웅적인' 인물이 나오는 작품으로, 소포클레스적 특성이 두드러진다. (「햄릿」같이 한 인물이 주도하는 극을 처음 발명한 사람이 바로 소포클레스다.) 그리고 아리스토텔레스가 제시했던 비극의 구도, 한 인물이 어떤 실책(또는 흠)으로 인해 불행에 빠지는 이야기라는 틀에 제법 잘 맞아 들어가는 듯도 하다. 게다가 작품을 읽으면 슬프고 가슴 뭉클한 대목까지 있어서, 저 통속적 비극 개념에도 잘 맞는 듯하다. 일단 '슬픈 연극' 아닌가! 그러니 이것만 읽어서는 사실 에우리피데스의 특징이 무엇인지 제대로 알기 힘들다. 혹시 이 작품만 읽는 독자가 있다면, 이것이 에우리피데스 작품의 전형은 아니란 사실을 기억하시기 바란다.

작품의 핵심 줄거리는 아주 잘 알려져 있다. 사랑에 배신당한 여인이 자기 자식들을 죽여 남자에게 복수한다는 것이다. 아마도 메데이아가 제 자식을 죽였다는 내용은 에우리피데스 이전에는 없었던 듯한데, 이 작품이 워낙 유명하기 때문에 희랍 신화를 소개하는 책에는 대개 이 판본이 실려 있다.

「아이아스」를 연상시키는 출발

물론 에우리피데스만의 특징이 안 보이는 것은 아니다. 우선 '설명적인 도입부'. 첫 장면에서 유모가 나와서, '과거 사실의 반대' 가정법으로 현재의 사태를 개탄한다. 아르고호의 항해가 없었더라면, 지금 같은 불행은 없었을 것이라고. 메데이아는, 황금 양털 가죽을 구하러 콜키스에 온 이아손에게 반해서 아버지와 조국을 배반했건만, 남자는 이제 그녀를 버리고 코린토스 공주와 결혼하려 한다. 메데이아의 성격을 잘 알고 있는 유모는 그녀가 뭔가 무서운 일을 저지르지 않을까 걱정한다. 아무래도 그녀는 스스로 죽거나 남을 죽이거나 할 것 같다.

거기에 가정교사가 더 나쁜 소식을 가지고 온다. 코린토스 왕 크레온이 메데이아와 아이들을 추방하려 한다는 것이다. (독자들은 이미 세

개의 작품에서 테바이의 크레온을 보았기 때문에, 지금 보는 크레온이 같은 사람인가 생각할 수도 있겠다. 하지만 '크레온'이란 이름은 '빛난다'는 뜻으로 그냥 왕자를 가리키는 흔한 이름이다. 이 작품에서 이름 없이 그냥 공주로만 소개되는 크레온의 딸도, 어떤 판본에서는 '글라우케', 다른 판본에서는 '크레우사'로 불리는데, 이 역시 둘 다 '빛난다'는 뜻이다.) 유모는 일단 아이들에게, 어머니 눈에 띄지 말라고 타이른다.

유모와 가정교사가 이야기를 나누는 사이에 무대 뒤에서 메데이아가 탄식하는 소리가 흘러나온다. 여러 신들을 부르며 남편의 배신을 비난하고, 저주를 퍼붓고 있다. 이 상황은 합창단이 등장하여 유모와 이야기를 나누는 동안에도 계속된다. 한데 소포클레스 작품 중에 이와 거의 똑같은 방식으로 시작하는 작품이 있다. 「아이아스」다. 명예를 잃고 치욕을 당한 영웅이 무대 뒤에서 탄식하는 것이다. 어쩌면 에우리피데스는 관객이 소포클레스의 작품을 떠올리기를 기대했는지도 모른다. 메데이아는 아이아스같이 격한 성격, 굽히지 않는 기질의, 모욕을 결코 참지 않는 여성 '영웅'이다.

지적인 '현대 여성' 메데이아

코린토스의 여인들로 구성된 합창단은 메데이아를 동정하고 있다. 유모를 시켜서 메데이아를 불러낸다. 분노를 자제하고 자기들의 충고를 좀 들어보라고. 평판을 중시하는 메데이아는 이제 밖으로 나온다. 자신의 외로운 처지를 토로하고 남편의 배신을 비난한다. 남자에게 모든 것을 걸고, 아무 도와줄 이 없는 이국땅으로 이끌려왔는데, 그 남자가 자신을 배신했다! 그녀는 복수를 갈망한다.

한데 독자들께서는 이 부분을 어떻게 읽으셨나 모르겠다. 공감하고 몰입하기 어려운 대목이다. 혹시 그녀에게 공감하며 자연스럽게 읽어나간 독자가 있다면, 나는 그분의 감수성을 크게 칭찬하고 싶다. 독자가 주인공의 감정에 동참하기 어려운 이유는, 그녀가 너무나 논리적으로 자신의 행동을 설명하고 있기 때문이다. 우선 자기 같은 사람들이 다른 이들에게 어떤 말을 듣는지를 세세히 따져본다. 조용히 지내면, 거만하고 남을 무시한다는 평을 듣는다고, 특히 자신이 이방 출신이라서 그렇다고. 이어서 여자가 비참한 존재인 이유들을 차례로 열거한다. 첫째, 둘째, 셋째…… 핵심은, 여자는 한 남자만 바라보고, 그를 상전처럼 모시고 살아야 한다는 점이다. 메데이아의 이 대목에 아주 유명한 대사도 나온다. 요즘도 군(軍) 가산점 문제 따위가 불거지면 동원되는 논리다.

> 그들은 말하지요. 우리는 집에서 안전하게
> 살지만 자기들은 창을 들고 싸운다고.
> 어리석은 생각이지! 나라면 아이 한 번 낳느니
> 차라리 세 번 방패 들고 싸우는 쪽을 택하겠어요. (248~251행)

한데 우리가 메데이아의 논변을 어색하게 여기는 것은 어쩌면 우리가 다른 시대, 다른 입장에 있기 때문인지도 모른다. 상연 당시 사람들, 특히 여성들이라면 그녀의 말 하나하나를 옳다 여기고 후련하다 생각했을 수 있다. 그러면 남자들은? 그들 역시, 공감까지는 아니어도 타당한 말을 한다고 생각했을 것이다. 이 작품은 여성이 처한 상황을 다시 한번 검토하고 있다. 그리고 무엇보다 당시 관객들은, 이 여인이 소피스트들에게서 제대로 배웠다고, 정말 똑똑한 여자라고 생각했을 것이다. 그녀는 '무서운' 여자다. 복수심에서뿐 아니라, 영리함에서도 그렇다. 시인은 여주인공을 '야만 세계에서 온 마녀'가 아니라, 당대의 지적 조류를 체현한 '신식 여성'으로(적어도 그런 일면을 지닌 여자로) 만들었다. 그녀는 5세기 아테나이 첨단 지식 여성이다. (어떤 독자는 작품 배경이 더 옛날, 트로이아전쟁 두 세대 전 아니냐고 항변할지도 모르겠다. 하지만 이런 식의 '현대인'을 등장시키는 것이 에우리피데스의 장기 중 하나다.) 이 작품 속 사건들을 추동하는 힘은 물론 여주인공의 기질과 감정에서 오지만, 그녀에게 부여된 다른 면모들을 무시하면 세부가 잘 설명되지 않는다.

영웅이 아닌 크레온, 대적할 자 없는 메데이아

거기에 크레온이 나타난다. 이 작품의 주제를 조금 단순하게 '메데이아의 복수'라고 한다면, 작품 전반부는 모색, 후반부는 실행으로 나누어 볼 수 있다. 작품 앞부분에서 그녀는 차례로 세 남자를 만나면서 복수의 방법을 결정하고 그 수단을 얻어낸다. 후반부에는 그것을 실행한다. 크레온은 그녀가 마주치는 첫번째 남자다.

이 인물의 역할은 복합적이다. 우선 그는 '영웅' 메데이아와 대비되는 평범한 인물이다. 첫마디는 상당히 강경하다. 당장 그날로 나라를 떠나라는 것이고, 직접 자기 눈앞에서 그 일이 실행되어야 한다는 것이다. 하지만 그는 곧 약한 모습을 드러내고 만다. 그의 이런 강경함은 사실 불안감 때문이다. 그는 메데이아의 소문난 영리함이 두렵다. 그 두려움 뒤에는 딸에 대한 애정과 걱정이 있다. 이 영리한 여자가 자기 딸에게 해코지하지나 않을까…… 메데이아는 우선 자신의 명성에 대해 개탄하고, 자기는 지나치게 영리한 사람은 아니라고 항변한다. (이 대목에 다시, 영리함이 가져오는 불이익에 대한 '몰입 방지용' 논변이 15행 정도나 펼쳐진다.) 그녀는 자신이 미워하는 것은 남편뿐이라며, 그저 이 나라에서 조용히 살게 해달라고 청한다. 다시 크레온의 강경한 거절. 그녀는 이제 새 신부의 이름으로 애원한다. 그녀는 상대의 약점을 알아챘던 것이다! 그러면서 타협책을 제시한다. 떠나기는 하겠지만 하루만 늦춰달라고, 갈 곳과 살길을 생각해봐야 한다고. 그녀는 타협의 기술을 제대로 익히고 있다. 계속해서 상대의 약점을 공격한다. '내 아이들을 생각해달라, 당신도 아버지고 자식들이 있지 않은가?' 크레온은 부모 자식 간의 정에 약한 사람이다. 나중에 후회하리라는 예감을 가지면서도 그 타협책을 따른다. 이제 메데이아는 시간을 얻었다.

합창단은 이제 메데이아가 어디로 가야 할지를 걱정하는 짧은 노래를 부른다. 그것이 아이게우스와의 만남의 주제가 될 것이다. 하지만 그 전에 먼저 복수의 방법이 정해져야 한다. 메데이아는 왕과 공주, 그리고 자기 남편을 죽이겠다고 결심한 상태다. 그 목표를 위해 여러 가능성을 탐색한다. 불과 칼도 생각해보지만, 결국 독을 쓰기로 결정한다. (다시 「아이아스」를 연상시킨다. 하지만 그 영웅은 자결 쪽을 택한다.) 다른 방법은, 시도중에 잡혀 원수들의 웃음거리가 될 가능성이 있다. 원수의 웃음거리! 영웅들이 가장 싫어하는 것, 가장 참을 수 없는 것이다. 물론 정 방법이 없으면 칼을 쓸 수도 있다. 이 메데이아는 소포클레스의 엘렉트라 못지않다.

메데이아의 궁리는 처음엔 합창단을 상대로 의논하는 듯 전개된다. 하지만 점차 그녀는 주변을 잊고 자신과 의논을 시작한다.

> 자 메데이아여, 네가 알고 있는 것을 조금도
> 아끼지 말고 계획을 세우고 계략을 짜도록 해! (401~402행)

이 작품의 특징 중 하나는, 메데이아가 자기 계획을 합창단 이외의 누구에게도 밝히지 않는다는 점이다. 그녀의 계획을 아는 사람이 없으니, 그것을 말리거나 그만두라고 위협하는 사람도 없다. 「오이디푸스 왕」의 테이레시아스 장면이나 이오카스테 장면, 「안티고네」의 이스메네 장면이나 크레온 장면 같은 게 나올 수 없다. 이것은 시인이 메데이아에게 특별한 지위를 부여했기 때문이기도 하다. 그녀는 이 세상에 대적할 이 없는 강력한 존재인 것이다. 그녀가 의논 상대로 삼는 것도, 격려하는 대상도 자기 자신이다. 우리는 잠시 후에 그녀 자신이 자신에 대한 가장 강력한 반대자로 나서는 것을 보게 될 것이다.

남성의 '현명함'과 무지함

합창단은 남자들이 맹세를 어긴 것을 비판하는 노래를 부른다. 이제 모든 것이 뒤집혔으니, 여자들도 명예를 얻을 수 있으리라고. 거기에 이아손이 나타난다. 그는 메데이아의 격한 성품이 추방을 자초했다고 몰아세운다. 그녀가 왕가에 대한 악담을 계속해서 쫓겨나게 된

거라고. 그렇지만 그가 그저 싸우자고 메데이아를 찾아온 것은 아니다. 그녀와 아이들이 그나마 재산이라도 갖고 떠나도록 자금을 준비해 온 것이다. 하지만 메데이아는 그런 것에 관심이 없다. 그녀는 그의 파렴치함을 공격한다. 여기서 그녀는 이아손의 국제적인 명성이 모두 자기 덕임을 밝힌다. 불 뿜는 황소들과 싸울 수 있도록 도와준 것도, 땅에서 솟아난 전사들과 어떻게 싸울지 가르쳐준 것도, 황금 양털 가죽을 지키던 용을 죽인 것도 자신이라고. 그녀가 늙은 펠리아스 왕을 죽게 한 것도 모두 남편을 위해서였다. (아르고호의 모험에 대해 잘 모르는 분들을 위해 조금만 설명하자면, 메데이아는 남편이 얼른 왕권을 얻을 수 있도록 늙은 왕 펠리아스를 계략으로 죽게 했다. 다시 젊어지게 해준다고 유혹해서, 토막 살해 되도록 한 것이다.) 거기에 자식들까지 낳아주었는데, 그는 그녀를 버렸다! 이제 그녀는 자신이 어디로 가야 하는지 묻는다. 사실 그녀가 해결해야 할 두번째 문제이다. 자신의 고향도, 남편의 고국도 닫혀버렸다.

이제 이아손도 반격에 나선다. 황금 양털 모험에서 도움을 준 것은 그녀가 아니라, 아프로디테다. 달리 말하자면 다 자기가 잘생겨서, 메데이아가 일방적으로 그를 좋아해서 그렇게 되었다는 것이다. 또한 자신이 그녀에게 명성 얻을 기회를 주고 희랍 문화를 누릴 수 있게 해주었노라고 생색을 낸다. 여자에게 사랑과 신뢰 대신 돈을 주려 하는 이 인물은, 여기서도 여성에게 소중한 게 무엇인지에 무지함을 드러낸다. 그는 자신이 새로 결혼한 주된 이유로 아이들을 든다. 유력자의 핏줄인 새 형제를 낳아주면, 아이들이 살아가는 데 좀더 수월하리라는 것이다. 그는 여자들이 결혼 생활이 모든 것인 양 구는 데 짜증을 낸다. (하지만 실제로 당시 여자들에겐 결혼이 모든 것이었다.)

사람들은 다른 방법으로 자식들을 낳고

여자 같은 것은 없어야 했는데!

그러면 인간들에게도 불행이란 것이 없었을 텐데! (573~575행)

아무래도 그는 새 아내도 그다지 사랑하지 않는 듯하다.

메데이아는, 그렇다면 왜 먼저 자신을 설득하지 않았냐고 공박한다. 자기에게는 물질적인 행복이나 부는 필요치 않다고 외친다. 이아손은 그녀가 현명치 않다고 나무란다. 남녀는 현명함의 개념에 있어서도 서로 다르다. 그는 다시 메데이아에게 금품과 추천장을 약속한다. 「안티고네」에서 크레온이 강조했던 '이득'이란 단어가 여기에도 나온다. 참 어쩔 수 없는 남자들이다. 메데이아의 단호한 거절. 결국 두 사람은 서로를 비난하며 헤어진다.

이 장면의 역할은 무엇인가? 물론 이아손이 어떤 인물인지, 또 부부의 갈등이 어디서 생겨났는지를 관객 앞에 직접 보여주었다. 한데 메데이아의 복수와 관련해서는? 뒤 장면까지 보아야 분명해지겠지만, 여기서 메데이아의 목표가 조금 더 분명해질 계기가 확인되었다. 이아손도 아이들을 나름대로 소중히 여긴다는 점이다. 조금 전까지 메데이아의 직접적인 목표 중 하나는 남편이었다. 하지만 그녀는 목표를 수정하게 될 것이다. 남편 자신보다는 그에게 소중한 것을 파괴해야 한다. 그것은 그녀 자신에게도 소중한 것이겠지만.

• 외젠 들라크루아, 〈분노하는 메데이아〉, 1862년, 루브르 박물관 소장.
동굴같이 보이는 곳에서 메데이아가 아이들을 막 죽이려는 참이다. 우리가 볼 때 오른쪽의 아이는 눈길
을 우리 쪽을 향하고 있다. 메데이아는, 여신이나 여주인공이 가슴을 드러내던 전통에 따라, 가슴을 드
러낸 것으로 그려졌다.

적에게도 내게도 가장 소중한 것

합창단은 자신에게는 너무 강한 사랑이 닥쳐오지 않기를 기원한다. 절제와 평화를 찬양한다. 그리고 메데이아가 어디로 갈지 걱정한다, 어떤 친구가 있을지. 은혜를 잊는 자와는 친구가 되지 않기를 기원한다. 거기에 아이게우스가 나타난다. 메데이아를 '친구'라고 부른다. 어구들 사이의 호응이 좋다. 「메데이아」도 「오이디푸스 왕」의 수준에 근접하는, 구조가 튼튼하고 잘 짜인 작품이다.

오랫동안 자식을 얻고자 애써온 이 왕은 델포이로 찾아갔지만, 거기서 받은 신탁을 이해할 수 없어 현자로 소문난 핏테우스를 찾아가는 길이다. 메데이아는 자기가 추방될 위기에 있다면서, 자신을 받아주기를 간청한다. 자신은 약에 대해 잘 알고 있으므로 아이게우스에게 아이를 낳게 해줄 수 있다고. 아이게우스는 이아손의 배신을 비난하고, 그녀의 처지를 딱하게 여긴다. 그녀에게 도피처를 제공해주겠노라고 약속한다. 그가 호의를 베푸는 주된 이유는 그녀가 약속한 자식들이다. 하지만 그는 외교 분쟁을 피하고 싶었던지, 아테나이까지 찾아오는 것만큼은 그녀 스스로 알아서 하라고 이른다. 메데이아는 누구도 자기를 끌어가지 않도록 보호해주겠다는 맹세를 요구한다. 그냥 얹혀살 곳을 찾는 게 아닌 듯한 분위기인데도 이 단순한 왕은 이상한 낌새를 채지 못한다. 그는 상대의 주문대로 땅과 태양에 맹세한다. 우리는 마지막에 태양의 도움을 보게 될 것이다. 이제 '어디로?'가 해결되었다.

이제 메데이아는 복수의 계획을 확정한다. 작품의 중심부이니 어쩌면 당연한 배치다. 그 계획은 세 남자와의 만남에서 조금씩 자라온 것이다. 아마도 메데이아의 생각은 이런 식으로 진행되었겠다. '귀족들에게 가장 소중한 것은 바로 아이들이다. 크레온은 딸 때문에 그녀를 추방하려 한다. 이아손은 자식들을 위해 결혼했다고 주장하며, 그자식들을 위해 금품을 준비했다. 아이게우스는 자식을 얻으러 신탁소를 찾았고, 자식 때문에 그녀를 받아주기로 약속했다. 그렇다. 이아손에게서 가장 소중한 것을 빼앗아야 한다!' 이제 목표는 변경되었다. 이아손 자신이 아니라 아이들이다. 하지만 이미 태어난 자식을 죽이는 것으로는 부족하다. 그는 다시 새로운 자식들을 낳을 것 아닌가! 그 가능성을 차단해야 한다. 새 아이를 낳을 여인도 죽여야 한다. 처음부터 목표였던 공주는 여전히 명단에 포함된다. 그러면 방법은? 역시 아이들이다. 아이들에게 독 묻은 선물을 들려 공주에게 보내서, 먼저 공주를 죽게 하고 이어서 아이들을 죽이는 것이다.

메데이아는 합창단에 자기 계획을 밝힌다. 이아손을 불러서 아이들만이라도 남게 해달라고 할 것이다. 아이들을 시켜서 선물을 보낼 것이다. 왕녀는 죽을 것이고, 그녀를 만지는 사람도 죽을 것이다. 그리고 결정적인 한마디.

> 그런 다음 내가 어떤 짓을 해야만 하는지
> 생각만 해도 섬뜩해요. 나는 자식들을 죽일 거예요,
> 내 자식들을. 그들을 구해줄 사람은 아무도 없어요. (791~793행)

합창단은 그녀를 만류하지만 막을 수 없다. 그녀로서는 '원수에게 웃음거리가 된다는 것은 참을 수 없는 일'(797행)이기 때문이다. 설사 자신이 '가장 불행한 여인'(818행)이 된다 하더라도 적에게 복수해야

만 한다. 이 일은 '해야만 하는 것(ergateon)'(791행)이다. 영웅들이 자주 사용하는 의무, 필연의 어미(-teon)이다. 이미 결정된, 당연히 일어날 미래 시제(792행)이다. 인용문 마지막 행, 강조의 첫 자리는 '내 자식들(tama)'이 차지했다. 배우는 이 3행을 어떻게 말했을까? 둘째 줄 중간에 잠시 쉬었다가, 나머지는 단호하고 빠르게 말하지 않았을까?

어머니는 아이들을 쉽게 죽이지 못한다

합창단은 아테나이를 찬양하는 노래를 부른다. 그렇게 경건하고 아름다운 땅이 그런 짓을 저지른 그녀를 받아주겠느냐고, 아이들을 죽이지 말라고, 그녀는 아이들의 애원을 외면하지 못할 거라고.

하지만 메데이아의 계획대로 이아손이 다시 불려왔다. 작품 후반부는 메데이아 가족의 세 번의 만남으로 구성되어 있다. 차례로, 가족 전체의 만남, 아이들과 어머니의 만남, 부부의 만남이다. 전반부와 후반부의 연결은 이아손이 두 번 등장함으로써 확보되었다. 구조가 튼튼한 작품이다.

메데이아는 남편에게 자기 마음이 바뀌었다고 밝힌다. 하지만 그녀가 스스로 자신을 설득한 과정을 대화 형식으로 재현할 때, 우리는 그녀 자신만이 자기를 대적할 수 있음을 다시 느낀다. 남편은 이 화해에 기뻐한다. 자기도 새 결혼을 몰래 진행했던 것을 사과한다. 메데이아가 그 계획의 유용성을 인정해준 것을 치하한다. 불려나온 아이들을 보며 그들의 미래를 축복한다. 메데이아는 거기서 눈물을 참지 못한다. 메데이아는 복수심에 아이들까지 죽인 '악녀'로 알려져 있지만,

작품에는 그렇게 단순하게 되어 있지 않다. (악녀라기보다는 영웅의) 단단한 외피에 때때로 균열이 생기고 그 안쪽으로 언뜻언뜻 애정 깊은 어머니, 부드러운 여성의 모습이 들여다보인다.

그녀는 아이들을 통해 선물을 보내고, 그들이 동정을 얻어 코린토스에 머물 수 있도록 해보자고 제안한다. 이아손은 곧 궁핍을 겪게 될 여인이 값진 물건을 '낭비'하는 것을 걱정하며 자기 힘으로 왕녀를 설득할 수 있으리라고 주장한다. 그는 현실적인 인간이고, 또 자신이 여자들 사이에 갖는 매력을 의식하고 있다. 메데이아의 대꾸는 자신의 과거를 떠올린 듯 냉소와 회한이 섞여 있다. "그녀도 다른 여인들과 마찬가지로 한낱 여인이라면 가능하겠지요."(945행. 이 행을 이아손에게 배정할지, 메데이아에게 배정할지 학자들 사이에 논란이 있다. 도서출판 숲 판은 편집상의 실수인지, 946행에 그 윗줄 내용이 중복 인쇄되어 있다. 예전 판본의 흔적이다. 그리고 949행 뒷부분의 꺾쇠로 묶인 내용은 독립된 행이 되어야 한다. 이아손의 발언이라면, 자기의 매력에 대한 자신감을 강하게 드러낸 게 될 테고, 메데이아의 발언이라면 자기의 옛일을 생각하면서 그 여자도 마찬가지일 거라고, 이아손의 매력을 씁쓸하게 인정하는 발언이 될 것이다. 나는 후자가 더 묘미가 있다고 생각한다.) 하지만 결국 아이들은 아버지를 따라 선물을 들고 나선다.

합창단이 이제 막 일어날 일을 예상하며 슬퍼하는 사이에, 곧 아이들이 돌아온다. 가정교사는 선물이 잘 전달되었다고 전한다. 메데이아는 이제 자신이 돌아설 수 없는 지점에 도달했음을 느낀다. 왕녀는 확실히 죽을 것이고, 죽음의 전달자인 아이들도 무사할 수 없을 것이다. 이제 아이들을 죽여야만 한다. 하지만 이 무서운 계획은 쉽게 실행되지 못한다. 메데이아는 아이들의 눈을 들여다보고, 포옹하며 살냄새를 맡아보고 주저하고 절망한다. 그녀의 마음이 계속 바뀐다.

이제 따로 살게 되어 슬퍼하는 것으로 이해할 수 있는 아이러니 가득한 작별의 인사가 주어진다. 멀리 사는 어머니가 아이들의 혼사를 챙겨줄 수 없어서 슬퍼하는 것으로 볼 수도 있는 슬픔의 표현들도 나온다. 이것은 사실상, 그녀가 치를 수 없는 아이들의 장례식이다.

> 아아, 너희는 왜 그런 눈으로 나를 쳐다보느냐, 얘들아?
> 왜 내게 미소 짓느냐, 최후의 미소를? (1040~1041행)

> 아아, 이 귀여운 손, 이 귀여운 입,
> 내 자식들의 몸매와 고상한 얼굴이여! (1071~1072행)

> 아아, 달콤한 포옹이여,
> 아아 내 자식들의 부드러운 살갗과 향기로운 숨결이여!
> (1074~1075행)

그녀 속에서 어머니와 영웅이 싸운다. 어머니는 왜 남에게 고통을 주려다가 자신이 고통을 받아야 하는지 묻는다. 잔인한 계획들은 꺼져버리라고 외친다. 자기 마음을 설득하려고 애쓴다. "아아, 마음이여, 너는 절대로 그런 짓을 해서는 안 돼!"(1056행) 하지만 그녀 속의 영웅은, 원수의 웃음거리가 되어서는 안 된다고 주장한다. 몇 번의 엎치락뒤치락 끝에 영웅이 승리한다.

> 내가 얼마나 끔찍한 짓을 저지르려 하는지 나는 알고 있다.

그러나 격정이 나의 숙고보다 더 강력하니,

그것은 인간들에게 가장 큰 재앙의 원인이로다! (1078~1080행)

(유명한 구절인데, 시인 자신이 쓴, 원래부터 있었던 구절인지 논란이 있다. 누가 쓴 것이든 멋진 구절이다.)

합창단이 자식 없는 것이 축복이라고 노래한다. 메데이아의 논변처럼 첫째, 둘째 하면서 꼽아가는 '논리적' 합창이다. 이어 한 사람이 달려와 메데이아에게 어서 달아나라고 재촉한다. 왕녀가 선물로 받은 드레스와 관(冠)을 착용하고 거울 앞에서 즐거워하다가 갑자기 발작을 일으키며 쓰러졌고 곧 온몸이 타들어가 죽었다는 것이다. 왕도 달려와 딸을 껴안았다가 같이 타서 죽었다. 이제 더는 지체할 시간이 없다. 적들이 몰려와 아이들을 해칠 것이다. 아이들은 그녀의 약점이기도 하다. 혹시 누군가가 아이들을 해쳐야만 한다면 그것은 자신이어야 한다. 이 영웅적 인물은 그 누구의 모욕도 견디지 못한다. 적들이 자신을 비웃게 놓아둘 수 없다. 이 하루 동안만 아이들을 잊었다가 나중에 슬퍼하기로 한다. 곧 집 안에서 아이들의 비명 소리가 들리고 합창단은 몸서리친다.

이아손이 달려온다. 메데이아의 미친 짓을 비난하며 아이들을 찾는다. 메데이아가 갑자기 지붕 위에 나타난다. 태양신이 보낸, 용이 끄는 수레를 타고 있다. 아이들의 시신도 거기 얹혀 있다. 남편은 아이들의 죽음을 비통해하고, 마지막으로 아이들의 몸에 손이라도 대어 보기를 원한다. 하지만 메데이아는 그것을 허용하지 않는다. 아이들은 헤라 신전에 두고 갈 것이며 앞으로 그 아이들을 기리는 축제가 있으리라고 예언한다. 다른 작품들 같으면 '기계장치에 의한 신'이 하는

• 〈용이 끄는 수레를 탄 메데이아〉, 기원전 400년경, 루카니아(Lucania) 크라테르의 그림, 미국 포트워스 킴벨 미술관 소장.

중앙에는 동방 옷을 입은 메데이아가 두 마리 용이 끄는 수레를 타고 찬란한 빛을 발하며 공중에 떠 있다. 그 밑 제단 위에는 두 아이가 죽어 있고, 그 곁에는 늙은 유모가 머리를 쥐어뜯으며 슬퍼하고 있다. 왼쪽에는 이아손이 멍하니 하늘을 올려다보고 있으며, 양쪽 위에는 머리가 짧고 날개가 달린 복수의 여신들이 와 있다. 하지만 메데이아가 복수의 여신들에게 시달렸다는 이야기는 전하지 않는다.

발언이다. 이 작품에서 메데이아는 신이 되었다.

광기의 시대, 비이성의 힘

비이성의 힘이 얼마나 무서운 것인지 보여주는 작품이다. 하지만 메데이아가 야만인이어서 이런 짓을 저지른 것은 아니다. 시인은 그녀가 얼마나 희랍적으로 사고하고 발언하는지를 주의 깊게 그려 보였다. 그녀는 다른 비극의 주인공들처럼 모든 인간의 대표다.

이 작품을 두고, 이제 그 이전 시인들에게서처럼 운명이 바깥에서, 신들로부터 닥치던 시절은 지났다고 말하는 학자도 있다. 인간 내부의 제어할 수 없는 힘이 인간에게 일종의 운명으로 작용하고, 불행을 가져오게 되었다는 말이다. 그 힘은 신의 자리를 차지했다. 마지막 장면의 메데이아의 모습이 그것을 보여준다. 어쩌면 아이들이 죽는 순간 온전한 인간으로서의 그녀도 죽었는지 모른다. 남은 것은 신의 지위에까지 올라간 분노와 격정뿐이다. 신들이 사라진 시대에 그 자리를 차지한 것은 비이성이다. 시인은 인간의 자립적인 삶에 대해서도 그다지 낙관하지 못한 듯하다.

현실의 인간이라면 메데이아는 복수의 만족감 한편에, 소중했던, 그러나 자기 손으로 없애버린 자식들에 대한 회한을 품고 살아갔을 것이다. 하지만 작품 내에서는 정말로 그렇게 될지에 대한 보증이 전혀 없다. 그녀는 신들이 자기편이라고 주장하며, 복수의 여신들을 두려워하라는 이아손의 경고를 가볍게 일축한다. 그리고 우리는 적어도 태양신이 그녀를 지지하고 있음을 본다. 이 작품은 기원전

431년 펠로폰네소스전쟁 발발 직전에 상연되었다. 마지막 장면의, 신의 위치에 선 메데이아라는 놀라운 결말은 어쩌면 그 전쟁에서 더욱 분명하게 드러날 도덕적 카오스, 맹세와 약속이 효력을 잃고 신탁까지도 대수롭지 않게 위조되는 시대, 폭력과 광기, 자제되지 않은 분노와 무모함의 시대를 예감한 것일지도 모르겠다.

에우리피데스의
「힙폴뤼토스」

여신은 떠나고 인간들만 남았다. 아들은 죽어가며
아버지를 용서한다. 아버지는 아들의 고상함을 칭찬
하면서, 그를 떠나보내지 않으려 하지만, 아들은 결
국 죽고 만다. 신들의 악의와 무능함에 대비하여 인
간 사이의 유대와 공감이 두드러진다. 이런 신들은
어쩌면 무자비하게 관철되는 자연법칙을 형상화한 것
이라 해야 할 것이다. 인간들은 그 지배를 벗어날 길
이 없다. 이 작품은 그 한계를, 탈출 불가능성을 인
정하고, 인간의 오류 가능성, 인생의 불안정함을 재
확인한다.

에우리피데스의 「힙폴뤼토스」

유명한 작품, 자극적 주제

내가 독자들께 이 작품을 함께 읽자고 제안하는 주된 이유는, 이 작품이 유명하기 때문이다. 그리고 이것이 유명한 이유는 수많은 후대 예술가들이 같은 주제를 가져다 자기 작품을 만들었기 때문이다. 이미 로마 시대에 세네카가 「파이드라Phaedra」라는 비극 작품을, 그리고 17세기에 라신(Jean Racine)이 같은 제목의 작품(「페드르Phèdre」)을 썼고, 현대에는 줄스 다신 감독이 〈페드라Phaedra〉(1962)라는 제목의 영화를 만든 것이 유명하다. (국내에서는 처음에 〈죽어도 좋아〉라는 엉뚱한 제목으로 개봉되었다가, 1990년대 중반에 〈페드라〉라는 제목을 되찾아 재개봉되었다.) 유진 오닐이 쓴 희곡 〈느릅나무 밑의 욕망Desire Under the Elms〉도 같은 주제를 현대로 옮겨놓은 것인데, 이 역시 1958

년에 영화화된 적이 있다. (흥미로운 것은 영화 〈페드라〉에서 주연을 맡은 앤서니 퍼킨스가 이 영화에서도 거의 같은 역을 맡았다는 점이다.) 현대에 오면 모방작의 목록이 급격히 늘어나는데, 그 이유는 아마도 주제가 자극적이기 때문일 것이다. 하지만 고대에 남녀 간의 애정 문제는 그다지 많이 다뤄지는 주제가 아니었다.

사실 학자들도 현대까지 온전하게 전해지는 19편의 에우리피데스 작품 중 몇 개만 꼽으라고 하면 대개는 그중에 이 작품을 꼽아넣는다. (참고로 자주 꼽히는 작품들을 몇 개 더 소개하자면, 「메데이아」「알케스티스」「박코스의 여신도들」「헤라클레스」「아울리스의 이피게네이아」 등이다. 우리가 함께 읽은, 그리고 앞으로 읽을 작품들이 여기 모두 포함되어 있다.) 학자들이 이 작품을 높이 평가하는 이유는 대체로 이것이 다른 작품들보다 '정상적'이기 때문, 달리 말하면 소포클레스나 아이스퀼로스의 작품과 유사한 성격을 보이기 때문이다. 이미지가 풍성하고, 표현에서 정교한 호응관계가 많이 확인되는 점도 선호의 이유인데, 이런 것은 그저 지나가면서 조금씩만 언급하고, 현대의 독자가 받는 인상을 중심으로 얘기를 진행하자.

몰입을 방해하는 도입부, 균형 잡힌 짜임

작품의 골자는, 새어머니가 전실(前室) 자식을 사랑하게 되어, 그를 유혹하려다 실패하고 자결하면서 청년을 모함하는 편지를 남겼고, 청년은 그것 때문에 아버지의 저주를 받아 죽게 된다는 것이다. 새어머니 파이드라, 청년 힙폴뤼토스, 아버지 테세우스다.

학자들은 이 작품이 '정상적'이라고 여겼지만, 독자의 입장에서는 비극적 정서를 느끼기가 좀 어렵다. 우선 도입부에 신이 등장해서 앞으로의 줄거리를 모두 밝히는, 현대 관객으로서는 용납할 수 없는 '만행'을 저지르기 때문이다. 아무리 옛사람들이 '서프라이즈'보다 '서스펜스'를 즐겼다고 해도, 이건 좀 심하지 않은가? 하지만 이런 설정에 이점도 있다. 우리의 감동을 방해하는 다른 요소를 약간 누그러뜨려 준다는 점이다. 그 다른 요소란, 우리는 파이드라의 슬픈 사랑에 공감하고 그녀를 동정하고 싶은데, 그녀의 마지막 행동이 무고한 청년을 모함하는 것이어서, 이 '악행' 때문에 우리가 느끼던 측은함이 약해지는 것이다. (물론 이런 행동에 그 나름의 이유가 있어서, 설명은 가능하다.) 하지만 이런 진행이 신의 작용 때문이라고 하면 파이드라의 책임이 조금 가벼워진다. 한데 이렇게 되면 또다른 문제가 생긴다. 인간의 자유의지 문제다. 소포클레스는 「오이디푸스 왕」에서 인간이 자기 운명의 주인임을 강조했는데, 에우리피데스는 생각이 달랐던 것일까? 이 문제는, 신은 그저 파이드라의 가슴속에 사랑을 심어넣었을 뿐이고, 그후의 일은 저절로 그런 식으로 이루어질 것인데, 단지 신이 그걸 미리 알았다고 하면 해결될 듯하다. 그러면 신이 사랑을 심어넣는 것은 인간으로서 어찌 저항할 수 없는 일 아닌가? 그렇다. 이 첫 장면은, 인간이 어찌할 수 없는 존재의 조건을 보여주는 것이다.

이 작품은 구조가 아주 튼튼하게 짜였다. 맨 앞과 맨 뒤에 각기 여신이 등장한다. 앞에는 아프로디테, 뒤에는 아르테미스다. 중간에는, 전반부에 두 여자, 파이드라와 그의 유모가 등장하고, 후반부에 두 남자, 힙폴뤼토스와 그의 아버지 테세우스가 등장한다. '모녀'-부자 관계이고, 가해자-피해자 관계이기도 하다. 핵심적인 두 사람, 파이드라와 힙폴뤼토스는 각기 (지나친) 욕망과 (지나친) 절제를 대표하는 인물이라 할 수도 있어서, 이 작품은 몇 가지 대립쌍으로 분석하기가 좋다. 감정의 중심은 두 사람이지만, 대사는 네 명의 등장인물에게 거의 같은 분량이 배당되어 있어서 어찌 보자면 '네 주인공 극'이라고 해도 될 정도이다.

도입부는 두 부분으로 되어 있다. 먼저 아프로디테가 등장하여, 자기를 무시하고 아르테미스에게만 존경을 보내는 힙폴뤼토스를 징벌하겠다는 뜻을 밝힌다. 그 방법은 파이드라로 하여금 힙폴뤼토스에게 반하게 만드는 것이다. 여신은 그 사실을 테세우스에게 알려서 힙폴뤼토스를 죽게 할 것이라고 예고한다. 앞에서, 여신이 앞으로의 이야기 진행을 미리 다 밝힌다고 했지만 사실 그 말은 좀 과장이다. 아직 많은 세부가 감춰져 있기 때문이다. 지금 여신이 제시한 '시놉시스'에는, 파이드라의 사랑을 테세우스가 알게 되고, 그래서 힙폴뤼토스가 죽는다고 되어 있지만, 연결고리도 하나 빠져 있고, 테세우스가 알게 되는 것도 파이드라가 의붓아들을 사랑한다는 사실이 아니다. 파이드라가 죽으리라는 사실도 예고되지만, 어떻게인지는 아직 드러나지 않았다.

도입부 두번째 부분은 힙폴뤼토스를 관객에게 소개한다. 그는 사냥 동료들과 함께 등장하여, 아르테미스에게 경의를 표한다. 그가 여신을 위해 가져온 화환은 그의 순결의 상징이다. 가축도 뜯어먹은 적 없고, 낫질 한번 받은 적 없는 순결한 초원에서 꺾은 꽃들이다. (하지만 그 초원에도 벌들은 있었고, 앞으로 이 벌들은 아프로디테의 상징으로 드러나게 될 것이다.) 청년은 아프로디테 상(像)을 무시하고 그냥 떠나려 하지만, 노복이 그에게 충고한다. 그 여신에게도 존경을 표하라고. 하

• 알렉상드르 카바넬, 〈죽어가는 파이드라〉, 1880년, 프랑스 몽펠리에 파브르 미술관 소장.
의붓아들을 사랑하게 된 파이드라가 식음을 전폐하고 죽어가고 있다. 그녀의 침상 곁에는 그녀를 달래다 체념한 듯한 젊은 여인이 눈을 감은 채 앉아 있다. 오른쪽 끝에 서서 걱정스러운 표정으로 파이드라를 들여다보는 약간 나이 든 여인은 유모로 보는 게 타당하겠다.

지만 청년은 멀리서만 건성 인사를 드리고 가버린다. 노복은 여신께 그를 용서하라고 빈다. 신들은 인간보다 지혜로워야 한다고. 하지만 우리는 신들이 그렇게 관대하진 않다는 것을 알게 될 것이다. 에우리 피데스의 작품에서 낮은 신분의 인간들은 매우 진지하고, 신들은 대 체로 경박하다.

명예를 지키려는 여주인공, 현실적인 조력자

트로이젠 여자들로 구성된 합창단이 들어온다. 그들은 파이드라가 식음을 전폐하고 죽으려 한다는 소식을 들었다. 그들은 그녀에게 어 떤 걱정이 있는지, 혹시 사냥의 여신에게 밉보인 것은 아닌지 의구심 을 품고 있다. 여기서 사냥의 여신은 크레테 여신 이름 '딕튄나'로 소 개된다. 이 작품은 파이드라가 크레테 출신이라는 것을 여러 가지로 강조한다. 좋지 않은 조짐이다. 파이드라의 어머니, 황소를 사랑했던 크레테 왕비 파시파에를 상기시키기 때문이다. 우리는 작품 막바지에 다시 한번 바다에서 솟아난 황소를 보게 될 것이다.

이제 파이드라가 시녀들의 부축을 받으며 밖으로 나온다. 그녀는 맑은 공기와 밝은 햇살을 원한다. 그녀는 샘과 초원, 나무 그늘을 그 리워한다. 사냥터와 경마장에 있기를 원한다. 힙폴뤼토스가 주로 머 무는 곳들이다. 유모는 파이드라의 병의 원인을 알아내려 애쓴다. 왕 비는 완강히 거부하지만, 그녀가 죽으면 그녀의 자식들이 '힙폴뤼토 스에게' 박해를 받으리라는 말에 갑자기 반응한다. 유모는 그녀에게 탄원자로서 대답을 강요한다. 마침내 원하던 이름이 나온다. 유모는 절망하여, 차라리 죽겠노라며 무대를 떠난다.

합창단은 짧은 노래로, 자신에게 그런 사랑이 닥친다면 차라리 그 전에 죽기를 기원한다. 파이드라는 인생을 망치는 것이 무엇인지 자신이 생각해온 바를 그들 앞에 밝힌다.

> 내 생각에, 인간들이 나쁜 짓을 저지르는 것은
> 정신의 타고난 본성 때문이 아닌 것 같아요. 많은 사람들이
> 올바른 것을 생각할 수 있으니까요. 아니, 우리는 이렇게 보아야
> 해요, 우리는 무엇이 옳은지 이해하고 알고 있지만,
> 그것을 실행하지 못하는 거예요. (377~381행)

당시에 뜨거운 논의 주제였던 본성(physis)과 교육(paideia), 자연스러운 것(physis)과 관습적인 것(nomos)의 대립, 그리고 '앎이 곧 탁월함'이라는 소크라테스의 명제 등이 이 인용문에 함축되어 있다. 이 작품이 '풍성하다'는 평가를 받는 이유 중 하나는 이러한 개념들이 거듭 언급되고 있기 때문이다. 그 밖에도 명예, 외경심(염치, 수치심aidos), 절제 등이 자주 등장하고 관심을 모으는 개념들이다. (위 인용문 바로 다음에는, 옳은 일을 방해하는 쾌락들을 꼽으면서 마지막에 '수치심'을 덧붙여놓아서, 독자에게 어려움을 주고 학자들 사이에 논란을 불러일으켰는데, 그냥 여기 약간의 문법 위반zeugma이 있다는 것만 지적하고 넘어가자.)

이어서 파이드라는 자기가 이 비정상적인 사랑에 대처하기 위해 모색했던 방법들을 소개한다. 침묵하기, 자제로 극복하기, 죽기. 그녀의 선택은 세번째 것이다. 사실 주인공이 이럴까 저럴까 모색해보는 건 있을 수 있는 일이지만, 그걸 첫째-둘째-셋째 하는 식으로 밝히는

것은, 독자의 공감을 얻기엔 지나치게 논리적이다. 이 작품이 '정상적'이라고는 하지만, 그건 에우리피데스의 다른 작품들에 비해 그렇다는 것이고, 그 특유의 '낯설게하기'는 여기서도 여전하다.

파이드라가 죽기로 결심한 것은 아이들 때문이다. 자기 욕망 때문에 수치스러운 일을 하다가 잡히면, 아이들의 명예까지 손상될 것이기 때문이다. 앞에서 파이드라는 지나친 욕망을 상징하는 인물처럼 소개했지만, 사실 그녀는 그 욕망을 숨기고 억누르려 애쓰고 있다. 합창단도 그녀의 절제를 칭찬한다.

거기에 유모가 돌아온다. 그녀는 생각을 바꿨다. 사랑 때문에 죽는 것은 있을 수 없는 일이다. 그녀는 신들도 사랑에 굴복했다면서, 신들보다 강하기를 원하는 것은 교만이라고 선언한다. 하지만 그녀는 파이드라에게 자신이 어떻게 할지를 완전히 밝히지는 않는다. 그저 그녀의 병을 물리칠 마법이나 주문, 약 따위가 있다고만 한다. 남자의 머리카락이나 옷가지를 얻어 미약(媚藥)을 만들 듯한 인상을 풍긴다. 마지막에 파이드라도 혹시 유모가 힙폴뤼토스에게 사실을 발설하지 않을까 하는 의심을 내비치지만, 유모는 그저 자기에게 맡기라며 퇴장한다. 그녀는 행동과 실용을 중시하는 인물이다.

그대가 명성을 뽐내다가 죽는 것보다는
행동이 더 중요해요, 그것이 그대를 구할 수만 있다면. (501~502행)

실용의 파탄, 지나친 절제

합창단은 에로스가 자기에게 오지 않기를 기원하면서도, 동시에 그를 존중하지 않으면 다른 신을 섬겨도 소용없음을 노래한다. 거기에 불행한 사랑의 두 가지 사례를 덧붙인다. 이올레를 사랑해서 죽게 되었던 헤라클레스와, 제우스의 벼락에 죽은 세멜레다. '정상적인' 비극답게 합창 내용이 극 진행과 잘 맞아 들어간다. 여기에 앞에 나왔던 단어가 반복되어 앞뒤를 엮어준다. 퀴프리스는 '꿀벌처럼' 이리저리 날아다닌다고. 결국 힙폴뤼토스의 순결한 초원도 여신의 권능을 벗어날 수 없는 것이다!

이제 파이드라는 문 안에서 일어나는 일을 엿듣고 있다. 그녀는 곧 절망에 빠진다. 유모가 힙폴뤼토스에게 사실을 말했고, 청년이 격렬하게 반발한 것이다. 그녀는 되도록 빨리 죽기로 결심한다. 젊은이가 안에서 뛰어나오고, 유모도 함께 나온다. 아마 무대 한쪽에 파이드라가 있었겠지만, 젊은이는 감정이 격해서인지 그녀를 보지 못한 모양이다. 그는 대지와 햇빛을 향해 개탄하지만 구체적 사실을 발설하지는 않는다. 유모는 그에게 맹세를 지키기를 요구한다. 용의주도한 그녀는 그에게 사실을 밝히기 전에, 누설하지 않겠다는 맹세를 받아놓은 것이다. 여기에 힙폴뤼토스의 유명한 대사가 등장한다.

> 맹세를 한 것은 혀고, 내 마음은 맹세하지 않았소. (612행)

사실 이후에 벌어진 일을 보면 힙폴뤼토스는 그 맹세를 저버릴 생각까지는 하지 않았다. 아니면, 지금은 그러려 하지만 잠시 후 생각이 바뀌었거나. 어쨌든 이 맹세는 그를 죽게 할 것이다. 아프로디테는 그의 죽음을 이루겠다 했지만, 그 죽음은 외부에서 온 것이라기보다 인물의 도덕적 의무감에서 비롯한 것이다.

청년은 여자들이 존재한다는 사실을 개탄한다. 여자들은 없고 그냥 자식의 씨를 어디서 구입할 수 있다면 얼마나 좋을까 하고 탄식한다. 메데이아를 향해 던졌던 이아손의 발언과도 같다. 다시 여기서, 여자의 해악이 어떤 것인지, 특히 영리한 여자가 왜 나쁜지 상당히 논리적인 분석이 제시된다. 이런 분석이 많은 것은 당시의 관객이 이런 내용을 즐겁게 받아들였기 때문이라는 설명도 있지만, 어쨌든 전체적으로 관객과 독자의 주의를 분산시키는 이 시인의 특성과 일치한다. 이런 부분은 이야기 맥락을 벗어난 만큼 누구나 자기 생각을 덧붙이기 쉽고, 따라서 후대에 덧붙인 게 아닌가 의심되는 행들이 많다. 그런 경우 원문 편집자는, 이 행은 '지우자'는 뜻으로 〔 〕로 묶는 것이 관례이다. 이런 '각진 괄호'로 묶인 구절이 나오면 그렇게 이해하시기 바란다. (이와 대비되는 표시로, 〈 〉는 원문 편집자가 꼭 필요하다고 생각해서, 이런 내용을 '집어넣어야 한다'는 뜻으로 쓰는 기호다.)

여기서 힙폴뤼토스는 자신이 맹세를 지키기는 하겠다는 뜻을 밝힌다. 자신의 경건함이 유모를 구했다고. 하지만 유모와 파이드라가 어떻게 아버지의 '얼굴을 대하는지'(662행) 보겠노라고 위협한다. 사실 이 구절은 파이드라가 썼던 것과 거의 같은 표현이다. 그녀는, 여자가 부정을 저지르고 남편 '얼굴을 어떻게 대할' 수 있겠느냐고 물었었다.(415~416행) 욕망의 과다(過多)와 과소(過少)라는 점에서 편향된 이 두 사람은 어떤 면에서 서로 닮았고, 그것은 표현의 유사성으로 드러난다.

청년은 나가버리고, 파이드라는 이제 대지와 햇빛을 부른다.(672행) 조금 전에 힙폴뤼토스가 불렀던(601행) 신적 대상이다. 그녀는, 신과 인간 누구도 도울 이가 없어서, 생명 저편으로 떠나가게 되었다. 이 짧은 노래는 안티고네의 마지막 말과 닮은 데가 있다. 앞의, 에로스에 대한 합창도 그렇지만, 이 작품은 「안티고네」에서 실마리만 제시되고 충분히 다뤄지지 않았던, 두 남녀의 사랑이라는 주제를 변형하고 확장한 듯한 인상도 준다. 이 작품이 발표된 것은 기원전 427년이니, 「오이디푸스 왕」보다는 나중인 듯하고, 따라서 「안티고네」보다 뒤에 발표된 것임은 분명하다. 이 작품에서도 「안티고네」에서처럼 두 남녀가 서로 마주치는 장면이 나오지 않는다. 엇갈려버린 사랑인 양.

파이드라는 유모의 경솔한 행동을 나무라고, 새로운 계획을 찾으려 한다. 그는 청년이 아버지에게 사실을 밝히리라고 믿는다. 유모는 호의에서 시도한 일이 잘못되었을 뿐이라고 변명한다. 사실 이 부분에서 파이드라가 유모를 대하는 태도는, 비극의 여주인공에게 되도록 공감하고 싶은 우리에게 그리 좋은 인상을 주지는 않는다. 에우리피데스는 특히 신분이 낮은 사람들을 그릴 때 매우 사실적인 태도와 용어를 부여하는 경향이 있는데, 여기서는 여주인공을 그런 식으로 그렸다. 시인은 우리가 등장인물과 동일시하는 것을 쉽게 허용하지 않는다.

유모는 다시 살길을 찾아보자 하지만, 파이드라는 자기가 수습하겠노라고 선언한다. 그녀는 자식들과 고향에 명예를 남기고 죽으려 한다.

나는 수치스러운 짓을 저지른 뒤에 테세우스의 면전에

나서지 않을 거예요, 한낱 목숨 때문에! (720~721행)

그녀는 청년의 말을 귀담아들었다. '얼굴을 대하는' 문제가 다시 그녀의 입에 올랐다. 그녀는 모욕당한 영웅처럼 행동한다. 목숨은 중요치 않다. 후회도 없다. 하지만 죽음으로써 다른 이에게 재앙을 가져다줄 것이다. 그러면 상대도 고통 속에 겸손(절제)을 배우게 될 것이다. 그녀는 합창단에게 침묵을 명하고, 집 안으로 들어간다.

성급한 아버지, 깰 수 없는 맹세

합창단은 자신들이 새가 되어 멀리 날아가버릴 수 있기를 희망한다. 세상 끝 헤스페리데스의 해안과 아틀라스가 하늘의 경계를 지키는 곳으로 가고 싶어한다. 얼핏 주제와 상관없어 보이는 이 노래는 작품 전체 해석과 관련해서 깊은 의미를 얻게 될 것이다. 그것이 인간의 한계이고, 인간은 그 안에 머물러 살 수밖에 없으므로.

합창단이 파이드라의 죽음을 안타깝게 예상하는 가운데, 유모의 애곡 소리가 들리고, 거기에 테세우스가 돌아온다. 그는 아내의 죽음을 발견하고 애곡하다가, 아내가 남긴 편지를 보게 된다. 거기서 아들의 범행을 읽고, 포세이돈을 불러 아들의 죽음을 청한다. 그는 자신의 아버지(라고도 하는) 포세이돈에게서 세 가지 소원을 들어주겠다는 약속을 받은 적이 있다. 대개는 지금 마지막 남은 기회를 사용하는 거라고들 해석하지만, 테세우스가 그 약속이 효력이 있는지 의심하는(890행) 걸로 보아 이번이 첫 기회라는 주장도 있다. 하지만 그렇다면 나중에 진실을 알고 나서 또 한 번의 기회를 이용하여 아들을 살려냈을 테니, 아무래도 이번이 마지막 기회라는 게 낫겠다.

테세우스는 신의 약속이 적어도 당장은 이뤄지지 않으리라 생각했는지, 아들에게 추방형까지 덧붙인다. 거기에 아들이 들어온다. 그는 파이드라의 죽음을 알자 깜짝 놀라고, 어쩐 일인지 알고 싶어한다. 하지만 테세우스는 침묵을 지킨다. 이 작품은 침묵과 발언이 교차되도록 짜여 있다. 아들의 재촉에 아버지는 입을 열지만, 그 얼굴은 아들에게 향하지 않는다. 인간이, 상대가 친구인지 아닌지 알아볼 능력이 없음을 개탄한다. 인간들의 파렴치함과 대담함을 탄식한다. 그런 후에야 관심을 아들에게로 돌리지만 그를 상대로 말하지 않고, 다른 사람들을 향해 그의 사악함을 고발한다. 마침내 아들에게 향한다. 아들이 가장 소중히 여기는 '순결'을 비난한다. 파이드라의 시신은 그의 범행에 대한 가장 강력한 증거다. 그는 아들에게 떠날 것을 명한다. 자신의 전 생애와 업적을 걸고 내리는 가장 강경한 명령이다.

아들은 대지와 햇빛에 걸고 자신의 순결(절제)을 주장한다. 자기가 그런 짓을 할 이유가 없다는 것을 조목조목 제시한다. 자신은 아무 짓도 하지 않았다고, 이 말이 거짓이라면 저주가 내리기를 기원한다. 아버지가 듣지 않자, 차라리 자기를 죽이라고 요구한다. 하지만 아버지는 아들이 추방자로 비참하게 살다 죽기를 원한다. 그를 '바다와 아틀라스의 영역 저편으로' 쫓아내고 싶어한다. 결국 휩폴뤼토스는 탄식을 남기고 떠나간다.

오오 집이여, 너희가 나를 위하여 목소리를 울려
내가 과연 사악한 인간인지 증언해줄 수 있었으면! (1074~1075행)

파이드라도 '집 안의 대들보들'이 비밀을 발설할 거라고 말했지만, (418행) 그런 일은 일어나지 않는다. 청년은 마지막으로 아르테미스에게 인사를 드리고 떠나간다.

무능한 신, 인간의 유대

합창단은 인간의 삶이 불안정한 것을 탄식한다. 자신이, 완고하기보다 유연하기를 기원한다. 힙폴뤼토스가 떠나감으로써 사냥도, 말경주도, 음악도, 아르테미스 숭배도 끝날 것을 아쉬워한다. 신들이 죄 없는 자를 쫓아낸 것에 분개한다.

거기에 전령이 달려온다. 아버지의 저주가 이루어져서 아들이 죽게 되었다는 것이다. 그가 마차를 몰아 바닷가를 달려가는데, 바다에서 소 모양의 괴물이 뛰어나왔고, 말들이 피하는데도 계속 앞을 가로막아 결국 마차가 부서지고, 거기 얽혀 끌려가다가 몸이 찢겨 거의 죽었다는 것이다. 여기 등장한 소는, '바다의 거품'에서 태어난 여신, 퀴프로스로 흘러갔기 때문에 '퀴프리스'라고도 불리는 여신 아프로디테의 상징이다. 또한 그것은, 한 세대 전에 바다에서 솟아나서 파시파에를 매혹했던 황소의 변형이라고도 할 수 있다. 여인의 마음속에 억눌려 있었던 성적 욕망이 괴물의 형상으로 나타나 청년을 죽였다고나 할까?

하지만 이 보고 역시 약간 의문을 불러일으킨다. 이 보고에는, 청년이 떠날 때 친구들에게 어떤 말을 했는지, 괴물이 나타나자 어떤 식으로 말을 몰았는지까지 자세히 그려져 있다. 그림은 매우 생생하지

• 페테르 파울 루벤스, 〈힙폴뤼토스의 죽음〉, 1611년경, 영국 케임브리지 피츠윌리엄 박물관 소장.
왼쪽에 바다에서 괴물이 튀어나오고 있다. 상체는 소 모양을 하고 있으며, 하체는 물고기 모양이다. 마
차는 이미 부서져 청년이 거기 얽혀 있고, 오른쪽에는 놀란 하인들이 달아나고 있다. 왼쪽 아래 귀퉁이
에는 소라 나팔을 불고 있는 바다 신이 그려져 있어서, 이 사건이 바닷가에서 일어났음을 좀더 확실히
보여주고 있다.

만, 지금 여기서 이런 보고를 할 이유가 있는 것일까? 소포클레스의 「엘렉트라」에서는 전령의 자세한 보고에, 상대를 속이고 오레스테스의 정신적 '죽음'을 보여주려는 목적이 있었다. 「안티고네」에서는 크레온의 마지막 실수를 드러내고, 아들의 분노와 크레온의 처참한 추락을 보여주자는 목적이 있었다. 지금 이 보고는? 독립된 하나의 일화로 가치가 없는 것은 아니지만, 이야기를 한군데로 몰아가는 것은 아니다. 시인은 독자의 주의를 일부러 흩어놓고 있다.

아버지는 아들의 재난을 냉소와 기쁨으로 받아들인다. 전령은, 아들을 잔인하게 대하지 말라고 충고하지만, 아버지는 아들을 직접 보고 그의 주장을 완전히 반박하고자 한다. 한데 합창단이 힙폴뤼토스를 기다리며, 퀴프리스와 에로스의 지배력을 노래하는 사이에, 뜻밖에도 아르테미스가 나타난다. '기계장치에 의한 신'이다. 여신은 테세우스의 불경한 기쁨을 비난한다.

> 왜 그대는 고통을 피해, 삶을 바꾸어
> 날개 달고 공중으로 치솟지 않고 아직도 여기 발붙이고 있는가?
> (1292~1293행)

그러고서 여신은, 어디서 그의 불행이 생겨났는지를 설명한다. 하지만 신도 그의 불행을 고칠 수는 없다.

> 사실 나는 아무것도 고칠 수 없고 그대를 아프게 할 뿐이다.
> (1297행)

여신이 온 것은 힙폴뤼토스를 살리기 위해서가 아니라, 그저 명예롭게 죽도록 하기 위해서다. 여신은 모든 책임을 아프로디테에게 돌린다. 특이한 것은 여신이 파이드라의 욕정을 '어떤 의미에서는 고결함이라고도 할 수 있는 것'(1300행)으로 평가한 점인데, 아마도 그녀가 그것에 저항했기 때문이리라. 그리고 힙폴뤼토스가 맹세를 지키려다 재앙을 당했음도 밝힌다. 테세우스의 성급함을 너무 심하게 비난하는 듯도 하지만, 그래도 용서받을 가능성을 비친다.

거기에 청년이 실려 온다. 자신이 경건하고 순결하게 산 것이 허사가 되었음을 개탄한다. 그의 신음과 고통의 토로가 좀 길다 싶지만, 슬픔을 배출할 시간이 필요하다는 점을 감안하자. 청년은 천상의 향기를 느끼고 여신이 가까이 있음을 안다. 아르테미스는 그가 자신의 소중한 친구임을 인정하지만, 여신으로서는 눈물을 흘릴 수도 없고, 죽어가는 자 곁에 머물 수도 없다. 그녀가 할 수 있는 것이라고는, 아프로디테가 사랑하는 자를 죽이는 것뿐이다.

여신은 힙폴뤼토스를 기념하여, 결혼을 앞둔 처녀들이 그에게 머리털을 바치고 애도하게 될 것이며, 그에게 노래가 바쳐질 것을 예언한다. '기계장치에 의한 신'에 자주 나오는 내용이다. 독신(獨身)의 이 여신은 놀랍게도 파이드라의 사랑도 비난하지 않는다. 그것이 잊히지 않으리라고 예언한다. 아들에게 아버지를 용서하라고 권한다. 실수하는 것은 인간에게 당연한 것이다. 앞(615행)에서도 나온 말이다.

이제 여신은 떠나고 인간들만 남았다. 아들은 죽어가며 아버지를 용서한다. 아버지는 아들의 고상함을 칭찬하면서, 그를 떠나보내지 않으려 하지만, 아들은 결국 죽고 만다.

이 마지막 장면에서는 신들의 악의와 무능함에 대비하여 인간 사이의 유대와 공감이 두드러진다. 이런 신들은 어쩌면 무자비하게 관철되는 자연법칙을 형상화한 것이라 해야 할 것이다. 인간들은 그 지배를 벗어날 길이 없다. 합창단은 날개 달고 오케아노스 바깥으로, 아틀라스의 경계 너머로 가고 싶어했지만, 그것은 사실 가능하지 않았다. 이 작품은 그 한계를, 탈출 불가능성을 인정하고, 인간의 오류 가능성, 인생의 불안정함을 재확인한다. 그렇지만 에우리피데스로서는 드물게, 냉소보다는 인간들 사이의 이해와 용서를 하나의 희망처럼 제시했다. 이 작품은 에우리피데스가 힙폴뤼토스 주제로 작품을 하나 썼다가 실패하고, 다시 내놓은 '두번째 「힙폴뤼토스」'다. 어쩌면 시인은 이전의 실패에서 새로운 깨달음을 얻고, 그것을 이런 식으로 밝힌 것인지도 모른다.

에우리피데스의
「박코스의 여신도들」

이 작품은 에우리피데스가 아테나이를 떠나 북쪽 마케도니아에 머물며 쓴 것이다. 그래서, 여기에 그 지방의 종교제의들이 반영되었다는 해석도 있다. 하지만 그보다는 문명과 야만의 경계 지대로 물러난 그에게, 경계 너머의 어떤 것이 이전보다 잘 보이게 되어 이런 작품이 나온 게 아닐까 싶다. 무의식의 매혹과 위험을 탐색한 이 작품은 거장들의 최고의 성취 중 하나로 꼽아야 할 것이다.

에우리피데스의
「박코스의 여신도들」

무의식과 억압된 욕망을 탐구한 작품

내가 이 작품을 함께 읽자고 하는 이유도 역시 '유명해서'다. 이 작품이 유명한 이유는 대체로 니체 때문이다. 그는 「비극의 탄생」을 비롯한 여러 글에서 이 작품에 대해 언급했고, 그가 제안하여 크게 호응을 얻은 '아폴론적인 것'과 '디오뉘소스적인 것'의 대비는 많은 부분이 작품에 의지하고 있다. 그 밖에도 제인 해리슨이나 조지프 캠벨 같은 종교학자들도 이 작품 내용을 자주 인용하고 있다.

하지만 일반 독자가 이 작품을 읽을 때 얼마나 감동을 받을지는 좀 자신이 없다. 일반적으로 감동은 동일시에서 나오는데, 건전한 상식을 가진 독자의 입장에서 그 동일시가 일어나기 쉽지 않겠기에 하는 말이다. (에우리피데스의 작품에서는 감동 이외의 다른 장점을 찾겠다 하는 독자가 있다면 나로서는 환영이다.) 작품의 전체적인 줄거리는, 디오뉘소스 숭배에 반대하던 젊은 왕이 그 숭배자들 무리를 염탐하려고 여자로 가장하고 다가갔다가, 들켜서 찢겨죽는다는 내용이다. 하지만 현대의 우리로서는 주변에서 그런 '광신자' 무리를 보기도 쉽지 않고, 타인의 종교행위에 가장을 하면서까지 염탐할 만큼 호기심이 넘쳐나지도 않는다. 따라서 이 작품의 설정은 다소 '비현실적'이라고 느껴질 수도 있는데, 이렇게 되면 읽는 재미가 줄어들고 다 읽고 나서도 인상이 희미하기 마련이다. 그리고 이런 과정이 되풀이되면 그 독자는 (체면상 내놓고 말하지는 않지만) 슬그머니 '고전은 지겨워'파로 넘어가버리게 되어 있다.

이 작품의 가치를 가장 잘 드러내주는 접근법은, 무의식이라는 측면에 주목하는 것이다. 작품 주인공인 펜테우스는 '합리성의 대변자'라고 보는 해석도 있으나, 그것은 겉보기로만 그렇다. 또 그가 가장을 하고 염탐에 나선 것은 그의 '비이성'이나 '감성' '열정'의 부추김 때문이라고 하는 해석들도 있으나, 이 말들은 어감이 너무 약하다. 시대착오적 해석이라고 비난받을 위험이 있긴 하지만, 역시 좀더 확실하게 '무의식'을 핵심 단어로 삼는 게 좋겠다. 이 작품은, 주인공 자신도 의식하지 못하는 숨은 욕망, 그의 억압된 욕구가 분출하고, 그것이 당사자를 죽음으로 이끄는 과정을 보여준다. (이성과 합리성만 강조하던 주인공이 비이성과 마주쳐 결국 패배하는 내용이라고 보는 방법도 있으나, 그렇게 외적인 대결만 강조하면 이야기가 좀 재미없어진다.) 작품 마지막 부분은, 역시 무의식의 영역으로 빠져들었던 인물이 현실로 돌아오는 과정을 보여주기 때문에, 전체적으로 무의식으로의 진입과 의식 영역으로의 귀환이 작품의 큰 틀이 된다.

인정받지 못하는 신, 광적인 숭배 의식

첫 장면은 디오뉘소스에게 배당되어 있다. 「힙폴뤼토스」 첫 장면에 아프로디테가 나오는 것과 아주 유사하다. 하지만 여기서 디오뉘소스는 일단 '설명적 도입부'에만 충실할 뿐, 「힙폴뤼토스」에서처럼 결말까지 모두 알려주는 '스포일러'가 되지는 않는다. 그는 자신이 동방에서 자신에 대한 숭배를 확고히 해놓고 돌아왔으며, 희랍 땅에서는 처음으로 테바이에 자신에 대한 숭배를 퍼뜨리고 있다고 설명한다. 하지만 그의 어머니 세멜레의 자매들이 그를 신으로 여기지 않아서, 그가 그들에게 광기를 불어넣었고, 그들은 지금 다른 여인들과 함께 산으로 가 있다. 그리고 현재 테바이의 왕은 카드모스의 외손자 펜테우스인데, 그 역시 자기 사촌인 디오뉘소스를 신으로 인정하지 않고, 그에게 전쟁을 선포한 상태다. 디오뉘소스는 이제 산으로 가서 무리와 함께 춤을 추다가, 혹시 왕이 무리를 쫓아내려 하면 그와 싸우겠노라고 밝힌다.

합창단은 뤼디아에서부터 디오뉘소스를 따라온 숭배자들로 되어있다. 비극 사상 거의 유일하게 시종일관 주인공에게 적대적인 합창단이다. 제대로 하자면 테바이의 디오뉘소스 숭배자들이 합창단을 구성하는 게 옳겠지만, 그들은 산에 가 있으므로 이들이 그 역할을 대신한다. 이들은 '꿈속'으로, 무의식의 영역으로 가 있는 테바이 출신 숭배자들의 대역이다. 이 작품은 합창의 몫이 매우 큰 '서정적인' 작품이다. 시인은 생애 마지막 작품인 「박코스의 여신도들」에서 갑자기 자기 이전 선배들의 방식으로 돌아갔다.

합창단은 산에 가 있는 무리를 칭찬한다. 그리고 디오뉘소스가 태어난 앞뒤 정황을 노래한다. 세멜레가 제우스의 본모습을 보고 벼락의 위력에 죽어버린 후, 제우스가 자기 허벅지에 아기를 넣어 기른 이야기다. 그들은 이어, 아기 디오뉘소스가 크레테에서 자란 것을, 또 그의 양육자들이 여러 악기를 만들었음을 노래하고, 디오뉘소스와 그의 추종자들이 피와 날고기를 먹고 들판에서 뛰고 춤추는 것을 그려 보인다. 에우리피데스는 전통 종교에 대해 비판적 입장을 가졌다고 평가되고 있으나, 사실은 종교 현상이 어떤 것인지 깊이 이해하고 있었던 사람이다.

대세를 따르는 노인들, '잡아 묶는' 젊은 왕

거기에 눈먼 예언자 테이레시아스와 테바이의 건립자 카드모스가 등장한다. 이미 노인인 이들은, 산에 가 있는 광적인 숭배자들과, 도시에서 그 숭배를 제지하려는 젊은 왕에 대비하여, 세번째 부류로서 편의적인 대세추종자, 실용주의자 들이다. (오이디푸스의 증조할아버지 시대지만, 테이레시아스는 벌써 많이 늙은 것으로 설정되어 있다. 그는 신들에게서 예언의 능력과 더불어 장수의 선물도 받았다. 하지만 이 테이레시아스는 「오이디푸스 왕」이나 「안티고네」에 나오는 동명의 인물과는 성격이 많이 다르게 되어 있다.) 특히 카드모스는 디오뉘소스가 자기 외손자인 만큼, 그가 정말로 신이든 아니든 그를 지지해야 한다고 생각하고 있다. 이 두 노인의 행태는 비극에 이따금 등장하는 '우스운 인물'의 그것이다. 하지만 그들도 종교적 열광에 힘입어 다소간 젊음을 되찾고 있다.

인간들에게 신으로 드러난 디오뉘소스는

내 딸의 자식인 만큼 우리는 힘이 닿는 대로

그를 크게 키워주어야 마땅할 것이오.

어디서 나는 춤을 추어야 하며, 어디서 발을 들었다

놓아야 하며, 어디서 백발을 흔들어야 하오? 노인인 그대가

노인인 나를 인도하시구려, 테이레시아스여! 그대는 지혜로우니까.

나는 튀르소스를 가지고 밤낮으로 땅을 쳐도

지치지 않을 듯하오. 우리가 노인이라는 것을 우리는

기꺼이 잊었소. (181~189행)

거기에 젊은 왕 펜테우스가 등장한다. 그는 여자들이 '가짜 신'을 섬기러 산속을 떠돈다는 얘기를 듣고, 그들이 술과 사랑을 즐기러 나간 것으로 여겨, 보이는 대로 잡아 가두는 참이다. 작품 초반에 그는, '풀어주는 자(해방자)' 디오뉘소스에 대비되는 '묶는 자'다. 그는 우선 사람들을, 그리고 나중에는 신을 묶으려 하는 사람이고, 또한 자신의 숨은 욕망을 묶어놓은 자이다.

펜테우스는 디오뉘소스의 출생에 대한 '거짓말'을 비난하다가 자기 할아버지와 예언자를 발견하고 그들을 나무란다. 이에 대한 테이레시아스의 대답을 보면, 이 예언자가 진실로 신을 섬긴다기보다는 그저 실용주의자일 뿐이란 걸 알 수 있다. 그가 이 신을 섬기는 것은 대체로 유용성 때문이다. 그는 디오뉘소스의 출생에 대한 이야기도 모두 믿는 게 아니다. 그는 제우스가 디오뉘소스를 다시 낳았다는 판본은 와전된 것이라 보고, 그보다는 제우스가 벼락으로 세멜레를 쳤을 때, 디오뉘소스도 곧장 올륌포스로 갔다는 판본을 선호한다. (이어

• 귀스타브 모로, 〈제우스와 세멜레〉 부분, 1895년, 프랑스 파리 귀스타브 모로 미술관 소장.
헤라의 꼬임에 넘어간 세멜레는 제우스의 본래 모습을 보여달라 요구한다. 제우스가 천둥 번개 벼락을
갖추고 나타나자 그녀는 그 열기에 죽고 만다. 그림 중앙에 머리에서 불을 뿜는 제우스가 그려져 있고,
그 앞쪽에서는 세멜레가 허리춤에 피를 흘리며 죽어가고 있다. 세멜레 왼쪽에는 보는 사람을 향하여
눈을 가리고 슬퍼하며 날아오는 에로스가 그려져 있다. 제우스의 오른쪽 뒤에는 이 모든 일을 일으킨
헤라가 태연한 모습으로 그려져 있다.

지는 합창단의 노래는 그의 믿음이 잘못임을 보여줄 것이다.) 하지만 디오 뉘소스에 대한 그의 묘사는 이 신의 어떤 특징을 제대로 잡았다. 그는 '풀어주는 자'다. 인간을 고통에서 풀어주고, 인간의 몸속으로 들어가 미래사에 대한 예언을 풀어주며, 때로는 군대를 흩어버린다. 이 신은 펜테우스의 무의식적 욕망도 풀어놓게 될 것이다.

이어서 카드모스는 손자를 향해, 디오뉘소스를 그냥 신으로 인정 하는 것이 가문의 명예에 도움이 된다는 점을 강조한다. 그러면서 자 기 사냥개들에게 찢겨죽은 악타이온처럼 되지 말기를 경고한다. (여 기서 악타이온은—우연히 여신의 알몸을 본 것 때문이 아니라—자기가 아르 테미스보다 뛰어난 사냥꾼이라고 뽐내다가 벌을 받은 것으로 되어 있다.) 이 경고는 거의 예언의 성격을 띠고 있다.

두 노인이 고분고분하지 않게 나오자, 펜테우스는 격분한다. 일시 적이지만 비극에 자주 등장하는 영웅들의 모습을 보인다. 그는 이미 전통으로 굳어진 종교관행까지 무너뜨리려는 듯, 테이레시아스의 새 점 치는 장소를 훼손하라 명한다. 그리고 테바이에 스며들어왔다는 그 '여자 같은' 이방인을 잡아오기를 명한다.

노인들은 젊은 왕의 어리석음을 개탄하며 가던 길로 계속 나아간다. 테이레시아스는 펜테우스('고통스러운 자')의 이름 뜻대로 되지 않기를 기원하는데, 우리는 같은 말을 디오뉘소스에게서 듣게 될 것이다.

사냥감이 된 신, 짐승의 영역으로 이끌리는 인간

합창단은 불경과 오만의 위험성을 경고하고, 디오뉘소스가 주는 축복과 은혜, 평화와 환희를 찬양한다. 그들은 이 도시의 억압적인 분위기에 질린 듯, 에로스와 아프로디테가 섬겨지는 땅으로 가기를 원한다. 박코스의 신도들이 자유롭게 축제를 벌일 수 있는 땅으로. 마지막엔, 디오뉘소스가 그 축복을 받아들이지 않고 잘난 체하는 자들을 미워한다는 말을 덧붙여, 임박한 신의 분노를 예고한다.

거기에 시종이 한 젊은이를 잡아끌고 온다. 인간 모습으로 나타난 디오뉘소스다. 그는 '사냥감'으로 '포획되어' 왔고 '들짐승'이라 지칭되지만, '유순하다'.(434~436행) 경계를 허물어뜨리는 신의 특성이 드러나는 구절이고, 앞으로 일어날 반전의 기준점이다. 우리는 앞으로, 지금은 '사냥꾼 우두머리' 격인 펜테우스가 포획되고 짐승으로 여겨지는 걸 보게 될 것이다.

시종은 아울러 이전에 잡혀 있던 여신도들이 모두 풀려나 사라져버렸다는 것도 함께 보고한다. 잡아 묶고 가두는 펜테우스와 대비되어 '풀어주는 신' 디오뉘소스의 면모가 현실화되기 시작한다.

그런데 나리께서 붙잡고 포박하여 공공 감옥에
가두어두신 박코스의 여신도들은 없어져버렸습니다.
그들은 풀려나 자신들의 신인 브로미오스를 부르며
들판 쪽으로 껑충껑충 뛰어가버렸습니다.
그들의 발에 채워놓은 족쇄들은 저절로 풀어졌고,
문의 빗장들은 사람의 손이 닿지 않았는데도 활짝 열렸습니다.
이 사람은 실로 많은 기적을 가지고 이곳
테바이에 왔습니다. (443~450행. 천병희 역으로는 449행까지)

한데 잡혀온 젊은이를 대하는 펜테우스의 태도는 왠지 벌써 매혹된 듯도 보인다.

> 이방인이여, 그대는 외모가 밉게 생기지는 않았군,
> 적어도 여자들에게는. 그대는 바로 그들을 꾀려고 테바이에 와 있는
> 거지.
> 레슬링을 통해 기른 것이 아닌 그대의 긴 머리는
> 매력 가득하게 양 볼 위에 내려뜨렸구나.
> 그리고 세심하게 가꾼 흰 피부를 지녔구나,
> 햇살 속에서가 아니라 그늘 밑에서
> 그 아름다움으로 아프로디테를 사냥하면서. (453~459행)

나중에 우리는 펜테우스가 디오뉘소스에게, 의아할 정도로 쉽게 넘어가는 것을 보게 되는데, 이를 두고 펜테우스가 '또하나의 자신(alter ego)'과 마주쳤기 때문이라고 설명하는 학자가 있다. 무구(武具)를 숭상하는 행동의 인간 펜테우스는 기묘한 여성적 매력을 가진 동년배와 마주하게 되었다. 왠지 낯설지 않다. 그는 그의 마음속에 숨은 욕망을 간지럽혀 끌어내고 그가 이전에는 생각도 하지 못했던 모험으로 나서게 한다. 이 모든 일이 가능한 것은, 지금 앞에 선 청년이 펜테우스의 이면, 그가 억눌러 감추려 했던 그의 다른 면을 보여주기 때문이다.

이제 펜테우스는 심문을 시작한다. 상대는 자신이 뤼디아 출신 디오뉘소스 추종자라고 주장한다. 왕은 그들의 비밀한 의식이 어떤 것인지 알아내려 하지만, 상대는 입문하지 않은 사람에겐 밝힐 수 없다

며 거부한다. 그 신이 어떻게 생겼는지에 대해서는, '원하는 대로' 모습을 취한다고 비켜 간다. 왕은 이 이방인의 궤변(sophismata kaka, 489행)을 특히 벌하고자 한다. 끌려가게 된 디오뉘소스가 던지는 말은 「오이디푸스 왕」에서 테이레시아스가 오이디푸스에게 던진 것(「오이디푸스 왕」 414~415행)과 닮았다.

> 그대는 모르고 있소, 그대의 삶이 어떤 것인지, 무엇을 행하는지, 그대가 누구인지도. (506행)

이제 질문은 '나는 누구인가?'로 다가가고 있다. 이 공격에 대한 젊은 왕 펜테우스의 응수는 이 왕이 지닌 어떤 면모를 부각시킨다.

> 나는 아가우에의 아들 펜테우스이고, 내 아버지는 에키온이시다. (507행)

곧 이어지는 합창단의 노래에서 드러나듯, 에키온은 용 이빨이 땅에 뿌려져서 태어난 존재다.(537~539행) 따라서 펜테우스는 용의 후예로서 '사나운 괴물'이고, '신과 싸우는 거인'이다.(542~543행) 희랍세계에서 인간의 위치는 짐승과 신 사이에 있었다. 디오뉘소스가 지적한 펜테우스의 '무지'는 인간의 정체성에 대한 것이었고, 펜테우스의 응수는 자신도 모르게 자기 속에 있는 야수성을 드러낸 것이었다. 이제 펜테우스는 경계를 허무는 신의 인도를 따라, 인간과 짐승 사이의 경계를 넘어서고 자기 속의 야수적 속성을 드러내게 될 것이다. 그리고 이미 야수의 세계에 가 있는 친족들에게 희생될 것이다.

• 에밀 레비, 〈오르페우스의 죽음〉, 1866년, 프랑스 파리 오르세 미술관 소장.
디오뉘소스를 따르는 무리들은 자연으로 나가서 악기를 요란하게 연주하며 종교적인 열광 상태에서
춤을 추고, 짐승을 찢어죽이고 날고기를 먹는 것으로 알려져 있다. 이들은 흔히 뱀을 몸에 두르고, 어
린 짐승에게 젖을 먹이기도 한다. 그림은 에우뤼디케를 잊지 못하여 여성에게 관심을 두지 않는 오르
페우스를 디오뉘소스 추종자들이 죽이는 장면이다. 펜테우스가 죽는 장면과 매우 유사하게 묘사되어
있다.

내면을 꿰뚫는 신의 권능, 경계를 허무는 신

이방인이 순순히 끌려나가고 난 뒤, 합창단은 디오뉘소스의 탄생 과정을 노래하고, 테바이가 그를 배척하는 것을 비난한다. 용의 후손이 신과 맞서는 것을 비판한다. 디오뉘소스가 와서 도와주기를 청한다.

이어지는 제3삽화는 작품의 물리적 중심으로, '디오뉘소스와 펜테우스의 대화-전령의 보고-두 인물의 대화'의 세 부분으로 짜여 있다. 첫 부분에는 보통 '왕궁의 기적(palace miracle)'이라고 불리는 내용이 들어 있다. 건물 안에서 디오뉘소스가 지진과 번개를 부르고, 합창단은 번개의 불길을 보게 된다. 이어 이방인-디오뉘소스가 나와서 합창단 여인들을 안심시킨다. 그는 자기가 그저 신의 추종자인 것처럼 가장한 채, 안에서 있었던 일을 전해준다. 펜테우스는 이방인을 묶는다고 생각하면서, 애써 황소 한 마리를 잡아 묶었다. 그때 박코스의 능력이 임하여 집이 흔들리고, 세멜레의 무덤에서 불길이 일게 만들었다. 그러자 젊은 왕은 왕궁이 불붙었다고 생각하고 불을 끄려 애쓴다. 그러다가 이방인이 도망쳤다고 생각해서 칼을 들고 나서는데, 신은 거짓 형상을 하나 만들어서 그를 현혹하였다. 왕이 그것과 싸우는 사이에 집이 무너져버렸다.

여기 사용된, 집에 내리꽂히는 번개의 이미지는 왕의 내면 저 깊은 데까지 신의 권능이 뚫고 들어갔다는 의미로 읽힌다. 젊은 왕이 씨름했던 황소는, 황소 뿔을 지닌 채 태어났던(taurokerōn, 100행) 디오뉘소스의 다른 모습이고, 내면에 짐승을 가진 펜테우스의 거울상이다.

이제 펜테우스가 뛰어나온다. 그는 상대가 탈출한 것에 놀라고, 성문을 잠가 그를 막으려 한다. 그는 아직 이 신이 경계를 무너뜨리고 넘어서는 존재라는 것을 모르고 있다.

> 펜테우스: 나는 주위의 성문을 모두 잠그라고 명령하노라.
> 디오뉘소스: 그래서 뭘 하겠소? 신들이 성벽인들 뛰어넘지 못하겠
> 소? (653~654행)

산속의 기적, 유혹하는 '또하나의 나'

어렵지 않게 감옥에서 빠져나온 이방인을 보고 경악한 젊은 왕이
그를 성벽 안에라도 가두려 애쓰고, 이방인-디오뉘소스가 그것을 비
웃고 있는 사이에 키타이론 산에서 전령이 도착한다. 그는 여신도들
의 행태를 보고한다. 작품의 중심부에 디오뉘소스 숭배의 기적적 양
상과 돌연 폭발하는 광적인 힘, 상식을 넘어서는 놀라운 현상들이 자
세히 소개된다.

목자들이 처음 여자들을 보았을 때, 그들은 조용히 자고 있었다.
그러다가 소 울음소리를 듣고 잠에서 깨어, 옷매무새를 고쳤다. 사슴
가죽을 고쳐 매고, 뱀으로 허리를 둘렀다. 젊은 어머니들은 산양과 늑
대 새끼에게 젖을 먹였다. 한 여인이 지팡이로 바위를 치자 샘물이 솟
았고, 땅을 찌르자 포도주가, 우유가 솟아나고 지팡이에서는 꿀이 흘렀
다. 이어 입을 모아 박코스를 불렀다. 그러자 산과 야수들이 화답했다.

여기까지는 그저 평화롭게 진행되는 참인데, 남자들이 여자들을
잡기 위해 달려드는 순간 분위기가 일변한다. 여자들은 자기들을 사
냥하려 드는 자들에게 반격을 가해 그들을 오히려 사냥감 신세로 만

들었다. 사내들이 달아나자 소떼에게로 달려든다. 어린 암송아지, 다큰 암송아지, 이어서 교만한 황소들까지 여자들의 손에 잡혀 찢긴다. (교만한 짐승 펜테우스의 죽음의 전조다. 그는 황소로 여겨질 것이다.) 여자들은 이제 날듯이 공중으로 솟구치며 여러 마을에 들이닥쳐 모든 것을 부수고 아이들을 채간다. 그들의 어깨에 멘 물건들은 떨어지지 않는다. 그녀들의 머리 위에서는 불길이 타오른다. 창에 맞아도 부상을 입지 않고, 그들의 튀르소스(지팡이)는 남자들을 쓰러뜨린다. 남자들이 모두 달아나자, 그들은 처음의 샘으로 돌아가 피를 씻는다. 뱀들이 그 얼굴의 핏방울을 핥아준다. 합창단의 첫 노래(등장가) 속의 모든 기적들이 재현되었다.

하지만 이런 놀라운 보고도 젊은 왕의 기세를 꺾지 못한다. 그는 모든 군사를 모아 여자들과 싸우러 나가고자 한다. 여기에 이방인이 끼어든다, 사태를 호전시킬 방법이 있다고. 처음에는 그 말을 계략으로 여기던 젊은 왕이 그의 질문 하나에 갑자기 무너진다.

디오뉘소스: 그대는 그들이 산에 모여 앉아 있는 걸 보고 싶소?
펜테우스: 정말로 그렇소, 만 덩이 금을 주고라도. (811~812행)

젊은 왕이 갑자기 태도를 바꾸었다. 공격과 징벌의 의지는 엿보기의 욕망으로 바뀌었다. 마법의 순간이다. 조금 전 집에 내리꽂힌 번개는 이제 왕의 영혼, 그 핵심에까지 도달했다. 신은 젊은이의 마음속에 숨겨진, 자신도 모르던 욕망을 건드렸다. 젊은 왕은 여인들이 술 취한 모습을 보고 싶어한다. 그는 보는 것이 괴로우리라고 예상한다. 하지만 정말로 보고 싶다. 그는 자신의 욕망을 더 자세히는 설명하지 못한다. 어쩌면 부정하고 싶어서일지도 모른다. 왕 자신의 상상(223, 354, 487행) 속에서도, 합창단의 노래(414행)에서도, 전령의 충고(773행)에서도 디오뉘소스 숭배는 성적인 어떤 것과 연결되어 있었다.

신은 길잡이 노릇을 자청한다. 펜테우스에게, 안전을 위해 여자로 변장하기를 권한다. 왕은 그 제안을 칭찬했다가 거기 반발했다가, 여러 차례 태도를 바꾸고 망설이지만 결국 그에 따른다. 왕이 옷을 차려 입으러 들어가자, 신은 앞에서 미뤄두었던 '스포일러'를 내놓는다. '이제 왕은 제 어미의 손에 죽을 것이고, 디오뉘소스가 가장 무서운 신이자 가장 온유한 신이라는 사실을 알게 될 것이다!'

사라진 경계, 남성에서 아기로

합창단은 자신들이 그물을 벗어난 사슴처럼 기쁨 속에 춤추기를 기원한다. 카드모스가 입에 올렸던 악타이온의 이미지는, 자신을 그물 든 사냥꾼에 비겼던(451행) 펜테우스의 자신감을 거쳐, 왕이 투망에 걸렸다는 디오뉘소스의 선언(847행)을 지나, 이 노래에까지 이어졌다. 이제 사냥꾼은 사냥감이 될 것이고, 젊은이의 상징인 그물 사냥은, 성년의 문턱을 넘지 못하고 퇴행해버린 젊은 왕의 죽음을 표상하게 될 것이다. (아직 어른이 되지 못한 청소년들은 밤에 혼자서 그물로 사냥하는 것으로 되어 있다. 어른들은 낮에 창을 들고 여럿이 사냥한다.)

디오뉘소스가 먼저 나와서 젊은 왕을 부른다. 신이 보기에 펜테우스는 '보아서는 안 되는 것을 보고 싶어하는' 자다. 그가 성적인 것과 연관시킨 그 무리 속에 어머니와 이모들이 있기 때문이다. 펜테우스는 이제 완전한 환각에 빠져들었다. 그 환각 속에서 그는 얼핏 신의 본모습을 포착하기도 한다.

> 내게는 저기 하늘의 해도, 여기 일곱 성문의
> 도시 테바이도 둘로 보이는 것 같구려.
> 그리고 그대도 황소로서 나를 인도하는 것 같고,
> 그대의 머리에는 이제 뿔이 난 것 같구나.
> 한데 그대는 짐승이었소? 지금 확실히 황소가 되어 있으니 말이오.
> (918~922행)

그는 자신이 자기 이모나 어머니와 비슷하게 보이는 것을 즐거워한다. 머리카락과 허리띠를 정돈하고 싶어한다. 옷이 양쪽으로 제대로 펼쳐졌는지 신경쓰인다. 지팡이를 어떻게 들어야 하는지, 발을 어떻게 올려야 하는지도. 그러다가 갑자기 산과 골짜기를 들어올릴 수 있으리라는 자신감을 보인다. 여성성과 남성성이 섞여들고 있다. 그의 표현들도 섬세하고 아기자기하게 바뀌어간다.

> 확실히 그들은 덤불 속의 새들처럼 더없이 사랑스러운
> 침상에 감싸여 있을 테지. (957~958행)

디오뉘소스가 그를 격려하는 말에는 왠지 희생양 제의의 분위기가 어려 있다. '그대만이 이 도시를 위하여 짐을 지고 있소, 오직 그대만이!' 그리고 돌아오는 길에 대한 언급은 아이러니로 가득하다. 그는 어머니 품에 안겨 돌아오게 될 것이다!

펜테우스는 떠나간다. 도시를 떠나 자연으로, 성년 남성의 세계를 떠나 성별 없는 어린이의 상태로, 무의식의 영역으로, 그 달콤하고 포근하고 몽롱하고 어둑한 곳으로. 거기에는 규정할 수 없는 욕망과 환상, 그리고 어떤 모습이 될지 모르는 무서운 무엇이 있다.

악몽의 계곡, 꿈에서 현실로

합창단은 광기의 개들이 펜테우스를 덮치기를 기원한다. 그의 어머니가 제일 먼저 그를 보고, 사자나 고르곤으로 생각할 것이라 예상한다. 대지에서 태어난 에키온의 자식이 죽기를 기도한다. 그들의 노래는 잠시 경건과 법도로 돌아가지만, 이어 다시 박코스가 황소로, 뱀으로, 사자로 나타나서 이 사냥꾼을 사냥하기를 기원한다. (이 노래에 등장하는 박코스의 짐승 이미지는 어머니 아가우에의 눈에 비친 펜테우스의 모습과―거의―같다. 앞에서 이미 거울상이란 말을 썼지만, 디오뉘소스는 펜테우스의 무의식이 형상화되어 자신 앞에 나타난 것이라 할 수도 있다.)

두번째 전령이 등장하여, 합창단의 기원이 이루어졌음을 전한다. 사건이 일어난 장소는 펜테우스의 상상에 걸맞게 어떤 성적인 느낌을 불러일으킨다. 물론 어떤 위험의 예감도 없지 않다.

그런데 그곳에 암벽으로 둘러싸이고 물이 관류하며
소나무가 우거진 협곡이 하나 있었는데, 바로 그 협곡에
마이나데스들이 즐거운 일에 몰두하여 앉아 있었소. (1051~1053행)

프로이트의 꿈 해석에 대해 읽은 사람이라면 누구라도 쉽게 그렇게 보겠지만, 이 협곡 자체가 여성의 성적인 부분을 상기시킨다. 강하게 해석하는 학자는 이것이 어린 우리에게 금지되어 있었던 어머니의 하체라고 본다. (이것이 희랍 신화에, 상체는 아름다운 여인, 하체는 뱀이나 개, 새 따위로 된 괴물들이 등장하는 이유라는 설명도 있다. 여성의 가슴까지는 우리가 어려서 젖 먹으면서 자주 보던 영역이지만, 그 아래 부분은 어린 우리에게 금지된 영역이어서, 그 부분에 대한 환상이 생기고, 이런 식의 괴물을 상상하게 되었다는 것이다.) 그리고 독자들은 인용문 마지막 행의 '즐거운 일'이 무엇인지 궁금해할 텐데, 이것이 어떤 제의적인 음란행위라는 해석도 있다. 펜테우스의 상상처럼 이 성적인 장소에서 뭔가 성적인 일이 벌어지고 있기는 하다. 그렇지만 그것은 일상에서 일어나는 자연스러운 것이라기보다, 좀더 형식화되고 감정과는 멀어진 제의적인 종류의 것이었다.

펜테우스는 멀리서 보는 것에 만족하지 못하고, 나무 위에 올라가서 좀더 자세히 보기를 원한다. 그러자 이방인-디오뉘소스는 기적을 보인다. 높다란 나무를 굽혀 펜테우스를 꼭대기에 얹고 서서히 놓아서 그를 높이 올려준 것이다. 하지만 이로써 펜테우스는 디오뉘소스 숭배자 무리에게 완전히 노출되고 말았다. 그 순간 이방인은 홀연 사라지고, 갑자기 하늘에서 이 침입자를 징계하라는 명령이 들렸다. 하늘과 땅 사이에 불빛이 번쩍이고, 갑자기 세상이 조용해졌다. 다시 한 번 신의 음성이 들리고, 여자들이 달리기 시작한다. 급류 계곡을 건너 뛰고, 암벽을 뛰어넘어 나무 밑으로 달려간다. 돌과 무기를 던지다가 나무를 뽑아낸다. 떨어진 왕에게 어머니가 제일 먼저 달려든다. 아들은 어머니에게 자기 이름을 밝힌다. 순간적으로 그는 무의식에서 의

• 〈펜테우스의 죽음〉, 기원전 480년경, 퀼릭스, 포트워스 킴벨 미술관 소장. 에우리피데스의 작품에는 펜테우스의 머리가 떨어진 것으로 되어 있지만, 이 그림에서는 상체와 하체가 분리된 것으로 그려놓았다. 왼쪽 끝의 여인은 다리 한 짝을 들고 있다. 그림 오른쪽에는 사튀로스 하나가 경악의 몸동작을 보이고 있다.

식의 수면 위로 솟구쳐올랐다. 하지만 어머니는 그렇게 빨리 의식의 영역으로 돌아오지 못한다. 눈이 뒤집히고 입에 거품을 문 아가우에는 아들의 사지를 뜯어낸다. 그녀의 자매가 그 끔찍한 작업에 협력한다. 젊은 왕의 신체는 갈가리 찢긴다. 무엇이건 묶고 질서를 세우고 경계를 나누던 이 왕은 이제 '풀어버리는' 신의 권능에 의해 흩어진 존재, 형체 없는 무정형의 질료로 돌아가버렸다. 아직 꿈속에 갇힌 어머니는 아들의 머리를 사자 머리인 양 지팡이에 꽂아 들고 지금 돌아오는 참이다.

　마치 악몽 속 사건인 듯, 이 일은 도시의 일상적 공간을 떠나, 전령이 전해주어야만 사정을 알 수 있는 별도의 공간, 다른 차원에서 일어났다. 이 장면의 상징성을 강조하는 학자들은, 여성들이 나무를 뽑아 뒤엎는 장면이 펜테우스의 남성성 제거, 일종의 거세(castration)라고 해석한다.

합창단은 자신들이 섬기는 신의 승리를 노래하면서도 펜테우스의 어머니 아가우에를 동정한다. 그녀는 아직도 자신이 사자 새끼를 잡은 것으로 생각하고 있다. 그러다가 갑자기 그것을 황소로 여긴다. 잠시 후엔 다시 사자로 돌아간다. 합창단장은 카드모스도, 펜테우스도 입에 올려보지만, 어머니는 아직 제정신으로 돌아오지 못한다. 자기 아버지와 아들을 불러 이 포획물을 전시하고 자랑하고 싶어한다.

이 참상을 목도한 카드모스는 신을 비판한다. 물론 이 징벌이 정당하긴 하지만 너무 가혹하다고. 그러고서 딸을 제정신으로 돌리려 시도한다. 그가 한 단계, 한 단계 딸을 이끌어내는 과정은 노련한 정신분석학자의 방법을 닮았다. 딸에게 하늘을 보게 한다. 하늘이 변한 것처럼 보이는지 묻는다. 그녀의 남편이 누구인지 묻는다. 그리고 누구를 낳았는지도. 지금 손에 든 것은 무엇인지 살피게 한다. 천천히 잘 살펴보도록. 마침내 어머니가 아들의 얼굴을 알아본다.

어머니는 자신이 처음에 신을 받아들이지 않은 탓에 아들이 죽었다고 슬퍼한다. 노인은 펜테우스 자신의 잘못도 있다고 위로한다. 그리고 죽은 외손자가 이전에, 할아버지를 지켜주겠노라고 약속했던 것을 상기하며 애곡한다.

평화롭지 않은 끝맺음, 거장의 걸작

마지막은 에우리피데스 작품에서 늘 그렇듯 '기계장치에 의한 신'이다. 디오뉘소스가 나타나서, 자신이 펜테우스를 유인하여 죽게 했음을 밝힌다. 이 부분은 원작이 유실되어 다른 데 인용된 것을 모아

붙였기 때문에 온전하지가 않다. 이런 부분에는 대개 희생자에 대한 제의가 있으리라는 예언이 나오는데, 이 작품에는 그 내용이 없다. 하지만 앞으로 있을 일들에 대한 예언과 지시는 꽤 자세하고, 어쩌면 지나치다. 테바이에 재앙이 있으리라는 것(사실 이것은 4대 정도 뒤의 일이다), 아가우에 자매들은 살인을 저질렀으니 도시를 떠나야 한다는 것, 카드모스와 그의 아내 하르모니아가 뱀(또는 용. 희랍어에서 drakon이란 단어는 '용'으로도 '뱀'으로도 옮길 수 있다. 사실 용은 좀 특별한 뱀이다)으로 변하리라는 것 등이다. 그 밖에도 카드모스가 여러 민족을 이끌고 방랑하며 전쟁을 하리라는 둥, 나중에 축복받은 자의 땅에 살 것이라는 둥, 우리의 동정심과 감정의 집중을 방해하는 예언들도 붙어 있다. 시인은 이 마지막 작품을 '거의 정상적'으로 만들었지만, 그냥 그렇게 끝내기는 싫었던 모양이다.

마지막 장면에서 놀라운 것은, 용과 싸웠던, 그리고 용 이빨에서 태어난 인물들과 인척인 이 가문 사람들이, 방금 위력을 과시한 강력한 신 앞에 상당한 저항을 보인다는 점이다. 우선 이 가문과 도시의 설립자인 카드모스는 신들이 노여움에 있어서 인간들과 같아서는 안 된다고 비판한다. 이에 대해 디오뉘소스는, 오래전 제우스의 결정이 그러하다고 무정하게 답한다. 이 역시 무자비하게 관철되는 자연법칙이 인간 존재의 조건이란 뜻으로 보아야 할 것이다. 한편 신이 보낸 광기 속에 아들을 죽인 어머니 아가우에는 차라리 디오뉘소스 숭배가 없는 땅으로 가고 싶다는 뜻을 밝힌다. 신의 위력은 인정하지만 그를 따르고 싶은 마음이 없음을 드러내는, 조화로움과는 무관한 에우리피데스식 끝맺음이다.

신에게 반발하는 듯한 모습은 신의 예언을 대하는 카드모스의 태

• 에벌린 드 모건, 〈카드모스와 하르모
니아〉, 1877년, 영국 런던 드 모건 센
터 소장.

아레스와 아프로디테 사이에 태어난
하르모니아는 카드모스의 아내가 된
다. 「박코스의 여신도들」 마지막에 디
오뉘소스는 이 부부가 모두 뱀(또는
용)으로 변할 것을 예언하는데, 이 그
림은 이미 뱀으로 변한 카드모스가
아내 하르모니아의 몸을 감고 있는
모습을 보여준다. 남편이 뱀으로 변
했기 때문인지, 그녀의 얼굴이 수심
에 차 있다. 하르모니아는 부모님이
모두 신이므로 영원히 늙지 않는 것
이 당연하다.

도에서도 보인다. 신은 그에게 축복받은 자들의 땅을 약속했지만, 그는 자신이 아케론에 가서도 안식을 얻지 못할 거라고 말한다.(1360~1362행) 그가 아가우에에게 아리스타이오스를 찾아가라고 충고하는 대목도 그런 인상을 준다. 이 아리스타이오스는, 아르테미스에게 죽은 악타이온의 아버지(1227행)다. 신과 싸웠던 용 이빨의 후손들, 그리고 앞으로 용으로 변할 인물들은 계속 신들과 맞싸우려고까지는 하지 않지만, 적어도 그들의 부당함을 지적하고 그것을 잊지 않으려는 듯하다. 역시 에우리피데스다.

이 작품은 에우리피데스가 아테나이를 떠나 북쪽 마케도니아에 머물며 쓴 것이다. 그래서, 여기에 그 지방의 종교제의들이 반영되었다는 해석도 있다. 하지만 그보다는 문명과 야만의 경계 지대로 물러난 그에게, 경계 너머의 어떤 것이 이전보다 잘 보이게 되어 이런 작품이 나온 게 아닐까 싶다. 앞에서는 이 작품이 유명하니 읽자고 했지만, 사실 무의식의 매혹과 위험을 탐색한 이 작품은 거장들의 최고의 성취 중 하나로 꼽아야 할 것이다. 후대의 다른 거인들이 이 작품에 감탄하고 거듭 인용하는 것도 다 이유가 있었던 것이다.

에우리피데스의
「알케스티스」

외면적으로는 행복한 결말이지만, 왠지 깔끔하지 못
한 뒷맛을 남기는 게 또한 희비극의 특징 중 하나다.
한 사람이 속아서 다른 모두가 행복해지는 결말이다.
표면상 달콤하지만, 바닥에 어떤 쓴맛이 깔려 사라지
지 않는다. 중첩 구조를 만들어가는 솜씨, 유사하고
대조적인 요소들의 호응, 다양한 해석을 불러일으키
는 미묘한 설정. 우리에게 남겨진 첫 작품에서 벌써
이런 수준을 보여준 시인이 나는 놀랍다.

에우리피데스의 「알케스티스」

행복한 결말, '대용-사튀로스극'

「알케스티스」는 기원전 438년에 상연된 작품으로, 현재 전해지는 에우리피데스의 것 중 가장 이른 시기의 작품이다. 한데 내가 하필이면 (간략하나마) 에우리피데스의 작품 일람(一覽)을 마치는 이 순간에 이 작품을 보자고 하는 이유는, 이것이 사튀로스극 대신 쓰인 것이어서다. 아직까지 기억하는 독자가 있을지 조금 걱정이 되긴 하지만, 이 책의 맨 앞에서, 희랍극이 한 번에 네 작품씩 묶여서, 그러니까 4부작 (tetralogy)으로 발표되었으며, 그것은 비극 세 편(3부작trilogy)과 사튀로스극 한 편으로 구성되어 있다고 말한 바 있다. 그런데 지금 소개하려는 「알케스티스」는 그 사튀로스극을 대신해서 그 자리에 들어간 것이다. 물론 우리가 여기서 이런 '대용-사튀로스극' 말고 진짜 사튀로스극을 한 편 다루는 방법도 선택할 수는 있다. 현재까지 전해지는 사튀로스극이 없진 않기 때문이다. (에우리피데스의 「퀴클롭스」가 그것이다.) 하지만 여러 해석상의 문제를 안고 있는 「알케스티스」가 에우리피데스의 특징을 더 잘 보여주고, 이 책을 마감하는 데 더 적당하다고 여겨서 이쪽을 택했다. (솔직히 말하자면 이 선택은, 내가 개인적으로 이 작품을 아주 좋아해서이기도 하다. 독자는 나의 이 '권력 남용'을 용서하시기 바란다.)

이 작품은 사튀로스극 대신이어서 그런지, 상당히 우스운 대목들이 들어 있고, 마지막은 해피 엔딩으로 되어 있다. 이미 비극이 '슬픈 극'이 아니라고 여러 번 얘기했으니, 충실한 독자라면 이런 끝맺음에 별로 놀라지 않을 것이다. 하지만 이 '유별난' 결말을 달리 설명하는 방법도 있으니, 사튀로스극이 보통 그런 결말을 갖기 때문에 거기에 맞춰 이런 식으로 꾸몄다고 해도 되는 것이다.

이 작품은 흔히 '희비극(tragicomedy)'으로 분류된다. 이 개념은 얼핏 생각하기에, '희극적이라고 해야 할지, 비극적이라고 해야 할지 마음을 정하기 어려운 극'일 것 같지만, 용어를 좀더 엄밀하게 사용해야 한다는 학자도 있다. 그런 학자들은 '비극적 문제를 제시하되, 인물들이 그 문제를 어떤 식으로든 감당해내기보다는 외적인 개입에 의해 문제 자체가 사라져버리는 극'이라는 정의를 내세운다. 이런 규정은 이 작품에 잘 맞아 들어간다. 「알케스티스」는 부부 중 한 사람이 죽어야 한다면 둘 중 누가 죽고 누가 살아야 하는지의 문제를 다루기 때문이다. 이것은 또, 남녀 중 누구의 목숨이, 또는 누구의 역할이 가정의 유지에 더 중요한지 따지는 것이기도 하고, 사람이 목숨을 바쳐 지킬 만한 것은 무엇인지의 문제이기도 하다. 한데 이 작품에서는 전반부에 이런 문제들이 제시되었다가 후반부에 문제 자체가 사라져버린다. 헤라클레스가 나타나서 죽음과 싸워 이겨버리기 때문에, 결국 아무도 죽을 필요가 없고, 위의 문제들을 더 따져볼 필요도 없게 되는 것이다.

남편과 아내에 대한 엇갈리는 평가들

작품의 줄거리는 간단하다. 남편 대신 죽으려는 여자를 헤라클레스가 구해낸다는 것이다. 그 배경을 지금 필요한 만큼만 설명하자면 이렇다. 남편인 아드메토스는 아폴론과 친분이 있다. 아폴론은 운명의 여신들을 속여서, 아드메토스 대신 누군가가 죽어주면 그는 죽지 않아도 좋다는 약속을 얻어낸다. 하지만 아무도 그를 위해 대신 죽을 생각을 하지 않는다. 심지어 늙으신 부모님도 그것을 거절한다. 결국 그의 아내 알케스티스가 대신 죽겠다고 나선다. 하지만 그때 헤라클레스가 지나가다 이 집에 들렀고, 사정을 알고는 죽음의 신과 싸워 그녀를 구해낸다.

이 작품을 두고 학자들 사이에 논란이 되는 점은, 작품 속 남편과 아내의 태도를 어떻게 평가할지 하는 것이다. 많은 (주로 남성) 학자들이 아드메토스를 비난한다. 비겁하게 아내를 넘겨주고 자기 목숨을 구하고는, 부끄러운 줄 모르고 다른 사람(늙으신 아버지)을 비난하고, 결국 아내에게 약속했던 것도 제대로 지키지 못한다고 해서다. 하지만 그를 옹호하는 학자들도 있다. (이상하게도 주로 여성들이다.) 아드메토스는 제대로 덕 있게 행동했고 그에 대한 적절한 보답을 받았다는 것이다. 한편 아내 알케스티스에 대해서는 대체로 그녀의 희생을 높이 사는 해석이 우세하지만, 그녀의 선택이 그저 사랑의 감정과 희생정신에서 나온 것이 아니라 많은 계산 끝에 나온 것이라 해서, 그녀 역시 비판하는 사람이 있다. 그리고 그녀를 우리가 어떻게 평가해야 하는가와는 별도로, 그녀가 마지막에 남편에게 깊이 실망했다고 보는 해석이 있다. 이런 해석은 대체로 아드메토스를 비판하는 학자들에게 속한다. 요약하자면, 부부 모두 훌륭했다는 입장, 부부 모두 호감이 안 간다는 입장, 그리고 아내는 훌륭하지만 남편은 실망스러우며, 아내 역시 마지막에는 남편에게 실망했다는 입장 등이 세 가지 주된 해석이라 하겠다.

　보통 독자의 해석은 아마도 마지막 것에 가까울 듯하다. 특히 남편이 죽어가는 아내에게, 용기를 내어 죽음과 싸우라고 격려하고, 자기를 배신하지 말아달라고 당부하는 장면을 보면, '아니, 그냥 자기가 죽겠다고 하면 될 것 아닌가!' 하는 생각이 저절로 들기 때문이다. 보통 독자 중에, 부부가 모두 훌륭하다고 보는 사람이 있다면, 나로서는 약간 걱정이 든다. 이런 분이라면, 고전 작품이라면 모든 부분을 무조건 엄숙한 태도로 대해야 한다는 입장일 수 있기 때문이다. 사실 에우리피데스는 어떤 장면은 독자들더러 좀 웃으라고 넣기도 하는 사람이다. 그런 대목을 너무 진지하게만 읽으면 시인이 원하던 효과가 나오지 않는다. (물론 특정 대목이 정말로 독자들 웃으라는 의도에서 들어간 것인지에 대해서는 사람마다 생각이 다를 수 있다.)

　들어가는 말이 길어졌는데, 나는 이 작품을 대체로 아드메토스를 비판하는 입장에서 설명하겠다. 하지만 그를 옹호하는 입장도 함께 생각해보고자 한다. 사실 이런 해석은 결코 쉽게 내칠 수 있는 게 아니다. 그 입장은 사실 방어해내기 더 어렵고, 이런 어려운 해석을 제시하는 분들은 한번 더 생각해본, 문제를 좀더 복잡하게 읽는 학자들이기 때문이다.

방금 내가 '부부 모두 훌륭하다'를 따르는 독자에 대해 걱정을 표현했기 때문에, 여기서 '그 해석이 한번 더 생각해본 것'이라고 하면, 이거 모순 아닌가 하는 분이 있을지도 모르겠다. 하지만 나의 주장은 이런 것이다. '보통의 독자가 그런 입장을 가졌다면 대개는 너무 엄숙하게만 읽은 결과이기 쉽다. 하지만 전문가 중에 그런 해석을 가진 학자가 있다면, 이들은 대개 겉으로는 '단순함을 따르겠다'고 하면서 사실은 한번 더 생각해본 것이다.' 혹시 이 해석을 따르는 전문가급 보통 독자가 있다면 나를 용서하시기 바란다.

단순해 보이는 도입부, 대조와 반복의 시작

이 작품은 여러 겹의 대조와 반복을 통해 구조를 매우 튼튼하게 갖춰 지닌 작품이다. 남아 있는 것으로는 에우리피데스 초기작이라 하겠지만, 그때 이미 그는 20년 가까이 작가로 활동중이었고, 이미 최고의 수준에 도달해 있었다. 첫 장면은 「힙폴뤼토스」(428년 작)와 유사한 데가 있다. 도입부(prologos)에 신이 등장하여 앞으로 일어날 일을 예고하기 때문이다. 이 '스포일러'는 아폴론이다. 그는 에우리피데스에게 특징적인 '설명적 도입부'로서, 그동안 어떤 일이 있었는지를 우리에게 전해준다. 그는 그동안 정들었던(혹은 고역을 치렀던) 아드메토스의 집을 떠나는 참이다. 그가 이 집에 오게 된 것은 힙폴뤼토스의 죽음과 연관이 있다. 파이드라의 모함과 테세우스의 오해 때문에 죽음을 맞은 그 청년을, 아폴론의 아들이자 나중에 의술의 신이 된 아스클레피오스가 살려냈다. 하지만 이렇게 자꾸 죽은 자가 살아나면 세계 질서가 무너질 염려가 있어서, 제우스는 벼락을 던져 이 의성(醫聖)을 죽인다. 그러자 분노한 아폴론이 (자기 아버지이자 최고신인 제우스는 어쩌지 못하고) 그 벼락을 만든 퀴클롭스들을 죽인다. 그러자 제우스는 아폴론에게, 인간에게 몇 년간 종살이하면서 그 죄를 씻도록 명령한다. 그래서 아폴론이 배정된 데가 바로 아드메토스의 집이다. 한데 주인인 아드메토스는 (그의 신분을 알았는지 몰랐는지 분명치 않지만) 아폴론에게 매우 온화하게 대해주었고, 아폴론은 그에 대한 보답으로 운명의 여신들을 속여서 그가 죽지 않을 수 있도록 해주었다. 그런데 앞에 말한 대로 지금 그의 아내가 죽어가고 있어서, 아폴론이 이 집을 떠나는 것이다. 이미 「힙폴뤼토스」 마지막 장면의 아르테미스에게서 들은 대로, 신은 죽음 곁에 있을 수 없기 때문이다.

아폴론이 채 떠나기도 전에 죽음의 신이 다가온다. 그는 아폴론이 혹시 활로써 자신에게 대항하여 알케스티스를 지키려는 것은 아닌지 의혹을 품고 있다. 여기서 약간의 설전이 벌어진다. 아폴론은 죽음의 신을 설득해보려 시도한다. 알케스티스가 지금 죽지 않고 좀더 나이 먹어 죽으면 더 화려한 장례식을 받게 될 것이고, 죽음의 신에게도 득이 되지 않겠냐는 것이다. 하지만 죽음의 신은, 그것은 부자들만 오래 살게 만드는 정책이라고 비판한다. 평등주의자라고 할 이 신이 내세우는 표어는 '정의(正義, dike)'이다. 반면에 아폴론이 상대에게 촉구하는 것은 '호의(charis)'(60행)이다. 어찌 보면 이 작품은 이 두 개념의 대립 위에 서 있다.

아드메토스를 옹호하는 학자들은 그가 호의의 인간이고 그것에 대한 보답을 받게 된다고 읽는다. 이 작품의 튼튼한 구조를 이루는 반복 요소 중 하나는 '손님맞이'다. 우리는 이 작품에서 두 번의 손님맞이를 보게 된다. 하나는 헤라클레스를 맞이한 것이고, 다른 하나는 마지막에 '낯선 여인'을 맞이한 것이다. 이 두 접대는 이전에 일어난 또 한 번의 손님맞이, 그러니까 이 집에 종살이하러 온 아폴론을 맞이한 것에 모델을 두고 있다. 아드메토스는, '줄 것을 주고, 받을 것을 받는' 정의(正義, 이것이 플라톤의 『국가』 1권에서 검토되는 정의正義, justice의 정의定義, definition다)보다는, '주어야 할 것보다 더 많이 주는' 호의를 행동준칙으로 삼는 사람이다. 그는 어려운 상황에서도 헤라클레스를 접대하고, 또 어려운 상황에서 헤라클레스가 맡기는 여인을 떠맡는다. (물론 이 두 행동 모두 의문시할 수도 있다.) 이전에 그가 아폴론에게 호의를 베풀어 죽음을 피할 길을 얻어낸 것처럼, 이 작품 안에서도 두 번의 호의에 의해 아내를 되찾게 될 것이다.

아폴론은 죽음의 신을 설득하기를 포기하고, 떠나기에 앞서 앞일을 예언한다. 한 위대한 인간이 찾아와서 아드메토스의 손님이 될 것이고, 그가 죽음의 신에게서 여인을 억지로 빼앗게 되리라는 것이다. 이제 아폴론은 퇴장하는데, 별것 아닌 듯 보이는 이 장면도 사실 나중 일에 비추어 제의적으로 중대한 의미를 지니게 된다. 젊고 밝고 활기 있는 신이 떠나간다. 그 자리에 대신 늙고 어둡고 생명을 스러지게 하는 죽음의 신이 들어선다. 우리는 작품 후반부에 사태가 정반대로 진행되는 것을 보게 될 것이다. 늙고 추한 아버지 페레스가 젊은 아들 아드메토스에게 쫓겨나고, 이것은 무대 밖에서 이루어지는 젊은 영웅 헤라클레스와 죽음의 신 사이의 싸움, 그리고 거기에 이어지는 노령

· 하인리히 퓌거, 〈남편을 위해 죽음을 자원하는 알케스티스〉, 1805년, 오스트리아 빈 미술대학 미술관 소장.
오른쪽의 침상에는 창백한 모습에 초점 잃은 눈으로 아드메토스가 죽어가고 있다. 그 왼쪽에 선 알케스
티스는 자신이 대신 죽겠다는 뜻으로 눈길을 하늘로 향한 채, 왼손으로 남편을 가리키고 오른손은 자신
의 가슴에 얹었다. 그 주변에는 아이들과 유모가 서 있으며, 맨 왼쪽에서 알케스티스에게 손을 뻗고 있
는 사람은 아드메토스의 아버지 페레스로 보인다. 그는 며느리가 어리석게 죽음을 선택하는 것을 말리
려는 듯 보인다. 아드메토스 곁의 청년은, 그에게 아내가 대신 죽을 터이니 힘을 내라고 격려하는 듯 보
인다.

과 죽음의 추방을 대신하게 될 것이다. 이는 아테나이 희극과 비극이 축하했던 '세계의 갱신(更新)'을 보여주는 것이다.

아폴론과 죽음의 신 사이의 다툼(agon)도 이 작품에서 여러 번 되풀이될 요소다. 우리는 곧 알케스티스와 죽음의 (좀 약한) 싸움, 아드메토스와 그의 아버지의 싸움, 그리고 헤라클레스와 죽음 사이의 싸움을 보게 될 것이다. 단순해 보이지만, 앞으로 이 작품의 중첩 구조를 이룰 요소들이 모두 소개된 의미 깊은 도입부다.

아내는 남편을 사랑했을까

이 도시 페라이의 노인들로 구성된 합창단이 등장한다. 그들은 남성 합창단이 자주 그렇듯, 자기들의 왕에게만 관심이 쏠려 있고, 여성의 희생을 당연시하고 그저 찬양하는 듯하다. 이들은 알케스티스가 벌써 죽었는지, 아직 살아 있는지 궁금해한다. 오늘이 알케스티스가 죽기로 되어 있는 날(105행)이기 때문이다. 그들은 인간이 한번 죽으면 돌아올 수 없음을 노래한다. 이 작품의 특징 중 하나는 죽음에 대한 여러 관점들이 제시된다는 점이다. 지금 여기서는 가장 일반적인 관점이 등장했다.

거기에 하녀 하나가 나온다. 그녀는 집 안에서 일어나고 있는 일을 전한다. 알케스티스는 정해진 날이 온 것을 알고는, 몸을 정결하게 씻고 헤스티아(화덕의 신)의 제단에서 기도를 드렸다. 그녀의 주된 관심은 자기 아이들이다.

"(…) 고아가 된 내 자식들을 돌봐주소서. 아들에게는

사랑하는 아내를 주시고, 딸에게도 남편을 주소서.

지금 이 어미가 그러하듯, 애들이 때도 되기 전에

죽게 하지 마시고, 행복하게 고향 땅에서

즐거운 인생을 다 마치게 해주소서!" (165~169행)

　원래의 신화에서는 알케스티스가 신혼 때 벌써 남편 대신 죽기로 결심하고, 그 결정 직후에 죽은 것으로 보인다. (페르세포네가 그녀의 사랑에 감동해서 그녀를 돌려보냈다는 판본이 플라톤의 『향연』에 소개되어 있다.) 한데 이 작품에서는 확실치 않은 과거에 그 결정이 있었고, 그녀의 죽음도 상당히 지체된 것으로 되어 있다. 이렇게 죽음이 연기됨으로써 새로 생겨난 요소가 아이들이다. 이 아이들은 그녀의 떠남을 더욱 어렵게 만든다. 어찌 보자면 이런 이야기 변경에 의해 알케스티스의 희생이 더욱 성취하기 어려운 것이 되고, 그녀가 더욱 용기 있는 여성이 된다고도 할 수 있는데, 이런 상황에서도 그녀가 남편 대신 죽겠다는 약속을 철회하지 않는 것은, 이미 약속의 순간에 죽음이 확정되어 변경할 수 없기 때문이라고 해석하는 학자도 있다.

　이제 집 안의 모든 제단들에서 이런 식의 기도를 마친 그녀는 침실로 들어간다. 그때까지는 전혀 눈물을 보이지 않던 그녀였지만, 부부 침상을 보자 설움이 복받친 듯 울음을 터뜨린다.

"내가 처녀의 순결을 그분께 바쳤던 침상이여,

잘 있거라, 내 이제 그분을 위해 죽으려 한다.

나는 너를 원망하지 않는다. 너는 나에게만 죽음을

가져다주었지만, 그것은 내가 너와 남편을 배신할까봐

죽음을 택했기 때문이다. 너는 어떤 다른 여인이 차지하게 되겠지.

그녀는 나보다 더 정숙하지는 못해도 나보다 더 행복하겠지."

(177~182행)

사람들은 그녀가 남편을 사랑해서(154행, 희랍어 원문은 155행, protimosa-'존중하여'가 더 가까운 번역이다) 이런 선택을 했다고 하지만, 기도 구절 어디에도 남편에 대한 걱정과 배려는 보이지 않는다. 자신이 잃어버린 행복과 그것을 대신 차지할 어떤 여인에 대한 부러움뿐이다. (마지막 문장은 매우 유명하여, 나중에 아리스토파네스가 「기사들」에서 인용하였다.) 그녀는 침실을 떠나려다가 돌아오고, 떠나려다 다시 돌아와 침상에 몸을 던지고 통곡한다. 그녀는 아이들에게 입맞춤하고, 하인들과 손을 맞잡는다. 아이들도 울고, 하인들도 운다. 그녀의 죽음은 집 자체의 죽음이고, 집의 상징인 헤스티아의 죽음이다.

현재 알케스티스는 막 숨이 넘어가려는 참이다. 남편은 그녀를 안고서 자기를 버리지 말아달라고(희랍어 원문 202행, prodounai, '배신하다'의 뜻도 있다) 간청하고 있다. 아마도 당시에 죽어가는 사람에게 가족이 건네는 일반적인 말이었던 듯한데, 비판적인 학자들은 여기서도 아드메토스의 분열적 태도를 찾아낸다. 그는 자기 때문에 아내가 죽게 된 것을 잊으려고 애쓰고 있다는 것이다.

아내의 두 번의 죽음, 소외된 남편

알케스티스는 마지막으로 햇빛을 보고 싶어한다. 그녀가 집에서 나오는 사이에 합창단은 아드메토스의 불행을 노래한다. 그들은 그가 당한 불행이 너무나 엄청나서 자살할 만한 이유가 될 것이라 노래한다. 쓴웃음을 자아내는 구절이다. 그들은 자기들의 왕이 아내를 잃고 삶이 아닌 삶을 살아가게 되리라고 예견한다. 이 작품 안에서 삶은 늘 죽음과 섞인 것으로 제시되고, 그래서 우리 삶의 불안정함을 자꾸 되새기게 한다. 그냥 누구를 빈정거리거나 그냥 행복한 사건만을 그린 작품이 아니다.

밖으로 나온 알케스티스는 자연물에 호소한다. 해와 낮과 하늘의 구름을 부른다. 비극의 주인공들이 자주 보이는 모습이다. 그에 화답하여 남편도, 태양이 자기들 둘을 굽어보고 있다고 말한다. 아내가 대지와 지붕과 신혼 침상을 부른다. 남편이 아내에게, 자기를 버리지 말아달라고 청한다. 남편은 자꾸 두 사람을 한데 묶으려 하지만, 아내는 거기에 관심이 없는 듯하다. 더구나 여기에(244행 이하) 아드메토스를 옹호하는 사람들이 대답하기 어려운 문제가 숨어 있다. 번역상으로는 잘 드러나지 않지만, 두 사람의 발언이 서로 다른 운율로 되어 있다는 점이다. 알케스티스의 발언은 자유로운 서정시 운율로 되어 있다. 반면에 남편의 대사는 단조로운 평상시 대화 운율(iambic trimeter)로 되어 있다. 남편은 아내와 같은 정도로 깊은 감정의 동요를 겪고 있지 않은 것이다! (아드메토스에게 유리하게 해석해주자면, 죽음을 맞는 당사자와 곁에서 지켜보는 가족의 차이, 혹은 아내를 잃고 가정을 유지해야만 하는 가장의 현실적인 근심이 이렇게 표현된 것이라고 볼 수는 있겠다.)

알케스티스는 이제 환각을 보기 시작한다. 저승 뱃사공인 카론이 자기를 부른다고 생각한다. 그리고 날개 달린 존재가 검은 눈썹 밑으로 쏘아보며 자기를 끌고 가는 것을 느낀다. 자기를 놓으라고 환각 속의 상대에게 외친다. 계속 '우리 두 사람'과 '나'를 외치던 남편은 이제야 아내의 관심이 아이들뿐이라는 것을 느꼈는지, 마침내 아이들 얘기를 꺼낸다.(265행) '아이들' 소리에 마지막 힘을 짜낸 듯, 알케스티스가 아이들을 부른다. 그들에게 빛을 기쁜 마음으로 보라고 당부하고 죽는(듯 보인)다. 남편에게는 인사조차 없다.

> 얘들아, 얘들아, 너희들의 어머니는
> 이제 더는, 더는 살아 있지 않다.
> 얘들아, 앞으로 이 빛을 기쁜 마음으로 보도록 해라! (270~272행)

하지만 그녀는 다시 일어난다. 남편에게 당부할 것이 있어서다. 이렇게 해서 알케스티스는 작품 내에서 '두 번 죽는다', 한 번은 노래로, 한 번은 보통의 대사로.

그녀는 자신이 왜 죽음을 선택했는지 이유를 설명한다. 그녀를 비난하는 학자들이 악평의 근거로 삼는 부분이다. 그녀는 아이들이 아버지 없이 자라게 될까봐 차라리 자기가 죽기로 결정한 것이다. 그녀는 여기서 시부모님에 대한 원망을 드러낸다. 그분들은 이미 죽을 나이가 되었고, 아들 대신 죽었으면 큰 명예를 얻었을 텐데 그러지 않았다. 사실 아드메토스가 외아들이니, 그가 죽으면 아들도 없고, 앞으로 새로 자식을 낳을 희망도 없는데.

그녀가 제기하는 것은 아이들 문제이다. 그녀는 남편에게, 자신이 충분한 감사는 요구할 수 없다고 전제한다. 목숨보다 소중한 것은 없으니, 그 누구도 타인이 대신 바친 목숨에 충분할 만큼 보상할 길은 없는 것이다. 그 대신 그녀는 '정당한(dikaia)'(302행) 감사를 요구한다. 아이들에게 계모를 두지 말라는 것이다, 계모는 전처소생을 미워하기 마련이므로. (전통적으로 동화에서 계모는 늘 못된 사람으로 되어 있으니, 혹시 독자 중의 어떤 분이 너무 현실과 연관시켜 상처를 받지는 말 일이다.) 그러다가 다시 그녀의 관심은 자녀들에게로, 특히 딸에게로 향한다. 아이가 결혼하고 출산할 때 엄마가 도와주지 못하는 것을 슬퍼한다. 그러면서 혹시 계모가 그녀의 앞길을 망칠까봐 걱정한다. 그녀는 아무래도 남편을 믿지 못하는 모양이다.

> 애야, 너는 소녀로서 어떻게 살아갈 것이며
> 네 아버지와 함께하는 어떤 여인을 만나게 될 것인가?
> 그녀가 너를 중상모략하여 한창나이에
> 네 결혼을 망쳐놓지나 않았으면 좋으련만! (313~316행)

그녀가 남편에게 남기는 마지막 말은 비판자들에게 다시 비난받을 만한 '제 자랑'이다. "내 남편이여, 그대는 가장 훌륭한 여인을 아내로 삼았었다고 자랑해도 좋을 것이오."(323~324행) 하지만 당시에 남자들 사이에 서로 아내를 평가하고 자랑했다는 이야기 모티브들이 있으니, 그렇게 심하게 읽지 않아도 된다. 물론 그녀가 남편에 대해서는 그다지 큰 관심이 없는 듯 보이긴 한다. 한데 여기서, 우리가 도입부에서 눈여겨보아둔 어떤 요소가 알케스티스에게 불리하게 작용한다. 그녀가 남편에게 보상을 요구하며 '정의'라는 개념을 사용했기 때문

• 장 프랑수아 피에르 페롱, 〈죽어가는 알케스티스〉, 1794년, 루브르 박물관 소장.
침상에서 죽어가는 알케스티스 곁에서 가족들이 슬퍼하고 있다. 에우리피데스에서는 상연을 위해 집
밖에서 죽는 것으로 꾸몄으나, 여기서는 좀더 현실적으로 실내 장면으로 그렸다.

이다. 이것은 '계산에 정확한'(58행) 죽음의 신이 내세웠던 원칙이다.

지키지 못할 약속, 혹은 정의를 넘어선 호의

남편은 아내에게 굳게 약속한다. 그가 사용하는 표현은, 그가 아내의 말을 제대로 새겨들었음을 보여준다. 그는 '어떤 텟살리아 여인도' 자기 아내로 삼지 않겠다고 약속한다.(330~331행) 알케스티스가, 남편이 죽었더라면 자기가 어떤 '텟살리아 남편'을 다시 만나 행복하게 살 수도 있었으리라고 말한 것(285행)에 대한 응답이다. 하지만 그가 (아내가 그토록 걱정하는) 자식들에 대해 발언하는 것을 들어보면, 아내의 걱정이 이해된다.

> 자식들도 그만하면 됐소. 나는 그애들을 향유할 수 있게 해달라고
> 신들께 기도하고 있소. 그대를 향유하지 못했기 때문이오.
> (334~335행)

아내를 일찍 잃어 그 덕을 많이 보지 못했으니, 자식들이라도 잘 건사해서 그들의 덕을 보겠노라는 뜻으로 읽는다면 너무 악의적인 독해일까? 하지만 이 왕은 아무래도 철없는 남편인 듯 보인다.

그는 이제 아내의 '정당한 요구'를 넘어서는 엄청난 약속들을 시작한다. 그는 아내의 죽음을 1년 정도가 아니라, 한평생 애도할 것이고, 그녀를 죽게 만든(그리고 그녀가 원망한) 자기 부모를 미워하고 원수로 삼을 것이다. 앞으로는 잔치도 없애고, 음악도 끊을 것이다. 이것만

해도 과한 듯한데, 거기에 우리가 보기엔 '엽기적인' 계획까지 덧붙인
다. 아내의 조각상을 만들어서 날마다 침상에서 껴안고 자겠다는 것
이다. (하지만 트로이아전쟁 때 죽은 프로테실라오스의 아내가 남편의 조각
상을 만들어 껴안고 잠자리에 들었고, 그것 때문에 저승 신들이 그녀를 불쌍
히 여겨 잠깐 남편을 이승으로 보내주었다는 이야기도 있으니, 너무 놀라지
는 말 일이다.) 그러면서 아내에게 꿈속에서 만날 것을 약속한다. 또
자기가 오르페우스 같은 재능이 있으면 저승에 가서 다시 아내를 구
해왔으리라고 탄식한다. (하지만 이렇게 어려운 가정을 할 필요도 없이,
그냥 자기가 대신 죽겠다고 하면 될 일이다.) 아내에게 저승에 살 집을 마
련해두면, 자기가 곧 가서 합류하리라고 단언한다. 자기가 죽으면 아
내와 합장될 것이고, 죽어서도 함께 있으리라는 것이다. 이 약속들을
진지하게 받아들이자는 학자들은, 여기서도 아드메토스의 '호의'가
드러난다고 읽는다. 그는 아내가 요구하는 것 이상을 해주려는 사람
이라는 것이다.

알케스티스는 남편에게 약속들을 꼭 지키라고 다그치지 않는다.
아니 다른 약속들에는 관심도 없다. 그저 아이들에게, 아버지가 계모
를 들이지 않겠다고 말했음을 확인할 뿐이다. 아마 그녀는 남편의 과
장하는 버릇과 우유부단함을 알고 있는 듯하다. 우리는 아드메토스의
약속들이 바로 몇 행 뒤에 완전히 깨어지는 것을 보게 될 것이다.

이제 '한 줄씩 말하기(stichomythia)'로 알케스티스가 아이들에게 작
별한다. 남편도 끼어들려고 하지만 그녀의 관심은 아이들뿐인 듯하
다. 그녀의 대사에는 아이들뿐이고, 남편의 대사에는 거의 자신뿐이
다(380, 382, 384, 386행) 그녀가 남편에게 남기는 말은 한 단어, 그것도
마지막 음절이 생략된 한 음절뿐이다. "편히 계세요!(chair')"(391행) 나

만의 인상인지 모르겠지만, 이 장면에서 남편은 어머니와 아이들의 작별에 끼어들려다 튕겨나가고, 또 끼어들려다 튕겨나가는 듯한 느낌이다.

이제 정말 알케스티스는 죽었다. 아들이 엄마의 죽음을 슬퍼하는 노래를 부르고, 아드메토스는 온 도시에 장례를 선포한다. 합창단은 알케스티스를 칭송하고, 그녀를 다시 데려올 수 있기를 희망한다. 그녀의 남편에게는 새 아내를 얻지 말기를 촉구하고, 그의 늙은 부모를 비판한다. 자기에게 그녀 같은 아내가 있기를 원하지만, 그 아내가 죽지 않고 늙기까지 함께하기를 기원한다.

'사튀로스' 손님, 지나치게 접대하는 주인

거기에 헤라클레스가 등장하여 아드메토스의 집을 묻는다. 잠시 후에 분명해지겠지만, 그는 이 작품에서 일종의 '사튀로스' 역할을 맡고 있다. 그러니까 이 사람이 등장하는 대목은 최대한 우습게 읽어주는 게 좋겠다. (일부러 우습게 읽으려 애쓰지 않아도 곧 웃게 될 것이다.) 그는 지금 열두 가지 위업 중 하나를 이루기 위해, 트라케(트라키아) 왕 디오메데스가 기르는, 사람 잡아먹는 말을 잡으러 가는 참이다. 하지만 그는 그 말에 대한 정보를 전혀 갖고 있지 못하다. 이 영웅의 우스운 면모는, 그가 페라이 시민들과 대화를 나누는 대목에서 처음으로 슬쩍 드러난다. 그 말들을 잡으려다가 잘못하면 죽을 수도 있다는 말에 그는, 이런 일이 처음은 아니라고 으스댄다. 그 말들이 콧구멍으

• 귀스타브 모로, 〈디오메데스의 말〉, 1865년, 프랑스 루앙 미술관 소장.

헤라클레스가 아드메토스의 집에 들렀을 때, 그는 에우뤼스테우스 왕의 지시에 따라 트라케 왕 디오메데스가 기르는, 사람 잡아먹는 말을 잡으러 가고 있었다. 그림은 말들에게 먹이로 던져진 사람의 최후를 보여준다. 오른쪽 바닥에 다른 희생자들도 보인다.

로 불을 뿜지만 않으면 재갈 물리는 일은 별문제가 없으리라고. 하지만 그는 그 말들이 사람을 물어뜯는다는 사실은 알지 못했던 모양이다. 그 정보와 마주치는 순간, 헤라클레스가 약간 당황하며 표정이 변하는 것으로 읽어주는 게 효과적이겠다. 하지만 영웅은 곧 마음을 다잡는다. 자기는 이미 아레스의 아들들과 두 번이나 싸워보았으므로, 이번에 또 한 번 아레스의 아들과 마주쳐 그의 말을 잡아올 수 있으리라고 공언한다. 하지만 우리는 곧, 그가 이 '스트레스 상황'을 견디기 위해 술을 필요로 하는 것을 보게 될 것이다.

아드메토스가 나와서 그를 맞이한다. 헤라클레스는 그가 머리털을 자른 것을 보고는, 누가 죽었는지 직접 묻지 못하고 짐작이 가는 사람부터 차례로 행운을 빈다. 우선 자식들. 한데 그들은 무사하단다. 다음으로 아버지, 어머니. 이들은 그럴 때가 되긴 했지만 역시 무사하다. 손님은 설마 하는 단서를 달면서 알케스티스에 대해 묻는다. 주인은 그에 대해 애매한 대답으로 일관한다. 그의 말에 따르면 그녀는 살아 있기도 하고 살아 있지 않기도 하다.(521행) 이미 알케스티스가 죽었다는 것을 아는 우리로서는, 어떻게든 손님을 들이고 싶은 주인이 약간 거짓말을 하는 것으로 읽게 되지만, 다른 해석도 있다. 이미 아드메토스가 아내에게, 그녀가 죽더라도 (조각상을 침실에 모시고서) 거의 산 것처럼 대접하겠다고 약속했으므로, 지금 이 말이 완전히 거짓은 아니라는 것이다. 아닌 게 아니라, 처음에 등장했던 하녀도 알케스티스에 대해, 죽었다고도 살았다고도 할 수 있다고 말한 바 있다.(141행) 그러니까 처음에는 그녀가 남편 대신 죽기로 결정되어 있었지만 그 죽음이 실행되지 않고 유예되었기 때문에, 그리고 나중에는 남편이 그녀를 산 사람으로 대접하겠다고 약속한 것 때문에, 그녀는 계속

산 자와 죽은 자의 중간 지대에 놓이게 된 것이다.

아드메토스는 아내가 죽은 것을 숨기기 위해, 헤라클레스가 어디까지 알고 있는지를 떠본다. 손님은, 아내가 남편을 위해 죽기로 했다는 것까지는 알고 있다. (여기에 아무런 비난의 기색이 없다는 점을 주목해야 할지도 모르겠다.) 그러자 아드메토스는 그녀가 이미 죽기로 되어 있으니 죽은 것이나 다름없다는 식으로 넘어가려 한다. 헤라클레스는 있는 것과 없는 것은 다르다고 주장하지만, 주인은 그러면 그렇게 생각하라면서 더는 논의하지 않으려 한다. 손님이, 그러면 왜 울고 있는지를 추궁하자, 주인은 이 집에 속한 이방 출신 여인 하나가 죽었다는 것은 인정한다. 그녀는 아버지가 죽고 이 집에 살았으며, 이 집에 매우 필요한 여인이라고. 알케스티스의 이름만 나오지 않았지 모두 맞는 말이다. 그러자, 헤라클레스는 이 집이 상중이니 다른 집으로 가겠노라 한다. 하지만 이것은 아드메토스가 보기에 대단한 재앙이다.(539행) 죽은 사람은 죽은 것이니(541행), 그냥 이 집으로 들어오라고 강권한다.

아드메토스는 여기서 자신이 부인하던 명제를 받아들였다. 그는 죽어가는 아내가, 죽은 사람은 아무것도 아니니 슬픔도 곧 잊힐 것이라고 할 때(381행) 그 말을 부정했었다. 손님이 다른 집으로 가겠다고 다시 한번 버티자, 그는 일종의 타협책을 내놓는다. 서로 방해되지 않을 조용한 손님방이 따로 있다는 것이다. 그러고는 하인들에게 거기까지는 비탄의 소리가 들리지 않게 하라고 지시한다.

손님이 하인에게 이끌려 집으로 들어가자, 합창단장은 젊은 왕의 무리(無理)를 나무란다. 그러자 왕은 이 무리한 영접의 바탕에 깔린 자신의 '계산'을 제시한다. 헤라클레스를 맞아들이지 않고 다른 데로 보냈다면, 아내의 죽음으로 인한 자신의 불행은 전혀 줄어들지 않으면서, 공연히 손님을 제대로 접대하지 않았다는 오명만 더하리라는 것이다. 사실 그는 아르고스에 갔을 때 헤라클레스에게 영접을 받았었으니, 그에게 갚을 것이 있기도 하다. 합창단장은 그가 친구라면 자기 사정을 솔직하게 다 말하는 게 옳지 않았겠느냐고 반론한다. 하지만 아드메토스는, 자기가 솔직하게 모든 것을 밝혔다면 손님이 그 집에 들지 않았으리라고 주장한다. 그는 자기 집과 이 도시(553행)가 손님을 박대하는 것을 참을 수 없다. 그를 칭찬하는 학자는, 특히 도시에 대한 그의 관심에 주목한다. 알케스티스가 집을 내부에서 본다면, 아드메토스는 다른 도시와의 연관에서 본다는 것이다. 이렇게 본다면 이 작품은 여성적 세계관과 남성적 세계관의 차이를 보여주는 것이기도 하다.

물론 대다수 현대의 독자들에게는, 주인이 지나치게 예의에, 또는 체면에 얽매여 사실 손님을 들일 수 없는 집으로 그를 맞아들인 것으로 보일 것이다. 하지만 지금 아폴론이 집을 떠나고 죽음의 신이 이 집에 들어온 이상, 그를 쫓아낼 다른 존재가 필요하다. 그리고 고대인들에게는 '나그네의 모습으로 인간을 시험하는 신'에 대한 믿음이 있었던 것도 생각해야 한다. 이 작품은 '신을 대접함(theoxenia)'이라는 모티브의 반복으로 구조를 만들어가고 있기 때문에, 이 요소를 무시할 수 없다. 우리로서는 이 장면이, 아드메토스가 아내에게 했던 약속을 지키기에 얼마나 무능한지를 보여주는 것으로 여기기 쉽지만, 고대인들은 다른 관점에서 이것이 새로운 시험이라고 보았을 수 있다. 이것은 전에 아폴론을 맞아들였던 것보다 더 어려운 시험이다. 손님을 맞아들이기 극히 부적절한 시기에 새 손님이 도착했기 때문이다.

하지만 아드메토스가 이전에, 아마도 상대가 신인 줄 모르고 아폴론을 영접하고 그것 때문에 복을 받았듯, 이번에도 그는, 구원자가 될 줄 모르고 그저 친구로서 헤라클레스를 맞아들이고 그것 때문에 구원을 얻게 될 것이다.

이제 합창단은, 자기 집에 대한 아드메토스의 발언을 받아서, 이 집을 찬양하는 노래를 시작한다.

집의 중요성, 제의적 다툼

우리는 작품 초반에 아폴론이 아드메토스의 집을 떠나고, 대신 죽음의 신이 들어서는 것을 보았다. 그리고 방금 이 집에 새로운 손님이 들어오는 것을 보았다. 이제 곧 한 인물이 이 집에서 쫓겨날 것이다. 마지막에는 손님이 다른 이를 맡기고 길을 떠날 것이다. 이렇듯 이 집으로 인물들이 들어오고 나가는 것은 전체의 구조를 위해 매우 긴요하다. 그리고 이 작품에서 다뤄지는 문제는, 집을 유지하기 위해 더 중요한 사람은 누구인가 하는 것으로 볼 수도 있다. 그만큼 이 작품에서 집이라는 장소는 중요한 지위를 차지한다. 그래서 1200행이 채 되지 않는 이 길지 않은 작품에 '집(domos, oikos)'이라는 단어가 약 60회, '지붕, 벽, 문' 따위 집의 일부를 가리키는 단어들도 비슷한 횟수로 등장하여, 결과적으로 약 10행마다 그런 말이 쓰였다. 또 이제 우리가 막 도착한 작품의 물리적 중심(568행 이하)에는, 아드메토스의 집을 찬양하는 합창이 놓여 있다. (사실은 우리말 번역에서 어순 때문에 어쩔 수 없이 뒤로 밀리긴 했지만, 이 작품 첫 단어도 '집이여!'—희랍어 원문 1행,

천병희 역 2행―였으며, 곧 보겠지만, 아내를 장례 치르고 온 다음 아드메토스가 처음 외치는 말도 '문들이여!'―861행―다.)

이 집은 이전에 아폴론을 받아들여 그를 목자로 삼았고, 그 덕에 짐승들이 번성하였다. 합창단은, 주인이 지금 아내의 상을 당했으면서도 고상하게 의무를 이행하였으니, 이 경건한 사람이 결국에는 잘되리라고 기대한다. (이 합창에 대해서도, 일반적으로 남성 학자들은 지나친 손님 존중―aidōs, 601행―에 대한 비판이 들어 있는 것으로, 여성 학자들은 왕에 대한 경탄이 들어 있는 것으로 읽는다.)

이제 아드메토스는 자기 아내를 운구하기 시작한다. 거기에 그의 아버지 늙은 페레스가 나타난다. 이제 아폴론과 죽음의 설전, 알케스티스와 죽음 사이의 (다소 약한) 승강이에 이어, 세번째 대결이 벌어질 참이다. 페레스는 자기 며느리를 고귀하고 정숙하다 칭찬하며 장식물을 바치려 한다. 그녀 덕에 자기가 노령에 자식을 잃지 않게 되었다고. 그녀 덕에 여성들이 최고의 명성을 얻게 되었으며, 이런 결혼이야말로 유익한 것이라고.

하지만 아들은 아버지를 분노로써 대한다. 그는 아버지를 적으로 여기며, 그가 가져온 장식물을 거부한다. 그는 아버지가 자기 대신 죽겠다고 나서지 않은 것을 공격한다. 젊은 사람보다는 늙은 사람이 죽는 게 적절했다고. 그는 자기 어머니도 함께 비난한다. 짐짓 자기가 천출의 업둥이가 아닌가 의심한다. 그는 아버지가 이미 여러 행복을 누리고 노령에 도달했다는 것을 지적한다. 젊어서 왕이 되어 평생을 다스리고, 이제 자기처럼 훌륭한 후계자, 공손한 봉양자를 두었는데 무엇을 더 누리려는 것인지? 그는 의절을 선언한다. 아버지에게, 그를 봉양하고 나중에 장례 치러줄 다른 자식을 낳으라고 윽박지른다.

그는 아버지에 관한 한 자신이 이미 죽었노라고 선언한다.(666행) 이 작품에는, 아내는 죽었으면서 살아 있고, 그녀의 남편은 살아 있으면서도 죽은 상태라는, 기이한 역설이 들어 있다.

아버지 페레스도 지지 않는다. 자기는 자유인으로서 누구의 지시도 받지 않을 권리가 있다고, 자식을 낳고 길러주었으니 할 바를 다했고, 그를 위해 죽을 의무는 없다고 반박한다. 주고받음의 정확성이 그의 신조다.

> 내가 너에게 무슨 부당한 짓을 했으며, 너에게서 무엇을 빼앗았느냐?
> 너도 나를 위하여 죽지 말아라. 나도 너를 위하여 죽지 않겠다.
>
> (689~690행)

그가 사용하는 '의무'에 해당되는 말(opheilō)은 '빚지다'의 뜻이 있다. 그래서 다시 『국가』 1권에 나온 정의로 돌아간다. 죽음의 신이 내세우던 것이다. 이 아버지는 외모와 신조에 있어서 죽음의 신과 닮았고, 그래서 그의 추방은 곧장 죽음을 몰아내는 의식과 결부된다. 여인을 희생하고 살아남은 아버지와 아들 사이의, 얼핏 보기에 추악한 이 다툼에는 제의적인 의미가 숨어 있는 것이다.

이어지는, 삶과 죽음에 대한 페레스의 발언 또한 유명하다.

> 너는 햇빛을 보고 좋아하면서, 이 아비는 좋아하지 않으리라 생각하느냐?
> 생각건대, 지하에서의 삶은

길고, 이곳에서의 삶은 짧으나 감미롭다. (691~693행)

그는, 자신을 비겁하다고 몰아붙이는 아들 역시 비겁함을 폭로한다. 계속 그런 식으로 또다른 아내를 죽음에 넘기면 결코 죽지 않을 거라고 빈정거린다. 죽음의 신과도 흡사한 이 노인의 발언은 통렬한 진리를 담고 있다. 누구나 자기 목숨을 사랑한다, 너도 마찬가지 아니더냐!(703~704행)

이어지는 한 줄씩 말하기에서는 아버지와 아들이 서로를 공격하며 각자의 추악함을 바닥까지 드러내 보인다. 특히 페레스의 뻔뻔함이 두드러진다. 노인은 자신이 햇빛을 좋아한다는 것을 스스럼없이 인정하고, 죽은 다음에는 무슨 말을 들어도 좋다고 선언한다. 며느리에 대한 위선적 평가도 집어던진다. 그는 사실 그녀를 바보로 여기는 것이다.(728행)

노인은 아들을 살인자라 부르고, 처남들의 복수를 조심하라고 경고한다. 아들은 절연을 선언하고 늙은 아버지를 집에서 몰아낸다. 다시 말하지만, 이 추방 장면은 그냥 추한 싸움을 보여주기 위해 여기 있는 것이 아니다. 이 장면으로 해서 작품은 튼튼한 구조를 얻는다. 아드메토스의 집에 대한 찬양을 중심에 두고, 그 앞에 젊고 활력 넘치는 영웅의 입장이, 그 뒤에는 나이들고 힘을 잃어가는 존재의 퇴장이 배치되었기 때문이다. 그리고 이 장면에는 제의적 의미가 있다. 노스럽 프라이를 비롯한 현대의 학자들도 인정하듯, 희극은 봄의 도래와 결부되어왔다. 이 봄맞이 제의에서 왕은 중요한 역할을 한다. 아드메토스는 여기서 죽음과 노령을 몰아냄으로써 제 몫을 했다. 그는 무대 뒤에서 헤라클레스가 행할 일을 관객 앞에서 보여주었다.

이렇게 제의와 연관시키지 않고 조금 약하게 읽더라도, 이 추방은 아드메토스가 아내와 약속했던 내용과 연결된다. 그는 아이들에게 의붓어미를 들이지 않겠다던 약속에서 한 걸음 더 나아가, 일종의 '의붓아비'를 추방하였다. 그가 방금, 자신이 혹시 업둥이 아닌가 묻는 장면이 바로 페레스를 '의붓아비'로 만드는 과정이다. 아드메토스는 '주어야 할 것보다 더 주는' 사람이긴 하지만, 그것은 일단 '줄 것을 모두 주는' 단계를 거쳐야 할 것이다. 우리는 이 작품에서 정의의 원칙 역시 관철되고 있음을 거듭 확인할 것이다.

'사튀로스' 손님의 각성, 이상과 현실의 차이

합창단이 행진가 운율로 알케스티스를 칭송하고 그녀의 명복을 비는 사이에, 하인이 집에서 뛰쳐나온다. 그는 헤라클레스가 집 안에서 벌이고 있는 추태를 보고한다. 이 손님은 상중인 집에 들이닥쳐서는, 음식들을 사양하지 않고 다 받아먹고, 포도주를 물도 섞지 않고 마시고는, 화환을 쓴 채로 고래고래 노래까지 불렀다. 한쪽에서는 애곡이 행해지고 있었지만, 하인들은 주인의 명에 따라 손님 앞에서는 눈물을 자제하고 그 노래를 견뎠다. 이런 망나니를 접대하느라, 이 하인은 어머니나 다름없이 자기들을 옹호해주던 여주인을 애도하지도 못했다. (이 보고에서 얼핏, 하인의 눈에 비친 아드메토스가 그려진다. 그는 화를 잘 내고, 아랫사람들에게 관대하지 못한 주인이다. 770~771행)

이 장면은 '대용-사튀로스'로서 헤라클레스의 역할을 보여주는 한편, 아드메토스가 아내에게 했던 약속이 모두 깨어졌음을 보여준다.

앞으로 영영, 또는 적어도 1년간, 잔치도 음악도 없으리라고 했으나, 시신이 집에서 나가는 순간에 벌써 그 서약은 무효가 되고 말았다. 사실 이런 장면은 헤라클레스를 이 집에 받아들이는 순간 벌써 예정되어 있던 것이다. 그는 저승을 방문했던 자로서, (일본 애니메이션 〈센과 치히로의 행방불명〉 속 가오나시처럼) 앞만 있고 뒤는 없는 저승의 존재들과 닮아서, 끝없이 먹어대는 먹보로 자주 그려진다. 하지만 그가 있음으로 해서 애곡과 노래가 뒤섞인 상황이 가능하고 이는, 한지붕 밑에 죽음의 신과 그것을 몰아낼 영웅이 함께 있는 현 사태에 걸맞다. 그리고 헤라클레스가 취해 있는 상황은, 이전에 아폴론이 운명의 여신을 속일 때 그녀들이 취해 있었던 것에 상응한다. 약한 '정의'가 계속 실현되고 있다.

시인은 하인의 보고만으로는 충분치 않다는 듯이, 헤라클레스 자신을 무대로 불러낸다. 고주망태가 된 이 영웅은 하인을 향해, 주인 친구에게 좀더 친절하게 대하라고 어른다. 그는 죽음을 대하는 또하나의 관점을 제시한다. 희랍어 운문으로서는 좀 특이하게, 몇 행이나 되풀이 각운(homoioteleuton)을 맞춘 구절이고, 뒷부분에는 몇 번의 명령법이 되풀이된다. 헤라클레스는 혀 꼬부라진 소리로 흥얼흥얼 노래하는 모양이다.

> 인간은 누구나 다 죽게 마련이라네.
> 인간 중에 누구도 아는 이가 없다네,
> 자신이 돌아오는 내일도 살게 될지는.
> 운수가 어디로 향할지는 분명치 않다네.
> 배울 수도 없고, 기술로 파악할 수도 없으니까.

자네 이제 그것을 내게서 듣고 배웠으니,

기분 내게! 마시게! 오늘의 삶만 자네 것으로 여기고

나머지는 운수에 속한 걸로 여기게!

그리고 인간들에게 가장 감미로운 여신인 퀴프리스를

존중하도록 하게나. 그 여신은 인간들에게 호의적이니까.

(782~791행)

이어지는 한 줄씩 말하기에서 헤라클레스는, 아드메토스가 '이방 여인'이라고 한 사람의 정체가 무엇인지 알게 된다. 이 집안 사람 중 누군가 죽었음을 알아챈 그는, 그 죽은 이의 신원을 밝히기 위해 다시 앞에 했던 순서대로 더듬어간다. 아이들인가, 아니면 아버님인가? 아 드메토스의 아내로구나! 비극에 자주 보이는 깨달음(anagnorisis)의 순 간이다. 그는, 주인의 친절 때문에 자신이 결례한 것을 통탄하고, 장 지가 어디인지를 묻는다.

이제 그는 자기 마음과 손의 힘을 불러일으킨다. 무덤 곁에서 아직 제물의 피를 마시고 있을 죽음의 신과 마주쳐 씨름할 것을 그려본다. 그 일이 계획대로 되지 않을 때를 대비하여, 두번째 계획까지 짠다. 저승까지라도 쫓아가서 알케스티스를 데려오겠노라고. 그렇게 큰 불 행을 당해서도 자신을 접대해준 주인에게 보답하기 위해, 그 고귀함 에 걸맞은 가치를 보여줄 것을 다짐한다.

영웅이 뛰쳐나가고, 곧이어 주인이 돌아온다. 합창단과 주고받 는 긴 애탄이 이어진다. 하지만 이 남편, 아드메토스의 태도는 실망 스럽다.

오오 가증스런 문들이여,

텅빈 궁전의 가증스런 광경이여! 아아 슬프고 슬프도다!

어디로 가고, 어디에 설까? 무엇을 말하고 무엇을 말하지 말까?

아아 어떻게 하면 내가 죽을 수 있을까? (861~864행)

아내는 가족을 위해 목숨을 바쳤건만, 남편은 남은 가족을 제대로 건사할 능력도, 그럴 의지도 없어 보인다. 엉뚱하게도 그는 죽을 길을 찾는다. 자식 없는 사람을 부러워한다.(882행) 그는 차라리 아내와 함께 죽어 저승에 함께 갔더라면 하고 바란다. 아내는 고통과 고생을 영광스럽게 벗어났는데, 자신은 죽음을 벗어났지만, 오히려 고통 속에 살아가게 되리라는 것을 이제야 깨닫는다.

거기에 갑자기 궁상스러운 미래가 현실로 닥쳐온다. 아내가 있던 자리는 쓸쓸히 비어 있고, 집 안은 먼지투성이에, 아이들은 엄마를 찾으며 울 것이다! 또한 적들은 그에게 오명을 씌울 것이다, 비겁하게 아내를 주고 목숨을 건졌다고. 더구나 이제는 부모님과도 원수가 되지 않았던가! 이렇게 악평과 불운에 시달린다면 사는 것이 무슨 의미가 있을까!

많은 학자들이 이 작품에서 이상과 현실의 괴리를 발견한다. 이런 현상은 시인이 민담의 내용을 바꾸어, 신랑 대신 죽기로 결심한 신부의 죽음을 뒤로 늦추었기 때문에 생겨난 것이다. 동화적인 내용대로 아직 신혼이고 아이들도 존재하지 않던 때에 여자가 죽었다면, 아내는 아이들에 대한 걱정과 남편에 대한 환멸 없이, 사랑하는 사람을 위하여 기꺼이 죽었을 것이고, 남편은 구질구질한 현실 문제와 마주칠 일 없이, 자기를 위해 죽은 여인의 추억을 안고서 그냥 행복하게 삶을

• 프레더릭 레이턴, 〈죽음의 신과 싸우는 헤라클레스〉, 1869~1871년, 미국 하트퍼드 워즈워스 아테네움 미술관 소장.
중앙에는 침상 위에 알케스티스가 창백한 모습으로 누워 있고, 뒤쪽에는 남편 아드메토스가 슬픔에 몸 부림치고 있다. 오른쪽에는 사자 가죽을 걸친 헤라클레스가 죽음의 신과 싸우고 있다. 죽음의 신은 피부가 매우 건조한 것으로 표현되었다.

이어갔을 것이다. (혹시 이런 결말을 '남성 중심 이데올로기'로 여겨 못마땅한 독자가 있다면, 남자가 희생하여 남은 여인이 행복하게 사는 내용의 민담도 있다는 사실을 위로 삼아 알려드린다.) 하지만 시인이, 아내의 죽음을 뒤로 미루는 사이에 아이들이 태어나고 일이 엉클어져버렸다. 어쩌면 극중 인물들도 이미 민담의 내용을 알고 있어서, 옛이야기에서와는 달리 여자가 떠나기 어렵고, 남편이 그냥 행복해져버리기 어려운 것을 의아히 여겼을지도 모른다. 극중 인물이 어떻게 옛이야기를 아느냐고? 나는 에우리피데스라면 능히 그런 상황도 만들어낼 사람이라고 믿는다.

침묵하는 여인, 모호한 결말

합창단은 누구도 필연(ananke)을 이기지 못함을 노래한다. 죽은 자는 다시 돌아올 수 없다고. 그러고는 알케스티스의 고귀함을 칭송한다. 그녀의 무덤을 신처럼 경배해야 할 것이라고, 그녀가 수호신이 되리라고 노래한다.

하지만 사태는 합창단의 예견처럼 되지는 않는다. 헤라클레스와 더불어 동화적인 결말이 다가오기 때문이다. 하지만 그 전에 주인과 손님 사이에 약간의 겨루기가 있다. 이 작품 속 네번째 다툼이다.

헤라클레스는 우선, 아드메토스가 자기에게 사실을 말하지 않은 것을 가볍게 나무란다. 하지만 고통 속에 있는 그를 더는 질책하지 않겠다며, 대신 자기를 위해 여인 하나를 좀 맡아달라고 청한다. 그의 요구는 아주 약한 것에서 점차 강한 것으로 발전해간다. 일단 기한을 정한다. 자신이 트라케의 말을 몰아올 때까지만 맡아달라고. 하지만 혹시 자기가 죽게 되면 그녀를 이 집의 하녀로 데리고 있으라고. 그녀는 자신이 어려운 싸움 끝에 얻은 여자이다. 헤라클레스는 여기서 아드메토스에게 약한 복수를 하고 있는 셈이다. 그가 자신을 속였으므로, 자신도 그를 속이는 중이다. 계속적인 '정의' 원칙의 약한 적용이다.

아드메토스는, 손님을 다른 데로 보내는 것을 부끄럽게 여겨서 그랬노라고 변명한다. 그러면서 여인은 다른 친구에게 맡기라고 사양한다. 자기는 여인을 보면 슬픔을 참지 못할 것이며, 또 집 안에 젊은 여인을 둘 데도 없다고. 한데 우리는 왕의 대사에서, 그가 이 여인을 흘끔흘끔 보고 있다는 사실을 알아챌 수 있다.

그리고 집 안의 어느 곳에 이 젊은 여인이 살 수 있겠소?
그녀는 젊으니까요. 옷과 장신구를 보면 알 수 있지요.
(1049~1050행)

그는 젊은 사람들이 그녀를 보고 혈기를 억누르지 못할까봐 두려워한다. 물론 이 집에 그녀를 머물게 할 공간이 하나 있긴 하다. 바로 알케스티스의 침실이다.

아니면 그녀를 죽은 아내의 방에서 살게 해야 하오?
어떻게 내가 그녀를 죽은 아내의 침상으로 데려갈 수 있겠소?
(1055~1056행)

그는 헤라클레스가 아직 요구한 바 없는 것을 벌써 요구받은 양 겁정하기 시작한다. 우선 그녀를 아내의 침상에 재울 수는 없다고 한다. 그다음 발언은 다른 사람의 잘못된 상상에 기댄 것으로 되어 있지만, 어쨌든 거기서 또 한 걸음 나아간 것이다. 백성들이 그에게, 다른 젊은 여인의 잠자리로 찾아들었다고 비난하리라는 것이다. 그는 헤라클레스의 부탁을 재혼 요구로 받아들인 셈이다! 그러고는 다시 훔쳐본다.

> 여인이여, 그대가 누구든 그대는 알케스티스와
> 체격이 같고 몸매도 같다는 것을 알아두시오. (1062~1063행)

합창단은 왕에게 여인을 받아들이길 권유한다. 그들이 보기에 이것은 '신이 내린'(1071행) 고통이다. 지금 아드메토스는 마지막 시험을 겪는 중이다. 이전 것보다 통과하기 더 어려운 시험이다. 헤라클레스는 이제 더욱 노골적인 요구로 나아간다. 고통도 세월이 지나면 누그러질 것이라고, 재혼하면 된다고. 그 말을 들은 아드메토스는 펄쩍 뛴다. 죽은 아내를 배신하느니 차라리 죽겠다고 한다. 하지만 헤라클레스는 거듭 강권한다. 결국 아드메토스는 그에게 굴복한다. 헤라클레스가 결정적인 용어를 사용했기 때문이다. 그는 이 받아들임을 '호의'(1101행)로 지칭한 것이다. 그는 아드메토스가 호의의 인간임을 알고 있다.

하지만 그는 그녀에게 직접 손을 대지는 않으려 한다. 다시 헤라클레스의 강권. 마음 약한 왕은 다시 양보한다. 그는 고개를 돌리고 마지못해 여인의 손을 잡는다. 헤라클레스가 여인의 베일을 벗긴다. 왕은 그녀의 얼굴을 보고 놀란다. 헤라클레스는 그녀가 알케스티스이며, 자신이 죽음과 싸워 그녀를 되찾았음을 확언한다. 이제 영웅은 새로운 모험을 향하여 트라케로 떠나고, 아드메토스는 행복에 겨워 아내를 집으로 이끌며 잔치를 준비시킨다. 희극에 자주 있는, '결혼'이라는 결말이다. 이제 비극적 문제 상황은 해소되었다.

한데 이렇게 행복한 결말에 한 가지 의혹이 스며든다. 왜 알케스티스가 전혀 말을 하지 않는지 하는 것이다. 헤라클레스는 그녀가 저승신들에게 축성되었기 때문에 사흘째가 되어야 말할 수 있으리라고 해명한다. 하지만 여기서 알케스티스가 말을 하지 않는 것에 대해 여러 설명이 있다. 우선 물리적인 이유를 들 수 있다. 이 작품은 배우를 두 명만 사용하고 있다는 점이다. (알케스티스가 죽자 곧장 아들이 슬픔을 노래하는 장면에서, 배우가 셋인 듯 보일 수도 있지만, 학자들은 알케스티스 역의 배우가 누운 채로 노래한 것으로들 보고 있다. 침상에 높이 누운 사람의 입은 곁에 선 아이의 입과 비슷한 높이에 있으므로, 멀리 있는 관객은 누가 노래하는지 분명하게 알아채지 못하리라는 것이다.) 따라서 앞에 알케스티스로 나왔던 배우는 지금 헤라클레스 역할을 하고 있으며, 지금 알케스티스 분장을 하고 나와 있는 사람은 배우가 아니다. 이렇게 되면 구원하는 역과 구원받는 역이 같은 배우에 의해 연기된 셈이다. 아이스퀼로스의 「제주를 바치는 여인들」에서 전반부에 엘렉트라로 나왔던 배우가 후반부에 클륌타임네스트라로 분장하고 나와 죽는 것에 못지않은 아이러니한 배역이다. 하지만 지금 이 장면이 단순히 당시 연출 조건 때문만은 아니라는 학자들도 있다. 그들은 알케스티스의 이 침묵에 더 심중한 의미가 있다고 읽는다. 그녀는 남편이 자기에게 했던 약속을 모두 어기고 마침내 '다른 여인'을 침실로 끌어들이는 것을 보았다. 이미 죽음을 맞이할 무렵에 그녀 역시 남편의 비겁함과 의

• 〈알케스티스를 데려온 헤라클레스〉, 4세기경, 로마 비아 라티나의 지하 묘지 벽화. 중앙에 선 헤라클레스가 오른쪽에 앉은 아드메토스에게 알케스티스를 넘겨주고 있다. 헤라클레스는 에우리피데스의 「알케스티스」에서와는 달리 직접 저승에서 그녀를 데려온 것으로 묘사되어 있다. 그의 곁에는 머리 셋 달린 저승의 개 케르베로스가 있다.

지박약을 눈치채고는 있었지만, 지금 그것을 직접 확인한 것이다. 이런 해석을 따를 때, 그녀의 침묵은 이제 부부 사이에 영원히 봉합될 수 없는 금이 갔다는 사실을 보여주는 게 된다.

하지만 반론도 있다. 이 침묵은 그녀가 그냥 죽기 직전에 구출된 것이 아니라, 정말로 죽음을 겪은 다음에 구원되었음을 보여주는 것이라는 해석이다. 이런 주장을 내세우는 학자들은 오히려 알케스티스가, 남편과 헤라클레스의 대화에 기쁨을 느꼈으리라고 본다. 전에도 남편은 다른 여인을 들이지 않으리라는 결심을 밝혔지만, 그때는 그녀가 벌써 죽은 상태여서 그걸 알 길 없었는데, 지금은 자신이 듣고 보는 앞에서 남편이 다시 그런 결심을 밝혔다는 것이다.

하지만 우리로서는 아드메토스의 줏대 없는 모습에 쓴웃음을 짓지 않을 수 없다. 나는 옛 관객들 역시, 남편이 조금씩 양보하여 결국 '낯선 여인'의 손을 잡게 되는 과정을 유쾌하게, 그렇지만 다소 한심하게 여겼으리라 생각한다. 이렇게 외면적으로는 행복한 결말이지만, 왠지 깔끔하지 못한 뒷맛을 남기는 게 또한 희비극의 특징 중 하나다. 이번에는 다루지 못하지만, 에우리피데스의 「이온」 같은 작품이 그렇다. 한 사람이 속아서 다른 모두가 행복해지는 결말이다. 표면상 달콤하지만, 바닥에 어떤 쓴맛이 깔려 사라지지 않는다.

이상에서 나는 대체로 아드메토스를 비판하는 입장에서 작품을 설명해보았다. 하지만 그의 '호의'라는 행동준칙에 주목하고, 인물들의 드나듦과 손님맞이, 제의적 요소를 강조하는 해석도 눈여겨볼 만한 것이라 생각하여 함께 다루었다. 아마도, 그 해석들 중 어느 하나를 고를 것이 아니라, 시인이 이 모두를 함께 의도하였다고 (혹은 전혀 의도하지 않고도 이루었다고) 하는 게 타당하리라. 알케스티스에 대해서는 어떻게 생각해야 할까? 나는 그녀의 '계산'이 그다지 이상한 게 아니라고 생각한다. 더없이 소중한 생명을 포기하는데, 과연 이런 결정이 타당한지, 과연 그럴 만한 가치가 있는지 누군들 깊이 숙고하지 않겠는가?

감탄하기 잘하는 나는 이 작품에 또다시 경탄한다. 중첩 구조를 만들어가는 솜씨, 유사하고 대조적인 요소들의 호응, 다양한 해석을 불러일으키는 미묘한 설정. 우리에게 남겨진 첫 작품에서 벌써 이런 수준을 보여준 시인이 나는 놀랍다. 그의 매력과 천재성이 제대로 전달되었으면 싶다. 독자들이 그의 작품을 더 찾아 읽었으면 싶다. 독자들과 함께 다시 읽을 기회가 오기를 희망한다.

이상에서 나는 희랍 비극 가운데 가장 뛰어난 몇 개의 작품을 대상으로, 그것들이 왜 좋은 작품인지, 어디에 중점을 두고 읽어야 하는지, 일반 독자가 보기에 어느 대목에 어려움이 있으며 그것을 어떻게 넘어설 수 있는지 설명해보았다. 아마 읽기가 쉽지 않았을 텐데, 여기까지 함께해주신 독자들께 감사드린다.

나로서는, 예전에 내가 학생 때 읽었던 글들처럼 쓰지 않으려고 노력했는데, 그게 잘되었나 모르겠다. 그런 글들은 너무나 엄숙하고 고상하고 중립적인 표현들로 이루어져서 아무런 감흥도 없는데다가, 마치 고전 작품들이 아무 어려움도 없이 술술 읽힌다는 듯한 태도를 취하고 있어서, 늘 구름 속 도인들의 말씀인 듯 느껴졌었다. 그래서 나는 현실적인 독자의 입장에서 어떤 점이 어렵게 느껴지는지 지적하고, 그 어려움을 피할 길은 무엇인지를 제시하려고 나름대로 애를 써보았다. 그리고 다소간 개인적 감상을 드러내는 게 솔직하다고 생각해서 그렇게 했다. 혹시 그런 점이 학문적이지 않다고 느껴졌다면, 그래서 싫었다면 용서하시기 바란다. 사실 이건 고치기 힘든 나의 습관

이어서, 그게 싫은 분은 그저 외면해주십사고 부탁을 드릴 뿐이다.

이전에 읽었던 '엄숙한' 글들처럼 되기를 피하겠노라고는 했지만, 그래도 결론은 그 글들과 거의 같지 않나 싶다. 우리가 희랍 비극을 읽을 때 그 위대한 작가들이 이뤄낸 것에 그저 경탄할 수밖에 없다는 점에서 말이다. 그들이 다다른 사고의 깊이와 그것을 작품으로 표현해낸 방식을 보면, 과연 인류가 지난 2500년 동안 진보하긴 한 것인가 의문이 생기지 않을 수 없다. 나는 그 놀라운 성취를, 개개 작품의 구절들과 이런저런 면모를 예로 들면서 독자들과 나누고자 했다. 그런 의도가 조금이나마 전해졌기를, 그래서 독자들도 나의 (아마도, 때로는 지나친) 찬탄에 동참하였기를 기대한다.

글을 마치기 전에, 이 책에 묶인 글들이 원래 연재 글이었다는 점도 있고 하니, 연재라는 것을 처음 해본 사람으로서 그 작업에서 느낀 소회를 조금 밝히고 싶다.

어떤 매체에든 작품을 연재하는 분들은 모두 같은 생각이겠지만, 나로서는 그것이 즐겁고도 괴로웠다. 즐거움은 그동안 내가 공부해온 것을 여러 사람과 나눈다는 점에서였고, 괴로움은 마감 시한을 맞춰야 한다는 점 때문이었다. 나와 친하게 지내는 김태권 만화가(『김태권의 십자군 이야기』 저자)께서 언젠가 아주 재치 있는, 거의 명언이라 할 말을 했는데, 이런 것이다. "창작의 고통이라는 말이 있지만, 사실 창작은 고통스럽지 않다. 창작은 즐겁다. 고통스러운 것은 마감이다."

이번 연재가 일종의 '강의'였으니, 내가 글을 쓰는 것은 일종의 '수업 준비'인데, 선생 된 자가 그 수업 준비가 힘들다고 엄살을 부린다면 사실 좀 우스울 것이다. 그런데도 비웃음거리가 될 위험을 무릅쓰고 이런 속사정을 밝히는 것은, 이번 연재가 어떤 점에서 즐거웠는지를 더 얘기하기 위해서다. 내게 마감이 힘들었던 것은, 거의 언제나 원고 보낼 기한이 닥칠 때까지 새로운 자료를 읽고 있었기 때문이다. '조금만 더 읽고 쓰자, 조금만 더' 하다가 더는 원고 쓰기를 미룰 수 없는 시간이 되고, 결국 밤새워 쓰다보면 새벽이 되어서야 글이 끝나고, 어떤 날은 겨우 한두 시간 자고 다음날 일정을 시작해야 했다. 그래서, '혹시 이러다 죽는 건 아닐까?' 하는 걱정까지 든 날도 있었다.

내가 이렇게 막판까지 자료(대개는 뛰어난 선배 학자들의 논문)를 읽어낸 이유는, 글을 쓸 새로운 동력을 얻기 위해서였다. 사실 나도 대학생과 일반인을 상대로 비극 강의를 해온 지 15년 정도는 되었기 때문에, 대개의 작품은 별다른 준비 없이도 그럭저럭 강의할 수 있다. (나의 잘난 척을 용서하시기 바란다.) 하지만 그렇게 하면 전에 했던 말의 되풀이인지라 나 자신 흥이 나지 않아, 강의도 힘들고 듣는 사람도 재미가 없을 것 같다. 말하는 사람이 신이 나서 얘기해야 듣는 사람도 재미가 있는 법이다. 열정은 전염되기 때문이다. 나의 지인 중 한 분도 '누구든 열정적으로 들려주는 이야기는 다 재미있다'고 하던데, 나는 이 말도 거의 명언 급이라고 생각한다.

새 글을 읽을 때 새 힘이 생기는 이유는 아마도 나 자신이 새로 배운 것에 흥분되기 때문이고, 한편 (말하기 부끄럽지만) 그것을 잊기 전에 얼른 남에게 전하려는 욕구 때문이 아닐까 싶다. 늘 느끼던 것이지만 이번에 다시 뼈저리게 확인한 것이, 내 기억력이 참 형편없다는 점이다. 전에 읽은 논문을 다시 찾아보면, 여러 색으로 표시가 되어 있으니 이미 여러 번 읽었음에 틀림없는데, 내용은 너무나 '신선'하다. 나는 늘, 기억력이 부족하다고 자탄하는 학생들을 격려하느라, '책을 덮는 순간, 그날 읽은 것의 절반을 잊는 것이 정상이다'라고 말하곤 하는데, 이제 그런 격려가 나 자신에게 필요한 게 아닌가 싶다.

배경 설명이 좀 길었다. 이번 기회를 두고 내가 기쁘게 여기는 점 하나는, 이제 허술하나마 망각에 저항할 작은 거점을 만들었다는 사실이다. 내가 조금 공부한 것들이 글이 되고 그것이 책으로 묶이게 된 만큼, 내가 새로 읽거나 다시 확인한 자료의 내용이 조금이나마 남아서 나중에 나 스스로 기억을 상기하는 데도, 후배들이 새로 공부를 시작하는 데도 다소 도움이 되지 않을까 하는 것이다. 작은 것을 큰 것과 비기자면, 시간이 흘러 망각 속으로 사라질 옛사람들의 위업을 후대에 전하고자 했던 호메로스와 헤로도토스의 자취를 나도 조금은 따라간 것 같은 기분이다.

사실 욕심껏 하자면 이 기회를 이용해서, 3대 비극 작가의 전작(全作)과 아리스토파네스의 희극 전체까지, 아니 가능하면 중요한 고전 작품 모두를 해설하고 싶지만, 현실적으로 어려운 바람이겠다. 하지만 언젠가 다시 기회를 얻으면, 남은 비극 작품 중 적어도 몇 편, 그리고 아리스토파네스의 희극 몇 편에 대해 글을 쓰고 싶다. 그럴 기회가 있기를 희망한다.

연재 때에 가장 큰 힘이 된 것은 독자들의 댓글이었다. 특히 순위를 다퉈가며 거의 언제나 댓글을 적어주신 분들께 이 기회에 감사의 마음을 전하고 싶다. 이따금 올라온 질문도 생각을 진전시키는 데 큰 도움이 되었다. 거기서 제기된 의문들은 대개 그다음 글에서 해소되게끔 하려고 노력했다. 그러니 혹시 글을 읽다가 내가 앞에서 미뤄두었던 어떤 화제를 꺼내는 대목이 있으면, '아하, 여기서 누군가 질문을 했었구나' 하고 생각하시기 바란다.

댓글이 그럭저럭 대면(對面) 강의실 비슷한 분위기를 만들어주기는 했지만, 연재는 일종의 '원격 강의'인지라 대면 강의와 달랐던 점도 있다. 나는 강의중에 영화 얘기를 많이 하는 편인데, 글로 쓸 때는 그러기 어려웠다는 게 그 차이점 중 하나다. (내가 왜 영화 얘기를 많이 하는지는 앞에서 얼핏 얘기했다. 영화 책을 냈다가 망했기 때문이다.) 예를 들면, 「아가멤논」에서 트로이아를 멸망시킨 재앙의 불길이 아가멤논 집안으로 번진다는 대목에서, 크로넨버그 감독의 〈폭력의 역사〉 얘기를 하고 싶었는데, 못하고 말았다. 나로서는 그 영화에서 첫 시퀀스와 두번째 시퀀스를 연결하는 방법이 얼핏 '봉화를 따라 전해지는 재앙의 불길'과 비슷한 데가 있어 보였다. 첫 시퀀스(정말 멋지게 찍었다. 강력히 추천한다)의 마지막 컷에서 악당이 어린 소녀에게 권총을 들이대고, 이어서 화면이 어두워지고, 다음 시퀀스의 첫 장면에서 다른 소녀가 비명을 지르면서 악몽에서 깨어난다. 내 기억에, 벽장에서 악마가 나와 집 안으로 사라졌다는 꿈이었던 듯하다. 그런 다음, 이 집 가장(家長)에게 일종의 저승 세력이 찾아오는데, 그 실마리가 되는 것이 첫 시퀀스에 나온 그 악당들이다. 얘기가 조금 엉뚱한 데로 흘렀는데 그래도 하나 더 언급하자면, 앙겔로풀로스 감독의 영화에 이따금 등장하는 해설자가, 에우리피데스의 '설명적 도입부'를 모델로 한 게 아닌가 하는 얘기도, 미처 가지 못한 곁길 중 하나다. (글이 완결되고 나니 어디 끼워넣기도 곤란해서 그냥 여기 적어두니 용서하시기 바란다.)

대면 강의가 아니라서 하지 못한 것 또하나는, 청중에게 작품을 직접 읽은 소감이 어떤지 물어보는 일이다. 대개 나는 매시간 그 질문으로 강의를 시작하는데 그러지 못했다. 우리 교육 현실이, 대체로 학생들이 자기 생각을 밝히지 않고 숨기게끔 몰아가는 경향이 있기 때문에, 성인 수강자라 하더라도 자기 의견을 잘 밝히지 않지만, 독서 경력이 긴 수강자가 한마디 해주면 내게는 늘 도움이 된다. 예를 들면 내 수업을 오래 들은 젊은 영화감독 한 분이 "아이스퀼로스의 「결박된 프로메테우스」는 정말 재미없었다"고 말한 적이 있는데, 그 말은 내게 도전이 되어 그 작품의 좋은 점이 무엇인지 조금 더 공부해서 설명해주고 싶다는 욕구를 불러일으켰다. (말 나온 김에 간단히 답하자면, 그 작품은 거의 최초로 '영웅적 기질'을 보여준 작품이다. 프로메테우스는 오이디푸스 같은 인물의 선구라고 할 수 있다.) 또 내 수업에 오래 참여하신 노(老)건축가께서 언젠가, "「오이디푸스 왕」은 이 지점에서 끝났더라면 싶다"고 말씀하신 것도 내게 큰 자극이 되었다. 그래서 그 뒷부분의 역할은 무엇인지 더욱 파고들게 되었다.

하지만 '원격 강의'도 좋은 점이 많이 있었다. 특히 정해진 시간까지 일정 수준 이상의 글을 만들어내라는 압력은, 한편 괴롭기도 하지만, 상황이 어떻든 글을 뽑아내는 위력이 있었다. 아마 내게 연재 기회가 주어지지 않았더라면 이 정도 분량의 글이 나오는 데는 훨씬 긴 시간이 걸렸을 것이다. 아, 화제가 한 바퀴 돌아서 다시 실무자들과 독자들에 대한 '감사'라는 주제로 돌아오고 말았다. 이제 글밑천이 다 떨어진 모양이다. 이럴 때는 얼른 인사를 드리고 물러가는 게 상책이다.

독자여, 평안하시라. 하지만 작품 읽지 않고 해설만 읽은 분들은 꼭 원작을 읽으시기 바란다. 그리고 잊어버리기 전에 남들에게 이야기해주시기 바란다. 나는 모두들, '공부해서 남 주자!'를 표어로 삼았으면 한다.

독자들과 언젠가 어떤 공부 모임에서 다시 만나고 싶다. 대단찮은
글을 읽어주신 것에 감사드린다.

서양 고전 관련 다른 분야도 마찬가지지만, 희랍 비극과 관련해서 도움이 될 만한 책은 사실상 거의 없다. 그러니 그냥 좀 넓은 범위의 참고 도서들을 추천하는 수밖에 없다. 여기 소개하는 책들은 대개 내가 이전에 낸 다른 책들에서도 추천한 것이어서, 많은 부분 내용이 중복되니 양해하시기 바란다.

비극 작품을 직접 읽을 분들은 천병희 역(도서출판 숲 판)을 이용하시는 게 가장 좋다. 세 비극 작가의 전집이 모두 번역되어 나와 있고, 그중 대표작만 모은 것(『그리스 비극 걸작선』, 숲, 2010)도 있다. 하지만 이 책에서 다뤄진 작품 전체를 보려면 역시 전집이 있어야 할 것이다. 그 밖의 원전 번역으로 강대진의 것(『오이디푸스 왕』, 민음사, 2009)과 김기영의 것(『오이디푸스 왕 외』, 을유문화사, 2011)이 있지만, 둘 다 소포클레스의 작품 전체가 아니라 몇 편만 뽑아서 옮긴 것이다. 다만, 이것들도 부록에 약간의 해설을 담고 있으니, 그 부분은 비극을 이해하는 데 다소 도움이 되겠다. 이 세 역자의 것 이외의 다른 번역들은 모두, 희랍어에서 다른 현대어로 옮겨진 것을 다시 우리말로 옮긴 중

역(重譯)이다. 간혹 원전 번역보다 매끄럽게 옮겨진 중역이 더 낫다고 주장하는 분들이 있는데, 너무 매끄럽게 옮겨진 것은 오히려 의심해야 한다. 원문에 있는 것을 덜어내고, 없는 것을 덧붙였을 가능성이 크기 때문이다. 그리고 다른 점들은 다 그냥 지나친다 하더라도, 일단 옆에 행수가 인쇄되어 있지 않아서 찾아보거나 인용할 수가 없다. 반드시 원전 번역을 보시라고 권하고 싶다.

비극에 대한 해설서는 나온 것이 거의 없는데, 천병희 교수께서 쓰신『그리스 비극의 이해』(문예출판사, 2002)는 각 작품의 줄거리와 쟁점들을 얼른 간추리는 데 좋다. 임철규 교수의『그리스 비극―인간과 역사에 바치는 애도의 노래』(한길사, 2007)는 많은 2차 문헌을 읽고 쓴 본격적인 연구서다. 일반인이 읽기에는 약간 어려운 감이 있지만 고급 독자라면 도전해볼 만하다. 나로서는 그 책에서 배운 점이 아주 많지만, 이따금 상충하는 해석들이 아무 조정 없이 병치된 것, 그리고 자잘한 실수들이 상당히 많다는 점 때문에 다소 불만이다. 김상봉 교수의『그리스 비극에 대한 편지』(한길사, 2003)는 작품 자체에 대한 설명보다는 그것을 실마리로 한 철학적 사색, 그리고 그것의 현실적 적용에 중점을 두고 있다. 작품 해설만으로 만족스럽지 않은 분들이 보시면 좋을 것이다. 그 밖에, 놀랍게도 희랍 희극에 대한 책이 하나 나와 있어서, 비극을 포함한 아테나이의 경연 대회와 공연 환경에 대한 이해를 돕고 있다.『아리스토파네스와 고대그리스 희극공연』(이정린 지음, 한국학술정보, 2006)이 그것이다. 앞으로 희극도 공부하겠다 하는 사람에게 좋은 참고서가 될 것이다.

비극에 대한 이론서로는 단연 아리스토텔레스의『시학』이 첫손에 꼽히는데, 나는 현재로서 유일한 원전 번역인 천병희 역(문예출판사,

2002)을 추천하지만, 펭귄클래식 판(김한식 옮김, 펭귄클래식코리아, 2010)에 방대한 주석이 달려 있다는 이유로 그걸 추천하는 사람도 있다. 천병희 역에는 플라톤과 호라티우스, 롱기누스의 시론도 함께 실려 있다. 그리고 『시학』을 보실 분들은 그보다 먼저 비극 작품 자체를 읽으시길 권고한다. 『시학』을 먼저 읽어서 준비를 갖춘 다음에 비극 작품을 읽는 게 낫지 않을까 생각하는 분도 있겠지만, 『시학』에서 계속 비극 작품들을 예로 들고 있기 때문에 작품 내용을 모르면 『시학』을 읽기가 매우 힘들다.

비극 작품에서 파생된 주제를 다루는 책으로 주디스 버틀러의 『안티고네의 주장』(조현순 옮김, 동문선, 2005)이 국내에 꽤 알려져 있다. 대체로 고전학 전공자들이 다루는 범위를 넘어서는 주제여서 나로서는 많이 끌리지 않는데, 독자에 따라서는 재미있게 읽을 사람도 없지 않겠다. 원문 인용에서 천병희 역 등을 이용하지 않고, 영어 판을 다시 옮기다가 몇 군데 틀린 것도 나로서는 마음에 걸린다.

그리고 신화적 인물들에 대한 좋은 글을 모은 '피귀르 미틱 총서'라는 것이 있는데, 그중 『카산드라』(이룸, 2003)와 『오이디푸스』(이룸, 2003)가 도움이 될 듯하다. 이 책들은, 해당 인물들이 등장하는 비극 작품 속 장면을 분석하는 것은 물론, 그들이 후대 작가에 의해 어떤 식으로 그려졌는지도 전하고 있어서, 각 작품의 영향사(史)에 관심 있는 사람에게 특히 유익하리라 생각된다. 한 가지 아쉬움은, 역주가 너무 적어서 프랑스 저자들 특유의 모호하고 암시적인 표현들이 여전히 이해하기 어려운 상태로 남아 있다는 점이다. 하지만 비극 작품을 직접 읽은 독자라면 그런 어려움도 어떻게든 극복해낼 수 있으리라 믿는다. 그리고 독자께서 거기에 힘입어 현대의 작품들, 예를 들어 크리스타 볼프의 『카산드라』 같은 작품에까지 나아간다면, 비극 공부의 효과를 한껏 누리는 게 되겠다.

『시학』에서 자주 서사시를 예로 드는 것 때문에도 그렇고, 또 내가 비극을 설명하면서 이따금 서사시 얘기를 했기 때문에 서사시를 좀 읽어야겠다고 생각한 분도 있을 것이다. 『일리아스』와 『오뒷세이아』 둘 다 원전 번역은 아직까지는 천병희 역(도서출판 숲 판과 단국대출판부 판)밖에 없다. 이 두 서사시에 대한 해설도 아직까지는 내가 쓴 것들 밖에 없다. 『일리아스, 영웅들의 전장에서 싹튼 운명의 서사시』(그린비, 2010), 『오뒷세이아, 모험과 귀향, 일상의 복원에 관한 서사시』(그린비, 2012), 그리고 청소년용으로 나온 『세계와 인간을 탐구한 서사시 오뒷세이아』(아이세움, 2009)가 그것들이다. 좀 간단하게 읽고 지나가자면 강대진의 『그리스 로마 서사시』(북길드, 2012)를 보시기 바란다. 이 책은, 이전에 『고전은 서사시다』라는 제목으로 다른 출판사에서 나왔던 것을 아주 조금 고친 것이다.

서사시 작품 자체를 다룬 것은 아니어서 비극 독자의 관심에서 좀 멀긴 하겠지만, 혹시 호메로스 서사시가 생겨난 배경과 그 서사시의 영향 범위를 알고 싶은 분은 피에르 비달나케의 『호메로스의 세계』(이세욱 옮김, 솔, 2004), 그리고 알베르토 망구엘의 『일리아스와 오디세이아 이펙트』(김헌 옮김, 세종서적, 2012)를 참고하면 되겠다. 앞의 것은 원래 어린이용으로 쓴 책이라 분량이 적으니 미리 아시기 바란다.

서사시와 비극에 대해 좀 짧게 쓴 글을 보고 싶은 분은, 『그리스인 이야기』(앙드레 보나르, 책과함께, 2011)를 보면 좋다. 이 책은 희랍 문화 전반을 다루고 있지만, 제1권(김희균 옮김)에 서사시에 대한 장이,

2권과 3권(양영란 옮김)에는 비극에 대한 내용이 들어 있다. 대중적인 문체로 피지배계층의 시각에서 이야기를 풀어나가는 점이 이채롭다. 직접 인용도 꽤 많은데, 저자가 자기식으로 옮긴 것을 다시 우리말로 옮긴 것이어서 원래 뜻에서는 좀 멀어졌다.

비극 전성기까지는 가지 않지만, 서사시에 대한 깊이 있고 전문적인 논의를 보여주는 것이 『초기 희랍의 문학과 철학』(헤르만 프랭켈, 김남우, 홍사현 옮김, 아카넷, 2011)이다. 하지만 매우 심화된 논의를 펼치고 있기 때문에, 작품 내용을 잘 아는 사람이 아니면 따라가기 좀 어려울 수도 있다. 이 책은 고전기 이전 상고시대(Archaic age)까지의 희랍 문학과 철학을 전반적으로 정리한 것인데, 대단한 명저로 꼽히는 책이다. 특히 서정시에 대한 부분은 국내에 아직 제대로 소개되지 않은 작품들을 많이 인용하고 있어서, 일종의 희랍 서정시 선집으로 이용할 수 있다. 수준 높은 독자들이 갖춰두고 거듭 참고할 만한 책이라 하겠다.

비극이 신화에 바탕을 둔 것이니만큼 신화 내용을 찾아보고 싶어 할 분도 있을 텐데, 내가 주로 쓰는 방법은 『아폴로도로스 신화집』(강대진 옮김, 민음사, 2005)의 찾아보기 항목을 이용해 해당 부분 원문을 보는 것이다. 한데 이 책은 희랍 영웅들의 이야기를 계보를 따라가면서 정리해놓은 것이라서, 어찌 보면 정연하지만, 또 어찌 보자면 지루할 수도 있겠다. 그림이 많이 들어 있지만 어린이용은 아닌 신화집을 원한다면 강대진과 이정호 교수가 함께 쓴 『신화의 세계』(한국방송통신대학교출판부, 2011)를 참고하시기 바란다. 한 가지 문제는 일반 서점에서는 이 책을 구할 수 없다는 점이다. 그래서 희랍 신화의 핵심을 담아, 그림을 많이 넣은 책(강대진, 『옛사람들의 세상 읽기―그리스 신화』, 아이세움, 2012)을 따로 만들었다. 분량이 적어서 얼른 볼 수 있고, 특히 그림들의 제목만 소개한 게 아니라 세부적 의미까지 상세히 설명하였으므로 독자들이 다른 그림들을 '독해'하는 데도 꽤 도움이 될 것이다.

신화를 깊이 있게 공부하려는 사람에게는 이진성 교수의 『그리스 신화의 이해』(아카넷, 2010)를 추천한다. 희랍 신화·신화학에 대한 국내 저작 중 가장 짜임새 있고, 깊이 있는 책이다. 희랍 도기 그림을 참고해가면서 관련 신화를 확인하고 싶은 분께는, 토머스 H. 카펜터의 『고대 그리스의 미술과 신화』(김숙 옮김, 시공사, 1998)를 권한다. 그림이 좀 작고 흑백으로 인쇄되어서 그렇지, 그림 숫자와 설명의 수준으로는 국내에 나온 책 중 으뜸이다.

희랍 미술 전반에 대해 공부할 분에게는 다그마 루츠의 『그리스 미술』(inter/ART 어떻게 이해할까? 08, 노성두 옮김, 미술문화, 2008)을 권한다. 아름다운 복원도들을 통해 희랍의 유적들이 원래 어떤 모습이었을지를 보여주는 것이 장점이다. 비슷한 책으로 더 깊이 있는 것은 존 그리피스 페들리의 『고대의 재발견―그리스 미술』(조은정 옮김, 예경, 2004)이다. 이 역시 유적들의 평면도와 복원도 등이 충실하다.

희랍 문학 일반에 대한 책으로는 앞서 소개한 『그리스인 이야기』 말고도, 마틴 호제의 『희랍문학사』(김남우 옮김, 작은이야기, 2010)가 도움이 될 것이다. 혹시 이 책이 너무 딱딱하고 내용이 너무 소략하다 싶은 분은, 정혜신의 『그리스 문화 산책』(민음사, 2003)을 보면 좋다. 희랍 문화의 중요한 대목들을 몇 꼭지로 나누어서, 희랍인이 '자유'에 큰 의미를 두었다는 관점에서 풀어주고 있다. 특히 국내에 아직 번역이 나오지 않은 작품의 내용들도 일부 번역해서 소개하고 있다는 게 또하나의 장점이다. 거기서 로마 문학까지 나가고 싶은 분은, 시오노 나나미 외 여러 사람이 함께 쓴『문학의 탄생—고대 그리스 로마 문학』(이목 옮김, 웅진지식하우스, 2009)을 읽으면 좋다. 그림이 많고 설명이 간략해서 부담 없이 읽을 수 있는 책이다. 이디스 해밀턴의 두 권의 책『고대 그리스인의 생각과 힘』(이지은 옮김, 까치, 2009)과『고대 로마인의 생각과 힘』(정기문 옮김, 까치, 2009)은 고전적인 두 문명의 여러 면모를 문학에 중점을 두어 소개한 책으로, 부피가 그리 크지 않아 얼른 보기 좋다. 저자의 독특한 관점과 개성적인 문체가 특별한 즐거움을 주는데, 거기 실린 원문 번역들은 너무 많이 축약된 것이어서 나로서는 좀 아쉽다. 그렇지만 전체를 읽지 않더라도, 일단 목차를 훑어보는 것만으로도 도움이 될 것이다.

서사시와 비극뿐 아니라 시라는 장르 전반을 훑어보고 싶은 분은 김헌 박사의『고대 그리스의 시인들』(살림출판사, 2004)을 이용할 수 있다. 100쪽 이내의 부담 없는 분량에, 아직 국내에 제대로 소개되지 않은 작품들의 번역도 꽤 들어 있다. 그중 다수가 앞에 소개한 프랭켈의 책과 중복될 텐데, 두 책의 번역을 비교하는 것도 재미있는 독법이 될 것이다.

마지막으로 희랍 역사에 대한 책들. 비극을 이해하기 위해 역사서까지 읽어야 하나 생각하는 분도 있겠지만, 이미 소포클레스의「엘렉트라」와「안티고네」를 설명하면서 헤로도토스를 언급했고, 기원전 5세기 말의 분위기를 설명하기 위해 투퀴디데스에 대해서도 말했으니, 이 두 저자의 책을 보고 싶은 사람이 있을 것이다. 두 저자의 작품역시 유일한 원전 번역은 천병희 역(도서출판 숲 판)이다. 그리고 소포클레스와 에우리피데스의 말기 작품이 펼쳐진 배경을 보여주는 것으로는 크세노폰의 『헬레니카』(최자영 옮김, 아카넷, 2012)가 있다. 크세노폰은 투퀴디데스가 기록을 중단한 시점부터 그 뒤의 사건들을 기록해두었다. 고대의 역사책을 직접 읽는 게 좀 부담스럽다면, 소크라테스를 주인공으로 삼아 이 시대 아테나이인들의 생활상을 재현한 것으로, 베터니 휴즈의 『아테네의 변명—소크라테스를 죽인 아테네의 불편한 진실』(강경이 옮김, 옥당, 2012)을 보는 게 좋겠다.

한편 희랍 역사를 정리한 현대 저자의 책으로는 『고대 그리스의 역사』(토마스 R. 마틴, 이종인 옮김, 가람기획, 2003)가 많은 칭찬을 받고 있다. 『고대 그리스사』(앤토니 앤드류스, 김경현 옮김, 이론과실천, 1991) 역시 큰 도움이 될 것이다. 국내 저자가 쓴 것으로는, 2005년에 작고하신 김진경 교수의 유작, 『고대 그리스의 영광과 몰락』(안티쿠스, 2009)이 있다. 부제가 '트로이 전쟁부터 마케도니아의 정복까지'로 되어 있는 것에서 알 수 있듯이, 이 책은 역사 기록이 미치는 못하는 먼 옛날까지 고고학의 성과에 기대어 살피고 있으며, 마지막 부분에는 희랍 문학사까지 간략하게 돌아보고 있어서 일종의 문화사 개론서 역할을 할 수 있게 되어 있다. 희랍에 대한 전반적인 바탕 지식을 갖추고자 하는 분에게 좋은 자료가 될 것이다.

그 밖에 희랍적 사유의 발전과 그 특징에 대해서는 에릭 R. 도즈의 『그리스인들과 비이성적인 것』(주은영, 양호영 옮김, 까치글방, 2002), 브루노 스넬의 『정신의 발견—서구적 사유의 그리스적 기원』(김재홍 옮김, 까치글방, 2002)이 중요한 책으로 꼽히고 있다. 그리고 희랍 철학에 관심이 있는 분이라면 국내 유수한 필자들이 참여한 『서양고대철학 1』(강철웅 외 지음, 길, 2013)에서 핵심적인 지식을 비교적 쉽게 얻을 수 있을 것이다.

비극 원전에서부터 해설서를 거쳐 그 주변 분과에 이르기까지, 너무 멀리 왔다. 가장 중요한 것은 비극 작품 자체이니 거기에 중점을 두고, 다른 것들은 그저 너무 무리가 되지 않는 정도까지만 보시라고 권하고 싶다. 독자들께서 고대 세계의 천재들이 남긴 과실을 한껏 누리시길 기원한다.

인간됨 268

| 기타 |

우리 시대의 명강의 004

비극의 비밀
운명 앞에 선 인간의 노래, 희랍 비극 읽기
ⓒ 강대진
1판 1쇄 2013년 5월 31일
1판 8쇄 2020년 5월 6일

지은이 강대진 | 펴낸이 염현숙
기획 오경철 강명효 | 책임편집 장영선 | 편집 오경철 | 모니터링 이희연
디자인 김선미 이주영 | 마케팅 정민호 박보람 우상욱 안남영
홍보 김희숙 김상만 오혜림 지문희 우상희 김현지
제작 강신은 김동욱 임현식 | 제작처 영신사

펴낸곳 (주)문학동네
출판등록 1993년 10월 22일 제406-2003-000045호
주소 10881 경기도 파주시 회동길 210
전자우편 editor@munhak.com | 대표전화 031)955-8888 | 팩스 031)955-8855
문의전화 031)955-8895(마케팅), 031)955-2671(편집)
문학동네카페 http://cafe.naver.com/mhdn | 트위터 @munhakdongne
북클럽문학동네 http://bookclubmunhak.com

ISBN 978-89-546-2140-3 04800
      978-89-546-1726-0 (세트)

www.munhak.com